生活·讀書·新知 三联书店

欹枕
听潮音

张培忠……编

图书在版编目（CIP）数据

欹枕听潮音／张培忠编. —北京：生活·读书·新知三联书店，
2019.3
ISBN 978－7－108－06473－8

Ⅰ.①欹… Ⅱ.①张… Ⅲ.①散文集－中国 Ⅳ.① I26

中国版本图书馆 CIP 数据核字（2019）第 030307 号

责任编辑 徐国强
装帧设计 康　健
责任校对 曹忠苓
责任印制 徐　方
出版发行 **生活·讀書·新知** 三联书店
　　　　　（北京市东城区美术馆东街 22 号 100010）
网　　址 www.sdxjpc.com
经　　销 新华书店
印　　刷 河北鹏润印刷有限公司
版　　次 2019 年 3 月北京第 1 版
　　　　　2019 年 3 月北京第 1 次印刷
开　　本 635 毫米 × 965 毫米　1/16　印张 19
字　　数 254 千字
印　　数 0,001－4,000 册
定　　价 68.00 元
（印装查询：01064002715；邮购查询：01084010542）

目 录

潮州府总图说[1]

蓝鼎元

按语： 清雍正《潮州府志》共24卷，于雍正十年刊行，已湮佚，只存部分篇章于《鹿洲初集》中，有七八万字。该府志系知府胡恂主持编修，但主纂者为蓝鼎元。蓝氏被誉"饶经济才"，又曾带兵打仗，他强调学者史志必须服务于政治经济。他主张务实求真，而摒弃怪诞虚妄，反对盲目抄袭旧志，并认为地方官要重视修志，要用有学、有识、有史德的贤士主其事。他将旧志的疆域、形胜、关隘三者合为方舆，附之以图，有图有说。蓝氏所撰的十三篇图说，皆依现实记述。

　　潮为郡，当闽广之冲，上控漳汀[2]，下临百粤，右连循赣[3]，左瞰汪洋，广袤四五百里，固岭东第一雄藩也。附郭曰海阳，为十一

---

[1] 潮州府：在广东东南端。秦为南海郡之揭阳，晋咸和间析揭阳为四县，南朝齐增置程乡县。隋开皇间省义安，置潮州，唐天宝元年改为潮阳郡。宋为潮州、梅州，元改州为路。明为潮州府，领海阳、潮阳、揭阳、程乡四县，后增置数县。清初仍旧，雍正时分出嘉应州，至清末。

[2] 漳汀：福建东南端的漳州府及西南端的汀州府。

[3] 循州：隋置，此后历代多次变更建制及名称，此指清之惠州府。赣：江西的省称。

邑领袖。潮阳在其南，澄海在东南，惠来在西南，皆海国。揭阳、普宁为西南内地。大埔在郡北，程乡、镇平、平远在西北，饶平在东北。五邑皆介万山中，而饶疆亦大半海国焉。

近海诸邑多平原沃衍，宜稼穑，佐之以鱼盐，谋生较易。入山诸邑，人稠地狭，崇冈大阜，种稻黍薯芋如悬崖瀑布，尚苦不给，多佣力四方，则亦未如之何矣。

由闽入粤，以分水关为要害[1]；由赣入潮，以平远八尺为要害[2]，皆坦夷周道，戎马所经；由汀入潮，以大埔石上为要害[3]，溪险滩高，舟行石阻，贩夫之所往来也，若邓艾入蜀则此途已为康庄。而上杭亦有山径可达程乡武平分水凹，可达平远，未可以羊肠而忽之。自惠州、长乐而来，则畲坑为门户[4]；海丰而来，则葵潭为门户[5]；自海丰甲子所而来，则龙江、览表居然天堑[6]。自海而来，则南澳、澄海、达濠、海门、神泉锁钥固之[7]。

[1] 分水关：在黄冈东约二十里，关东即福建诏安县，过去"城垣一百一十九丈，有三门，关内炮台，诏安营管"。关今尚存残址，国道公路经此。本地也称"汾水关"。
[2] 八尺：地名，在平远县西，为一墟市，河头水经此东流，与大柘水合为横梁溪。
[3] 周道：大道、官路。石上，原一墟市，在县北，接福建上杭县，为闽粤间要隘，过去内河行舟可达此。
[4] 长乐：宋熙宁间析兴宁县长乐镇置，1914年改名五华县。畲坑：墟镇名，在程乡（今梅县）西南，濒临梅江，南接今丰顺县境，西连兴宁，旧有把总驻守。
[5] 葵潭：今惠来县西一大镇，镇治设于此，广汕公路所经，清代设巡检。
[6] 甲子所：当时属海丰县，后析归陆丰县，县东端濒海，过去为海防要地，设所。龙江：指今惠来县从隆江到神泉出海的江段，以及其上游三个源头的河流。览表：在今甲子镇北数里，为陆丰、惠来间鳌江一渡口。
[7] 南澳：海岛，在饶平南面海中。东西长，南北狭，面积约100平方公里，多山。明万历初筑三城。明清之际郑成功据此抗清。过去曾为闽粤共管，今为汕头所辖。达濠：昔为海岛，在潮阳县东北，后与潮阳相隔之海域渐狭，成为今之濠江。海门：当时属潮阳附郭，今为镇，在潮城东南二十里海边，向为海防要地，也为渔港。神泉：在县城南十余里处，临海，明嘉靖间为御海寇筑城，后建炮台，清派把总驻守，今为镇治所在。

内溪水道以三河为要害[1]，三河堵截，则程、大、平、镇与郡城声息不能相通[2]。独由隘崤出畲坑为山行捷径耳[3]。其半途有通判府[4]，在群山中，最为要害，纵横离县治皆数百里，守备空虚，倘有宵人伏莽，则心腹之疾也。

揭邑极西有河婆[5]，大山深僻，为从来盗贼窟穴，矿徒出没之区[6]，莫有知其要害者。经之则惠、潮之乐土，置之实两郡之隐忧。曲突徙薪，于斯二者加之意乎！

海宇升平，四郊若绣，被襏如雨，弦诵之声相闻[7]。富而教之，固官斯土者之责夫！

蓝鼎元（1680—1733），字玉霖，号鹿洲，福建漳浦人，畲族。清康熙六十年（1721），随族兄蓝廷珍率兵东渡台湾。鉴于清政府收复台湾以来施政的得失，他提出一系列治台的主张和建议，对清政府治理台湾产生积极影响，被誉为"筹台之宗匠"。蓝鼎元曾受荐入京，校书内廷，分修《大清一统志》，这为他修府志的工作打下基础。蓝氏曾任普宁县知县、广州知府。著有《鹿洲全集》《东征集》《平台纪略》等。

[1] 三河：也称三河坝，今三河镇在县中部偏西。梅江（小河）自西，汀江（大河）自北，梅潭河（小溪）自东南汇于此，故名。从三河起向南，即称韩江。三河于明洪武九年（1376）置巡检司。
[2] 程、大、平、镇：程乡、大埔、平远、镇平四县。
[3] 隘崤：当时为海阳县北丰政都一墟市，在韩江边，今为丰顺县一镇。
[4] 其半途有通判府：该通判府城筑于海阳丰政都，明隆庆初年设置。通判，辅佐知府、知州之官员。
[5] 河婆：当时揭阳西部一墟市，地处山区，今为揭西县治。
[6] 矿徒：矿工，此为贬称。当时有些地方开挖矿藏，矿工聚集，易肇事端。
[7] 被襏：蓑衣；被襏如雨，谓农人冒雨在田间劳作。

祭鳄鱼文

韩　愈

按语：唐元和十四年（819），韩愈被贬为潮州刺史。他到任后过问民间疾苦，听说有鳄鱼为患，命属官秦济以一羊一猪投到鳄鱼出没的恶溪水中，并作了这篇祭文。传说数日后江水尽涸，鳄鱼西徙六十里，潮州再无鳄鱼为患。这当然只是一种附会，但这篇文章当时很受推崇。文章不长，虽有些故弄玄虚，但表明了作者为民除害的决心。文章说理充分，跌宕多姿，富于抑扬变化。

　　维年月日[1]，潮州刺史韩愈[2]，使军事衙推秦济[3]，以羊一、猪一，投恶溪之潭水[4]，以与鳄鱼食，而告之曰：

[1]　维：在，于；也可看作发语词，无义。年月日：有的刊本作"维元和十四年四月二十四日"。
[2]　潮州：唐州名，治所在今广东潮安县。刺史：唐代州的行政长官。
[3]　军事衙推：刺史的属官。
[4]　恶溪：潮安县境内的韩江。

昔先王既有天下[1]，列山泽[2]，罔绳擉刃[3]，以除虫蛇恶物为民害者，驱而出之四海之外[4]。及后王德薄，不能远有，则江汉之间，尚皆弃之以与蛮、夷、楚、越[5]；况潮岭海之间，去京师万里哉！鳄鱼之涵淹卵育于此，亦固其所。

今天子嗣唐位[6]，神圣慈武，四海之外，六合之内[7]，皆抚而有之；况禹迹所揜[8]，扬州之近地[9]，刺史、县令之所治，出贡赋以供天地宗庙百神之祀之壤者哉？鳄鱼其不可与刺史杂处此土也。刺史受天子命，守此土，治此民，而鳄鱼睅然不安溪潭[10]，据处食民畜、熊、豕、鹿、獐，以肥其身，以种其子孙，与刺史亢拒[11]，争为长雄。刺史虽驽弱，亦安肯为鳄鱼低首下心，伈伈睍睍[12]，为民吏羞，以偷活于此邪！且承天子命以来为吏，固其势不得不与鳄鱼辨。

鳄鱼有知，其听刺史言：潮之州，大海在其南，鲸、鹏之大[13]，虾、蟹之细，无不容归，以生以食，鳄鱼朝发而夕至也。今与鳄鱼约：尽三日，其率丑类南徙于海，以避天子之命吏。三日不能，至五日；五日不能，至七日；七日不能，是终不肯徙也。是不有刺史，听从其言也；不然，则是鳄鱼冥顽不灵，刺史虽有言，不闻不知也。夫傲天子之命吏，不听其言，不徙以避之，与冥顽不灵而为民物害者，皆可杀。刺史则选材技吏民，操强弓毒矢，以与鳄鱼从

[1] 先王：上古的五帝三王。
[2] 列：同"烈"。列山泽，焚烧山野里的草木。
[3] 罔：同"网"。罔绳：结绳为网用于捕捉。擉刃：用刀枪刺杀。
[4] 四海之外：古人认为中国四面都是海，因称异域为四海之外。
[5] 蛮、夷、楚、越：古代对中国东南部外族的泛称。
[6] 今天子：指唐宪宗李纯。
[7] 六合：天地四方称六合。
[8] 揜：通"掩"。
[9] 扬州：禹分天下为九州，扬州是其中之一。潮州邻近古扬州地域。
[10] 睅然：瞪大眼睛，凶暴的样子。
[11] 亢拒：通"抗拒"。
[12] 伈伈：恐惧貌。睍睍：因恐惧而不敢举目扬眉的样子。
[13] 鹏：传说中的一种巨大的鸟。

事，必尽杀乃止。其无悔！

　　韩愈（768—824），字退之，河南河阳（今河南孟州）人。自称"郡望昌黎"，世称"韩昌黎""昌黎先生"。唐元和十四年，因谏迎佛骨被贬至潮州。他治潮八月，驱鳄释奴，劝农兴学，在潮州的文化发展史上享有崇高的声誉，为民众所歌颂缅怀，以致山水易姓为韩。

潮州韩文公庙碑[1]

苏　轼

按语： 这篇文章是宋元祐七年（1092）苏轼受潮州知州王涤所请为重修的韩愈庙所撰的碑文，他在文中对韩愈作了最高的评价："文起八代之衰，而道济天下之溺；忠犯人主之怒，而勇夺三军之帅。"这既有公允之处，也有时代的局限与溢美之词。今天看来，韩愈的主要历史功绩是倡导了古文运动。文章一开头便气势不凡，据说作者修改了几十遍才定下开头两句。后面各段就韩愈的道德、文章、遭遇、影响展开议论，联想丰富，词采华美，曲折变化，挥洒自如。

匹夫而为百世师，一言而为天下法。是皆有以参天地之化[2]，关盛衰之运。其生也有自来，其逝也有所为。故申、吕自岳降[3]，傅说

[1] 韩文公即韩愈。文公，韩愈死后的谥号。
[2] 参天地之化：《礼记·中庸》："可以赞天地之化育，则可以与天地参矣。"宋朱熹注："与天地参，谓与天地并立为三矣。"
[3] 申、吕自岳降：申、吕，指周宣王时的申伯和吕侯（亦称甫侯），伯夷的后代。相传他们是山岳之神降生的。这句话用来说明"其生也有自来"。

为列星[1]，古今所传，不可诬也。孟子曰："我善养吾浩然之气。"[2]是气也，寓于寻常之中，而塞乎天地之间。卒然遇之，则王、公失其贵，晋、楚失其富[3]，良、平失其智[4]，贲、育失其勇[5]，仪、秦失其辨[6]。是孰使之然哉？其必有不依形而立，不恃力而行，不待生而存，不随死而亡者矣！故在天为星辰，在地为河岳，幽则为鬼神，而明则复为人。此理之常，无足怪者。

自东汉以来，道丧文弊[7]，异端并起[8]。历唐贞观开元之盛，辅以房、杜、姚、宋而不能救[9]。独韩文公起布衣，谈笑而麾之[10]，天下靡然从公[11]，复归于正[12]，盖三百年于此矣[13]。文起八代之衰[14]，而道济天下之溺[15]；忠犯人主之怒[16]，而勇夺三军之

[1] 傅说为列星：傅说，商王武丁的宰相。相传他死后飞升上天，和众星并列。这句话用来说明"其逝也有所为"。

[2] 我善养吾浩然之气：见《孟子·公孙丑上》。浩然之气，盛大刚直的正气。

[3] 晋、楚：战国时，晋占有现在山西和河北、河南、陕西的一部分，楚占有现在湖南、湖北、安徽、江苏、浙江一带，一度是两个最富强的国家。《孟子·公孙丑下》："曾子曰：'晋、楚之富，不可及也。'"

[4] 良、平：张良和陈平，汉高祖刘邦的开国功臣，都以足智多谋著称。

[5] 贲、育：孟贲和夏育，古代著名的勇士。

[6] 仪、秦：张仪和苏秦，战国时两个游说列国的纵横家。

[7] 道：指儒家的学说思想，即所谓道统。

[8] 异端：儒家把道家、墨家等不同的学派斥为异端。这里指汉、魏以来长期兴盛的佛教与道教。

[9] 房、杜：房玄龄和杜如晦，唐太宗时的贤相。姚、宋：姚崇和宋璟，唐玄宗前期的名相。

[10] 麾：指挥，此处指匡正文道。

[11] 靡然：一边倒的样子。

[12] 正：儒家的正道。

[13] 盖三百年于此：从韩愈倡导古文到苏轼时期将近三百年。

[14] 八代：指东汉、魏、晋、宋、齐、梁、陈、隋。

[15] 道济天下之溺：指韩愈提倡儒家之道，把天下人从沉溺佛、老等异端的困境中拯救出来。济：拯救。

[16] 忠犯人主之怒：唐宪宗派使者往凤翔迎佛骨入宫，韩愈上表进谏，言辞激切，触怒宪宗，几乎被处死。幸大臣裴度、崔群等营救，才贬为潮州刺史。

帅[1]。此岂非参天地，关盛衰，浩然而独存者乎？

盖尝论天人之辨：以谓人无所不至，惟天不容伪。智可以欺王公，不可以欺豚鱼[2]；力可以得天下，不可以得匹夫匹妇之心。故公之精诚[3]，能开衡山之云[4]，而不能回宪宗之惑[5]；能驯鳄鱼之暴[6]，而不能弭皇甫镈、李逢吉之谤[7]；能信于南海之民[8]，庙食百世[9]，而不能使其身一日安于朝廷之上。盖公之所能者天也，其所不能者人也。

始潮人未知学，公命进士赵德为之师，自是潮之士，皆笃于文行，延及齐民，至于今，号称易治。信乎孔子之言："君子学道则爱人，小人学道则易使也。"[10]潮人之事公也，饮食必祭，水旱疾疫，凡有求必祷焉。而庙在刺史公堂之后[11]，民以出入为艰。前太守欲

- [1] 勇夺三军之帅：唐穆宗（李恒）时，镇州（治所在今河北正定县）叛乱，杀节度使田弘正，另立王廷凑，韩愈奉命前去宣抚。大臣们都替他担心，认为有被杀的危险，但他只用一次谈话便说服了作乱的将士，回京后穆宗大为高兴。
- [2] 豚：小猪。豚鱼：泛指小动物。
- [3] 精诚：真心诚意。
- [4] 能开衡山之云：据韩愈《谒衡岳庙遂宿岳寺题门楼》诗说：他路过南岳衡山，正逢秋雨，天阴无风，他诚心祷告，马上云开雨止，天气晴朗。
- [5] 不能回宪宗之惑：指韩愈谏迎佛骨，唐宪宗不听一事。
- [6] 能驯鳄鱼之暴：韩愈任潮州刺史时，听说鳄鱼危害百姓，便作《祭鳄鱼文》，命令鳄鱼迁走。据说后来鳄鱼果然向西迁徙六十里。
- [7] 不能弭皇甫镈、李逢吉之谤：韩愈贬潮州后，上表谢罪。宪宗看后，颇为后悔，想叫他官复原职，但遭到宰相皇甫镈的中伤阻止，就改韩愈为袁州刺史。唐穆宗时，宰相李逢吉曾弹劾韩愈，使皇帝罢去韩愈御史大夫职务，降为兵部侍郎。
- [8] 南海：潮州临南海，所以借南海指潮州。
- [9] 庙食：接受后世的立庙祭祀。
- [10] "君子学道则爱人"以下二句：表现了孔子提倡礼乐教化的政治目的。语见《论语·阳货》。君子，指士大夫。小人，指老百姓。
- [11] 刺史公堂：州官办公的厅堂。

请诸朝作新庙[1]，不果。元祐五年[2]，朝散郎王君涤来守是邦[3]，凡所以养士治民者，一以公为师，民既悦服，则出令曰："愿新公庙者，听。"民欢趋之，卜地于州城之南七里[4]，期年而庙成。

或曰："公去国万里而谪于潮，不能一岁而归[5]。没而有知[6]，其不眷恋于潮也，审矣[7]！"轼曰："不然。公之神在天下者，如水之在地中，无所往而不在也。而潮人独信之深，思之至，焄蒿凄怆[8]，若或见之。譬如凿井得泉，而曰水专在是，岂理也哉？"

元丰元年[9]，诏拜公昌黎伯[10]，故榜曰[11]"昌黎伯韩文公之庙"。潮人请书其事于石，因作诗以遗之[12]，使歌以祀公。其辞曰：

公昔骑龙白云乡[13]，手抉云汉分天章[14]，天孙为织云锦裳[15]。飘然乘风来帝旁，下与浊世扫秕糠[16]。西游咸池略扶桑[17]，草木

[1] 太守：唐时的刺史，相当汉的太守。这里沿用旧名。
[2] 元祐：宋哲宗（赵煦）的年号。
[3] 朝散郎：文官名，官阶为从七品。王涤：生平不详。
[4] 卜地：选择地址。
[5] 不能一岁：没有一年。韩愈于唐宪宗元和十四年正月贬潮州刺史，同年十月改袁州刺史，在潮州不到一年。
[6] 没：通"殁"，死亡。
[7] 审：明白。
[8] 焄蒿凄怆：祭祀时焚香生烟以引起悲伤的情感。焄，指祭物的香气。蒿，香气蒸发上升的样子。
[9] 元丰元年：据《经进东坡文集事略》卷五五，应为"元丰七年"。元丰为宋神宗（赵顼）的年号。
[10] 昌黎伯：韩愈的远祖籍在昌黎（今属河北省），因而封为昌黎伯。
[11] 榜：木匾。
[12] 遗：送给。
[13] 公昔骑龙白云乡：这句的用意是说韩愈原是天上的仙人。白云乡，仙乡。
[14] 手抉：用手挑取。云汉：天河。天章：文采。
[15] 天孙：星名，即织女星。
[16] 秕糠：本指米的皮屑，这里比喻邪说异端。
[17] 西游咸池略扶桑：咸池，神话中太阳沐浴的地方。略，到。扶桑，神话中日出的地方。

衣被昭回光[1]。追逐李、杜参翱翔[2]，汗流籍、湜走且僵[3]，灭没倒影不能望[4]。作书诋佛讥君王，要观南海窥衡湘，历舜九嶷吊英、皇[5]。祝融先驱海若藏[6]，约束蛟鳄如驱羊。钧天无人帝悲伤[7]，讴吟下招遣巫阳[8]。犦牲鸡卜羞我觞[9]，於粲荔丹与蕉黄[10]。公不少留我涕滂[11]，翩然被发下大荒[12]。

苏轼（1037—1101），字子瞻，又字和仲，号铁冠道人、东坡居士，眉州眉山（今属四川省眉山市）人。苏轼生性放达，为人率真，深得道家风范。好交友，好美食，创造许多饮食精品，好品茗，亦雅好游山林。晚年因新党执政被贬广东惠州。苏轼是北宋中期的文坛领袖，在诗、词、散文、书、画等方面取得了很高的成就。有《东坡七集》《东坡易传》《东坡乐府》等传世。

[1] 草木衣被昭回光：是说韩愈的道德文章辉映一代，如同日月光照大地，泽及草木一样。衣被，加惠的意思。草木衣被，即衣被草木。

[2] 李、杜：李白和杜甫。

[3] 籍、湜：张籍和皇甫湜，唐代文学家，韩愈同时代人。汗流、走且僵：都是形容追赶不上。

[4] 灭没倒影不能望：形容张籍、皇甫湜像倒影一样容易灭没，不能仰望韩愈日月般的光辉。

[5] 九嶷：山名，又名苍梧，在今湖南省宁远县境内。英、皇：女英、娥皇，尧帝的两个女儿，同嫁舜帝为妃。《史记·五帝本纪》载，舜"践帝位三十九年，南巡狩，崩于苍梧之野，葬于江南九嶷"。这时，娥皇、女英赶到南方，也死于江、湘之间。

[6] 祝融：传说的火神。海若：海神。

[7] 钧天：天的中央。帝：天帝。

[8] 讴吟：唱歌。巫阳：神巫名。

[9] 犦牲鸡卜羞我觞：犦牲，用牦牛做祭品。鸡卜，用鸡骨占卜。羞我觞，进酒。

[10] 荔丹：红色的荔枝。蕉黄：黄色的香蕉。以上两句指庙中的祭品。

[11] 涕滂：泪流得很多，形容非常悲痛。

[12] 翩然被发下大荒：祈望韩愈快快降临人世享受祭祀。被，同"披"。大荒，即大地。

请严禁贪酷疏

林大春

按语：明代中叶，政治腐败，官吏贪虐成风，国库空虚。作者在本文中提出整顿吏治的方法：一是严惩，"置重典"；二是重赏，对政绩优异者越级提升。文章简短明快，说理周详。明朝初年以严惩与奖勉相结合整饬吏治的方法，可资后世借鉴。

臣闻，财之在天地，自足以周天下之用。今天下之财称诎乏矣，无他，贪酷之吏剥之也。祖宗征伐颇繁，而水旱灾荒亦往往有之，然民不困而国用足。何也？无贪酷之吏也。其所以无贪酷之吏者何也？贪酷之禁严而鼓舞之术神也。

今贪酷多矣！十金之家，有事而隶于有司[1]，则十金不保矣；百金之家，有事而隶于有司，则百金不保矣。

每岁论狱，必三宥而后刑[2]，如此其慎也。今民之无罪而死于敲

[1] 隶：通"逮"。隶于有司：被官府逮捕。
[2] 三宥：古代在下列三种情况下对犯人司以从宽处理：一是不懂法律而误犯，二是因疏忽而犯罪，三是因遗忘法律条例而犯罪。属于其中之一者，可以从宽减免刑罚。其最早出处见《周礼·秋官》。后刑：然后才判刑、处罚。

扑者，岁不知凡几。此贪酷之害也。

臣读前史，见古之所谓"酷吏"，不过深刻为能[1]，锻炼为事[2]，欲以取名当世，要结人主[3]。今则酷以济贪，非仅古之所谓酷吏也。臣见各省抚、按[4]，多以百姓逋逃为言[5]。臣窃以为人虽至愚，宁不知安土之乐，与夫输纳之当然[6]？而乃甘于离乡背井、辞亲戚、弃丘墓而去，此必有驱之者矣。夫以天下奉一人，岁之所输几何？而贪酷之暴，朘削无已[7]，其出于常赋之外者恒什百千万也。此民之所以逋而去也。逃亡而无所归，将逼而为盗，势有不得不然者。贪酷之罪，可胜诛哉！今抚、按以逋逃为解，甚至以贪酷为能而荐之，盖堕彼弥缝结纳之工[8]，趋承供奉之便，而不知其皆取之于民者也。

伏乞敕下法司，凡赃至百金以上，置重典，籍其家[9]；次遣戍。一如祖宗故事[10]。抚、按不举，罪如之。如此，则贪酷之风息，财用之蠹除。而逋逃不归，未之有也。

又闻祖宗时，天下朝觐官，吏部考其政绩，优异者以闻，赐宴礼部及金缯有差[11]；仍诏吏部查京堂卿佐缺，以次迁补[12]。当是时，有自布政入参机密者[13]，有自知府入为尚书者[14]，有自州县入为卿

---

[1] 深刻：严峻苛刻。《史记·酷吏列传》："是时赵禹、张汤以深刻为九卿矣。"
[2] 锻炼：罗织罪名。
[3] 要：通"邀"，求取。
[4] 抚、按：巡抚、按察使。省一级行政、司法长官，都有监察官吏的职权。
[5] 逋：逃亡。
[6] 输纳：缴交赋税。
[7] 朘削：剥削。
[8] 弥缝：设法掩饰不法行为。
[9] 籍其家：将他的家产没收入官。
[10] 故事：先例。
[11] 缯：古时对丝织物的总称。金缯：金帛。
[12] 迁：升。补：授官。以次迁补：按次序升级。
[13] 布政：布政使。省级行政长官。
[14] 尚书：官名。明时为六部的长官。

贰者[1]。鼓舞激劝之道已至[2]，固不徒法令禁制，使人知畏不知感也。伏乞率由旧章[3]，拔一二人以风天下[4]。将见化贪酷为廉仁，虽两汉循吏，何难复睹于今日耶！

林大春（1523—1588），字井丹、邦阳，号石洲，潮州府潮阳县人。明嘉靖二十九年（1550）中进士，历任行人司行人、户部主事、浙江提学。林大春官不显赫但文名颇著。为人操守高洁，为官廉洁刚正，晚年作为潮州府最为著名的乡贤之一，积极参与乡梓事务，对当地社会具有很大的贡献。代表作品有《井丹集》《潮阳县志》等。

[1] 卿贰：卿及其副手。卿指大理寺卿、太常寺卿等，也指尚书，这里指前者。
[2] 劝：勉励。
[3] 率由旧章：遵循成规。《诗·大雅·假乐》："不愆不忘，率由旧章。"
[4] 风天下：教化天下。

廷试策

林大钦

按语：林大钦中举后赴京，顺利通过礼部会试取得廷试资格，殿试那天，"天子临轩赐对。一时待问之士，集于大廷者凡三百余人"。"先生年二十二对大廷，呫嗟数千言，风飙电烁，尽治安之猷，极文章之态"。终为嘉靖帝所器重，御擢第一。林大钦所作的约五千言的《廷试策》，是他最为著名的作品也是潮汕地区历史上唯一的科举状元卷。该文持论剀切，论述明快而透辟；切中时弊，措施得力而实用；流畅奔放，文笔犀利而平实。后世论者均不约而同地以其比之贾谊、苏轼的策论。丁自申谓其"以合于苏长公制科之策，不辨其孰为长公者"。郭子直谓其"气郁词雄，翩翩乎苏长公风骨"。曾迈称其"出入两汉，驰骤长苏"。洪梦栋则谓"排荡屈注，直与子瞻《万言书》争千秋之价"。陈衍虞说得更透，称赞林大钦"诸策已高踞千仞峰头，令人攀跻俱绝，所谓屈注天潢，倒连沧海者，于寸玑尺幅见之。杂置苏集，谁判渑淄"。

皇帝制曰：

朕惟人君，奉天命以统亿兆，而为之主。必先之以咸有乐生，俾遂其安欲，然后庶几尽父母斯民之任，为无愧焉。夫民之所安者所欲者，必首之以衣与食，使无衣无食，未免有冻馁流离之害。夫匪耕则何以取食？弗蚕则何以资衣？斯二者，亦王者之所念而忧者也。今也耕者无几而食者众，蚕者甚稀而衣者多。又加以水旱虫蝗之为灾，游惰冗杂之为害。边有烟尘，内有盗贼。无怪乎民受其殃而日甚一日也。固本朕不类寡昧所致[1]。上不能参调化机，下不能作兴治理，实忧而且愧焉。然时有今昔，权有通变，不知何道可以致雨旸时若[2]，灾害不生，百姓足食足衣，力乎农而务乎织，顺乎道而归乎化？子诸士，明于理，识夫时，蕴抱于内，而有以资我者，亦既久矣。当直陈所见所闻，备述于篇。朕亲览焉，勿惮勿隐[3]。

臣对[4]：

臣智识愚昧，学术疏浅，不足以奉大问。窃惟陛下当亨泰之交，抚盈成之运[5]，天下皆已大治，四海皆已无虞，而乃拳拳于百姓之未得所为忧，是岂非文王视民如伤之心耶[6]？甚大美也，然臣之所惧者，陛下负聪明神智之资，秉刚睿仁圣之德，举天下之事，无足以难其为者，而微臣所计议，复不能有所补益于万一。陛下岂以其言为未可尽弃，而有所取之耶？陛下临朝策士，凡有几矣，异时莫不光扬其名声，宠绥其禄秩。然未闻天下之人，有曰天子某日降某策问某事，用某策济某功者。是岂策士之言，皆无可适于用耶？抑或可适于用，而未暇采之耶？是巨之所惧也。臣方欲为根极政要之说，明切时务之论，而不敢饰为迂阔空虚无用之文，以罔陛下。陛

[1] 不类：不善。寡昧：缺少仁德，不明是非。不类寡昧，谦词。
[2] 旸：晴天。若：顺。雨旸时若，雨晴适时，风调雨顺。
[3] 以上是皇帝策问之词。
[4] 以下是林大钦对答之词。
[5] 当亨泰之交：正逢太平盛世。抚盈成之运：把握全盛运数。
[6] 视民如伤：看待百姓，就像他们受到伤害一样，深加爱抚。《孟子·离娄下》："文王视民如伤，望道而未之见也。"

下若以其言为可信而不悉去之，试以臣策付之有司，责其可行，则臣终始之愿毕焉。如或言不适用，则臣有瞀愚欺天之罪。俯伏以待罪谴，诚所甘心而不辞也。

臣伏读圣策，有以见陛下拳拳于民生冻馁流离为忧，以足民衣食为急。此诚至诚恻怛以惠元元之念[1]，天下之所愿少须臾无死，以待德化之成者。然臣谓陛下诚怀爱民之心，而未得足民衣食之道；诚见百姓冻馁流离之形，而未知冻馁流离之实也。夫陛下苟诚见夫百姓冻馁流离之实，则必思所以富足衣食之道，未有人主忍见夫民之冻馁流离，而不思所以救援之者。未有人主救援夫民之冻馁流离，而天下卒至于冻馁流离而不可救者也。今夫匹夫之心可行于一家，千乘之心可行于一国。何者？以一家一国固吾属也。曾谓万乘属天下者，有救援天下真实恳切之诚，而顾不效于天下者哉，是臣所未信也。

臣观陛下临朝，凡有十余年于此矣。异时劝农蠲租之诏一下，天下莫不延颈以望更生。然而惠民之言不绝夫口，而利民之实至今犹未见者，臣是以妄论陛下未知斯民冻馁流离之实，未得足民衣食之道也。臣闻之，仁以政行，政以诚举。王者富民，非能家衣而户食之也，心政具焉而已矣。夫有其心而无其政，则天下将以我为徒善；有其政而无其心，则天下将以我为徒法。徒法者化滞，徒善者恩塞。心法兼备，此先王所以富足人之大略也[2]。臣观史策，见三代以后之能富其民者，于汉得一人焉，曰文帝。当乱秦干戈之后，当时之民，盖日不暇给矣。文帝视当时之坐于困寒者，盖甚于涂炭也。育之以春风，沐之以甘雨，煦煦然与天下为相休息之政，而涂炭者衽席矣。故后世称富民者，以文帝配成、康[3]，亦诚有以致之也。然而文帝固非纯王者，窃王者之似焉，犹足以专称于后世。而况夫

[1] 元元：黎民，老百姓。
[2] 富足人：使人富足。大略：重大策略。
[3] 成、康：西周成王、康王。其时正值中国奴隶制社会发展高峰期，后世将这段时间当作太平盛世。

诚于王者，而顾有坐视天下于冻馁流离者哉[1]。臣窃谓今日陛下忧民之心不为不切，爱民之政不为不行。然臣所以敢谓陛下于斯民之冻馁流离而未知其实，于足民之衣食而未得其道者，窃恐陛下有爱人之仁心，而未能如王者之诚恒恳至，有爱人之仁政，而未能如王者之详悉光明。臣是以敢妄论陛下而云云也。

然臣所望仁政于陛下者，非欲尽变天下之俗也，非欲复井天下之田也。亦曰宜时顺情而为之制，而不失先王之意尔。臣请因圣策所及而条对之。

陛下策臣曰："夫民匪耕则何以取食？弗蚕则何以资衣？斯二者，亦王者之所念而忧者也。今耕者无几而食者众，蚕者甚稀而衣者多。又加之水旱虫蝗之为灾，游惰冗杂之为害。边有烟尘，内有盗贼。何怪乎民受其殃，日甚一日也。"此见陛下痛念斯民之病，深揆困乏之本，而急思所以拯救之也。臣谓民之所以耕蚕稀而日甚其殃者，游惰起之也，冗杂病之也。若夫水旱虫蝗之灾，则虽数之所不能无[2]，然君人之忧不在焉。何者？恃吾耕蚕之具素修而无所耗，则虽有水旱虫蝗而无所害。臣闻有道之国，天不能灾，地不能厄，夷虏盗贼不能困，以恒职修而本业固，仓廪实而备御先也。

臣闻立国有三计：有万世不易之计，有终岁应办之计，有因时苟且之计。万世不易之计者，《大学》所谓"生之者众，食之者寡，为之者疾，用之者舒"也。故《王制》三年耕则有一年之积，例之则九年当有三年之豫[3]。其终岁所入，盖足以自给，而三年之蓄，恒可以预待不虞。如此者，所谓天不能灾，地不能厄，夷虏盗贼不能困，臣前所谓王者之政，陛下今日所方欲切求而励之行者。所谓终岁应办之计者，盖生财之道未甚周，节财之道未甚尽，一岁之入仅足以充一岁之用。其平居无事，尤未见其甚敝，值有凶荒盗贼之

[1] 顾：反倒，却。
[2] 数：天数，自然规律。
[3] 《礼记·王制》："三年耕则有一年之食。"豫：同"预"，事先准备。

变，则未免厚敛重取，以至于困败而不能自振。若此者，盖素备不修，因时权设，汉、唐、宋以下治天下之大率，而非吾陛下之所以奉天理物而深厚国脉者。其所谓因时苟且之计者，盖平时之所以敛取于民，颇无其度，而取民惟畏其不多，用财惟畏其不广。方其无事，百姓已不能自给，迨其有变，则不可复为之计矣。此则制国无纪，溃乱不时，盖昏乱衰世之政焉。臣前所谓起于游惰，病于冗杂之弊，亦略有同于是。

陛下今日所方欲改辙而易海内之观者，臣谓今日游惰之弊有二，冗杂之弊有三。此天下之所以长坐于困乏，而志士至今愤惋而叹息者也。

其所谓游惰之病二者，一曰游民，一曰异端。游民众则力本者少，异端盛则务农者稀。夫民所以乐于游惰者何也？盖起于不均不平之横征，病于豪强之兼并。小民无所利于农也，以为逐艺而食[1]，犹可以为苟且求生之计。且夫均天下之田，然后可以责天下之耕。今夫里闬之小民[2]，剥于污吏豪强者深矣，散食于四方者众矣。大率计今天下之民，其有田者一二，而无田者常八九也。以八九不耕之民，坐食一二有田者之粟，其势不得不困。然而散一二有田者之业，以为八九自耕之养，其势未尝不足。议者病游民之众也，或有逐商之说。然臣以为游民之商，本于不得已也，而又无所变置而徒为之逐，臣惧夫商之不安于商也。臣窃谓今日之弊源已深，更化者当端其绪而绥理之。理而无绪，势将驱力农之民而商，又将驱力商之民而盗也。天下为盗，国不可久。其便莫若颁限田之法，严兼并之禁，而又择循良仁爱恻怛之吏以抚劳之。法以定其世业，禁以防其奸贪，吏以得其安辑，游民其将归乎！若夫异端者，盖本无超俗利世之智，而徒窃其减额逃刑之利，不工不商，不农不士，以自便其身。且其倡无父无君之教于天下，将使流风之未可已焉。此其为

[1] 逐艺而食：靠手工业、商业等手段谋生。
[2] 里闬：乡里。

害甚明，故臣不待深辨。然臣窃悼俗之方敝也。秃首黄冠，充斥道路，珠宫琼宇，照耀云汉。此风未艾，效慕者众，非所以令众庶见也，非所以端风正纪之要体也。故臣愿陛下严异端之禁，敕令此辈悉归之农。其有不如令者，许有司治罪不赦。盖非惟崇力本之风，抑且彰教化之道。此臣拳拳所望于陛下之至意也。

其所谓冗杂之弊三者，一曰冗员，二曰冗兵，三曰冗费。冗员之弊必澄，冗兵之弊必汰，冗费之弊必省。三冗去而财裕矣。夫圣人所以制禄以养天下之吏与兵者，何也？吏有治人之明，则食之也。兵有敌人之勇，则食之也。是其食之者，以其明且勇也。其或有不明不勇者，则非耕不得食，非蚕不得衣。何者？无事而禄，亦先王之所俭也。今夫天下之吏与兵何如也？臣非欲尽天下之吏与兵而不禄之也。臣徒见任州县者，固有软疲不胜而坐禄者焉[1]；隶兵籍者，固有老弱不胜而滥食者焉。且入赀之途太多，任子之官太众，简稽之责不严，练选之道有亏[2]。臣是以欲于此辈一澄且汰焉[3]。其所以去冗滥而宽民赐者不少也。若夫冗费之弊，不能悉举。即其大而著者论之，后宫之燕赐不可不节也，异端之奉不可太过也，土木之役不可不裁也。陛下端身以率物，节己而居俭，其于三者，固未可议焉。然窃见天下之大，民物之众，九州四海之贡，尺帛粒米之赋，山林川泽之税，日夜会稽以输太仓[4]，可谓盛矣。而国计未甚充，国用未甚足，以为必有所以耗之者矣。且夫上之赋其下

---

[1] 软疲不胜：软弱无能，不能胜任。坐禄：坐守禄位，义同"尸位素餐"。

[2] 入赀：赀选，以捐纳买官。据《续文献通考》卷四三载，自明景帝景泰元年始令输纳补官、给冠带。其后纳粟、输草、捐款、纳马，均可以因之入选官吏。故云"入赀之途太多"。任子：荫叙，父兄为官有功或死事，可以任其子侄为官。爵位或武职，由子侄承袭，也属于此类。据《续文献通考》卷四〇说，明太祖"洪武二十六年，定荫叙之制"，此后文武官员以荫叙，得任子侄兄弟为官者甚多。简稽：考课，对官吏业绩与过失的考核。练选：对官吏的选择任用。

[3] 一澄且汰：一概淘汰。且，连词。

[4] 会稽：计算核实财物数量。

者以一，而下之所以供夫上者常以百。盖道路之耗，漕挽之费[1]，京师之一金，田野之百金也，内府之百金，民家之万金也。以百万民家之资，费之于一燕飨、一赐予、一供玩者何限！臣故曰，冗费在今日亦有未尽节者。盖臣闻之，以天下所有之财赋，为天下人民之供养，未有不足者。特其有以冗而费之者，则其势将横征极取，天下不至于饥寒冻馁、大败极敝不已[2]。臣读《史记》，见周文王方其受命之时，地方不过百里，而四方君长交至于其国。其所以燕飨劳来之典，不容终无。然而当时百姓各足，饥寒不病，故民诵之。《诗》曰："勉勉我王，纲纪四方。"[3]盖庆之也。传至于其子孙，以八百国之财赋自养一人，宜其甚裕而无忧，而民反流离困苦，至于"黄鸟""仳离"之咏作焉[4]。臣于此见君人节己以利人则易为功，广费以厚敛则难为力。臣是以拳拳以省冗费为陛下告也。

陛下策臣曰："固本朕不类寡昧所致。上不能参调化机，下不能作兴治理，实忧而且愧焉。"此陛下忧勤之言，禹汤罪己之辞也。然臣谓陛下非徒为是言也，须欲励是行也。夫君人之言与士庶不同，一或不征，天下玩之[5]。后虽有美意善政，人且骇疑不信。陛下往年尝有恤农之诏矣[6]，然而天下皆以为陛下之虚言。何者？诚见其言若是焉，而未见其惠也。今陛下复策臣若是焉，臣以为亦致忧勤之实而已。欲致忧勤之实，须速行臣前所陈者。臣前所陈者，皆因圣策

<hr>

[1] 漕挽：运输。用船水运叫漕；用车陆运叫挽。
[2] 这一句意思是说，只因朝廷花费繁多，势必横征暴敛，使百姓挨饿受冻，不闹到天下极端衰败困乏的地步，是不会停止的。
[3] 语见《诗经·大雅·棫朴》，意思是说，我们的君王努力不懈，治理四方。
[4] 黄鸟：指《诗经·小雅·黄鸟》篇，《诗集传》引吕祖谦说这篇诗是百姓失所者之作。仳离：《诗·王风·中谷有蓷》有"有女仳离"句，《诗集传》引范涞说这诗是写凶年夫妻流离之事。
[5] 不征：不守信用。玩：玩忽，不重视。
[6] 据《明史·世宗纪》载，嘉靖帝自即位至林大钦廷试之时（嘉靖十一年），几乎年年有免征恤农的诏命。

所及条对要之[1]。所以振弊利世之道，犹有未尽于此，臣请终之。

夫山泽之利未尽垦，则天下固有无田之忧。今夫京师以东，蔡郑齐鲁之间，古称富庶强国，三代财赋多出于此。汉唐以来名臣贤守，其所以兴田利而裨国用者，沟洫封洰之迹，往往犹存。而今悉为空虚茅苇之地。此古人所谓地利犹有遗者。而陛下所使守此土者，一切苟且应职，而无为任此忧者。此北人所以长坐仰给于东南，少有凶荒不继，辄辗转沟壑，不能自给以生者，地利未尽也。臣意陛下莫若严其守令，重选才干忠诚为国之士，使守其地，而专一以兴田利为事。朝廷宽其禁限，听其便宜，而惟以此为田利课，则海内当有赵过者出焉[2]。不数十年之后，则江北之田，应与江南类，可省江淮数百万之财赋，而纾北人饥寒冻馁之急。一举而利二焉，大惠也。陛下能断而行之，大勇也。或曰：非不欲行也，如南北异宜何？臣请有以折之。夫今日所谓空虚荒瘠无用之地者，非向时所谓富实而所托赖以兴起之本区乎？昔以富实，今以荒虚，臣诚未见其说。亦曰存乎人耳，魏人许下之屯可见矣[3]。方枣祗为屯许之画也，当时亦诚见其落落难合。洎其成也，操终赖之省粟数万。今天下之大，又安知其无能为枣祗者乎？臣是以愿陛下以此为田利课，则山泽垦矣。

臣又闻之，关市不征，泽梁无禁，王者所以通天下，大公大同之制也。自汉桑弘羊以剥刻之术媚上，而征榷之法始详[4]。历代因

[1] 条对要之：逐一回答，简约而言。

[2] 赵过，汉武帝末年为搜粟都尉。用"代田"古法：每个劳力耕田百亩，分三畎，每年改易一地轮耕。又教百姓使用耕种农具及以人力挽犁代耕，荒芜的田园多得到垦辟，农业经济迅速恢复。

[3] 东汉建安元年，大旱，军粮不足，曹操采用羽林监枣祗的建议，派枣祗招募百姓屯田许下，军队辎用因而饶实。

[4] 桑弘羊，洛阳人，商人之子。善心算会计之术，13岁为侍中。汉武帝时为治粟都尉，领大司农。用平准法，由官方控制盐铁专利，征收转卖商人税赋，以抑制商人。西汉政府财政收入大增。弘羊赐爵左庶长，官御史大夫。昭帝时，因谋反被杀。征：收税。榷：专卖。

之而不革，大公之制未闻也。然臣终以此为后世衰乱苟且之政。今朝廷之取民，茶有征，酒有榷，山泽有租，鱼盐有课。自一草一木以上之利，莫不悉笼而归之公，其取下悉矣。夫上取下悉，则其势穷。夫兽穷则逐，人穷则诈，今陛下之民将诈乎！司国计者，非不知其势之不可以久也，然而明知其弊而冒之者，诚曰国家利权之所在也。臣以为利不胜义，义苟未安，利之何益？况又有不利者在乎！臣闻之，王者所以总制六合，而镇服民心张大国体者，固在道德之厚薄，不问财赋之有无。臣观征利之说，不出于丰泰之国，恒出于衰乱之世。纤纤然与民争利者，匹夫之事也。万乘而下行匹夫之事，则其国辱，非丰泰之时所尚也。陛下何不旷然为人所难，思大公之法，去衰乱之政，令天下人士争言曰：惜哉！汉、唐、宋不能舍匹夫之利以利人。至我明天子，然后能以天子之大体镇服民心焉。陛下何久于此而不为也？臣愿陛下息山林关市之征焉，使天下知大圣人所作为过于人万万也。

若夫悉推富民之术，则平籴之法不可不立也，常平之仓不可不设也[1]，奢侈之禁不可不严也。凡若此者，史策之载可考，陛下果能举而行之，成典具在，故臣不必深论之也。

由臣前所陈而言之，均田也，择吏也，去冗也，省费也；由臣后所陈而言之，辟土也，薄征也，通利也，禁奢也。田均而业厚，吏良而俗阜，冗去而蠹除，费省而用裕，土辟而地广，征薄而惠宽，利通而财流，奢禁而富益，八政立而王制备矣。陛下果能行臣之言，又何忧乎百姓之冻馁流离，又何至于有烟尘盗贼之警，又何患不顺乎道而归乎化哉！

通变时宜之道，其或悉备于此。然臣以为此数者皆不足为陛下之难。所患人主一心不能清虚寡欲，以为宽民养物之要，则虽有善政美令，未暇及行。盖崇高富贵之地，固易为骄奢淫逸之所，是故

---

[1] 常平之仓：汉宣帝时，耿寿昌建议在边郡筑粮仓，谷贱贵籴，谷贵贱粜，以平粮价，称为常平仓。

明主重内治也。故古之贤王,遐观远虑,居尊而虑其危,处富而慎其溢,履满而防其倾,诚以定志虑而节逸欲,图寅畏而禁微邪也[1]。故尧曰兢,舜曰业,禹曰孜,汤曰检[2]。臣以为数圣人固得治心之要矣。臣尝观汉武帝之为君,方其临轩策士,奋志六经也,虽三代之英主不能过焉。洎其中年多欲,一念不能自胜,公孙弘、桑弘羊、张骞、卜式、文成、五利之辈[3],各乘其隙而售之[4],卒使更变纷然,天下坐是大耗。臣是以知人主一心,不可使有所嗜好形见于外。少有沉溺,为祸必大。故愿陛下静虚恬虑,以为清心节欲之本。毋以深居无事而好逸游,毋以海宇清平而事远夷,毋以物力丰实而兴土木,毋以聪明英断而尚刑名,毋以财赋富盛而事奢侈,毋羡邪说而惑神仙。澄心正极,省虑虚涵。心澄则日明,虑省则日精。精明之运,旁烛无疆[5]。举天下功业,惟吾所建者,岂止于富民生、足衣食而已哉。

臣始以治弊治法为陛下告,终以清心寡欲为陛下勉,盖非有惊世绝俗之论以警动陛下。然直意以为陛下之所以策臣者,盖欲闻剀切时病之说,故敢略尽其私忧过计之辞[6]。衷情所激,诚不知其言之

[1] 寅畏:敬惧谨慎。
[2] 这句话的意思是,尧、舜、禹、汤天天小心谨慎,敬戒惊惧,勤勉工作,检束自己。
[3] 公孙弘:西汉菑川人,字季。少为狱吏。40岁后始治《春秋公羊传》,汉武帝时拜博士。善用儒经解释律令,拜丞相,封平津侯。奏事不为武帝认可,从不肯于朝廷上当面争辩。为人忌刻,与同列有隙,表面仍交好,暗中却总设法报复。张骞:西汉汉中人。汉武帝时以军功封博望侯,元鼎四年(前113)以中郎将出使西域,西北诸国始通于汉,对两地文化交流有很大贡献。卜式:西汉河南人,以牧羊富。武帝征匈奴,卜式以家财之半助军需,拜中郎,后官至御史大夫,封关内侯。文成:指李少翁,汉武帝时方士。以方术为武帝所宠,拜文成将军。五利:指栾大,汉武帝时方士。见武帝,言其师有不死之药,帝悦,拜五利将军。
[4] 各乘其隙而售之:各自利用汉武帝的缺点,施展自家伎俩。
[5] 旁烛:普照。
[6] 过计:过虑。

犹有所惮，亦不知其言之犹有所隐。惟陛下宽其狂易，谅其朴直，而一赐览之，天下幸甚。

臣谨对。

　　林大钦（1511—1545），字敬夫，号东莆，潮州府海阳县人。幼家贫，聪颖嗜学。明嘉靖十一年（1532）中状元，授翰林院修撰。以母老乞归，结讲堂于桑浦华岩山，与乡子弟讲贯六经，究性命之旨。林大钦是潮汕本土培养出来的唯一一位科举文状元，其学术思想主要是当时盛行的王阳明学说。后人集其生前作品结集《东莆先生文集》，潮学学者黄挺补充整理为《林大钦集》。林大钦在潮汕地区有大量传说故事，不少潮汕熟语亦与其相关，他的"蟾宫折桂"，为一代代潮汕学子树立了一个奋发向上的良好榜样。

上李宫保论潮州洋务情形书^[1]

丁日昌

按语：潮州人反对英国人入城是与汕头开埠相关的一件大事，也是潮汕史的论述不能回避的一件大事。从1860年起的五年里，英国人一直坚持要进潮州城。但潮汕士绅民众坚持阻止英国人进城。朝廷觉得事情已经到了不能不解决的时候，于是委派丁日昌驰赴广东，协同两广总督瑞麟，按照条约妥办此事。丁日昌并不乐意接受这次派遣。他熟稔潮州的民情士风，也懂得外交的规矩，知道事情难办，但最终还是奉命回到广州处理好这起纠纷。他拟了一份条陈请李鸿章代奏。在条陈中，丁日昌分析了症结所在：潮州人不让洋人入城，一是"惜虚声"，二是"惧实祸"；英国人必欲入城，一是"恐他处效尤"，二是"苦他国嘲笑"。他对于潮汕人"好脸"的分析十分到位，对事件的把握也很准确，最终成功地化解了这一僵局。

伏查潮州与洋人为难，非一朝一夕之故，贤者抱义愤而不共戴天，愚者负血忱而常存切齿。盖此二端固勿具论，此外不得已之隐

---

[1] 录自丁日昌著、李凤苞编《百兰山馆政书》（香港1940年刊本）卷三。

衷不能显白于众者，其故有二。一曰惜虚声。当洋人之初欲入潮也，其胆先怯，有徘徊却顾之势，潮人得窥虚实，大言恫喝，众志成城，以为举天下莫能拒之者，潮人独能拒之。今一旦准其入城，似从前毅然以拒夷自命者，忽堕此令名，骑虎难下，不能不勉强支撑，必使不食前言而后已。此所谓惜虚声者也。一曰惧实祸。洋人在潮属之汕头开设码头，屡被潮人掳掠，近岁入潮复屡被辱骂，一旦挟官威而进城，恐势益猖獗，欲得昔日之厄己者而甘心焉。人人皆有报复之惧，固结于中，于是不能入城之议持之益坚。此所谓惧实祸者也。

但潮城河道本窄，产物不丰，而洋人必汲汲于入城者，其故抑亦有二。一曰恐效尤。洋人议定通商之后，于内地辄俱无猜，独于潮州口岸不能执约从事，诚恐各岸如广州、厦门、台湾之民情稍悍者，相率效尤，群起而与为难，则有防不胜防之势。计尤悍者莫如潮州，择尤而抑制之，使莫敢予侮，即他处之萌伏未动者，皆将相视而慑不敢发，所谓奏刀扎族，而窾隙便可迎刃而解矣。一曰苦嘲笑。英人自不能入潮城之后，凡他国及通事之不称意者，辄慢曰"若虽强，何不逞志于潮郡？"相訾謷，英人实厌苦之。其始本不甚注意于入潮，而终乃为不得不入之势。古称新法皆吾党激成者，此之谓也。

然则潮民之不愿洋人入城者，情也，亦势也；而洋人之不能不入潮城者，情也，亦势也。在潮民之硁硁争执、誓与偕亡，论士气则为公忠，论大局则多窒碍。况洋人屡次入城、屡次受辱，彼遵条约而我背之，则屈不在彼而在我，所谓克核太至则必有不肖之心应之者，将于是乎？在从前粤省办理洋务，当事者徒博一时顺民之美名，而未衡全局始终之利害，驯至败坏决裂，事不可为而后已。某追维往事，诚私心痛之。此次随同督臣办理交涉事件，自当抒一得之忱，借收不吐不茹之效。惟某虽籍隶潮州，而住居乡僻，且游客多年，久未与潮相习。去岁在上海道任内，复因粤中游勇、逃匪盘踞洋泾浜，以抢劫为生涯，几酿咸丰三年之变，禀请诛戮首恶百余人，资遣回籍者八九千人，虽沪渎气象一新，而故乡不无怨毒之积。兼之潮人重官轻宦，有指引开导洋人入城之举者，辄以汉奸目之。某既奉简书，何敢复计利害，即使不能显为倡率，亦当暗地转圜。默计行店、天主堂之举能免则免，不能免尚当从缓；入城之说，不难于目前无事，而难于长久相安。所可虑者，潮人习于斗狠，素称犷悍，不虑洋人之不能入城，而虑其入城之后，以利饵诱愚民，广收无赖之徒，联为指臂之助，变迟祸大，实足隐忧。此某当于抵粤时禀复当道，徐图善后者也。凡兹应办事宜，先行胪列三条，伏祈宫保据情咨奏，以备庙堂采择。是否有当，统乞卓裁。

一、立威宜留余地也。查潮民多聚族而居，地近海滨，枪炮皆所素具，一夫指麾，千百为群。制军亲临潮郡，固足胁之以威矣，但胁之以威而未喻之以义，倘亲临之后事有龃龉，剿除则百姓并非叛逆，劝慰则更无余地可以转圜。愚意制军似宜驻扎嘉应，以抚恤难民，或托阅边为名，一面摘传潮州得力绅士赴辕开导，并择仕潮素得民心之大员，会同绅士亲往抚慰劝谕。彼潮民不因迫胁而准许洋人，便觉恩由己出，可以久安无事。且制军相距不远，明示以若再违抗，随当亲临查办，自当惴惴恐惧，不敢坚执意见。且使洋人知不能逞志于百姓者，固非大吏之所能迫勒，亦可杜其处处要胁之念。宋中叶遣官宣谕河北三镇，时相李伯纪颇以为非，此事固非其伦，然清议所在，固当处置得宜也。

一、劝谕宜曲通民志也。闻从前洋人入潮时，府县劝谕绅民，但责其不顾大局，且云若再滋事，定惟绅士是问。言语之间，征色发声，宣布闾阎，众论腾沸。陆宣公云："感人以言，其本已浅。言又不切，其将谁怀？"潮州官民太相隔绝，似宜选曾任潮属、素得民心如前任饶平令李福泰、潮阳令冒澄等，亲往开导，奖以敌忾同仇之义，谕以汉过不先之条，且密励以拔剑挺身之无益时局、卧薪尝胆之留为后图，万一洋人欺压吾民，官必为如约惩办。彼潮民者，既信李福泰等之素非厉己，又感大吏之谅其苦心，且幸洋人之不能即图报复计，当不至再蹈前辙、哄聚阻挠。至该属厘捐之过于繁重者、历年捐输出力之未蒙请奖者、郡邑政令之不便于民者，一一为之施行裁革，则百姓欢呼鼓舞，自有令如流水之乐。所谓"悦以使民，民忘其死"也。

一、绅士中宜德才并用也。查潮州绅士中之守正不阿者，类多闭户自高、不干外事，其足以号召闾阎者，率皆才胜于德，似宜因势利导，随所欲而牵制之。跅弛不羁之才，拒之过甚，反致激成事端，此又不可不因地制宜也。

以上三条，谨将管见所及，略献刍荛，至于和议之不可长恃、自强之必须早计，想庙谟远追近鉴，必已未雨绸缪。其余一切未尽事宜，俟至粤时再当禀商制军、抚军，随时应变，百闻不如一见，固不敢遥为悬揣也。

丁日昌（1823—1882），字持静，小名雨生，别名禹生，广东丰顺人。历任广东琼州府儒学训导，江西万安、庐陵县令，苏松太道，两淮盐运使，江苏布政使，江苏巡抚，福州船政大臣，福建巡抚，总督衔会办海防、节制沿海水师兼理各国事务大臣。是中国近代洋务运动的风云人物和中国近代四大藏书家之一。

创设岭东同文学堂序

丘逢甲

按语：本文写于 1899 年冬，手稿初名《创设岭东同文学堂缘起》，刊于 1899 年 12 月 3 日澳门《知新报》。今据丘氏诗文手稿第六册收录，并以《知新报》刊稿补订。1896 年冬，丘逢甲应邀赴潮州韩山书院、潮阳东山书院等处担任主讲，但时受封建顽固势力排挤阻抑。康梁变法失败后，他决意创办新学，联络杨守愚、梁居实、何士果等人，创办岭东同文学堂于汕头。岭东同文学堂是清末民初粤东一所著名的新式学校，丘自任监督，温仲和任总教习，何寿朋、温丹铭分掌教务，造就了一批爱国人才。《创设岭东同文学堂》集中而鲜明地反映了丘逢甲 1895 年内渡后的教育救国思想，是研究近代中国教育史的一篇可贵资料。

国何以强？其民之智强之也。国何以弱？其民之愚弱之也。民之智愚乌乎判？其学之有用无用判之也。中国之学，统集大成于孔子；孔学者，有用之学也。自孔教不得其传，而中国人士，乃群然习为无用之学。百年来西人乃以有用之学傲我，其国自士农工商兵以及妇孺，无不有学。其为课也有定程，其为效也可预计，其大旨则无非推本于民生日用之常，而有关于国计盈虚之数。

西人已以学强其国，于是乎遂侵凌远东。东方之国，首中国，次日本。日本志士，相与奋发为学，不三十年，亦遂以学强其国；而土地人民十倍于日本之中国，乃犹鄙弃西学不屑道，或仅习其皮毛，于是遂驯致贫弱，而几危亡。

夫谓我中国之人不学，国之人不任受也，曰：吾学孔子之学也。而问其何学，曰八股，曰试帖，曰大卷、白折。嗟乎！以此为孔学，恐我孔子亦必不任受也。其上自王公大臣，而下至百执事，叩以六洲之名茫勿知，询以经世之条瞠勿答。遇交涉则畏首而畏尾，值兵争则百战而百败。其负文学重名而自命通才者，亦不过求之训诂词章，以为吾学之能事已毕。语以贫弱，则曰：吾学不言富强；语以危亡，则曰：是有天运。通国之人心若此，士习若此，无惑乎外人竟嗤我为睡国，比我为病夫，夷我为野蛮、为土番也。德国报纸有谓华人之种甚贱，惟当以数点钟顷尽轰沉海底，别遣人传种其地，始为善法者。呜呼！吾闻此语，未尝不心惊肉颤、抚膺太息泣血，为我四万万同胞齐声一哭也。且以我中国人之聪颖秀异，岂真仅能为无用之学，而不能为有用之学者？毋亦为科举所累耳。其所以沾沾科举业者，亦岂尽以此为然，毋亦谓国家侥幸可以图存，科举在所不废，吾所学犹足恃耳。即有不测，国家受其祸，而民间无与。况得中国者不能不用中国之人，吾科举业，固无恙耳。

然自瓜分之说，德创法因，图说遍腾，闻者耳熟。或自宽曰：是为虚声而非实事。乃观于各求铁路权，各指省份为权力所及地，明者已不能不为寒心。至英俄协商，机牙尽露，剖裂之祸，已近在眉睫矣！无形之瓜分，浸变为有形之瓜分，国家受祸，已不待言，即我士我民，亦岂能受福？其惨祸之未然者，我不敢言，请举其已然者证之：自台岛割后，而胶、旅、广、龙之事迭见。固曰此濒海地，彼特租焉耳。然俄人之占旅顺、大连湾也，因求减税，枪毙士绅数十人；因细故起衅，毙丁壮妇孺数百人。俄弁纵兵，劫盗公行，无可呼诉。德人之占胶州湾也，民不堪其虐，起与触忤，遂乃蹂躏我沂州，残毁日照，执缚士绅，而民间之死者亦数百人；即墨圣像，且遭毁坏，此灭吾教之机也。而法人以欲占四明公所故，枪毙商民数十人，悍不偿恤；更以兵轮窥我江宁，吓我官民。今则意人之图占三门湾又见告矣。此皆见于新闻纸者也。

然犹曰外省也，请言本省：法人之在广州湾，戕我老弱，掠我妇女，残我坟墓，毁我屋庐，哀号之声，中夜四发，惨不忍听，而其祸今尚未已。九龙之属英人也，使民间夜不闭户以遂其欲，纵横数十里乡村践踏无干净土，此吾粤人人知之、人人能言之者也。其他零碎之杀我民、虐我民者，尤不可以偻指计。况外国赋役本重，其治属地又与本国不同。中国之人出洋居其属地者，其见待酷虐，犹曰恐夺彼利，故为苛法界勿往也；若俄人之在旅大，亦曰租我地耳，其于旅大之民，身税至少年纳银三元，屋一间十六元八毫，田一亩十八元，以至畜产家具，无不有税。租地且然，若瓜分之后，儼视为彼属地，不知更将何若！吾辈设身以处，其何以堪！试问一旦瓜分，祸在国家乎，抑在民间乎？试问此时八股试帖卷折之士，其犹可囊笔取青紫乎？训诂词章之士，其犹可以名山一席占千秋乎？英据印度百年，印人无在第六等以上者；法据越南，地与吾省接壤，今试问其国之人，有在于法廷者乎？吾愿吾国之人深长思之也。

方今国势积弱，外人予取予求，视为可唾手得。二万里之广，无地不可为胶、旅、港、龙之续，即无人不在杀掳、淫掠、焚烧、驱迫之中。后顾茫茫，危机岌岌，凶刑酷状，日悬目前：我躯壳将为人纳枪炮之丛，我血肉将为人擦刀刃之具；我子孙将为人奴隶，我妻女将为人姬妾；我祖宗坟墓将为人发掘，我经营财产将为人占据！哀我兄弟邦人诸友，无贵无贱，无贫无富，即极庸愚，即极颓靡，谁无身家，谁无性命？谁无保世之思，谁无身后之想？及今不振刷精神，破釜沉舟，力图自立，顾尚日奔走于无用之学，借口于国家之荣途不外于此，几幸于西人之刀锯或不我及。譬犹大厦火已四起，坐其间者不思设法救扑，尚抚摩室中无足重轻之物，以为火尚未着吾身，姑且待之；岂知待火已着身时，虽悔亦无可追矣！悲夫！悲夫！何我黄帝子孙神明贵胄，至今日而气象危迫愁惨若此也？

我潮同志，深慨中国之弱，由于不学也，因思强中国，必以兴起人才为先；兴起人才，必以广开学堂为本。爰忘绵薄，广呼同类，拟创设岭东同文学堂，举我邦人士与海内有志之徒而陶淑之。夫今日之祸，不特灭国，抑且灭种。种何以不灭？则以教存故。教何以存？则恃学在。今日之学何在？曰以中学为体，西学为用；中学为纲，西学为目。以我孔子，为"圣之时"，苟生今日，其必以此言为然也。

中学者何？曰学孔子。西学条目繁，时乎已迫，求其速效，不能不先借径东文，此本学堂之宗旨也。

非不知荒陬僻陋，神州大局，岂遂借此挽回？然蚁驮一粒，马负千钧，各竭力所为，亦我同人不得已之志之可共白者也。坼裂之惨，普海皆同，岂止潮州一隅，二十二省、一百八十八府、四十二直隶厅、七十二直隶州之魁儒巨子，忧时惧祸之志士，庶几接踵而起者耶！

附：岭东同文学堂开办章程

一、本学堂设于汕头埠，名曰岭东同文学堂。虽由潮中同志倡设，然同道之嘉应、惠州，邻境之漳州、汀州各属，自当不分畛域，以广造就。即各省府厅州县有志之士，均可查照章程，入堂肄业。

二、本学堂以昌明孔子之教为主义，读经读史，学习文义，均有课程，务期造就圣贤有用之学。

三、本学堂以中学为主，西学辅之；学其有用之学，非学其教也。然西文非十年不能通，非由幼年入学，不能有成；东文则一年即可成就，中年以上之人皆可学习。西人有用之书，东人多已译之，能读东文，即不啻能读西文也。本学堂拟先聘中文、东文教习，以期速成。至学堂经费稍充，始聘西文教习。

四、本学堂学生分两班，其愿由普通学以至专门高等者，以二十岁为断；其止习东文以为读译本书之用者，则不限年岁。

五、本学堂拟聘中国品学兼优之士一人，为中文教习；聘日本

品学兼优之士二人，为东文教习。西方教习，俟后再定。

六、本学堂既未购地建造，先租用汕埠高爽明通之房屋，作为学堂。其租价及置堂中器用，先由同人筹捐。

七、本学堂为广开风气起见，脩金格外从廉。计学生一人，每年收脩金三十元，伙食三十元，共六十元。

八、来学生徒，以志趣远大者为上，如性情浮滑、立心卑贱者，概不收纳。入堂后如有不遵教规，酗酒、嗜烟、告诫不听者，即行辞退。

九、本学堂课程，应俟开堂后由教习编定，公酌议行，现未列明。

十、本学堂分班教授，而学生外另设一班，曰讲习班。凡未为学生而愿与本学堂相切磋者，均可先行挂号，时到堂中研究一切。

十一、有好义之士，慨愿捐资，及送有用书籍入本学堂者，本学堂均乐接受。

十二、以上开办章程，有未妥善，由同人随时商定；四方同志，如有所见，亦望函示。详细章程，应俟续订。

丘逢甲（1864—1912），字仙根，又字吉甫，号蛰庵、仲阏、华严子，别署海东遗民、南武山人、仓海君。晚清爱国诗人、教育家、抗日保台志士。祖籍广东嘉应州镇平县（今广东蕉岭），1864年生于台湾苗栗县铜锣湾，1887年中举人，1889年同进士出身，授任工部主事。但丘逢甲无意在京做官，而返回台湾，到台湾台中衡文书院担任主讲，后又于台湾的台南和嘉义教育新学。1895年秋内渡广东，先在嘉应和潮州、汕头等地兴办教育，倡导新学，支持康梁维新变法。1903年，被兴民学堂聘为首任校长；后利用担任广东教育总会会长、广东咨议局副议长的职务之便，投身孙中山的民主革命，与同盟会等革命党人参与许雪秋筹划的潮州黄冈起义等革命活动。

潮州学在中国文化史上的重要性

饶宗颐

按语：国学大师饶宗颐先生是潮学的创导者，潮学研究的实践者和组织者。很难用一篇文章来概括饶先生对潮学的贡献，但可以毫不夸张地说，没有饶宗颐，便没有潮学今天的繁荣。1946年，年仅29岁的饶宗颐被聘为潮州修志委员会副主任，负责总纂《潮州志》。《潮州志》编纂成功，是青年饶宗颐对潮学的重大贡献，得到了学术界的高度评价。饶先生对潮学最大的贡献是第一个提出把潮学作为一门学科来研究。1993年12月20日，在香港举行的"潮州学国际研讨会"，是有史以来最具规模的潮州学研讨会，饶先生在会上作了本篇专题演讲。

潮州地区人文现象，有需要作为独立而深入探讨之研究对象，应该和"客家研究"同样受到学人的重视。因此，潮州学的成立，自然是顺理成章不用多费唇舌来加以说明；更有一个充足理由，客家学以梅州地区为核心，在清雍正十年（1732）嘉应直隶州未设立以前，整个梅州原是潮州所属的程乡（后来分出镇平、平远），长期受到潮州的统辖。大埔、丰顺二县，亦属潮州所管。北京的潮州八邑会馆，只有说客家语的大埔没加入，但大埔仍是潮属的一邑，至近时方才割出独立。所以研究雍正以前的潮州历史，梅州、大埔都应该包括在内，这说明客家学根本是潮州学内含的一部分，不容加以分割的。

中国文化史上，内地移民史和海外拓殖史，潮人在这两方面的活动的记录一向占极重要的篇幅，这是大家所熟悉的。潮人若干年来在海外拓殖成果和丰厚的经济高度发展的各种表现，在中国以外各个地区孕育出无数繁荣美丽的奇葩，为中外经济史写下新页，久已引起专家们的重视而且成为近代史家崭新的研究对象。因此，潮州地区人文现象的探讨，更使多数人发生热烈而广泛的兴趣。本人对这一件事，多年以来屡加积极提倡，汕头潮汕历史文化中心的成立，正说明这一工作已经取得相当成就。此次在香港潮州商会的鼎力资助下，香港中文大学举办首次为期三日的潮州学研讨会，这无疑是非常有意义的事。

潮州人文现象和整个国家的文化历史当是分不开的。先以民族而论，潮州土著的畲族，从唐代以来，即著称于史册。陈元光开辟漳州，筚路蓝缕，以启山林，即与畲民结不解缘。华南畲民分布，据专家调查，皖、浙、赣、粤、闽五省，畲族保存了不少的祖图和族谱，无不记载着他们始祖盘瓠的传说和盘王祖坟的地点，均在饶平的凤凰山（今属潮安）。换句话说，凤凰山是该族的祖先发源地。我曾引用宋代晁补之集中《开梅山》一长诗，和泰国北部发现的《徭人文书》里面《游梅山》的记述，来讨论宋代畲、徭的关系。又引用元代《三阳志》记载宋时水东有"不老"的土音来探索什么是畲族自己称呼的名号。这些问题，牵涉甚广，还有待于进一步的深入研究。

近十余年来潮汕地区的考古工作，成绩斐然可观。饶平浮滨类型的文化遗存之发现，震烁中外，但正式报告尚未有人着手编写。我曾到饶平该地考察，深觉发掘及研究工作尚未认真展开，例如该地出土重要文物——带有"王"字符号的大口陶尊，长达17.3厘米的铜戈，还有铜觯与鸟形壶，都是珍品。江西新干商代遗址的奇异绚美的铜器，亦有鸟形文物，吴城亦出凤鸟形握手青铜器盖，它们彼此间之关系如何，均有待于考古家的探索。其他各地出土文物林林总总，只有各县《文物志》做一些简单报道，我们正期待一本完美周详、图文并茂的报告。

再谈戏剧问题。在清代福建蔡爽的《官音汇解释义》卷上的"戏耍音乐"条记着："做正音，唱官腔；做白字，唱泉腔；做大班，唱昆腔；做潮调，唱潮腔。"其时的潮调与官、泉、昆三腔并列。由于多年来我国民间戏剧调查研究的跃进，温州南戏、闽剧特别是莆田戏的深入钻研，对潮剧研究的来龙去脉有一定帮助。中外人士已写成一些专著，灿然可观。出土新材料若宣德本《金钗记》、嘉靖本《琵琶记》已引起世界学人的注目，异国收藏如奥地利、日本都有旧本，这些珍异文物得到潮州商会的大力资助才印出《明本潮州戏文五（七）种》，风行一时，有口皆碑。其中《刘希必》写本所附板拍，对南戏音乐研究开创了一新纪元。现经中日学人共同探索，温、潮原出一脉。永嘉郑孟津君对宣德本点板的解读认为与《琵琶记》的明初瞿仙本正是一脉相承，更属创见。

潮州方言的研究久已展开，卓著成绩，述作之富，毋庸赘述。唯潮州地区，潮、澄与潮阳、普、揭，各成语系，语音的差异如何进一步分析，及与古音的比较，还有待专家之探索。至于潮乐方面，器乐的专题研究，和活五音位律吕的研究，近时在国内成为热烈讨论的题目，甚至可与曾侯乙钟律的四颤、四曾音位做比较研究，其重要可知。

凡此种种，俱见潮州文化若干特殊现象，已不仅是地方性那样简单，事实上已是我国文化史上的重要环节与项目。若夫潮史新文献的发掘，我在编纂《潮州志汇编》时候，将《永乐大典》里面的《三阳志》残本加以重印，已引起人们的重视和采用。近时我又将久已失传的万历知府郭子章所著的《潮中杂记》从日本影回，即由潮州商会出版，订于1993年12月在潮州学会议开幕时推出，以供大家参考。这更是香港潮州商会对潮州学的又一次贡献。

潮州学的内涵，除潮人在经济活动之成就与侨团在海外多年拓展的过程，为当然主要研究对象，其与国史有关涉需要突出做专题讨论，如潮瓷之出产及外销、海疆之史事、潮州之南明史等论题，在潮汕已有不少文化机构着手从事编写，十年以后，研究成果，必大有可观，钩沉致远，深造自得，蔚为国史之要删，谨拭目以俟之。

饶宗颐（1917—2018），字伯濂、伯子，号选堂，又号固庵，广东潮州人。著名国学大师，香港中文大学、南京大学等学校名誉教授，西泠印社社长。其学问几乎涵盖国学的各个方面，且都取得显著成就，并且精通梵文。香港大学修建了"饶宗颐学术馆"；潮州市政府也在其家乡修建了"饶宗颐学术馆"。

"诗书礼乐"传统的证明

陈春声

按语：陈天资，明正德年间生于饶平县宣化都上里（今大埕镇上东村）。明嘉靖辛卯科举人、乙未科进士，历任户部给事中、叙州知府、辽东道监察道员、山东右布政使、湖广左布政使。陈政绩卓越，所至都以名宦载入当地史志。嘉靖三十三年（1554）致仕归乡时，钦赐进阶为一品，敕封真乐翁，建一品恩光坊。《东里志》是陈天资归里后，约同下湾吴少松相与采辑旧闻，搜罗遗逸，编纂而成。手抄本共八册，廿余万字，是潮汕地区现存地方志中最早的一部，为史家所推崇，并为历代编纂方志者广泛借鉴，是研究潮汕地区地方史的重要史料。本文聚焦陈氏为文、作志之态度，通过剖析《东里志》中如何对乡绅言论事功做出评价，得出陈氏著述旨在儒学经典的构架下，力证东里地方早已接受礼制教化的结论。本文对于廓清东里民风流变的历史颇有启发。

　　《东里志》为万历初年饶平县东里上里村陈天资所作。陈天资为明末饶平著名士绅，在县志、府志中有许多他参与地方事务的记载，顺治《潮州府志》有传：

陈天资，登嘉靖乙未进士，称石冈先生，历官至布政使。致仕归，以道谊为乡里所重。又留心文献，著有《东里志》一书，藏于家。兵燹之后，典故借以有传云。

据《东里志·序》所记，陈天资历任户部主事、兵部郎中、叙州府知府、辽东道监察御史、湖广左布政使司等职。《饶平县志》称其"博学能文，所至宦绩载于其地"。

协助陈天资撰修《东里志》的还有另外两位乡绅：曾任教授的吴少松和周时庵。此书后经乡进士岳州通判刘守元增补。

所谓"东里"，并非乡、都之类的行政区域，而是广东与福建交界处的饶平县东南部沿海的一个半岛，亦称"东界"。明代为宣化都的一部分，即以大城所为中心的所谓"下宣化"，包括上里、东埔、大埔、神前、岭后、长美、上湾、下湾、柘林、下岱、高埔、大港等村落。而《东里志》的记事范围实际上并不限于"下宣化"，而是包括了相邻的同县信宁都部分地区和隔海相望的南澳岛。所以，《东里志》既非县志，亦非乡志，编修的体例和内容与一般的方志不同，且后人也再未以这样一个地域为范围续修志书。从《东里志》的内容和其他文献记载可以看出，这部独特的志书编修的动机，直接与嘉靖以后该地区社会激烈动荡的环境有关。

从士大夫的观念出发，《东里志》的作者尽力证明东里早已接受礼教的"教化"，决非未开化的蛮荒之地。对于东里的士大夫文化传统，刘守元在《后序》中说：

> 自《东里志》之所能识，迄于豪杰之生于我里者无数。而能兴起斯文为己任者，若曹宗道之善课多士、陈子旃之笃志力行、周舜中之博学清修，一时人士，翕然宗之，家诗书而户礼乐，亚邹鲁矣。居是里者，士无儇佻之风，女无匪僻之行。长幼尊卑，以礼序也；亲戚急难，以谊劝也；父兄之教，子弟之

学，不为浮词剿说，以实胜也。非先民之遗风乎？

这里提到的曹宗道、陈子游、周舜中等，都是成化至嘉靖初年当地著名的士大夫：

> 曹宗，字宗道，[成化]七年辛卯官国子监佐教。油园人，习春秋。公幼即聪敏……读书通大义，缙绅长者称为神童，弱冠以春秋登贤书，入太学，祭酒琼山邱公甚爱之，使著春秋通典。未几丁母忧，卒于家。……生平乐育士类，课讲不倦。和斋、直斋暨竹湖、恕斋诸公皆出其门，甚为物望所归，诗词古文繁多，兵燹之后，无复存者。有一二遗稿，俱出之民间云。

> 陈懋，字子游，饶平人。制作高洁，母丧庐墓三年。由国子生授雍府审理，改藤县知县，复调柳城教谕。秩满归家。好学不倦，邑令延之为大馆师，教训乡之子弟，清白终身，绝无怨悔。从祀乡贤。

> 周用，字舜中，饶平人。颖悟博学。弘治壬子举人，历知建昌、惠安，惩恶旌善，兴学赈饥。尝北行，舟至丰城，遇狼兵（地方土司或山寨之兵）嚣所掠老妪于市，用已金赎之，归其家，仁爱发于天性。擢大理评事，决狱明允。改浙江佥事，力辟白茅港，灌田数千顷，民利之。上疏乞归，家居十余年，布袍草履，吟咏自适，无异致焉。

这几位士大夫都以其学问和道德的成就为地方所重，陈懋和周用还是嘉靖时本县乡贤祠奉祀的三位"乡贤"中的两位。除"后序"外，《东里志》还在多处地方引述他们的言论与事功，这自然有助于本地"家诗书而户礼乐，亚邹鲁矣"的形象的塑造。

其实，陈懋与周用乡居之时，也一直与本地的士绅一起为塑造和证明家乡的士大夫传统而竭力。最有意思的例子，就是嘉靖初年广东提学副使魏校毁淫祠、立社学时乡绅们的态度和行动。

魏校在广东大毁淫祠的举动，是明中叶对地方社会影响至深的一件大事。《粤大记》记其事曰：

> 魏校，字子材，昆山人。弘治乙丑进士，正德末来为广臬提学副使。教士以德行为先，不事考较文艺，辄行黜陟。首禁火葬，令民兴孝。乃大毁寺观淫祠，或改公署及书院，余尽建社学。教童生虽以经书，然三时分肄歌诗，习礼演乐。自洪武中归并丛林为豪氓所匿者，悉毁无遗。僧尼亦多还俗，巫觋不复祠鬼，男子皆编为渡夫。风俗为之丕变。

魏校《檄郡县立社学文》曰：

> 广东淫祠所在布列，扇惑民俗，耗蠹民财，莫斯为甚。社学，教化首务也，久废不修，无以培养人才，表正风俗，怃然于衷。合行委官亲诣各坊巷，凡神祠佛宇不载于祠典，不关于风教，及原无敕额者，尽数拆除。择其宽敞者改建社学。仍量留数处以备兴废举坠。其余地基堪以变卖木植，可以启造者，收贮价银工料在官，以充修理之费。实为崇正黜邪，举一而两便者也。

可见，凡是"不载于祠典，不关于风教，及原无敕额者"的庙宇，都在"尽数拆除"之列。可以说，绝大多数的乡村庙宇，都属于这个范围，此举对地方社会原有的秩序和关系自然会有很大冲击。但毁淫祠是在兴教化、正民俗的理由之下进行的，从《东里志》的记载看，乡绅们对此事的反应相当微妙。

《东里志》这样记载这一事件：

［嘉靖元年］冬十月，提学副使魏校大毁淫祠寺观，立书院社学。周瞻峰有诗云：

　　举网得鱼日正中，晚禾收获荷东风。

　　杖藜来往闲相语，此日官司卖社翁。

　　时有毁及娘娘之庙。瞻峰曰，何可毁也。娘娘者，宋张世杰夫人许氏也。世杰奉帝入海，夫人统步兵于沿海扈驾，至百丈埔，遇元兵与战，陈吊眼助之，兵败，夫人阵亡，吊眼退保潘段四百岭。土人感慕忠义，故立庙祀之，阖境皆然。何可毁也？后进不知故典，妄作如此。是故乡有前哲，士之典型存焉。

　　瞻峰乃周用之号。不难看出，他对毁淫祠的举动抱着不甚以为然的态度，对娘娘庙被毁更是愤愤不平，因而考证"娘娘"的来历，说明娘娘庙应属于有关"风教"的庙宇。《东里志》作者盛赞瞻峰此举说明"是故乡有前哲，士之典型存焉"，将其视为地方士大夫文化传统的证明。瞻峰反对拆毁娘娘庙的影响十分深远，明末任饶平知县的邱金声著有《娘娘庙当复》一文：

　　魏学使毁淫祠，而及娘娘庙，其失岂在魏哉，奉行者过耳。娘娘为宋张枢密夫人许氏，枢密护跸海上，夫人率步兵沿海为援，在于百丈埔阵亡，土人义而祀之。此祠当与三忠庙并传，香火斯土。即前人无尸祝之事，犹为阙典，况见祠而毁之耶？时无老成人，听其摧废，至于遗址不可复寻，殊堪一叹。

　　很明显，邱金声的议论深受周瞻峰影响。尽管崇祯时娘娘庙遗址已经"不可复寻"，但从顺治《潮州府志》到光绪《饶平县志》，"百丈埔娘娘庙"一直被列于历次编修的府、县志"古迹"部分，条目之下都附录了周瞻峰和邱金声议论的内容。

　　尽管如此，士绅们还是对兴办社学采取了相对积极的参与态度：

嘉靖初，魏庄渠督学广东，欧阳石、江铎继之，令各乡立社学，延师儒。东里即三山国王庙为大馆，请乡贤陈恬斋、陈和斋为师，每以朔望考课，次日习礼习射。当时文教翕然兴起。

陈恬斋即后来入祀乡贤祠的陈懋。陈和斋讳理，乃周瞻峰之师，也是在地方上极具影响力的士大夫：

> 陈理，字子文，度量宽宏，行谊端谨，领成化庚子乡荐。两试南宫不第，以春秋受业于伍文定公之门，适时有分俸养亲之例，欣然就教兴德，崇教化，严规约，与大宗伯张公需吟咏唱和，甚见赏服，一时制作多出其手，声称锵然。洎擢浦城尹，廉以律身，严以驭下，惠以治民。忽遭危疾，士民祈祷，愿以身代。疾愈拂袖归，环邑留之不听。居乡平心率物，大小皆得其欢心。既为乡约正，不存好恶，尽取东里正质成者。嘉靖初元，督学魏庄渠请延与恬斋共为大馆师，循循善诱，品藻公明。与翰博周复斋，及门徒周瞻峰，皆以古道结社，为时山斗云。

社学大馆设于三山国王庙，并非将该庙视为"淫祠"进行破坏的结果。三山国王信仰在潮州地区具有特别的地位，尽管明清时期三山国王未曾被朝廷正式承认，但历次"毁淫祠"中都未见有冲击三山国王庙的记载。位于大埕乡的三山国王庙实际上有某种社区中心的功能，陈理等主持的乡约也在此地举行：

> 东里旧有乡约，通一方之人。凡年高者，皆赴大埕三山国王庙演行。以致仕陈大尹和斋、吴教授梅寓为约正。府若县皆雅重焉。

《东里志》中还录有陈理所写《重建明贶三山国王庙记》，其重点也在强调本地"海滨邹鲁"的传统和三山国王"御灾捍患"的恩德：

> 吾乡风俗淳美，敦彝伦，服儒书，登科入仕接踵，亦可谓
> 海滨之邹鲁矣。尚冀三山之神，益阐厥灵，御灾捍患，降福储
> 祥，俾时和丰，人物康阜，阖境熙熙焉，长享太平之福。

乡绅利用各种关系与官府打交道，尽量减轻"毁淫祠"对地方
社会的冲击。《东里志》还录有嘉靖末年的另一个例子：

> 观音堂，在大城内西南隅。嘉靖四十五年，生员林芳奋、
> 陈守化、周文翰等，呈为会馆。蒙宗氏罗批，前任君子举有成
> 规，兴废补弊，望贤有司加之意耳。据呈庞千区等惑众建祠，
> 得罪名教大矣。仰县查勘，如再违碍，本官并参夺。知县杨
> 批："据呈淫祠理应拆毁，但地原为陈乡官所买，林芳奋等呈为
> 欲造书馆，未审彼肯与否？仰县查勘，如无违碍，许造书堂，
> 毋违。"蒙知县札陆巡检勘丈四十余丈无碍，缴依准讫。今生员
> 即门建立小斋五间，肄业其中。观音像并堂为风雨毁废矣。

本来观音堂之建"得罪名教大矣"，知县也明确指出"淫祠理
应拆毁"，但林芳奋等乡绅以建书馆为名将其保留下来。《东里志》
的传抄者在该条记载之后加了一个批注，道出观音堂后来的命运：
"明季重建，名松鹤庵"。较之娘娘庙崇祯时已经"遗址不可复寻"
的结局，更能看出林芳奋等努力的真正意义。

乡绅们在"毁淫祠"问题上的态度，是在维持地方固有的秩序
和利益与接受更具政治和文化"正统性"的外来干预之间平衡的结
果。证明本地原有文化合乎"礼教"和朝廷法度，成为维护地方利
益的重要武器之一。《东里志》的作者也是这样做的，除了大量记
述陈懋、陈理、周用等"前哲"的言论和事功外，还有一个引人注
目的努力，就是在《风俗志·礼仪》部分把地方上的各种风俗都放
到一个符合朝廷"礼制"和儒学经典的架构中进行解释，略举数例

如下：

冠礼

《曲礼》曰，男子二十，冠而字。郊特牲。日适子冠于阼，以着代也。醮于客位，加有成也。三加弥尊，喻其志也。冠而字，敬其名也。东里行冠礼者少，然其始冠，亦卜日召宾，择其具庆子弟为冠者栉发，又推尊德望者为之字，冠者皆拜谢之。惟宾赞无传，设服无三加，无醮祝词。其既冠而字，与见祠堂，见尊者，礼宾友，及见乡先生，与父之执，俱如仪，然不敢以见有司。其有先施贺礼者，遍拜谢之。虽云从俗，也不失古道也。

婚礼

古者婚礼六：纳采、问名、纳吉、纳征、请期、亲迎。今减其二矣。东里议婚，初遣媒妁用槟榔至女家，请生年月日时，女回庚帖，即古者问名之意也。即用槟榔礼物回吉，俗谓回包，即古纳吉之意也。然后送礼物聘仪下定，即古纳征之意也。将娶，送礼定日，俗谓扫厅，即古请期之意也，漳俗谓之乞日云。及娶，亲迎奠雁，与妇见舅姑、见祠堂，及婿见妇之父母，如仪。

社祭

洪武八年，令各处乡村人民，每里一百户内立坛，周以土垣，而不盖屋，祀五土五谷之神，专以祈祷雨旸时若，五谷丰登。每岁轮一会首，时常洁净坛场，遇春秋二社，预期率办祭物，至日约聚祭祀。其祭用一羊一豕，酒果香烛纸随宜。祭毕就行会饮，会中先令一人读扶弱抑强之誓。……读誓毕，长幼以次就座，尽欢而退。务在恭敬神明，和睦乡里，以厚风俗。……国朝社祭之设，盖因社稷之祭而推之，乃敬神洽俗之一事也。东里昔年遵行，谓之春福秋福，但社坛久迷处所，乃即各土地庙举行之。如上里三社、大埕七社、上下湾二社，欢聚群饮，少长雍雍。间有酗酒喧哗，令人可厌，然饩羊之意，尤有存焉者。

明朝立国之初，已对冠礼、婚礼、丧礼、社祭、乡厉（祭地方无祀之鬼）等礼仪行为有明确规定，正如《东里志》所言："国初，洪武有礼制之颁，又有仪礼定式之颁，永乐又颁《朱文公家礼》于天下。是以家传人诵，国不异俗，礼教大行。"从前面的引文不难看出，编修者的目的就是尽力在王朝之"礼"与民间之"俗"之间找到共通之点，赋"俗"以"礼"的解释。所以，冠礼中未合礼制之处就成了"虽云从俗，也不失古道也"。民间嫁娶的习俗也一一与"古礼"对应起来。东里本无社坛，各村土地庙举行的"欢聚群饮"明显与王朝规定的"社祭"礼仪大相径庭，连士绅们都觉得"酗酒喧哗，令人可厌"，但编修还是要加上"然饩羊之意，尤有存焉者"的评语。对于种种不合礼制的风俗的存在，《东里志》的作者将其归咎为贫富分化的结果，而不视为"教化"方面的问题：

> 东里衣冠丧祭，悉遵礼制，又依《朱文公家礼》。然贫者犹或有徇俗也。记曰：礼徇俗，使便宜。又曰：君子行礼，不求变俗，姑安焉可也。

陈春声，广东省揭西县人，1959 年 8 月出生于广东省澄海县，教授，博士生导师。2015 年 9 月任中山大学党委书记。主要从事中国社会史、中国经济史和史学理论的教学与研究。在历史学计量研究和传统乡村社会研究两个学术领域有突出成绩。主持多项有"历史人类学"倾向的国家重大研究课题和国际合作计划，重点进行族群与区域文化、民间信仰与宗教文化、传统乡村社会等领域的研究。

潮汕的诸神崇拜及脉络

隗　芾

按语：潮汕地处粤东沿海、台湾海峡西岸，是古代中国海上丝绸之路的重要门户。潮汕经济发达，然而经济的发展却没有带来相应的文化嬗变。潮汕地区的神仙崇拜至今仍旧保持着某种原始而旺盛的生命力。隗芾教授是辽宁新宾人，壮年而入汕头大学教授古典文学。在这篇文章中，他以一种外乡人的视角对潮汕诸神崇拜这一有趣的民俗课题进行研究。作者不但从更为宏观的全国背景透视了当代潮汕地区神仙崇拜的特点及其文艺活动的本质，更从历史源流、地理环境、人口构成及文化心理等方面爬梳了潮汕神仙系统的体系构成与发展脉络。文章深入浅出，既富学者洞见，亦充满了对潮汕大地的深切之情。

　　改革开放以来，出现了一个较为特殊的现象，似乎是经济愈发达的地方，迷信之风就愈盛，特别是沿海开放地区，比如浙江的温州、福建的石狮、广东的潮汕等地区。这其中有什么必然的联系吗？应该说，这是一种表面的耦合，绝非必然，但也确实有一些内在的因由。因为愈是经济发达的地方，人们的头脑愈灵活，对客观世界的疑问亦愈多；愈是市场经济发达的地方，人们生活的变化力度愈大，速度愈快，对前途愈没有把握；愈是在海上作业的地方，风险愈大，危险性和偶然性愈多。这些都给迷信者提供了客观的理由。加上这些地方经济富裕了，有条件拿出多余的钱财去修庙，去供奉，搞起活动来有声有色，甚至轰轰烈烈，外在表现出来的东西多，给人们的印象就深；而贫困地方衣食尚且不保，哪有余钱去供神？其实就迷信心理来说，他们并不亚于开放地区，而就愚昧程度来说，肯定甚于开放地区。何况开放地区的许多所谓敬神的活动，已经逐渐向民俗活动过渡，也就是社会学家所说的"从迷信走向俗信"，使其成为文艺活动的形式，融入社会主义精神文明之中了。

我们分析、解剖潮汕地区的诸神崇拜，不仅具有现实意义，也具有全国意义。尽管各地所供奉的神明不同，其存在和发展的规律是大同小异的。这其中既有当地的历史原因，也有现实的原因。

潮汕地区指以讲潮汕话为主的地域，古代包括粤东地区，和赣南、闽西的一部分，属古楚之地。现在主要指汕头、潮州、揭阳三市所辖区域。这里在地理上背五岭而面南海，古代与北方内地交通闭塞，与东南亚各地海上交通相对便利，是古代海上丝绸之路的重要一环。这里的人相对于山区和草原的人来说，见多识广，对客观世界接触得多，疑问也就多。于是从先秦时期起便形成了楚人"信鬼而好祠"的传统。古代楚国的著名诗人屈原在哲理长诗《天问》中，对大自然一连提出了 170 多个问题，表现了屈原博大的思想和探求真理的精神。屈原的思想是当时楚人的整体文化的反映，是楚人思维活跃的结晶。屈原在两千年前提出的问题，许多至今仍没有科学的答案，于是楚人便创造出众多的神明来予以解释。

对于思维活跃的人来说，科学的空白地，便是想象驰骋的广阔空间。

西方文化来源于古代希腊的神话和传说，其土壤是环地中海的海洋文化。所以，西方人始终保持着思维的活跃性。潮汕地区与此类似，平原较少，耕地不足。原始居民多是海民和山民。他们靠打鱼、晒盐和狩猎、采药为生，危险性和偶然性都很大。明清以后的海禁和现代台湾海峡的军事封锁，使这种危险大为增加。于是大量男子冒险过洋到东南亚一带谋生，海上漂流，九死一生，在靠"红头船"闯海的时代，他们只能把希望寄托在神明保佑上。

潮汕人现在号称海内外各有一千万人。几乎每个家庭都有亲人骨肉天各一方。在过去长期内外隔绝的情况下，亲人们只能通过默默地祈祷来安慰各自的心灵，将祝福寄托于神明去实现。这些都使潮人从小就受到熏染和教育，对神明取虔诚态度。

由于潮汕地区的特殊地理环境，气候温暖，作物繁茂，兼有山海两利，又远离中原争斗的战场，就成为中原人避难的首选之地。秦末、南北朝、宋末、明末等几次大规模的移民高潮，成为潮汕居民的主要来源。他们远离故土，唯一能带走的恐怕只有他们的信仰和对祖宗的怀念。因此，他们带来了全国各地、各种系统的神明，加上原来的地方神，这就使得潮汕地区的神愈来愈多。他们到达新的居住地后，最重要的事，莫过于安排祖宗的牌位，并为灵魂的保护神安排哪怕是最简陋的庙宇。直至今日，仍可看到一些建筑工地，只用四块砖就搭成一个简易神龛。他们认为神龛建得好坏是条件问题，神明不会怪罪，而搭不搭神龛则是态度问题，关系重大。因为建筑行业充满着危险，除了加强宣传，采取多种安全保护措施外，作为防备"万一"的手段，就是希望取得那些"不可预计因素"的配合。所谓"不可预计因素"就是老百姓说的神明。这应该说是一种心理的安慰，不完全是迷信，迷信则是只依赖神明保护，而不采取任何安全措施。1997年6月1日，轰动全球的柯受良飞越黄河活动，尽管经过一年多的准备，几乎达到万无一失的地步。人为的努力已经到顶了，柯受良还要再三地祈祷上天予以配合。这在更大程度上是对他自己的心理安慰，而这对他的成功并非是完全不必要的。所以，讲科学的电视台照样予以转播。成功以后，人们仍然把功绩记在英雄身上，并没有人认为这完全是神明的功劳。现在流行在潮汕地区的许多迷信现象，大多应作如是观。

潮汕诸神系统较为齐全，神明众多。除了与全国共同的神外，其他地方没有的神，这里也创造出不少。这种情况并不只现在如此，早在《汉书·地理志》上就说："楚人信巫鬼，重淫祀。""巫"是指那些沟通人与神鬼关系的人。"淫"是多的意思。这里所说"信巫鬼"为人治病的情况，也已因医疗技术的发达和普及，在潮汕地区已基本绝迹。"淫"的情况，也已得到遏止。1949年前的许多神明现在早已不知去向了。由于人们的科学知识普遍提高，对那些明显知道是愚昧看法的神，也多不屑一顾了。如在潮汕很少有人再拜雷公、风婆。现在拜的神多数是与人的安全有直接关系的。

这些神祇系统繁多，名称各异。简单说，普通人死后称鬼；有特别才能和特异功能的人死后可成仙；名臣烈士死后多为神。神是指掌管一方权力的正面形象。坏人死后多为妖、魔，动植物成神的叫精、怪。神仙与妖魔鬼怪之间的斗争，其实也就是人间斗争的反映和继续。在人间受到不公正待遇的，到另外世界里要平反。为民请命而不为皇帝喜欢的官，到鬼神世界里要掌握大权。这都是人们愿望的反映。还有些不主动参与这些斗争的，佛教叫佛、菩萨、罗汉，道教叫仙、真人等。我们为了叙述的方便，只好把凡是超现实的力量都叫神，比如祖先本不是神，但人们对待祖先与神明一样，我们也就放在一起分析。

潮汕地区的神祇按系统概括，有以下各类：

（一）自然崇拜系统

天地祖先、日月星辰、水仙、泉神、井神、海神、潮神、大湖神、山神、石神、树神、动物神、火神等。

（二）受儒家影响的崇拜系统

孔子及其配享诸神；潮汕各地韩文公祠供奉的韩愈。

（三）佛教崇拜系统

以释迦牟尼为中心的三身佛、三世佛，及其配享的菩萨（文殊、普贤、观音、地藏）、十八罗汉、护法神韦陀、四大天王和那位总是笑眯眯的弥勒佛（契此和尚）；潮汕建有许多单独的观音殿；寺院中还供奉有各自的祖师，如大颠、大峰等。

（四）道教崇拜系统

道教是多神教。中国除了儒教和佛教诸神外，其他的一切神、仙、妖、魔、鬼、怪、精、灵，原则上皆属于道教系统。包括：以三清（元始天尊、灵宝天尊和道德天尊）为首的道教神仙系统；以玉皇大帝为首的天神系统，潮汕地区供奉最多的是代表北方的玄武神，叫玄天上帝；以城隍爷为首的仿政府系统和以阎王爷为首的司法惩罚系统；以小说《封神演义》《西游记》等为蓝本创造的杂神系统，其中有太白金星、齐天圣王孙悟空、姜太公和梨山老母等。

（五）西方宗教崇拜系统

以上帝为崇拜对象，又分为基督教、天主教、东正教等派别。

（六）英雄崇拜系统

凡是历史上和现实中为人民做过好事的人，其死后潮汕多奉为神。其中最著名的是关羽和林默娘（天后、妈祖）。其他有供奉张巡、许远的"双忠祠"；供奉文天祥的"忠贤祠"；供奉介子推的"英毅圣王庙"；供奉晏子的"晏公庙"；此外还有张良、方耀、王来任、周有德等。现代的革命领袖死后也被一些人由信仰上升为神，司机把他们的相片挂在驾驶室内，用以保佑平安。

（七）祖宗崇拜系统

潮汕各姓氏的祖先，事实上也被当作神来对待。桑浦山每年有十多万人参加的"庄氏祭祖"活动，其仪式和参加者的心理，与拜神是一样的。

（八）行业祖师崇拜

木匠供鲁班；花农供水仙花娘娘；演员拜田元帅；纺织工人供奉轩辕和嫘祖、王（实际是黄）道婆；茶商供陆羽；接生婆拜注生娘娘；出麻疹拜宝珠娘娘；药农供孙思邈；商业供赵公明和关羽。各行业几乎都有自己的神。

（九）传说诸神

三仙（李白、华佗、何野云）、八仙、风雨圣者、公婆母（花公、花妈）、慈悲娘娘、七圣夫人、保生大帝、三义帝君（刘备、关羽、张飞）、文昌爷、太子爷、魁星爷、木坑公王、指挥大使、莱芜神女、显娘、寒妈、桨官爷公、五谷母、安济圣王，等等。

（十）还有一类特殊的神，是本地人成神、传到国外供奉的

这就是汕头蓬州的翁万达。他是明代嘉靖时期的进士，三次被任命为兵部尚书。曾经在南方和平解决安南问题；在北方，增修长城，多次抵御俺答的进攻，保卫了北京和中原的安定。后来受到昏君的不公正待遇，死后被旅居泰国的陈氏奉为英（翁）勇大帝神。现在泰国有英（翁）勇大帝庙一百多个。

（十一）其他宗教信仰

如伊斯兰教、萨满教、摩尼教、喇嘛教等，在本地区都是个别的现象，未形成社会形态，故暂不论列。

隗芾 (1938—2016)，笔名顾乡，满族，辽宁新宾人。汕头大学教授，潮汕文化知名学者。1962 年毕业于吉林大学中文系，随即进东北文史研究所深造。1984 年秋调入汕头大学，曾任中文系古典文学教研室主任、潮汕文化研究中心教授、汕头大学出版社社长兼总编辑等职。研究方向为中国古典戏剧、地方民俗文化和旅游文化。隗芾教授落户汕头逾三十载，对潮汕大地充满了感情，自然环境得天独厚的汕头是他心中理想的宜居之地。他以一个外乡人的独特视角审视潮汕文化，为新时期潮汕的文化建设做出重要的贡献。

俗文学研究视野里的"潮州"

陈平原

按语：本文根据 2007 年 6 月 25 日在汕头大学的演讲《暮春者，春服既成》第四节整理而成，初刊于《南方都市报》2010 年 4 月 11 日。作者陈平原教授曾任中国俗文学学会会长，文章表现了他对故乡俗文学的关注。2018 年，陈平原、黄挺、林伦伦编著了《潮汕文化读本》（一套四册）由广东教育出版社出版。

现代作家中，老舍对北京的关注，沈从文对湘西的迷恋，还有汪曾祺热心撰写关于高邮的文章，着实让人感动。不过，我认同周作人《故乡的野菜》中的说法，北京住久了，有了感情，也会关注其"前世今生"。这与我对自己的家乡潮州古城的魂牵梦绕，并行不悖。家中挂着潮州的戏曲木雕，闲来无事，听听潮州弦诗，喝喝准工夫茶，不过，也就仅此而已。作为潮州人，我的"潮州文化研究"，仍停留在冥想阶段；而谈论北京的文章，却已结集出版（《北京记忆与记忆北京》，三联书店 2008 年版）。曾经设想，像《贵州读本》（钱理群等主编，贵州教育出版社 2003 年版）、《广东九章》（黄树森主编，广东人民出版社 2006 年版）那样，为家乡编一册《潮汕读本》，勾起世人了解潮汕历史文化的热情。可惜，也只是说说而已。真希望有一天，我能腾出手来，投入更多的时间和热情，为家乡写本像样的书。

谈论家乡的历史文化，可以是撰述，也可以是编辑。而大规模整理出版本地先贤著作，清人已开始这么做。我写《作为文学史家的鲁迅》时，曾提到他做学问从辑佚入手，《会稽郡故书杂集》之"叙述名德，著其贤能，记注陵泉，传其典实"，以补方志之遗，这一思路渊源有自。鲁迅自述受张澍《二酉堂丛书》影响，其实，张书乃清儒大规模辑存乡邦文献以养成地方学风、人格这一思潮的后起者，顺治、康熙年间，已经有《甬上耆旧诗》《姚江诗存》《粤西文载》等书。这个问题，与其像章学诚那样从方志学角度论述，还不如从地方学术以及文化教育的思路着眼。最近十年，学界之关注地方文献及生活方式，已经有了全新的视角；谈论作为学术对象的"潮州"，不再满足于掌故之学，而是希望兼及国际视野、科学方法与乡土情怀。

记得是 2004 年春天，《南方日报》曾组织大型系列采访报道，而后加工成《广东历史文化行》一书，邀我写序。我的序言题为《深情凝视"这一方水土"》，其中有这么一段话：

> 当今中国，生活在大城市里的年轻人，很可能对纽约的股市、巴黎的时装、西班牙的斗牛、里约热内卢的狂欢了如指掌；反而漠视自己身边的风土人情、礼仪习俗以及各种有趣的生活细节。如此看来，单讲"世界大势"或"与国际接轨"还不够；还必须学会理解并欣赏各种本土风光——尤其是自己脚下的这一方水土。在大与小、远与近、内与外的参照阅读中，开拓心胸与视野，反省自己身上可能存在的盲信与偏执。可以说，这是现代人精神成长的重要途径。

如果编《潮汕读本》，我建议以历史文化、文学艺术为中心，尽量少收当下的政论文章，更不要贪图一时方便，恭请官员领衔或出面协调。这方面，《广东历史文化行》有深刻的教训。

谈论潮汕文献，不少先贤的工作可以借鉴。如温廷敬辑、吴二持与蔡启贤校点的《潮州诗萃》，还有饶锷、饶宗颐所著《潮州艺文志》等，都很值得赞赏。前者选辑了自唐、宋、元、明至清末的潮籍诗人436人，诗歌6530多首，是潮州历代诗歌的精粹集成；后者则是相当严谨的学术著述。我想补充的是，还有好些不太为人重视的"小节"，同样值得关注。

应邀为《广东历史文化行》写序时，我正在巴黎讲学。为了查找相关资料，特意跑到法兰西学院汉学研究所用功。没想到，在图书馆里，竟发现了一册小书——杨小绿编《潮州俗谜》。这册1930年由支那印社刊行的小书，附有"潮州歇后语"。在异国他乡撞见"老乡"，自是感慨万端。杨小绿，又名杨睿聪，生卒年月不详，潮州人，民俗学专家，只知道抗战前曾在广东省立第四中学（潮州金山中学在1923—1935年的名称）任教。这册小小的《潮州俗谜》，辑录广泛流传于潮汕民间的谜语二百则，煞是有趣。此外，杨先生还编著过《潮州的风俗》（支那印社1930年版），可惜未曾拜读。

另一个潮州人丘玉麟（1900—1960），在其《〈潮州歌谣〉代序》中，提及为搜集歌谣而"决意去拜访杨睿聪先生——他已搜集了一册儿歌、谜语和妈经"；而杨先生还对他的编辑分类提出了若干建议。听其口气，这位杨先生应比丘玉麟稍为年长。

小时候，在家里乱翻书，曾见过丘玉麟选注的《潮汕歌谣集》。当时并不在意，只知道编者是我父亲在金中念书时的老师。换句话，我关注此书，最初是基于人情，而非学术。直到前几年，主持中国俗文学学会工作，方才意识到此书的价值。此书的版本有三：《潮州歌谣》第一集，1929年在潮州自费刊行；《潮汕歌谣集》，1958年广东人民出版社刊行；新版《潮州歌谣集》（包含《潮州歌谣》《潮汕歌谣集》《回回纪事诗》），2003年12月在潮州印刷（封面署"香江出版有限公司"）。

在 1929 年所撰的《〈潮州歌谣〉代序》里，丘玉麟特意凸显自家学术渊源。那篇序言是以致周作人信的形式写的，其中有这么一段：

> 呵，北平我的第二个故乡，我的一生爱恋的情妇，常入梦的苦雨斋。你，我一世不忘的恩师，我现在不能回到北平，然而我不能不在此时此地歌谣集印成了，向你表明敬忱，因为我对于搜集歌谣这工作之趣味的嫩芽是你护养壮大的——虽然岭南大学文学教授陈寿颐先生已早一年把搜集歌谣的种子播下我心田。其实是自认了先生才决意研究文学，搜集歌谣。

没想到，歌谣集出版后很受欢迎，初版 2000 册很快就售罄了。这让编者欣喜若狂，当即决定重印，还准备发行到南洋群岛，以满足那里的华侨思念祖国及家乡的心愿（参见丘玉麟撰于 1929 年 5 月 5 日的《再版序言》）。

引三首歌谣，以见此书特色。先看《天顶一条虹》："天顶一条虹，地下浮革命，革命铰掉辫，娘仔放脚缠。脚缠放来真架势，插枝花仔冻冻戏。"这里所说的"革命"，当是指北伐前后南方的政治气氛。可我记得，小时候念的是："天顶一条虹，地下浮革命，革命红军企驳壳，打得老蒋头驳驳。"一查原书，方知后者出自 1958 年的修订本。将民间趣味很浓的"性别偏见"，转化为立场坚定的政治口号，不是好主意。收入"讽刺类"的《老鼠拖猫上竹竿》，则基本保留了民歌特点，滑稽有趣，没有明显的政治倾向："老鼠拖猫上竹竿，和尚相打相挽毛。担梯上厝沾虾仔，点火烧山掠田螺。"至于《正月思君在外方》，继承的是《诗经》传统，歌咏永恒的爱情，从正月一直唱到十二月，除了方言诗之佳妙，还能见本地风情。若"五月扒龙船，溪中锣鼓闹纷纷；船头打鼓别人婿，船尾掠舵别人君"；"七月秋风返凉哩，要寄衣衫去给伊，要寄寒个又克早，要寄热个又过时"；"十二月是年边，收拾房舍来过年，廿九夜昏君就到，围炉食酒来过年"。唱完了十二个月，接下来是："天光起来是新年，朋友相招去赚钱。衫裾扯紧无君去，忆得去年相思时。"

这样的潮州歌谣到底有多大的文学价值，编者显然很自信："歌谣可承认为文学，编印成书，第一次到你们的手头，你们就能觉悟时代已变化了，这自来被贵族文学所摈弃的民间歌谣，已成为有价值的平民文学了！你们可以产生文学作品了，文学不仅是有暇阶级、豪富阶级之专有物，乃是各阶级的共有了。"而这种对于"平民文学"的褒扬与提倡，明显是受"五四"新文化运动的影响。

1921年考进广州岭南大学、后转燕京大学西洋文学系学习的丘玉麟，字拉因，潮州市意溪镇人。1927年起，丘执教于潮州金山中学，除《潮州歌谣》外，还与林培庐合编《潮州民间故事》，撰写《回回纪事诗》等。正是在北京读书期间，丘与林培庐等在北大教授周作人的影响下，开始致力于潮汕民间歌谣的收集和整理。在《〈潮州歌谣〉代序》里，丘玉麟提及其受周作人"深望努力从事搜集歌谣的工作"的鼓励，与林培庐组织文学社、讨论歌谣的价值等："培庐兄就把我的歌谣、佚民先生的编注，名为《潮州畲歌集》，先生作序，付上海朝霞书店出版，不幸朝霞遭一次封闭，畲歌集尚未能出版。"这段话，帮我解决了三个疑问。第一，一直在寻觅周作人写序的《潮州畲歌集》，没想到竟是胎死腹中，难怪我"踏破铁鞋无觅处"；第二，周作人《〈潮州畲歌集〉序》表扬"林君之坚苦卓绝尤为可以佩服"，其实有点错位，《潮州畲歌集》的真正编者是丘玉麟；第三，周之所以有此误会，除了书稿是林送去的，还有就是林培庐确实也在积极从事潮州歌谣及民间故事的搜集整理工作，故表扬其"坚苦卓绝"也不过分。

这就说到另一位俗文学专家、揭阳榕城人林培庐（1902—1938）。林20世纪20年代在北平念书，大学毕业后回潮汕，先后在揭阳、潮州等地多所中学任教，1938年因病早逝，年仅36岁。林培庐30年代初在潮汕为《岭东国民日报》编"民俗"专刊，为《潮梅新报》编《民俗周刊》，还时常在中山大学主办的《民俗》杂志上发表文章，编有《潮州七贤故事集》《潮州历代名人故事》《民间世说》等。其中上海天马书店 1936 年刊行的《潮州七贤故事集》最广为人知，除了周作人的序言，还因此书封面题字，出自另一个潮州（饶平）人，以"爱情定则""美的人生观"著称的北大教授张竞生。

读周作人文章，很早就注意他如何谈论我的家乡潮州。最为直接的，是两则序言：一是 1927 年 4 月 3 日的《〈潮州畲歌集〉序》（见《谈龙集》）；一是 1933 年 2 月 24 日的《〈潮州七贤故事集〉序》（见《苦雨斋序跋文》）。前者回忆当初自己在绍兴征集儿歌童话，"到了年底，一总只收到一件投稿"；到了"五四"前后，由于北大同人的合力提倡，此举才引起广泛的关注。后者则在表扬林编的同时，专论"记录的方法"，即如何避免"文艺化"："它本来是民间文学，搜集者又多是有文学兴趣的，所以往往不用科学的记录而用了文艺的描写，不知不觉中失去了原来的色相……"

1918 年北大发起征集歌谣运动，一般视为现代中国俗文学研究或民俗学的开端，其中刘半农、沈尹默、蔡元培固然是重要人物，可周作人的贡献更大——提倡早，工作勤，而且有理论高度。周作人 1914 年在《绍兴县教育会月刊》第四号上登启事："作人今欲采集儿歌童话，录为一编，以存越国土风之特色，为民俗研究儿童教育之资材。"1922 年《歌谣》周刊创办，周作人积极参与并一度主持。同年，周在 4 月 13 日《晨报副镌》发表《歌谣》一文（见《自己的园地》），对歌谣进行分类（情歌、生活歌、滑稽歌、叙事歌、仪式歌、儿歌），并强调歌谣研究的价值，一是文艺（"从文艺的方面我们可以供诗的变迁的研究，或做新诗创作的参考"），二是历史（"从民歌里去考见国民的思想、风俗与迷信等"），除此之外，还有第三，那就是儿童教育（"但是他的益处也是艺术的而非教训的"）。1923 年 3 月，周作人为《之江日报》十周年撰写《地方与文艺》（见《谈龙集》）："现在的人太喜欢凌空的生活，生活在美丽而空虚的理论里，正如以前在道学古文里一般，这是极可惜的，须得跳到地面上来，把土气息泥滋味透过了他的脉搏，表现在文字上，这才是真实的思想与文艺。这不限于描写地方生活的'乡土艺术'，一切的文艺都是如此。""这样的作品，自然的具有他应具有特性，便是国民性、地方性与个性，也即是他的生命。"同年 12 月，周作人在《歌谣》周刊一周年纪念增刊上，发表《猥亵的歌谣》；两年后又联合钱玄同、常惠在 1925 年 10 月的《语丝》第 48 期上发表《征求猥亵的歌谣启》，理由是，一、"我们相信这实在是后来优美的情诗的根苗"；二、"我们想从这里窥测中国民众的性的心理"。将周作人这段时间关于俗文学的诸多言论略为梳理，很容易理解为何丘玉麟会"入梦苦雨斋"，以及再三强调"我这册歌谣是先生的鼓励的收获"。

在我看来，"并非所有的文学形式都具有思想史的意义，但俗文学的崛起与 20 世纪中国政治、思想的变迁密切相关，因而具有深厚的思想史价值"（参见《学者呼吁加强中国俗文学研究》，2001年 10 月 24 日《中华读书报》）。20 世纪二三十年代潮汕地区的俗文学研究，做得有声有色，且与北京及广州学界保持相当密切的联系。了解这些，你对丘玉麟、林培庐、杨睿聪等潮汕学人的工作，不能不表示由衷的敬佩。他们的编著，并非古已有之的乡邦文献整理，而是深深介入了现代学术潮流。

如果再加上出生于广东海丰（广义的潮汕人）、毕生致力民间文学及民俗学研究的钟敬文（1903—2002），那么，20 世纪 30 年代潮汕学人的俗文学及民俗学研究，实在让人刮目相看。20 年代中期，钟敬文到广州的岭南大学国文系半工半读，参与组织民俗学会，编辑《民间文艺》《民俗》及"民俗学丛书"，开始其漫长的学术生涯。我关注的是北新书局 1927 年出版的钟敬文编《客音情歌集》和《歌谣论集》，那是其歌谣学工作的起点。后者收集发表在《歌谣》周刊上的诸多论文，对我们理解那个时代的"歌谣"观念很有益处。

将 1927 年出版的《歌谣论集》《客音情歌集》和 1929 年的《潮州歌谣》、1930 年的《潮州俗谜》、1933 年的《潮州七贤故事集》等穿起来，再捎上引领风骚的北大教授周作人，以及在北京和广州两地来回穿梭的顾颉刚，你可以想象当年潮汕与外界的学术联系。

据另一位潮籍俗文学家、丘玉麟的弟子薛汕称，求学北京对丘一生影响极深："记得他壁上所挂的旅平照片，穿着西装，握着手杖，倚于巨大城门拱下，一种风沙中的雅趣，比读呆板的课本，更能引起我的心动……"（薛汕《山妻夜粥的歌者》）不是关起门来称大王，也不以"省尾国角"妄自菲薄，而是积极参与当代中国的学术文化建设，这点精神与志气，很让人感动。

作为生活在这片土地上的读书人，谈论潮汕文化，需要"同情之了解"，更需要切切实实的体会，以及深入骨髓的探究，而不是什么"提倡"或"表彰"。以前觉得这不算什么正经学问，属于"土特产"或"边角料"；可最近二十年，随着史学观念的转变，尤其是微观史的兴起，从边缘看中心，从山村谈历史，挑战大而无当的宏大叙事，区域历史及方言文化日益得到学者的关注。我相信，随着学术风气的转变，像潮州方言、潮州戏、潮州歌册、潮州音乐、潮州大锣鼓、潮州饮食（潮州菜、工夫茶）及工艺（陶瓷、木雕、刺绣），还有众多礼仪与风俗，作为潮汕人审美趣味及文化传承的活化石，将逐渐进入新一代学人的视野，其研究成果也将反过来影响当代中国人的精神生活。

陈平原，1954 年生于广东潮州。现任北京大学博雅讲席教授、教育部长江学者特聘教授、中央文史研究馆馆员。关注的课题包括 20 世纪中国文学、中国小说与中国散文、现代中国教育及学术、图像与文字等。先后出版《中国小说叙事模式的转变》《千古文人侠客梦》《中国现代学术之建立》《中国散文小说史》《触摸历史与进入五四》等著作三十种。近期尤其关注潮汕文化的保存与发展。

论潮人

郭启宏

按语： 本文由潮籍著名作家郭启宏教授于 2007 年返乡参与"韩江论坛"人文系列讲座时的同题演讲整理成文。作为当代著名编剧，同时也是潮人北上闯荡的杰出代表，郭启宏教授在文章中用极缱绻亦极瑰丽的文字，阐释了潮人作为一个独特群体的精神特点，勾描出了以进取、拓展为核心的潮人形象。同时恳切地剖析了潮人性格中的优势、劣势，并对突破"纤习俭事""阔达不足"之局限，获得更长远的发展表达了自己的愿望与信心。一位游子的依依深情，尽在文中。

潮人指的是定居广东潮汕或祖籍于斯的大群体。包括本土潮人、散居国内的潮人和侨居国外的潮人。潮人作为一个具特定内涵的专有名词，只是到了 20 世纪的后半叶才开始出现，并逐渐为世人所认可。从历史沿革看，粤东潮汕一带先后有过揭阳县、东官郡、义安郡、潮阳郡、潮州路、潮州府、潮循道、粤东行署、汕头专区等建制，地名大多留传下来，成为今天的市县，使今人难辨"潮"字何属？是揭阳？是潮阳？是潮州？是汕头？我的一位乡友到外地开会，或问何方人氏，答曰潮人，一座诸多猜测，乡友颇难堪，灵机一动，"知道潮州菜吗？"对方颔首，乡友顿时解颐，"就是潮州菜那地方的人！"看来，潮人不是一个人皆明了的群体，多亏市场大行潮菜！

我应该算作正宗的潮人。先祖于明末自福建移入潮州，至今已历数百年。我17岁离开汕头到广州求学，21岁离开广东到北京工作，此后数十年间往返于八千里京潮路，大概总有数十番吧？乡音纯正，似未断了与家乡的"脐"连。前些年，我为创作长篇小说《潮人》，更多次还乡。从韩江下游上溯，经梅州达五华，又从琴江下梅江抵三河坝，寻遗踪，访野老，看赛神，观社戏，对韩江母亲河进行了一个月的考察。原先储存的记忆冲破尘封，纷至沓来，在过去和现实的对比中，于潮汕与外地的反差里，我悟到了许多东西。克罗齐说得对，历史是现时史。我想，人类文明史上该有一种博物馆现象，溯古涵今，褒贬由人。

一

潮人作为一个颇为独特的群体，一个重要的表征是潮人有着一种颇为独特的潮汕文化。人们可以列举出从潮州方言、潮剧、潮州音乐、潮州歌册、潮州皮影、潮州刺绣、潮州木雕、潮州陶瓷，到潮汕工艺、潮汕农艺，到潮汕民居，到潮州菜、潮州工夫茶的饮食文化，等等。外地人到了潮汕，语言不通，风俗殊异，以为到了外国他邦。

事实上，潮汕文化本是中原文化的遗存。以其中尤为独特的潮州工夫茶为例，如斯茶道，可以近追八闽，远溯陆羽。翻开一部潮人的内地移民史，潮人先祖中有相当数量是中原世族，或仕宦，或流亡，或避祸，或拓荒，自中原南下开基，后裔入潮衍派。时至今日，我们仍然可以从潮人对中原郡望的津津乐道，从潮人对诗词、国画、书法、楹联、灯谜等传统艺文的推崇与迷恋，从摆脱了政治倾斜重新复苏的赛神、祭祀、看风水、修祠堂、竞龙舟等民俗活动中，窥得中原遗韵。

我读过清代一部笔记小说，叫《梦厂杂著》，作者是乾嘉年间山阴人俞蛟。看他笔下的韩江："烟波浩渺，无沧桑之更；而绣帏画舫，鳞接水次。月夕花朝，鬓影流香，歌声戛玉；繁华气象，百倍秦淮。"他笔下的六篷船："每乘此船与粉白黛绿者凭栏偶坐，听深林各种野鸟声，顿忘作客。"他笔下的工夫茶："烹治之法，本诸陆羽《茶经》而器具更为精致……斟而细呷之，气味芳烈，较嚼梅花更为清绝，非拇战轰饮者得领其风味。"这类文字让人想起孟元老的《东京梦华录》或者张岱的《西湖梦寻》。俞蛟自是士大夫情怀，他梦幻般的俊赏恰恰说明那时节潮人文化的核心正是中原文化。

然而，星移物换，今日的潮汕文化又断然不是正统的中原文化，大概是中原文化的变种了。文化自有张力，一种文化几乎是每时每刻地表现出程度不同的三种力量：道德力量、意志力量和智慧力量。正统的中原文化尊崇道德，所表现出来的主要是道德力量，次之意志力量，再次之智慧力量。中原文化哺育出一代代慷慨悲歌之士便是明证。潮汕文化似乎反向而行，最看重的是智慧。乡里出了个能人、名人，不管是文是武，是官是商，即使品行欠缺，照样得到乡人明里暗里的尊敬与褒奖。潮汕民间传说中有一个名叫夏雨来的智慧形象。此公一介秀才，以其聪明才智捉弄了贪酷的官吏、黑心的财主，潮人对此拍手称快，大加赞扬；此公时而也对小民和女子行些恶作剧，讨些小便宜，潮人对此一笑置之，未示反感，因为他"有本事"。张扬智慧力量最集中表现为崇尚实用，或可誉之为务实。潮人的思维方式、价值观念和行为规则均带有浓厚的实用色彩，潮谚有云，"捡到了猪粪就有话说"，成功便好。举世闻名的潮商可以称作务实的代表。有一位朋友出访西方，以商贾著称的犹太人告诉他，会做生意的是你们潮人，更有把潮人称作"东方的犹太人"的。犹太人的惺惺相惜，分明是一个参照系。潮人中最富冒险精神的当属潮阳人，一事当前问的不是有无风险，是有无钱赚。有趣的是，即使拜神，潮人也讲求实用。潮人自然是敬畏鬼神的，《史记》

《汉书》所载越人好事鬼神的风习一直沿袭不衰；然而，澄海盐灶人因为神不能保佑乡民丰衣足食，便把神拉下神龛，拖到海滩抽打，致令潮人中留下一句歇后语："盐灶神——欠拖！"这也许是全中国所仅见。实用同样表现在文学艺术行为上。潮人中自然不乏淡泊名利的写作者，然而实用的观念却也很自然、很随意地进入了审美的领域。功利的动机，巧妙地迎合，特别是在一些"趋时"作品的编演上，不论政治需要还是市场需要，操作者多半易于"融入"，而且"融入"得有声有色。

如此看来，似有另一种文明影响着根植于中原的潮汕文化，是海洋文明吗？也许应该说是属于海洋文明范畴的拓殖文明。潮人的先祖是内地移民，潮人几乎与生俱来有着拓殖精神（包括经商意识）。一百多年前的红头船现象是潮汕博物馆一页无比辉煌的文明史，是一曲高扬生命意识、开拓创造的交响诗。据清代档案记载："出海商、渔船，自船头起至鹿耳梁头止，大桅上截一半，各照省份油饰……广东用红油漆，青色钩字。"红头船者，潮人出海商渔船也！潮人驾着红头船穿越风浪，经南中国海，到堤岸、麻六甲、星加坡、盘谷，在湄南河边卸完最后一包蔗糖、一件陶瓷、一坛咸菜，满载着暹米、洋藤、胡椒、槟榔、牛染木归来。拓殖并不单纯做买卖，更重要的是开发南洋居留地。于是，潮人乘坐红头船过番，从走险者变成富商巨贾，甚至还成了帝王（如创建泰国吞武里王朝的郑信大帝）；当今东南亚有800多万潮人，无一不是当年走险者的后代。拓殖南洋，更造就一种拓殖文明。这种文明以番客、潮商为中介，于不自觉中实现了本土与南洋乃至欧美的文明的对接。

我时常怀着激赏的心情回忆儿时唱过的一首民歌："天顶飞雁鹅，阿弟有妻阿兄无。阿弟生仔叫大伯，大伯听了无奈何。收拾包裹过暹罗，去到暹罗牵猪哥……海水迢迢，父母心枭。老婆未娶，此恨难消……"民歌里的主人公仅仅因为弟弟先于他娶上了媳妇，一怒之下远走暹罗，眼望着"海水迢迢"，埋怨着"父母心枭"（心肠硬），他宁肯去干最下贱的活计"牵猪哥"（配种），一心只在发财,不发财毋宁死,绝不还乡。这里,动机似乎可以忽略,重要的是那种置身家性命于不顾的拓殖精神。我也曾听说过北方"走西口"的故事,逃荒的人们但得一口饭吃,便急煎煎往回家路上奔,两相对照,大异其趣啊!

如果说中原文明是黄色文明,拓殖文明是蓝色文明,那么潮汕文化该是交融之后的绿色文明了。这大概是潮汕文化的独特之处。

二

偶像崇拜,作为一种人文现象,今天有,昨天有,明天还会有;而一个地域,一个群体,千百年来崇拜着同一偶像,似乎不可思议。潮汕恰恰是这样的地域,潮人恰恰是这样的群体。偶像谓谁?韩愈是也!

唐宪宗元和十四年,韩愈谏阻宪宗迎佛骨,被贬为潮州刺史,一如《左迁至蓝关示侄孙湘》诗所示,"一封朝奏九重天,夕贬潮阳路八千"。据史书记载,韩愈在潮州任上,虽然只有八个月,却做了不少实事,比如祭天驱鳄、延师兴学、释放奴婢、奖励农桑等。尤其因着《祭鳄鱼文》的伟力,"韩文驱鳄"成了中华文学史上的一段佳话;而苏轼《潮州韩文公庙碑》的褒扬,"文起八代之衰,而道济天下之溺","匹夫而为百世师,一言而为天下法",韩愈光辉登顶了。

潮人崇韩始于何时?史无确切记载。我以为由于韩愈的业绩,大概在韩愈任上这种崇拜就已经萌生了。至宋,已如苏轼言,"潮人之事公也,饮食必祭,水旱疾疫,凡有求必祷焉"。宋时,流经潮州的河,曾因鳄祸而称恶溪,为纪念韩愈易名韩江;烘托潮州的山,曾因形肖而称笔架,也为纪念韩愈易名韩山。潮人许士杰有诗曰:"民心如镜长相映,山水于今皆姓韩。"潮人饶宗颐有联云:"溪石何曾恶?江山喜姓韩!"历史上崇韩的大手笔应推宋代陈尧佐、丁允元辈,他们先后主持修建二处韩祠,作为潮人顶礼膜拜的圣殿，以物质形式把这种崇拜强固下来。于是乎韩山、韩江、韩祠、韩木、韩山书院……无处不韩！柳宗元谈到兰亭的"清湍修竹"未有"芜没于空山"，是有幸遇着王羲之的缘故，提出了"美不自美，因人而彰"的美学命题。潮州似若兰亭，韩愈有如王羲之。千百年来，潮人崇韩已经成为一种心理定式。

崇韩，首先寄托着潮人对为官从政者的一种理想。须知韩愈是个被贬的官员，赴潮途中写的《泷吏》。诗可见其心境之恶劣，任上又只有八个月，能做这许多实事，的确了不起。任何一地的百姓都会歌之颂之，更何况潮人本是官本位意识十分强烈的群体。记得潮州儿歌《月光光》便有"做官"的"学前教育"："冠陇（潮州的美人窝）姿娘（女人）会打扮，打扮儿夫去做官。去时草鞋共雨伞，来时白马挂金鞍。"韩愈作为潮人眼里有政绩的父母官，更是历史上著名的大官，受到潮人历久不衰的崇拜，是合乎潮人行为逻辑的。

崇韩，有更微妙的因由，并非单一来自对韩愈功绩的追慕，还有来自潮人自身对精神偶像的渴求。从出土文物来看，潮汕的历史可以远溯至秦，更上溯，至新石器时代，迄今发现的贝丘遗址五处，台地和山冈文化遗址四十八处。自秦汉至隋唐，潮汕的农业经济已有一定规模，人文也已开化，但是比之中原，毕竟蛮荒。侯外庐认为中国文化的特点是"滚雪球"，其胚芽在先秦。先秦时期的潮汕有什么文化？先秦以后的潮汕又有什么人物？因为记载过于简略，似乎一切都付阙如。直到韩愈入潮，有名有姓的天水先生赵德充其量是个进士（一说秀才），能当上刺史的助手，已经鹤立鸡群了。天水之后的潮汕一隅虽然时有才人出，宋明两代有过前后"七贤"，毕竟无法与韩文公这一领袖级的人物相比肩。于是，千百年来潮人渴求偶像的情结，使非潮人的韩愈变成了潮人的神！

我曾经久久徘徊在韩祠的石阶古木之间，仰望着青天半轮冷月，我想，世世代代的潮人只是渴求时代的英雄，不去呼唤英雄的时代！我为此感到悲怆，渴求英雄的民族是可哀悯的民族，需要偶像的群体是可哀悯的群体。最可怕的，庸庸碌碌者流甘于浑浑噩噩，且乐于以其昏昏，使人昭昭。

我是从事文学创作的人，多次思考过要写韩愈，但我始终没有动笔，我深知观念对于创作的决定性作用。以善男信女的心态写香烟缭绕的神像，只能是糟蹋笔墨，浪费胶片。

啊，潮人不能永远诚惶诚恐地仰视着韩愈！

三

京城有一句俗话："褒贬是买主儿。"这话里的"褒贬"是挑毛病、苛求一类意思，由正反语素构成，变为偏义，取"贬"不存"褒"。不过，这话里的"褒贬"最后还是落在了"买主儿"的实处，语义毕竟是积极进取的。我谈论潮人，更不同于"买主儿"，我便是潮人的一分子，"褒贬"时候总把自己"摆"了进去。我的"褒贬"也没有偏义，只是觉得严酷的现实要求我们辩证地看问题，除去一个时期以来政治上的因素，潮汕文化到底有着鲜明的正负面。宛如一枚钱币，旋转起来，一片模糊；静止时节，分明两面。特别表现在潮人的文化心态上，正负面往往不可剥离。今列举几端。

自豪与自卑

潮人往往以独特的文化成果而自豪。说起工夫茶，自视茶道天下第一；说起潮州菜，睥睨一切外地佳肴；甚而至于说起潮州话，也认为唯此方言保留最多古汉语，最具韵律感，最富表现力。自豪再往前走一步，成了自大，其反面就是自卑。还谈文化，潮人在外来文化面前往往显得无所措手足。近些年，随着国门打开，外来文化不断涌进，潮人中有的"以不变应万变"，仿佛潮汕自是桃花源，依旧吟诵他的"天对地，雨对风，明月对长空"；也有的赶时髦、附庸风雅，急煎煎抓些鸡零狗碎的玩意儿装点门面。有次会上，偶然来了个外地娱乐圈的混混儿，只几句新潮术语，连一些文化官员都谦谦君子然。令人深思的是，分明是文化上的自卑，偏偏摆出自豪的架势。我接触过一些年轻人，他们无端鄙视潮汕文化的辉煌成果，什么潮州戏、潮州音乐，一概排斥，且以不懂为荣，欣欣然拜倒在香港通俗歌曲的无病呻吟里，哼哼唧唧唱着潮化的粤讴，兼作痛苦状，直把低俗当高雅。

凝聚力与窝里斗

许多年前，我离开汕头到广州求学，校内校外来来往往相约相聚的多是潮汕同乡，外地同学说，潮汕人抱团。当时又听说，香港街头有人打架，只要听见一方说潮州话，路过的潮州人不管认识与否，一定挥拳相助。这已经超出凝聚力的极致了！潮人的凝聚力自然与中华民族的民族精神相关联，同时又有潮人自身的特殊性。我以为，一是潮人的移民传统心理造就，二是潮人的海外拓殖需求使然。潮人在外地或海外谋生，非常需要事业上的拓展以及由兹而来的相互支持。当此际，乡情便是联结的纽带。这种凝聚力所造成的行为方式在很大程度上有别于北方人的行为方式。北方人似乎更重一个"情"字，"老乡见老乡，两眼泪汪汪"，烧鸡白酒，倾诉思乡之情；潮人却不止于"泪汪汪"，更重一个"利"字，要利于事业上的进取。因此，为许多外地人所注目的潮人的凝聚力，是以乡情为手段、以事业利益为终极目标的凝聚力。这种行为方式应该说是摆脱了小农的自然经济、带着若干资本主义色彩的行为方式，颇具进步意义。

正是为这种凝聚力的内涵所决定，潮人一旦回归本土，情况随之逆转：一方面，乡情几乎不复存在，剩下的多属事业上的利害关系；另一方面，地少人多，环境窘迫，"水浅鱼相挤"，紧张的利害关系越发凸显出来，有时竟是如此这般赤裸裸。于是乎凝聚力可悲地变成了窝里斗。潮人其实很明白这一点，潮谚有云："潮州无好兄弟山。"又道是："篓底蟹，咬自己。"潮人用极其洗练的形象的语言总结了负面效应的惨痛教训。据笔者所知，潮汕最近几十年来，窝里斗的悲剧一而再、再而三地上演着，仅仅用政治上的失衡是不能解释悲剧的全部因由的，只有从地域对于人心的影响，特别是从潮人文化心态的深层次去开掘，直抵人性的深处，才能破译灾难的密码。

精细的得失

潮汕工艺和农艺的精细是出了名的，讲究、细腻、精确、巧妙，其间之出类拔萃者，说是巧夺天工也不为过。潮绣、潮瓷、潮雕之属，一见便令人折服。工夫茶，冠名"工夫"，当作"讲究"论，其烹，其品，从茶具、茶叶、用水、冲法到品尝，过程繁复，步骤细微，非北方大壶茶能望其项背。潮菜中的牛肉丸，小食而已，而其手工制作过程，耗时不下一二钟头，双棒捶肉，不下三五千数，肉成泥而纤维不断。潮人种田，精耕细作，外地人喻之为"绣花"，我国最早两个亩产超千斤的县份都在潮汕。潮人做生意，其精明，其算计，自不在话下。哦，我无意夸大潮人的智商，因为潮人的精细本来是环境所造就，潮人并不比其他地方人更聪明灵巧。还不是因为那个"地少人多"！试想，人均几分耕地，不精细如何提高产量？除了耕田，不耕山、耕林、耕沙、耕海如何增加收入？既然人多，劳力密集型的产业便成了出路，在高科技到来之前，工艺、农艺便是劳力转移的所在。

精细是潮人的长处，精细同时又是潮人的短处。事物原本辩证！也许精细了，就不大容易大气，就不大容易有大境界。有人把潮人的这种性格称作"工夫茶心态"。慢慢冲，细细品，不急不躁，温文尔雅。岂知有了妥帖，少了锋芒，有了便宜，少了公义，有了娴熟，少了激情。精细的潮人在感觉获得什么的同时，可曾感觉失去了什么？

脸面的正负效应

看起来，是一张脸，其实颇有内涵。脸面问题表现出潮人一种特殊的文化心态。潮谚有"潮州人无脸当死父"（脸上无光等于死了老爸）、"潮州人无脸输过死"（脸上无光不如死掉）一类话。为了脸面，潮人可以调动出自己全部的智慧与潜能，可以几十年如一日心坚志定，去实现一种理想、一番事业、一桩心愿，甚至一句微不足道的气话。更为奇绝的是潮人在为脸面而奋斗的过程中，完全可以做到不计脸面的忍辱负重，再下贱的活计不在乎，再受气的事体忍得下，他心中牢记着功成之日风光乡里，能得衣锦，绝不夜行。真叫外地人有些难以置信，不少人间奇迹竟然在争强好胜之中创造了出来。

然而，脸面同样有着负效应。从前乡里之间、宗族之间，为了一句得失面子的闲话，可以逞强斗狠，甚至群起械斗；今天社会大定，情势不同，为面子而械斗的事自然很少了，却犹未绝迹。械斗是暴烈的行动，毕竟是特例，脸面的负效应更多表现为浮躁、盲动、无序、内耗，表现为小肚鸡肠、睚眦必报、嫉贤妒能、损人牙眼。可曾想到，这样的人也会是温良恭俭地品饮着工夫茶的潮人？

四

有一位和我一样定居北京的同乡学人问我，潮汕大商人享誉全世界，为什么潮汕出不了大学者？我想了想，饶宗颐不就是世界级大学者吗？同乡又说，饶氏在香港。我一愣，回答不上来，再一寻思，连享誉全世界的大商人李嘉诚，还有商海中的郑午楼、陈弼臣、谢慧如、林百欣、陈伟南衮衮诸公，也并非本土锻造！于是，一个无法回避的问题凸现了，我们可爱的潮汕本土怎么啦？

有一位居留汕头的非潮籍学人小心翼翼地提出同样的问题："潮汕人有着第一流的聪明才智，在潮汕人当中，有着第一流的实业家，第一流的文化巨匠，第一流的作家。但是，正像一位潮汕籍学者所指出那样，优秀潮人的事业差不多都是在走出潮汕以后做出的。"这位学者大概很不愿意触犯潮汕人，声称自己"愿意永远做一个潮汕文化的旁观者"；不过，他还是很客气、很体面地回答了问题："是不是可以说，潮汕人要把自己的灵气与恢宏的目光融汇起来，这样就完全可能在这片钟毓灵气的土地上，诞生巨子、大师级的人物。"（《潮声》1997 年第 6 期）

"恢宏的目光"！是的，关键是目光，亦即境界。潮人陈平原说："哎，有时候潮州人是不太大气。尤其是我第一次坐火车到华北平原的时候，一眼看过去一望无际，或者我第一次到西北看到沙漠时候的感觉特别强烈。"（《潮声》2001 年第 4 期）笔者比陈平原更早来到北方，"第一次"的感觉永志不忘。无论沃野千里的大平原，还是蓝天白云的大草原，都让我身处九垓，神驰八极，我惊叹大雪纷飞漫天皆白的神奇，我情愿踏着封冻的冰河在寒风中瑟缩，我感受到的是世界如此之大！20 世纪 80 年代，我"第一次"走出国门，在亚平宁半岛，我又一次感受到，世界并非我原先之所想象，啊，世界如此之大！

或者可以归诸地理对于人文的潜移默化。我注意到古人早就以地理言风俗。司马迁的《史记·货殖列传》极有见地，今节录一二："武昭治咸阳，因以汉都，长安诸陵，四方辐辏，并至而会。地小人众，故其民益玩巧而事末也。""夫三河在天下之中，若鼎足，王者所更居也。建国各数百千岁。土地小狭，民人众，都国诸侯所聚会，故其俗纤习俭事。"关中、三河诸地原是都会发达之区，因为"地小人众"，民风难免精细有余，阔达不足。

梁启超十分赞赏司马迁的见解，他甚至指出，因为地理的缘故，蜀粤两地"风习异，性质异"，"其人颇有独立之想，有进取之志"，预测"他日中国如有联邦分治之事乎，吾知为天下倡者，必此两隅也！"，地理环境居然影响着政治行为！

话或许扯得太远，我想说明的是潮汕一带地处海陬一隅，向称"省尾国角"，因"山高皇帝远"，中央集权的政治势力到此变成"弩末"，以此历史上走私猖獗，海盗横行；"地小人众"，利弊相兼，试想想，地方狭小，眼界不免受制，人口众多，发展缺乏空间。是故潮人未能尽美矣！

作为潮人，我深深爱着生我养我的这一方土地。即使昔日的灾难时来入梦，我依然吟唱着家乡给予游子的生的欢乐。潮人与潮汕文化自有优势与劣势、长处与短处、正面与负面、精华与糟粕，但愿潮人与潮汕文化真正荆木特立，灼灼其华于世界民族之林。

郭启宏，1940年出生，广东省潮州市饶平县黄冈镇人，当代剧作家。先后在中国评剧院、北京京剧院、北方昆曲剧院任编剧、副院长，北京人民艺术剧院一级编剧，兼任北京文联副主席、北京戏剧家协会主席，受聘为中国戏曲学院客座教授、韩山师范学院客座教授等。16岁开始发表作品，迄今已发表各类作品800余种，近1000万字。三获文化部最高奖文华剧作奖、四获中国剧协最高奖曹禺戏剧文学奖、三获中国电视艺术最高奖飞天奖，还曾获中国话剧个人成就最高奖话剧金狮奖等。

状元林大钦

黄赞发

　按语：林大钦，字敬夫，号东莆。明正德六年，林大钦出生于潮州府海阳县东莆都仙都村（今潮州市潮安区金石镇仙都村），年仅34岁病逝于家乡。林郎22岁参加殿试，作《廷试策》，"尽治安之猷，极文章之态"。嘉靖颇为器重，御擢第一。然而仅仅出仕三年，林便因不堪卷入政治斗争的折磨而辞官归隐。作为潮汕地区唯一一位科举时代的文科状元，林大钦的生平成就与逸闻传说虽少见于正史，却是乡人世代津津乐道的美谈。作者黄赞发先生同为潮人，对这位潮州先贤可谓既亲且敬。文章从林氏的生平、个性、学术、创作以及凄凉后事等多个方面入手，为我们唤回了一个已经湮没于历史烟尘，却还在地方记录中熠熠生辉的青年才俊林大钦。文笔平实，读来却可一叹。

　　林大钦是科举时代潮人的唯一一位文科状元，所以特别受到人们的推崇而广为津津乐道，在民间流传的逸闻也特别多，的确是潮州先贤的一位代表性人物。

　　林大钦出生于明正德六年十二月初六（1512年1月5日），表字敬夫，海阳县东莆都仙都村（今属潮安区金石镇）人，故又号东莆。林大钦从小家境贫寒，但十分勤勉好学，"聪颖异侪"。10 余岁时，曾随父林毅斋进城，在书肆中看见苏洵的《嘉祐集》，即爱不释手，"停玩移时"，求父购回家中，日夜研读。接着又熟读了苏轼、苏辙的文章，深得三苏笔法，以至"操笔为文，屈注奔腾"，很有三苏气势。16 岁时，父亲去世，家境更为困窘，但他求学之心弥切。为此，他一面在族伯林廷相、林廷泰等的支持下，饱览族伯丰富的藏书，得以"博通子史百家"；一面代人抄书，偶或受聘于私塾，以养活母亲，维持生计。这使得他能真切地多方接触社会底层，深刻地了解到各种社会积弊和社会矛盾。

嘉靖十年（1531），林大钦在府试中初露锋芒，使有关官员"相与叹赏"，预言其"必大魁天下"。林大钦应试的《李纲十事》，如薛中离所说，"考据详核，词旨凛烈，读之觉奕奕有生气，的确是苏公笔墨"。林大钦在该文的结尾指出："合而论之，宋未尝无可为之势，亦未尝无可为之臣，第无能为之君。"矛头所向，直指最高统治者，可见其胆识之大。是年秋，他上省参加乡试。秋闱夺锦，得中第六名举人。

越年春，林大钦抵京参加会试，得中贡士，取得了参加殿试的资格。时"天子临轩赐对，一时待问之士，集于大廷者凡三百余人"。林大钦面对大廷，"咄嗟数千言，风飚电烁，尽治安之猷，极文章之态"，终为嘉靖所器重，御擢第一。史称林大钦"年二十二及第"，说的是虚龄，实际上只有 20 周岁又 3 个月。以如此年轻的岁数摘取了举世瞩目的三年一科的状元桂冠，这在中国历史上确属罕见。

科举应试文章，历代相沿，早有定式。当时主考官礼部尚书夏言格遵"成式"，严谕诸生，不得立异。并据此选定了孔、高二策备御览。明代士风，本就偏于耿直敢言。血性方刚的林大钦，崛起海隅，更是怀着兼济天下的抱负。他毅然突破成格，一口气写下洋洋四千余言的《廷试策》。都御史汪铉阅后，大为惊叹，推荐给大学士张孚敬。嘉靖帝阅过孔、高二策，终觉平平。张孚敬遂进林大钦一策。嘉靖帝一阅，正中下怀，遂"拔之常格外"。

显然林大钦是以苏文取胜的。他从小深得苏氏笔法，根底深厚。廷试对策，"滂滂汤汤"，"屈注天潢，倒连沧海"，文字十分明快，神气宛若三苏，的确是诸贡生中之佼佼者。文中，林大钦十分尖锐地指出当时的政治弊端并详尽地分析其原因。他就当年人民"冻馁流离"的现象，步步深入地阐析了"耕者无几而食者众，蚕者甚稀而衣者多"等时弊，深刻地指出了弊政全在三冗：冗员、冗兵、冗费，提出了均田、择吏、去冗、省费、辟土、薄征、通利、禁奢八大除弊措施，并直言不讳地儆戒皇帝要"诚怛恳至"，"清虚寡欲"，以"富民生，足衣食"。尽管这纯属维护封建统治的改良主义思想，但他不做"迂阔空虚"之文，而实实在在地阐发了"剀切时病"之论，特别是对"豪强之兼并"，皇室官府之"横征极取"，不惜大加挞伐，甚至无所顾忌地指摘皇帝"惠民之言不绝夫口，而利民之实至今犹未见者"。这些，都是不无积极意义的。如果说，林大钦的《廷试策》首先是在形式上以其明快奔放的苏文风格博得嘉靖皇帝的垂顾，那么，它更是在内容上以其切中时弊的精辟论述打动了当时尚未完全昏庸的嘉靖皇帝之心。

林大钦夺魁之后授翰林院修撰，开始了他短暂的仕途生涯。在那权奸当道、积重难返的时代里，毫无政治背景的林大钦壮志难酬。三年后即"转念垂堂之白发"，以"母病"为由乞归。返里之后，朝廷多次召唤，林大钦一直"屡促不就"。

促使林大钦辞官南归有一个重要因素。我们知道，在科举时代，考官就是得中举子的老师，称座主。考生则是门生，入宦之后，一般都必唯座主之言是听。都御史汪鋐阅处大钦考卷，并由张孚敬荐之于嘉靖帝，理所当然地就成为大钦的座主，对大钦的仕途必将有着举足轻重的影响。张、汪敢于推荐"逾格"之"对策"，确也难得。然而历史现象竟是那么错综复杂，偏偏发现千里马的"伯乐"，却都是"群僚侧目"的当朝大奸。这对刚刚涉足宦海的林大钦，不能不说是个十分棘手的问题，这就难怪他要视官场为畏途了。他曾屡屡透露出这一心境，时有"帝乡不可愿""人生不须做官""不为一官羁缚"等心声逸出。应该说，这是他急流勇退的根本原因，正像郑昌时所说："先生正色立朝，与附势者不相入。"林大钦老母体弱多病，他又事亲至孝，则是促使他弃官归田的直接原因。他一到翰林院，即"不数月而潘舆迎养"，将母亲接到京城。第二年，翁万达出京知梧州府，他又去信陈诉："老母卧病，侵寻已七八月，此情如何能言，今只待秋乞归山中，侍奉慈颜。"

林大钦回到家乡后，即"筑室以聚族人，结讲堂华岩山，与乡子弟讲授六经，究性命之旨"。与此同时，他"寄情诗酒，啸傲山林，独辟学说，摒弃习气"，过着"优游典籍，怡情山水"的生活。嘉靖二十一年（1542），他偕同翁万达、薛中离、谢前山（名君锡、海阳人，任福建福安训导）登桑浦山，寻访宝云岩。此后还主持重修宝云岩，写下了两篇《重修宝云岩记》。林大钦返潮后还经常与当世名士，如姚江王畿、吉水罗洪先、安福邹守益以及同里翁万达、薛中离等互通书信，切磋学问。同时，他尤喜爱赋诗撰文。除试策外，他在世时，就已"有友刻传"其《华岩讲旨》；万历崇祯年间，曾刻行其《咏怀诗》。康熙五十五年（1716），林大钦的从玄孙林凤騫集明代诸刻本，加以校勘后合刊为《东莆先生文集》，这是其诗文最早的全集版本，共有五册六卷，收入了他的策、论、表、判、祭文、学记、讲旨、书信、诗歌、经义、诗义等著作。

林大钦因年轻夺魁而为世人所瞩目，也因年轻早逝而令人叹息。《林氏家谱》载林大钦卒于嘉靖乙巳年农历八月十二日（1545年9月17日）。这就是说，他只活了33年又8个月。按民俗，去世时以虚龄加"积闰"计算，则为"享年三十六"。林大钦的早逝，根因全在于他的身体素质和品性。他在《咏怀诗集》的自序中就有"钦病体羸弱，流落丰草"之叹。在《与谢以忠兄兼简诸知己》书中也说过："钦再耀于疾，几乎不生。"他的品性又孝心诚笃。父亲去世后，即与孙氏事老母，一如林熙春所描述："母安则视无形，听无声，纵寒暑不辞劳瘁；母病则仰呼天，俯呼地，即鬼神亦感悲哀。"

林大春在《东莆太史传》中，对林大钦之死记述尤详："后母以天年终，太史哀毁逾礼。及既葬，归道病，竟卒于家。"可见，林大钦之早逝，与其体弱多病，母逝而哀伤过度，不无直接关系。

林大钦的敦厚品性，除表现于极尽人子之道外，还表现于对老师朋友的诚挚之情。他在给孙西村的信中就表明了"不于富贵贫贱上起分限"的心迹，在给王汝中的信中也极力阐倡："交浅言深，君子所戒。"未出仕时，有两位挚友相继早逝，他"或为修墓，或为扶持"，克尽辛劳，不以存亡易心；高魁中后，对老朋友"亦时相扶进，庶乎始终"，不以贵贱易情。对他的老师黄石庵先生，他更是不忘师恩。他还曾把黄石庵接到京城居住；回潮后，尽管经济不宽裕，还是多方筹资，为其修建了一座住宅。而对自己，林大钦却安贫若素，洁身自好，以至于尚在人世，就已穷得连状元府的筹建工程，也得全仗他的连襟工部侍郎陈一松、兵部尚书翁万达的资赠。由于天不假年，结果落得个府存墙而无堂屋，门存框槛而无扉的残败景象。他死后所谓御赐状元粮山也只不过是一片墓地，其丧事也全靠二位连襟经理。

林大钦所处年代，正是王阳明心学盛行之时。潮州不少名流显宦都或多或少受到阳明学说的影响。林大钦也不例外。他研传心学的代表作是《华岩讲旨》，其中诸如对心体的阐释、修持方法的说明等，与阳明学说可说毫无二致。但随着时间的推移，林大钦的思想却越来越受到龙溪、泰州学派的影响，渐渐地不囿于阳明学说，以至于抛弃"读书明理"的修持方法，肯定人的生命欲望，认为"今之所谓无欲者，寡欲而已矣"，显然突破了王学的藩篱。这应是阳明学说发展的自然法则。

林大钦的《咏怀诗集》是他自己生前编定的。集中收入五古、五律、五绝、七律、七绝、六绝等各体诗歌共356首。他的诗风，"有类陶、韦"，深得冲淡闲适、怡然自得之趣。其中大部分反映了他归田园居的生活志趣。他怡情于山水："垂纶消白日""看山忆采薇"；寄趣于园丘："日与园林亲""怡然丘园春"；以致亲身体味耕作的乐趣："自施锄艾力""耕凿复忘机"。有时，他也纵情于樽俎："壶觞时独进""陶尊赖浊沽"。但他还是不忘于吟读的："引现书连屋""抛书共竹眠"。当然，他虽深感生不逢时，壮志未酬，却并未完全忘情于俗世，忘情于功名，所以在他的诗作中，经常有诸如"我有芳春思，兴来愁独语。尘迹滞人寰，未能凌风举""安得如云凤，长鸣向康州""一洗苍生悲""萝盘千谷秀，花发一园清。吾志烟霄外，勋名何足营"等直抒壮志、济世之心的诗句。

林大钦的身后也很引人感叹。林氏家谱上载着"一子少甫，为吴氏所出"；其墓碑上也刻着"孝子天继泣血立石"字样。寒儒穷裔，事迹一无可考，这是令人心酸的事实。当年天继（与少甫当同一人，一为名，一为字）在墓碑上赫然大书"泣血"二字，其哀伤之情是不难理解的。

黄赞发，1941 年出生，广东汕头市人。原汕头大学党委书记、文学院兼职教授。全国中华诗词学会会员，并任全球汉诗总会副会长、中国诗歌学会理事、汕头市岭海诗社社长、广东省历史学会副会长等。文史研究成果颇丰，已发表论文和文史札记 50 多篇。

郑成功与潮州的渊源

章竹林

按语：本文原载于《随笔》2016 年第 3 期。文章题为《郑成功与潮州的渊源》，实则只是以郑成功曾祖母谭氏妈的家乡为引，而将焦点聚拢于潮州谭半港的历史变革。谭半港原名辟望港，地处韩江出海口，是潮州通番溯汀的必经门户，也是宋元以降的重要商贸港口。谭半港在潮汕地区的地位不可谓不特殊。作者从地理环境入手，经唐韩愈、宋陆秀夫至明末郑成功及其郑氏家族与辟望港的丝缕联系为线索，勾连出了一部辟望港兼为外贸商港与海防要津的发展小史。

谭半港原名辟望港，是郑成功的曾祖母谭氏妈的家乡和出生地。

辟望港所在的港口村是潮州府海阳县辖下外莆都属村，地处潮州府纵贯南北的母亲河韩江的出海口，是潮州通番溯汀的必经门户，也是宋元以降重要的商贸港口。

人类逐水草而安居，文明因江海而发达。潮州僻处海隅，史称蛮荒之地。唐朝的政治家、文学家韩愈"狂妄戆愚"，因谏迎佛骨被贬为潮州刺史。当时唐宪宗派遣使者往陕西凤翔迎佛骨入禁中供奉，朝中大臣一派逢迎之声，只有韩愈不识时务，上表力谏，而且口出狂言，惹得唐宪宗龙颜大怒，本来要杀他，幸亏裴度、崔群等人出手相救，才保住了一条性命。韩愈跋山涉水、狼狈不堪地来到潮州后，虽然心里早有准备，但现实的破败和凋敝，仍使韩愈仿佛当头又挨了一棒。在给唐宪宗的《谢上表》中，韩愈可怜巴巴地写道："臣所领州（指潮州），在广府极东界上，去广府虽云才二千里，然来往动皆经月，过海口，下恶水，涛泷壮猛，难计程期。飓风鳄鱼，患祸不测，州南近界，涨海连天，毒雾瘴气，日夕发作。臣少多病，年才五十，发白齿落，理不久长。加以罪犯至重，所处又极远恶，忧惶惭悸，死亡无日。单立一身，朝无亲党，居蛮夷之地，与魑魅为群。"一派颓废等死的景象。

这样的一个环境，简直不是人居住的地方。虽然性格耿直、宁折不弯，但韩愈在处世上也有另一种特质，就是适应环境的能力很强，况兼他本质上是一个有抱负、有作为的官员，来潮州履新不到一个月，他就拿出了一个朝廷命官的魄力，在当地积极地推行办教育、修水利、兴农桑等多项善政，并且从抗拒潮州，到接纳潮州，进而发现潮州之妙处。当他听说恶溪一带鳄鱼出没，为害百姓，就马上布置属官秦济将一羊一猪投放到恶溪里，限鳄鱼七日内迁徙到大海，并专门作了一篇《祭鳄鱼文》。文章写道："潮之州，大海在其南，鲸鹏之大，虾蟹之细，无不容归，以生以食，鳄鱼朝发而夕至也。"此时文中的"潮之州，大海在其南"，与初来乍到时上表的"州南近界，涨海连天"，两处所指都是韩江（当时尚称凤水或恶溪）的出海口辟望港。

辟望港是潮州的眼睛，它目击了历代官员的进进出出，也见证了一个地方的兴废起落。韩愈来了又走了，他只在潮州待了八个月，却带来了颠覆性的影响，潮州从此有了"海滨邹鲁"的名声。潮州人十分信赖他，"潮人之事公也，饮食必祭，水旱疾疫，凡有求必祷焉"；也十分感念他，"而潮人独信之深，思之至，焄蒿凄怆，若或见之"；更重情重义，把山水都改姓韩，笔架山改为韩山，凤水改为韩江，并建造了韩文公祠，以为永久的祭祀，还礼请宋代大文学家苏轼撰写韩文公庙碑，对韩愈作出了崇高评价："匹夫而为百世师，一言而为天下法""文起八代之衰，而道济天下之溺；忠犯人主之怒，而勇夺三军之帅"。在苏轼的笔下，韩愈成为历代读书人的最高典范。韩愈治潮八百多年后，清朝两广总督吴兴祚赋诗赞道："文章随代起，烟瘴几时开。不有韩夫子，人心尚草莱。"

潮州，因为韩愈的作为、苏轼的文章而在中国的"江湖"声名鹊起。

当然，对于普罗大众来说，他们更关心的是民生的好坏和经济的发展。由于特殊的地理方位，潮州在历史的渐变中，逐步成为对外贸易的重要港口之一。特别是宋代潮州陶瓷，已远销海内外。当时辽金等外族入侵，中原陷于战乱，大批北方的窑工被迫纷纷南迁，在既富于瓷土，又便于外运的潮州找到了最佳的落脚点。更重要的是，潮州处于北宋设立市舶司的广州与明州（宁波）的中间，不管北上还是南下的船只，常常选择潮州作为补充给养和中转休憩的绝佳去处。巨量的货流、人流、信息流、资金流，使大量生产精致影青瓷和青瓷的潮州窑场，无论是技术改进，还是生产规模，都达到了发展的全盛时期。据香港中文大学苏基朗教授研究，在北宋时期，潮州陶瓷主要由泉州海运商人经过广州向外出口，因为当时的政府已实行罢却明州、杭州市舶司，只就广州市舶司抽解的政策，规定船只"往复必使东诣广，不者没其货"，这些泉州的海运商人不得不去广州办理外贸清关手续和领取必要的市舶公凭。因此，地处泉州和广州之间的潮州更加迅猛地发展起这个全新的产业，并享有集中生产的优势。据统计，宋代广东全省窑址共有 63 处，潮州就占有 22 处，其中仅笔架山 10 号窑，全长近百米，一年就可烧制陶瓷超过百万件。十里窑烟，逶迤绵延，成为一道动人的风景。保守估计，每个窑场至少可养活数百人，这些人除了制陶工、烧窑工外，还包括把外销瓷运输到镇里、港口的脚夫和小贩，以及外来的水手与商人等形形色色的人。

市舶司的设立与裁撤，成为国家开放程度与地方经济此消彼长的风向标。嘉靖八年（1529），浙江市舶司被朝廷撤销后，南澳岛、辟望港不但是船舶过往落脚的中转站，更一跃成为民间贸易的重要港口。明人郑开阳在《开互市辨》中指出，浙江市舶司撤销后，日本私舶"富者与福人潜通，改聚南澳，至今未已，虽驱之寇不欲也"。元人汪大渊《岛夷志略》记载："石塘之骨，由潮州而生。逶迤如长蛇，横亘海中，越海诸国。俗云万里石塘。……一脉至爪哇，一脉至渤泥及古里地闷，一脉至西洋遐昆仑之地。"由此可见，潮州商人或外国商人根据季风和洋流的变化，从南澳出发，向北可达东洋，向南可抵西洋各国，生意已遍布全球各个角落。据郑开阳绘制的海防图，辟望港扼韩江出海口，与南澳岛隔海相望，位置险要，来往众多，故明朝在此设立辟望巡司。巡司是巡检司的简称，明朝规定，凡府州县关津要害处都设立巡司，主要任务是缉捕盗贼，盘诘奸伪，大致相当于现在的派出所，既管社会治安，又管国土安全。

辟望港不折不扣地成为外贸商港和海防要津。实际上，其意蕴深厚的历史还可以追溯到更早的南宋。南宋德祐二年，元军长驱直入临安城下，挟宋孝恭帝赵㬎至北京。大厦将倾，砥柱中流，宋孝恭帝故部陈宜中、张世杰、陆秀夫等遂于五月拥立时年9岁的益王赵昰在福州称帝，是为宋端宗。时陈宜中任左丞相，大权在握，却居心不良，排斥异己。据《宋史》载："宜中以秀夫久在兵间，知军务，每事咨访始行，秀夫亦悉心赞之，无不自尽。旋与议宜中不合，宜中使言者劾罢之。"陆秀夫字君实，楚州盐城人，宋理宗景定元年考中进士；才思清丽，性格沉静，从不苟且要求别人了解自己。既不巴结权贵，又不表白自己，自然没有他的好果子吃，即使处在朝不保夕的南宋末世，也免不了受到工于心计的陈宜中的排挤。陆秀夫于是被贬到潮州府海阳县辟望的港口村安置，他奉母亲携妻儿举家迁来，在港口村因陋就简地卜筑居住，并在港口村的南边设置教馆，免费授徒。邻居蔡渤曾让他的儿子蔡济跟从陆秀夫学习了一年多，深感陆秀夫虽身处逆境，却始终不坠青云之志；虽颠沛流离,却每日坚持书写《大学》章句,以养浩然之气。春去秋来,在海隅边微,陆秀夫在经历了仕途的挫折后,又遭遇了家庭的变故,由于营养不良和气候不适,陆秀夫的母亲和小儿子九郎相继病故,更因贫穷而无力安葬。知潮州军事周梅叟获悉后,慷慨出资将陆秀夫的母亲和小儿营葬于南澳山。宋景炎二年(1277),陆秀夫应召回到朝廷,后来又拥立卫王,世称宋帝昺。陈宜中见宋室大势已去,遂潜往越南的占城,滞留不归,宋室遂让陆秀夫任左丞相,与张世杰共同执政。陆秀夫外筹军旅,内调工役,殚精竭虑,忠君报国。但此时的宋室已是风雨飘摇,在元兵的一路追击下,宋室兵败崖山,陆秀夫忠不臣元、义无再辱,在滔滔的激流中,背负少帝,慨然蹈海,壮烈殉国。

陆秀夫匆忙赴国难时,仍留下两个儿子在辟望的港口村,为潮州留下了彪炳史册的衣冠血脉;他当年居住的地方,被当地人称为陆厝围,是为丞相虑国忧君、卧薪尝胆之所。饱经忧患的港口村以其深厚的积淀和神奇的经历,正在期待和孕育一段新的传奇。

嘉靖四十二年(1563),因山贼海寇阴相连结,内外夹驱,民不聊生,相率逃窜,全潮俱警。潮州督府张杲率师平定寇患后,地方乡绅曾栋等奏请朝廷俯允,割海阳、揭阳、饶平七都设立澄海县,取澄清海宇之意。就在澄海设县的前十年左右,郑成功的曾祖母谭氏妈出生于辟望港口村一个谭姓水手之家。

据《潮汕百家姓》载:"澄海澄城谭氏,其先祖于清朝初年,由湖南来澄海做官,携带家眷定居澄城,裔孙在城北、外埔村、港口村开枝发叶,繁衍至今。"又据澄海《谭氏族谱》载:"康熙年间澄海谭氏先祖六人,先后从广州等地移居澄海,联宗建祠于城北树仔脚谭厝巷,号滋德堂。"据主编过《澄海县地名志》的谭氏后人谭健吾先生考证,澄海谭氏宗祠滋德堂建于清康熙十年(1664),共有六房,长房居港口村,二房居南门外凤岗里,三房外迁创业,四房居城北公婆树,五房居外砂林厝村,六房居城北谭厝巷原祖地。由此可知,清初之前谭氏应已在澄海(谭厝巷或港口村)定居了一段不算短的时间，且已蔚成望族，始有联宗建祠之举。而建祠堂修族谱的时间，正是郑成功收复台湾后去世不久，由其子郑经占据台湾，与清政府分庭抗礼，郑氏正处于与清廷为敌的敏感时期，为避免攀上郑成功这层危险的关系，保障谭氏宗族的安全，谭氏族谱故意将清初之前这段历史隐去。有清一代，特别是清朝定鼎之初，动辄斩首灭门、株连九族的恐怖政策之下，这样的做法，不但是明智的，更是必要的。

辟望港人烟辐辏，商旅云集，东西洋商船和南北方商人来往更加频繁。在拍岸的浪涌中，在腥咸的海风里，辟望港密密麻麻地停泊着广船、福船、东洋船、西洋船，以及更多的红头船——船头漆成红色，并画上两颗圆圆黑黑的大眼睛。红头船乘风破浪，漂洋过海，在逆境中求生存，在绝路中寻出路，成为潮人精神的一种象征。繁华的港口商贸催生出五行八作，而活跃在水面上的水手、舵工，多为港口村的谭姓人氏，故远近海域有"红头商船谭半港"之称。

而在外来的船员和商人中，就有一个是郑成功的曾祖父西庭公。据《郑氏家谱》记载，郑成功一族在福建省南安县石井开基创祖，始于第一世隐石公，其后传人第二世隐泉，第三世砥石，第四世纯玉，第五世井居，第六世确斋，第七世乐斋，第八世于野，第九世西庭，第十世象庭，第十一世飞黄，即郑芝龙，第十二世大木，即郑成功。家谱是这样介绍西庭公的："西庭公，于野公之子，讳瑢，字德重。诰赠镇国将军。姚李氏、钟氏、继吾氏、谭氏。子二：士俦，钟出；士表，谭出，谭为潮州府澄海县人氏。"据日本平户第十代藩主松浦熙命儒臣朝川善庵所著的《郑将军成功传碑》载："成功初名森，小字福松，父芝龙，后号飞黄将军，泉州南安县人。祖翔宇，曾祖寿宸。"该文五千字，不便刻碑，另由日本平户名儒叶山高行据此删改刻碑的《郑延平王庆诞芳踪碑》也称："成功……父芝龙，祖翔宇，曾祖寿宸。"这里的"曾祖寿宸"指的就是西庭公。日本江户时代的历史学家和医学家、曾任水藩国史总裁川口长孺所撰、现珍藏于哈佛大学汉和图书馆的《台湾郑氏纪事》载："庆长十七年壬子（明万历四十年），明郑芝龙及祖官来谒幕府于骏府，幕府亲问以外国事，芝龙献药品，幕府命馆之长崎。"并用小字留下注释按语："祖官不详何人。"这则史料颇为重要，却也疑窦丛生。其一，庆长十七年（明万历四十年），即1612年，郑芝龙于这一年到达日本，许多日本史籍记载郑芝龙时年16岁，按此推算，郑芝龙当出生于万历二十三年，即1595年。其二，不详何人的"祖官"，是郑芝龙的祖父西庭公？还是郑芝龙的父亲，据江日升撰《台湾外纪》等书记载的，曾任泉州府库吏的"绍祖"？或者另有其人？有论者因此断定郑成功的曾祖父或祖父到过日本。综研各方资讯，该则史料来源于日本文献《武德大成记》《国史武德编年集成》《骏府记事》，笔者倾向于这个"祖官"就是郑成功的曾祖父西庭公，他的身份就是走南闯北的商人。从族谱上看，他先后娶了四个妻子，可见家庭财力是比较雄厚的，而最后一任妻子谭氏，与西庭公生了她一生中唯一的儿子，就是郑芝龙的父亲郑士表，从而成为郑成功的曾祖母。据南安石井地方传说，西庭公后来家道中落，郑成功的曾祖母去世时，家贫无力营葬，儿子只好用米篮纳尸，草草收埋，至今石井尚有"米篮墓"之说，即为郑成功曾祖母之墓。

曾经富有的西庭公与潮州澄海人氏谭氏妈是如何从"不相干"到成为"一家人"的？俗话说，千里姻缘一线牵，潮州与泉州相距六百余里，在交通极不发达的古代，这样的相遇，概率是极低的。但西庭公是出入各大港口的商人，而谭氏妈的父亲是辟望港的水手，在生意往来中相识，在共同劳动中相知。一个正当壮年，虽家有妻室，但人丁不旺，急需再娶以继家业；一个老实本分，尚有孝女待字闺中。于是翁婿一拍即合，明媒正娶，顺理成章撮合一对新人。或者干脆就像早已在潮州、泉州一带流行的潮剧《陈三五娘》的主人公一样，西庭公与谭氏妈在新春佳节，偶然邂逅，彼此相爱，从而成就了一段惊世奇缘。事实上，西庭公和谭氏妈的结合与《陈三五娘》的故事在大的时空背景下有某种同构性，《陈三五娘》也叫《荔镜记》，故事叙述在宋朝年间，泉州书生陈三（伯卿）送兄伯延赴广南东路转运使任，途经潮州，在元宵灯节与黄九郎的独生女儿黄五娘相遇，两人一见倾心，互生爱意。但此前黄九郎已将五娘许配给本城的富家子弟林大，黄五娘虽极不乐意，却父命难违，只好暗自饮泣。陈三此后念念不忘五娘，回程时重游潮州，得以与五娘相遇。五娘情急生智，遂以手帕包裹荔枝，从绣楼上掷给陈三定情。陈三为了接近五娘，乔装成匠人进入黄府磨镜，故意失手打破宝镜，卖身黄家为奴三年。经过反复试探和接触，两人深化了感情，确认了爱情，在婢女益春帮助下，趁林大逼婚之机相约私奔，并喊出了"姻缘由己"的口号，毅然决然去追求自己的自由和幸福。

与陈三五娘的故事具有共时性的轰动效应不同，西庭公与谭氏妈的故事则具有历时性，他们的人生也许是平淡的，但他们的传奇则以另一种方式来书写，并将由时间来证明。

章竹林，广东省饶平县人，1965 年出生。中国作家协会会员，发表各种作品上百万字。

新文学最美丽的名字：冯铿

黄羡章

按语： 冯铿，民国时期潮汕最著名的女作家，"左联"五烈士中唯一的女性作家。冯铿生于 1907 年，原籍浙江杭州，清末随祖辈辗转移居汕头市。出身知识分子家庭，曾就读于岩石正光女校、汕头友联中学。良好的新式教育驱动着冯铿从 15 岁起就开始发表作品，投身于新文学创作。其代表作包括政论文《破坏和建设》《妇女运动的我见》，短篇小说《月下》《一个可怜的女子》，散文《开学日》《夏夜的玫瑰》等。1931 年 2 月 7 日，冯铿于上海被国民党政府枪决，结束了年轻的生命。本文原收录于作者所著《潮汕民国人物评传》一书。文章将冯铿的求学、创作、革命工作及其与柔石的爱情等娓娓道来，再现了这位"左联"女作家的丰满人生。

潮汕民国人物的女性代表以澄海县和潮安（海阳）县居多，其他各县均次。澄海以革命人物为主，主要有：吴文兰（1904—1928），大革命时期担任过中共汕头地委妇委书记；余哲贞（1907—1927），牺牲前任中共福州地委妇女部长；蔡楚吟（1910—1969），20 世纪 30 年代初在上海曾任中共中央军委秘密交通员。

潮安以文化人占优，其主要人物有：陈舒志（1880—1957），汕头第一个女子学校坤纲小学创办人兼校长；陈凤兮（1905—2002），1931年毕业于复旦大学中文系，曾任何香凝秘书、《北京日报》编辑；陈波儿（1910—1951），民国时期我国女电影明星、革命家、社会活动家第一人；以及本文所述的冯铿。

在上列人物中，名气最大、在全国有影响的要算潮安籍的冯铿和陈波儿两位，作为著名的"左联"五烈士之一的冯铿，不论作品的数量，还是作品的思想性、革命性、艺术性和在国内外的影响力，从民国到现在，在潮汕女作家群中，还没有一人能赶上或超过她。

中国"最出色和最有希望的女作家之一"

冯铿，1907年（一说1906年）11月5日出生于广东海阳县城郊云步村（现属枫溪镇）的一个破落的官僚知识分子家庭，父母、兄姐都是从事教师职业的知识分子。冯铿自小酷爱文学，8岁就开始阅读《水浒传》《西游记》《红楼梦》等古典小说，15岁时就开始发表作品。以后，伴随着丰富多彩的学校生活和波澜壮阔的革命斗争实践，勤敏聪慧、性格倔强的冯铿，在文学创作上一发而不可收。她在文学的百花园里耕耘不辍，创作了大量的作品，被现代文学界誉为"中国新诞生的最出色的和最有希望的女作家之一"。

冯铿的文学创作活动分为两个阶段，第一是1929年初之前的汕头时期，第二是此后到牺牲为止的上海时期。

1920年，13岁的冯铿进入汕头岩石正光女校读书，一年后又转到汕头友联中学初级部一直到1926年高中毕业。在中学期间，冯铿就在汕头文坛崭露头角。

友联中学是原汕头华兴教会学校师生脱离原校另行组建的具有光荣传统的学校，乘着"五四"新文学的浪潮，师生们的文学团体"友中月刊社"应运而生，冯铿是月刊社的骨干。1923年秋，汕头第一个新文学团体"火焰社"成立并创办《火焰》月刊，冯铿也是该刊的主要撰稿人之一。

冯铿升入友联中学高中部读书期间，正值国民革命在广东兴起，当时潮汕地区是广东乃至全国国民革命的中心之一。1925年国民革命军两次东征，矛头所向就是盘踞东江、潮汕一带的反动军阀陈炯明。在这样一个风起云涌的年代，冯铿这个年仅十七八岁的高中生，便以笔杆子当作战斗武器对准反动势力。她认为文学可以为革命助威呐喊，可以点燃人民心中的火焰。在此期间，冯铿发表了《国庆日的纪念》《破坏与建设》《学生高尚的人格》等近十篇以文学为题材的、反映她对现实社会斗争的思考的文章，文章针对的是盘踞潮汕和广东的军阀们争地盘谋私利而不顾人民死活、连年混战的现实，慨叹这些人没有继承辛亥革命先烈们用头颅和鲜血换来的"一线光明"，"反而自己扰乱起来"，使国家和人民陷入更加贫弱的境地。她剖析国家混乱的原因，是在于辛亥革命对旧思想、旧势力"毁灭、铲除"得不够干净，"那时的伟人、烈士们，误以为把'大清帝国'改名为'中华民国'就达到了目的！所以容溥仪依旧安居皇宫，受遗老们的朝拜，因而惹起了复辟的乱子来"。作为一个中学生，冯铿对政治的洞察力入木三分，分析鞭辟入里，这是十分难能可贵的。

冯铿对妇女命运的关注，在她《一个可怜的女子》和《月下》两篇小说中，表现得淋漓尽致。第一篇叙述一个童养媳的悲惨生活：她摆脱不了非人的折磨，终于以跳进河里结束生命的方式来摆脱人间地狱般的生活。后一篇写了一个年轻女子，丈夫是纨绔子弟，婆婆以森严的封建礼节桎梏她，使她过着"和奴隶、囚犯、木偶……一样僵死的生活"，从而陷入生与死的困惑之中。

1928年六七月间高中毕业前夕，冯铿在汕头以《海滨杂论》为总题分《石莲》《毕竟还是玩物》《夫妇》《滑稽》为小题写了四篇具有现代杂文形式的散文，寄往上海《白露》半月刊。分别在该刊第3卷第8、11、12期上发表，作品以第一人称的叙述，从海滨城市汕头的社会生活的一个角落勾勒出时代女性的面貌和姿态。这几篇散文体现了思想性、社会性和战斗性的统一。作者不是单纯地写景，或抒一己之情，而是借景物以言志，借叙事记人来摄取一种社会的图景，勾画某种人物的姿态、行为与笑貌，是大革命风云之下社会一隅的真实记录和描摹。这组作品的发表，标志着冯铿的思想和文学创作水平在汕头时期已经达到一定的高度。

冯铿是于1929年2月为寻求更广阔的天地从汕头到达上海的。20年代末到30年代的上海，是全国革命文学的中心。当时，既有我国新文学的旗手鲁迅等众多全国一流的作家、艺术家在那里，也有为数甚多的潮汕籍革命家、文化人在那里，包括杜国庠、洪灵菲、戴平万、王鼎新、唐瑜、杨村人、郑正秋、蔡楚生、陈波儿、许美勋、李春蕃、梅益、许涤新。尤其冯铿到上海后所投靠的杜、洪、戴三位老乡，都是当时我国提倡和创作革命文学的中坚作家。正是在鲁迅和众多潮汕师友的扶掖以及她自身的努力下，冯铿达到了创作的第二个高峰期，从而奠定了她在中国文学史上的地位。

1930年3月，在中共的指导下，以当时在上海倡导无产阶级革命文学的团体创造社、太阳社、我们社（以潮汕籍文化人为主组成）的成员和受鲁迅影响的革命作家为主，吸收其他进步作家参加的著名的革命文艺团体——中国左翼作家联盟——在上海成立，冯铿是出席成立大会的40余人和首批50多名成员之一。

"左联"一成立，就以战斗的姿态出现，它以马克思主义文艺理论为武器，不仅对各种错误文艺思潮，包括新月派、民族主义文艺运动、自由人、第三种人的观点进行批评和论战，而且对国民党当局的反动文艺政策和迫害压制进步作家的活动进行顽强的抗争。冯铿以一个青年共产党员的战斗热情，勇敢地投入这场斗争，她不仅参加"左联"的联络工会、张贴标语、印发传单、宣传群众的工作，还先后创作并发表了诗集《春宵》，随笔《一团肉》等多篇，短篇小说《遇合》《小阿强》《红的日记》等十几篇，中篇小说《重新起来》和《最后的出路》。其中《小阿强》描写了苏区一个十三岁少年的英勇事迹，是一篇在中国现代儿童文学史上占有特殊地位的作品；《红的日记》以第一人称的写法，描写了把枪当成"我的铁情人"、把笔记本当成"我的小宝宝"的红军女政工队员马英的火热战斗生活和思想感情。这两篇小说与柔石的《一个伟大的印象》、胡也频的《同居》，都是我国现代文学史上最早一批直接反映和热情讴歌革命根据地和红军战斗生活的文学作品。这些力作和"左联"其他青年革命作家的作品受到社会各界广泛关注和高度评价，诚如鲁迅的高论："是林中的响箭，是冬末的萌芽，是进步的第一步，是对于前驱者爱的大纛，也是对于摧残者的憎的丰碑"。

柔石："我也决不夺取有了爱的爱人"

"左联"五烈士之一柔石，是鲁迅最器重的高足。在"左联"火热的革命斗争和文学创作实践中，冯铿与柔石接触最为频繁。冯铿十分钦佩柔石的文学才华，柔石也被冯铿丰富的情感和坚毅的性格所吸引，互相间的感情与日俱增。

柔石是我国现代最著名的青年作家之一。他原名赵平复。1902年生于浙江宁海县城一个小商人家庭，1918年考入浙江一师，1923年毕业，1925年赴北京，在北京大学当旁听生，1927年返家乡参与创办宁海中学，同年5月参加共产党领导的宁海农民暴动，失败后到上海从事社会、文艺活动。1930年以宋庆龄为首的自由运动大同盟筹备成立，他是发起人之一，同年春，中国左翼作家联盟成立，他作为发起人之一当选为常委兼任编辑部主任，同年5月加入中共，并与冯铿、胡也频三人以"左联代表"的身份，参加全国苏维埃区域代表大会。其著述甚丰，主要作品有长篇小说《旧时代之死》，中篇小说《二月》（曾被改编为电影《早春二月》）、《三姐妹》，译著《浮士德与城》《阿尔泰莫夫氏之事业》等12种。

冯、柔相爱大约在1929年秋天，当时的冯铿尚未与从汕头一同赴沪的男友许美勋断绝同居关系，为什么会弃许而爱上柔石，我们可以从柔石给许美勋的信中看到蛛丝马迹。1930 年 10 月 20 日，估计这是冯、柔确定关系的日子，柔石写信给许美勋，信中充满新思想的韵味："我是一个青年，我当然需要女友，但我的主旨是这样想：'若于事业有帮助，有鼓励，我接受，否则，拒绝！'我很以为这是一回简单的事，一月前，冯君给我一封信，我当时踌躇了一下，继之，因我们互相多于见面的机会的关系，便互相爱上了。""如冯君与你仍能结合，仍有幸福，我定不再见冯君，我是相信理想主义的，我坦白向兄这样说。兄当然不会强迫一个失了爱的爱人，一生跟在身边；我也决不会夺取有了爱的爱人，满足一时肉欲。"

不知道许美勋接信后有何反应，但可以肯定的是，许默默地接受了这一事实，并在往后不记恨冯铿。活到解放后的许美勋，50 年代、80 年代还多次著文，热情讴歌这位曾是自己同居的爱人后又离去的烈士。

从柔石的信中，可以看出他与冯铿交往频繁，意气相投，"于事业有帮助，有鼓励"。冯铿爱上柔石，主动给他写信，倾诉爱慕之情，柔石也赏识、看重冯铿，接受了冯铿要他转换作品题材和形式的建议，并将此事郑重告诉鲁迅，鲁迅不假思索地发出疑问："譬如使惯了刀的，这回要他耍棒，怎么能行呢？"柔石坚定地回答："只要学起来。"在这里，可见柔石、冯铿相爱的深度。事后，鲁迅在《为了忘却的记念》一文有过生动的记述：

> 他（指柔石）说的并不是空话，真也在从新学起来了，其时他曾经带了一个朋友来访我，那就是冯铿女士。谈了一些天，我对于她终于很隔膜，我疑心她有点罗曼蒂克，急于事功，我又疑心柔石的近来要做大部分的小说，是发源于她的主张的。但我又疑心我自己，也许是柔石的先前斩钉截铁的回答，正中了我那其实是偷懒的主张的伤疤，所以不自觉地迁怒到她身上

去了。——我其实也并不比我所怕见的神经过敏而自尊的文学青年高明。

柔石与冯铿相爱，也与柔石本身的婚姻不幸有关。早在浙江一师读书期间，17 岁的柔石就在父母之命下与大他两岁的吴素瑛结婚。吴虽勤劳朴实，但没有读过书，双方缺乏共同语言，而这时的柔石，头脑充满新时代的思潮，向往写作的愿望十分强烈，这无疑使柔石常常陷入感情的痛苦之中。婚后，他多在外漂泊，碰到像冯铿这般具有共同向往、热情奔放的女青年，相爱就成自然的事了。

冯铿与柔石相爱，与冯铿已经形成的自由爱情观和在婚姻上的叛逆性格也不无关系。冯铿有一位年长她十岁的姐姐冯素秋，颇有才情，善吟诵，工诗文，追求婚姻自主，受到旧礼教的阻挠，素秋勇敢抗争，向往婚姻自由，但却在旧道德的压迫下，31 岁便因压抑染病亡故。姐姐在临终时对冯铿说："我们做女人的受罪特别深，你要有志些，将来替女人复仇。旧礼教真像猛虎……你要学武松。"姐姐的悲剧和封建社会阴霾下的潮汕城乡女人的惨遇，使冯铿对自由的爱情表现得特别向往。1926 年秋天，19 岁的冯铿在汕头友联中学高中毕业前夕，写下一组爱情诗，表达了在封建礼教压抑下爱情的苦闷，其中一首写道：

> 晚上烛光一灿，
> 心里更加茫然念你——
> 念你到无可奈何时，
> 把脸儿贴着白烛。
> 烛泪滴到颊上和泪儿混流，
> 凝结了是你我的泪珠！

冯铿与柔石大约是在 1929 年 10 月结伴同游杭州时未公开地同居的，到 1931 年 1 月公开同居，不幸的是，这段爱情是多么短暂，同年 2 月初，他们双双血洒龙华。

反动派向"新进的稀少的妇女作家举起屠刀"

1929 年 5 月，冯铿抵沪不到三个月，就在潮籍著名共产党人杜国庠、李春蕃介绍下加入中国共产党，毅然投入"四一二"反革命政变后血腥味还十分浓烈的、艰苦卓绝的上海地下斗争。

冯铿的革命思想是在汕头形成的。1925 年国民革命军东征期间，冯铿就以中学生的身份参加迎送、慰劳活动，革命队伍严明的纪律和亲民的形象在她脑海中留下深深的印记。在 1927 年蒋、汪叛变革命的腥风血雨中，冯铿目睹众多有才华、有抱负的革命者在汕头被杀害。尤其当她获悉自己经常投稿的岭东国民日报社社长、著名国民党左派、潮安同乡李春涛被反动派杀害，沉尸汕头市区东侧的石炮台大海后，更坚定了走上革命道路的决心。

冯铿入党不久就参加"左联"，步上更加广阔的斗争舞台。她对革命工作积极热情，常常奔走在公菲咖啡馆、金神父路（今瑞金路）和胡也频、丁玲家里等"左联"地下活动主要场所，出现在"左联"领导下的各高等院校读书会和文学小组会上。她还深入青年学生中间，评析革命作品，探讨马克思主义文艺理论，以此团结、培养青年学生，引导他们走上革命道路。

冯铿还受党组织的委派，到厂区向工人散发革命传单。她严肃认真，勇敢机智，穿梭在工人上下班的巷子里，冒着危险去完成任务。在斗争实践中，冯铿锻炼得胆大心细，沉稳老练。有一次，她带了一大卷苏区课本的插图原稿要去印制，迎头碰到敌人的巡捕，一时退避不及，冯铿灵机一动，假装成一般职员要赶时间办事的神态，自然地与巡捕擦身而过，终于蒙混过敌人耳目，这固然是她勇敢而无惧，更重要的是她具有那种为革命将生死置之度外的意念。

1930 年 5 月，由党中央和全国总工会发起的全国苏维埃区域代表大会在沪西租界秘密召开。全国各革命根据地、红军、游击队和各红色工会、革命团体的代表出席会议。冯铿与柔石、胡也频三人被"左联"推选为代表参加这次会议。在令年轻党员耳目一新并为之振奋的马克思、列宁画像和鲜红的旗帜下，冯铿代表"左联"在大会上发言，介绍"左联"在党的指导下开展各项宣传、文化活动的情况。

冯铿等革命者的活动引起国民党反动派的极大恐慌，他们阴谋策划，向革命者伸出魔爪。

关于冯铿等被捕的情形有两种说法，一是常见于史料中的叙述：冯铿等青年作家作为"左联"的代表，将在1931年11月出席在江西瑞金召开的全国苏维埃代表大会，于是，他们与上海地区的各界代表于1931年1月17日在上海东方旅社召开预备会议，因被反动当局发觉而被捕；另一种说法是根据当时出席会议的中共著名人物罗章龙和担任过"左联"党团书记的冯雪峰1949年后的回忆：当时共产党内一批活动分子对王明主持召开的党的六届四中全会制定的"左"倾机会主义政治纲领不满，集合在东方旅社开会时被密探侦知而被捕。同时被捕的除"左联"五位青年作家外，还包括林育南、何孟雄等共产党员二十多人。根据判断，第二种说法较为可信。

国民党反动派幻想将这些文弱的青年文人转化成为他们服务的工具，并进而找出中共上海秘密组织的线索，于是每天不停审讯，软硬兼施，时而严刑拷打，时而以高官厚禄引诱。冯铿等坚贞不屈，与敌人进行针锋相对的斗争。由于被毒打加上营养不良，冯铿的脸浮肿得很厉害，柔石心痛地在狱中写信给友人说："冯妹脸膛青肿，使我每见心酸！"为营救被捕同志，党的地下组织成立专门委员会，开展营救。以著名爱国人士宋庆龄、何香凝、杨杏佛等为首的中国民权保障同盟和济难会等组织，为营救冯铿等被捕作家也做了不懈的努力。但在这些革命者被捕二十天后，即1931年2月7日，包括冯铿在内的二十四位革命者仍被国民党反动当局秘密枪杀于龙华淞沪警备司令部，据目击者说，冯铿身中七弹，尤为惨烈。

同时牺牲的还有柔石、胡也频、李伟森、殷夫等"左联"青年作家，史称"左联五烈士"。

反动当局的血腥暴行，激起了全国人民的愤怒。青年革命作家们的导师鲁迅和当时旅华的著名美国进步女作家史沫特莱共同起草，并在"左联"机关刊物《前哨》上向国内外发表的《为国民党屠杀大批革命作家宣言》和《为国民党屠杀同志致各国革命文学和文化团体及一切为人类进步而工作的著作家思想家书》，谴责反动当局向冯铿这位"新进的稀少的妇女作家举起屠刀"。史沫特莱得知冯铿被害，竟在众人面前失声痛哭。

鲁迅对冯铿、柔石等青年作家被害，一直愤怒难平。在烈士牺牲两年后的1933年2月，鲁迅写下了著名的《为了忘却的记念》一文，通过回忆烈士的生平和遇害的情况，抒发对烈士的深切怀念，同时对反动派屠杀革命作家的卑劣行径予以抨击，文中写道："我沉重的感到我失掉了很好的朋友，中国失掉了很好的青年。"

　　黄美章，广东省揭东县人，1953年出生。1976年毕业于揭西师范学校，长期在汕头市委机关和基层任职，业余从事民国史和民国人物研究，著有《潮汕民国人物评传》《梅州民国人物评传》等。

旷世宗师饶宗颐

雷 铎

按语：饶宗颐，字伯濂、伯子，号选堂，又号固庵，广东潮州人，南派文化宗师，国际公认的一代巨匠。甲骨文、简帛学、敦煌学、佛学、道学、史学、哲学、古文字学乃及印度梵学、西亚史诗、艺术史、音乐、词学、书画及理论，学无不涉，涉无不精。本文最初发表于 2001 年 9 月 19 日的《人民日报（海外版）》，是著名作家雷铎为庆祝饶宗颐治学六十年而撰写的文章。雷铎出生于潮州，治学成就亦贯通文学、国学与书画三大领域。其书曾得饶老"有庙堂之气"的赞许，其转攻国学研究曾得饶老指点门径。饶老之于雷铎，既是乡亲，也是老师。无论对饶老之为人，抑或治学、创作的成就，雷铎都有着更为独到、深刻的理解。这篇文章从大师的治学成就与方法谈起，而落脚于一个学者对于另一个学者的别样理解，文字灵动潇洒，别有一番温馨可爱。

大宗师的小素描

从事文字写作与研究三十余年来，我写过不算少的名人评介，但从来没有一个人像饶宗颐先生这样令我觉得难以下笔，我深感如同对着大地上的一座高山、一片大海，天空的一阵雄风、一片云霞，即所谓高山仰止。对着极高的山，你看不到它的峰尖；对着大海，你望不到它的边际；对着天空的雄风与云霞，你猜不准其边际之所在。虽然我已经写过好几篇有关饶宗颐教授的文章，在饶教授面前聆听教诲，书信讨教和长途电话往来也有十余次了，但感受如同面对云里的龙，见其首而不见其尾。

饶公著作数千万言，研究领域涉及几十个领域之中的极尖端学术论题，学术贡献多得惊人，成就太大，因此饶公的头衔也多得吓人。海内外学者把他和钱锺书并列，所谓"南饶北钱"是也。

面对这样一位大宗师，我应该从何说起呢？

几年前，我写过一段半文言的评论，算是一个提要：

> 饶公宗颐，潮州人氏，幼承家学，卓有所成，年未弱冠，已有著述问世；而立之际，随上海辞书大家王云五氏，研学术于香江，复游学于欧亚，搜求海内外难得之史料，结交国际上顶级的大师，研究世界上顶尖的学术难题，著作等身，声誉远播久矣；公今年逾八秩，文通六国，才高八斗，学富五车。其学术，遍及敦煌学、甲骨学、考古学、金石学、宗教学诸多学科，乃国际汉学界泰斗，丹青妙手；先生才通古今，学贯中西，因"不可分类"而"无家可归"，"其博其专，不让古人"。公退居之后，抚宋明古琴，写擘窠大字，泼随意丹青，黄苗子氏，赞其"落笔便高"，笔笔有书卷气。又因其才学过人，胸纳浩然气，笔起快哉风，山水花卉各有特创，尤以佛教人物白画与张大千氏同誉，公以正养气，以奇治学，奇正相生，研究学术而登象牙之塔，作书画则成一家面目，尺幅而藏大千，书画相成，合璧生辉，故有"旷世奇才"之誉，堪称当代学苑宗师、艺林大匠焉。

大学者的不凡经历与学术贡献

先生 1917 年 6 月生于广东潮州，字固庵，号选堂，幼承家教，聪颖博学，年方十六，续编其父饶锷《潮州艺文志》；其《楚辞地理考》，辟楚辞研究之新域，29 岁时在上海出版而一举成名。此后便专攻文史，潜心学术，一发不可收拾矣。

先生后来成为海内外著名的经、史、考古和古文字学家，且工诗文，擅书画，涉猎的门类极广。先生笔耕一甲子，著述 3000 万言，治学之领域，遍及十大门类：举凡敦煌学、甲骨学、考古学、金石学、史学、目录学、词学、楚辞学、宗教学及华侨史料等诸多学科，著述宏丰，仅其中《20 世纪饶宗颐学术文集》即浩浩 12 卷，洋洋 1000 多万字；专著 60 多种，各种论文 400 余篇。先生通晓英语、法语、日语、德语、印度语、伊拉克语六国语言文字，其中古梵文、巴比伦古楔形文字，有的在其本国亦少有人精通，而饶先生以一个学方块字的中国人，却能通乎异国"天书"，非天才何能如是？

北京大学季羡林教授说：饶公之成就，得益于其能出入乎"地下实物与纸上遗文"之间、"异族故书与吾国旧籍"之间、"外来观念与固有材料"之间。公之熟谙经史子集自不待言，甲骨、简帛遗文堪称权威，亚洲诸宗教更是师心自悟。

先生治学半个世纪以来，足迹遍布五大洲，从事讲学、研究和文化交流，先生自谓"五洲历其四，九州历其七"，治学六十年间，教授、研究员之类的头衔，即有几十个之多；其任教、受聘者，多是国际上的名牌学府与研究机构，除香港和内地大学之外，先生先后在新加坡国立大学、印度班达伽东方研究所、法国科研中心、法国远东学院、美国耶鲁大学研究院、日本京都大学和九州大学从事讲学或研究，先后被香港大学授予荣誉文学博士，被法国索邦高等研究院授予人文科学博士，并兼任中华人民共和国国务院古籍整理小组顾问、泰国华侨崇圣大学中华文化研究院院长诸职。

1962 年，年方 45 岁的饶先生，荣获号称"西方汉学之诺贝尔奖"的法国法兰西学院"儒莲奖"；此后，荣誉接踵而至：荣获法国文化部文学艺术勋章、香港海外文学艺术家协会授予的中华文学艺术家金龙奖和国学大师荣衔；2000 年中秋前夕，先生荣获港府授予的大紫荆勋章。

先生在敦煌学上骄人的贡献值得独书一笔：在"纪念敦煌藏经洞文物发现暨敦煌学百年"活动中，国家文物局和甘肃省人民政府颁授"敦煌文物保护研究特殊贡献奖"，先生与常书鸿、段文杰、邵逸夫、平山郁夫、季羡林、潘重规等六位功勋卓著的敦煌保护功臣和研究专家，以及中国敦煌研究院、洛杉矶盖蒂中心、东京国立文化研究所三家卓越的研究机构一道，受勋而载誉。世界百年，故世者与健在者，获此殊荣区区七人而已，先生以"顺便研究"而能与常书鸿诸公比肩，岂能不令人折服乎？

法国汉学界领袖戴密微教授、日本东京大学东洋文化研究所所长池田温教授、印度古梵文著名学者白春晖先生都对饶先生推崇备至；港澳台、新马泰，对先生之成就，亦盛誉有加；国内外同行如是评价饶先生，曰"当今汉学界公认的权威"，曰"处理顶尖学术难题的国际著名汉学大家"，曰"当今集学术和艺术于一身的一代英才"，曰"当今汉学界导夫先路的学者"，曰"顶尖学者、旷世奇才"。

1996 年 8 月，"饶宗颐学术研讨会"在潮州市举行，来自美国、法国、日本、荷兰、新加坡以及中国大陆和港澳台等地的八十多位学者出席，"饶学"的确立，奠定了饶宗颐在国际的学术地位。

大宗师的治学"秘籍"

先生治学之道，风格多样，方法灵活，实难一言以蔽之。但为了研究的方便，以我一己之见，可简单概括为四个字：曰游，曰颛，曰通，曰恒。

游者，一曰游击治学，游刃乎诸多学科之间，知识互参互见；

二曰知识杂交，以渊博学识与过人才思，游刃于旁通之相异学科间；三曰广游历，读万卷书于斗室之内，国学为其根，西学为其叶，行万里路于寰宇之间，书卷为其基，考古为其筑。

颟者，敢入诸"象牙之塔"，擅破诸"马首"之题，研顶尖学问，医"疑难杂症"，于一流学府机构修习，与一流学者专家为友。

先生涉猎极为广泛，且多具开创性，其学术建树多矣哉，略举几个国内外开风气之先的研究成果——先生先后著述了国内外第一部楚辞书目《楚辞书录》，国内外研究张天师热潮的奠基之作《老子想尔注校证》；其治楚帛书、云梦日书、辑全明词，皆先人著鞭；始编录星马华文碑刻，开海外金石学之先河；其他著作如《殷代贞卜人物通考》，贞人卜事互为经纬而呈殷史概貌；《词集考》为明以前词书之总导引。

在敦煌学方面，更多独专之成果：除研究敦煌道教文献的开创之作《老子想尔注校证》与填补了敦煌画研究中重视壁画、绢画而忽略遗书纸画的缺陷的一项空白的《敦煌白画》等外，尚有研究敦煌曲子词和敦煌乐谱的先驱之作《敦煌曲》与《敦煌琵琶谱读记》；研究敦煌写卷书法系统最为完整的著作《敦煌书法丛刊》等。

先生于释道二藏如数家珍，以其对佛教经典和对道家藏书的熟识，解决了许多前人悬而未决的难题。例如敦煌遗书中有一个宋初人用"十一曜"推流年的批命本子《灵州大都督府白衣术士康遵课》。海内外众多学者都考据不出"十一曜"确指的星宿。饶先生根据道家文献之互参，确定了"十一曜"的内容。先生对道藏的熟悉程度，可见一斑。

又，唐德宗贞元年间在吐蕃曾发生过一场我国僧人摩诃衍那与婆罗门僧人莲花戒关于佛教教义之著名辩论，关于其年代，学术界颇多争论，以往学者多是应用典籍中的文献，故众说纷纭。然而先生另辟思路，根据敦煌遗书所用唐朝纪元与吐蕃纪年的年号的终始，再参以其他文献，确定了争论年代应在792—794年。此说法虽始于法人戴密微，但做最后论定的，是饶宗颐先生。

其他如对于南朝宋齐以降产生的经疏学与佛家经疏"同源"说的矫正，先生力排众议，一言而成定论。先生对中印文化交流史上的这桩公案的圆满解决，其得力处在于其通晓梵文，能够直接阅读梵文婆罗门经典和佛教经典。

关于刘勰对《文心雕龙》"览华而食实，弃邪而采正"主张的历史贡献的评价，先生尝提出："彦和之文学主张，处处以正为依归。"道出了刘勰功在"雕龙"而非"雕虫"的主要意义之所在；一般持论多说刘勰为儒家正统，饶先生则应用大量证据说明了刘勰颇多得益于佛教。

甚至在音律方面，先主亦有他自己的贡献，对谢灵运《十四音训叙》中有关四流音问题，学界有歧见的学术悬案，先生有很多独到的见解。

通者，专于若干主要领域，而后辐射邻近的新领域，发乎史志及目录学，而及乎考古及文字学，复转乎史学及宗教。先生曾对后学的我慷慨授秘：文字学是考古的基底功夫；目录学是我此生得益最多的学科，令你在茫茫学海中得以用最快的时间找到最需要的材料；其他学科，只是旁移"一点点而已"。

恒者，恒心、恒常、恒长也。先生数十年如一日，治学孜孜不倦，谓之恒心；恒常者，持之以恒，天天做"功课"，此恒常之一义也；又，以禅宗所说的"平常心"，第二度"见山是山"，反比以功利心态更易于获得"上帝的恩宠"；恒长者，擅养身与养心，养浩然气作逍遥游，使生命如同长明灯。先生自14岁起，学"因是子静坐法"，几十年从不间断，每日早起静坐，然后散步，晚间9时必宽衣就寝，保持健康之身心，令治学轻松自如。我曾经就国内学者将先生与清末两位大学者龚自珍和王国维并论而询问先生的看法，先生说：与上述二位比较，自不敢当；但我的好处是活得长命，龚自珍只活到49岁，王国维先生50岁，以他们50岁的成绩，和我80岁的成绩比较，是不够公平的；但龚自珍也的确"火气"大了一点，要不，可以更长命，成就更大，人的生命如同蜡烛，烧得红红旺旺的，却很快熄灭，倒不如用青青的火苗，更长久地燃烧，来得经济。

上述，是对话的大意而已，先生以其治学乃至生命保鲜如此重要的秘籍相授，听了真令人有如醍醐灌顶，毕生不敢忘其教诲也。

先生天才的学术贡献，令人如仰高山，如面大海，不知其所由来，不明其所由止。

宋人苏东坡说："学如富贵在博收，仰取俯拾无遗筹。"先生的成功之道，正是如此，俯仰之间，全是学问。

大师及其书画艺术

下笔千言，我只概述了饶公此生成就双璧中的一半，即一个学术的饶宗颐；此外，尚有另外的一半：一个艺术的饶宗颐。关于先生的书画艺术成就，我的同宗前辈、当代著名画家黄苗子先生如是评论饶宗颐先生的书画："一位史学、文学、佛学、敦煌学、美学著作等身的学者，而又是一位画家，这在过去，却是罕见。"1994 年 9 月 7 日，《饶宗颐教授书画展》在中国书画研究院展览馆揭幕时，北京各界知名人士二百余人出席，中央电视台当晚新闻联播予以重点报道；而在 1993 年香港的国际拍卖会上，饶公的书法已是字逾千金，画值数十万元，可谓"香港纸贵"矣。

1996 年 10 月，香港回归前不久，在香港举办的"饶宗颐八十（书画）回顾展"上，香港各界要人云集，其中最引人注目的，是占满香港大学展览馆椭圆形大厅整整一面墙壁的一幅一丈六尺的国画《百福是荷》，121 朵荷花，以酣畅淋漓的笔墨，氤氲着 80 岁高龄作者的浩然大气和对香港回归的祝福。这幅一半完成于悉尼一半完成于香港、却装裱于广州从化（香港没有足够大的设备）的大画，实在是气势逼人。我在这幅当时国内外尺寸最大的荷花国画前站了足足一个小时，感慨良多以致无言。

关于饶公的书画，在绘画方面，先生擅山水画，写生及于域外山川，不拘一法，而有自己面目。行家的评价是：人物画，取法敦煌白画之白描画法，于李龙眠、赵沤波、仇十洲、陈老莲诸家之外，开一新路，影响颇大。其国画题材广涉山水、人物、花鸟，有传统流派的摹仿，有世界各国风光的写生，更有自成风格的创作。在书法方面，植根于古文字，而行草则融入明末诸家豪纵韵趣，隶书兼采谷口、汀洲、冬心、完白之长，自成一格。真草隶篆皆得心应手。从大幅中堂、屏条、对联到仅方寸空间的小品，风格形式尽管多样，而沁人心扉的书卷气总洋溢于每件作品。

以我之见，先生之游艺，比诸治学，近其趣而异果，殊其途而同归。其游于艺也，发轫乎未冠之岁，而成就于知命之年。其沉潜久兮，其成就高兮，其题材广兮，其风格丰兮，其韵味隽永兮。

先前，画论家把中国画分为"画人画"和"文人画"，我以为，饶先生的独创，使中国画的风格又多了一种，姑命之为"学者画"，即诗人的才情更加上学者的宏博。

例如，现代画家画山，多源于写生，来龙去脉一一了了，讲究的是可看、可行、可居（此说其实始于明清间人）；而先生则不然，他笔下的山，纹路像古木、如老石、类云纹……这山人世间有没有并不要紧，要紧的是能抒发画者心中的块垒，如同先生爱写擘窠大字是抒发胸中的块垒一样的，所以，先生的画，不像今人的画而像是古人的画。一次，在长途电话里，我说到赖少其先生"八十五以后作品展"进入了一种"无法无天、天马行空"的自由大境界，饶先生说："我也在追求这种境界，可惜还达不到。"饶先生其实是自谦，至少，这段对话可以多少注释他的绘画的境界定位：画心中的山水，而不是复制现实中的山水，那山水，或许人间并没有，而是"此景只应天上有"，给观赏者快意无限同时又无以名状的艺术遐想和精神感动。

先生在其《澄心论萃》书中，有一段"奇正论"极其精彩，先生后来对我说，"奇正"学说是他为人和为艺的基石；他并非"奇人"，其实是"正以养气，奇以治学"；同理，先生的字画乃至诗词，亦是"正以立意，奇以用笔"，因此故，既面目鲜明，奇崛多姿，又正气凛凛，浩然有雄风。

　　雷铎（1950—2017），原名黄彦生，出生于广东省潮安县一个乡村知识分子家庭，1968年参军，1983年加入中国作家协会，1986年毕业于解放军艺术学院文学系。曾为军队正师职作家、广东省社会科学院哲学文化研究所研究员、副所长，国家一级作家、广东省作家协会主席团成员等，其创作，其治学，主要为文学、国学和书画三大领域，成就颇多。

爱国侨领庄世平

廖　琪

按语： 本文是作者于著名爱国侨领庄世平先生香港病逝后所作的纪念文章。庄世平 1911 年出生于广东省普宁县果陇村（今属普宁市）。抗日战争时期，他奔走南洋各地，组织华侨支援祖国抗战，将筹集的抗日资金和物资源源不绝地送到抗日前线的中国战士手中。1949 年后，作为金融界的前辈，他创办了香港第一家中资银行，在香港挂起了第一面五星红旗。改革开放后，他又为广东创办经济特区提供了大量有关世界经济动向和经济特区的资料，并参与到经济特区政策法规的制订中。2007 年庄先生病逝于香港，终年 96 岁。本文作者追随庄老二十多年，创作了长篇传记文学《庄世平传》，从作家采访到忘年交，廖琪与庄先生谱写了人间友谊的动人篇章。

> 大业宏开九五秋，为民为国百千忧。
>
> 东风祝嘏期颐寿，赢得峥嵘共仰头。

这是著名诗人李汝伦为爱国华侨领袖庄世平诞辰九十五周年所作的贺诗。他精练地概括了庄世平伟大而光辉的一生，喊出了广大人民群众对庄世平的崇敬心情。

1911年1月20日，庄世平出生于普宁县果陇村一户殷实人家，其家族创办的银号、批馆，遍及东南亚各国及潮汕各地。可惜他仅3岁，便因母亲死于鼠疫，过早地失去母爱。从7岁开始，他在汕头上小学，在厦门上初中，在上海上高中。19岁时，考入北平中国大学经济系。从初中阶段，他就追求进步，追求真理，熟读各种进步书籍，结识许多志同道合的爱国学生。进入中国大学之后，他不仅积极参加抗日救亡运动，而且接触到中国共产党的地下组织，全面接受共产主义思想。1933年大学毕业后，他前往泰国曼谷，先后在崇实中学、中华中学、新民中学、中原日报社等机构担任各种职务，先后与多位著名共产党人或进步人士许宜陶、黄声、丘秉承、苏慧等共事，并于1936年担任泰国华侨抗日联合会常委，发起和组织了各种抗日爱国运动，从人力、物力上大力支持国内的抗日队伍。

在整个抗战时期，他经历了两次被通缉。第一次是1937年，他逃亡于马来西亚和新加坡，又参与了陈嘉庚、林连登等著名侨领领导的抗日活动；1938年初冬，在回曼谷之前，他考察了战时的大动脉——滇缅公路，随后在《中原日报》上发表了《滇缅公路考察报告》《中国得道多助，抗战必胜》等多篇数万字的文章。第二次是1941年底泰国沦陷之后，他先逃到老挝他曲市，再到广东的东兴和广西的柳州，于1944年到达战时大后方重庆；一路上，即使危机四伏，他仍坚持办教育、办商贸，在物资上支持抗日组织，掩护和转移一批又一批共产党人和进步人士。

1945年夏，在重庆八路军办事处经济组长许涤新和主管统战工作的陈家康的支持下，他与苏联驻重庆办事处签订了苏联影片在东南亚和港澳地区的总代理放映权，以及苏联的轻工、化工、医药、食品等商品在东南亚总经销的合同。在日本军国主义者投降当天，他与一群志同道合的进步人士在河内成立安达公司，又返回曼谷。安达公司在很短时间内不仅取得十分可观的经济效益，同时在建立海外统一战线上，在掩护、保护各种文化人士上，都有十分可贵的贡献。1949 年初，庄世平迫于反动势力的压迫，逃离泰国，到达香港继续主持安达公司。在中共华南分局负责人方方的领导下，他参与南方人民银行的创办，发行南方券，设立地下钱庄沟通侨汇；为支援解放军南下，他组织大米等后勤物资运至海南岛；参与接管国民党在港的金融、航空等有关机构，协助掩护进步民主人士北上。1949 年 12 月，他创办的香港南洋商业银行开张营业；1950 年初，他创办的澳门南通银行开张营业。从创办开始，庄世平便无偿地将这两家银行赠送给刚刚诞生的新中国（后南通银行为迎接澳门回归，改为中国银行澳门分行）。

1949 年后，庄世平先后担任中国银行总管理处香港金融工作团领导成员，总管理处驻港管理处副主任，香港中国航空公司法人、董事，多家中资银行负责人，中国银行常务董事，香港文化艺术基金会名誉副主席等重要职务。他在香港的金融创新、文化支持等方面，在国内金融政策和华侨政策的制定上，在支持文化教育和农业生产等领域，都有十分难得的建树。特别是在极左思潮泛滥时期，他在保护国家利益等关键问题上，都有极为可贵的贡献。香港南洋商业银行在香港金融界率先雇用女职员、在港中资机构中率先购置永久性办公地点、在港中资银行中率先发行第一张信用卡……都是他敢于坚持真理、名垂青史的重大功绩。他是第二、三、四、五、六届全国人大代表，第七、八届全国政协常委。他多方面的才能，特别是经济建设上的诸多建树，深受中共老一辈革命家的赏识和赞许。

改革开放时期，他协助广东省委书记吴南生，搜集世界各地创办经济特区的资料，为中国创办经济特区、制定《广东经济特区条例》奠定了坚实的法律政策基础。他出任汕头经济特区顾委会主任，为各大特区从规划建设、引资立项，到土地开发、招商办厂，事事躬亲，殚精竭虑。他出任汕头大学筹委会副主任，亲自动员李嘉诚参与到汕头大学的创办之中。他在 1982 年和 1983 年，率先在深圳设立南洋商业银行深圳分行、蛇口分行，极大促进了国内的金融改革。随后，南洋商业银行的分行又在海南、北京、上海等地开花结果。他的足迹遍及全国，作为第一批侨校的广东暨南大学、普宁华侨中学，灌注了他毕生心血；潮汕学院、揭阳职业技术学院、普宁职业技术学校、普宁英才中学、普宁第二中学、普宁陶薰华侨学校等，都是他奉献给年轻一代的杰作；汕头医专、汕头人民医院、潮州医院、潮安医院、普宁华侨医院等，都有他无微不至的培育和爱护；潮汕体育馆、普宁体育馆以及"华侨杯""世平杯""培忠杯"篮球邀请赛、"当代中国作家书画展"等文体活动，无不出自他为广大人民群众创造健康美好生活的心愿……他是第三、四、五、六届全国侨联副主席，2004年7月，中共中央决定：94岁高龄的他继续担任第七届全国侨联副主席职务，同时特别将他的位置排在副主席的第一位，并让他为该届代表大会致开幕词。同年又过一个月，他出任中国银行名誉副董事长。翌年，他荣获中共中央、国务院、中央军委颁发的"中国人民抗日战争胜利六十周年"纪念章。夕阳辉映，灿烂辉煌。

香港回归前后，庄世平的聪明才智、大德大勇，得到了最为璀璨的展现和发挥。1996年，庄世平被选举为香港特别行政区第一届政府推选委员会成员，在港英当局破坏《中英联合声明》和有关安排的形势下，他极力支持成立由爱国人士组成的临时立法会，为未来的香港立规立法。1997年7月2日，他接受了香港特别行政区行政长官董建华颁发的香港最高荣誉勋章——大紫荆勋章。同年11月，他被选举为香港特别行政区第九届全国人大代表选举会议成员，随后再由全国人大常委会委员长会议提议，他被推选为选举会议主席团成员。接着，面对港英时期的公务员的去留问题，他有过"全面留任"的睿智建言；面对索罗斯等国际金融大鳄掀起的金融风暴，他四处呼吁保持联系汇率机制，支持香港特区政府入市，使一场刀光剑影的金融战争消失于无形，使国际金融大鳄再无还手之力；他出任香港各界文化促进会会长，举办了一场又一场弘扬中华传统文化的活动；面对台独分子的猖狂行径，他出任香港地区中国和平统一促进会永远名誉顾问，决心为祖国的最终大团圆而奋斗不已……

2007年6月1日，充满了诡秘和神奇。这几天他太累了，5月30日上午，他在香港亲自为叶剑英元帅诞辰一百周年图片展揭幕并讲话，在台上站立了一个多小时；5月31日中午，他宴请叶剑英元帅的亲属和生前工作人员，并发表了热情洋溢的讲话。到了这天上午，他居然忘记要和友人前往医院补牙，破天荒让司机开着他心爱的奔驰320兜风去了。他原来的座驾奔驰500，已用了十多年，2005年回家视察时曾中途抛锚过。两个月前，银行为他重新购置了奔驰320，规格虽然低了，但新座驾有按摩装置。只要按下按键，就可以从头到脚舒适一遍。这让他十分高兴，逢人便说："银行的同事，太客气了。"这让友人无不感叹："你的两家银行，还换不来这车吗！"此刻，他在跑马地兜了半圈，见平常为他理发的师傅正闲着晒日头，于是下车理了发，其间与师傅发了一通子女、金钱、人生的感慨，引得两人不时捧腹。走时，他一次性给了师傅500元，任师傅如何要为他找零，他都推辞了。回家吃过午饭，刚喝完工夫茶，又接待了两拨客人：一拨是某基金会前来商量募捐的，一拨是来商量创办中国华侨银行的，都是劳心费神的大事。晚饭是在九龙佳宁娜酒店吃的。这是一家十分传统的潮州菜馆，他几十年来与各社团、有关人士沟通和应酬，都选在这里。这是香港社团工作的特色，不像内地大事小事都要开大会小会。这晚来的都是知根知底的潮汕社团负责人，老人家一边吃饭一边吩咐：今年是香港回归祖国十周年，潮汕社团要以一个整体参与庆祝；不要分汕头、潮州、揭阳了；人员分散，声势自然不大……回到家，已是晚上10点多钟，他像往常一样喝下了几盅工夫茶；过了11点，他便在儿子的照顾下，洗漱换衣上床去了。子时刚过，他竟然自己下了床，在厅里边走边唠叨："太热了，太热了！"随后，他便走进浴室，自个宽衣，又淋洗了一遍——大约有三年了，他都要在亲人的帮助下宽衣淋浴。接着，他再次穿衣上床，大约一个小时后，便感到胸闷。6月2日凌晨2时29分，救护车还未到达，他已悄然离去。无疾而终！他曾说过："千万不要在床上延续生命！"这是他生前的夙愿，老天有眼呀！

2007年7月8日上午，庄世平的悼念和公祭仪式在香港举行，哀荣盛极一时。中央政府的政要和各界人士两千多人参加了仪式。在中央有关领导审定的悼词中，庄世平被授予"著名的社会活动家、爱国爱港的杰出代表、香港知名银行家、侨届爱国领袖"四个伟大而光荣的称号。

不论什么文章，还是什么长卷，都无法像这四个称号一样，高度概括庄世平不朽的一生。斯人已逝，英名永在！

　　廖琪，1953年出生于广东省普宁县，1976年到广东省艺术学校创作班学习，1977年分配到广东省作家协会工作。中国作家协会会员，曾任广东省作家协会党组成员、专职副主席、报告文学创作委员会主任，现任广东省作家协会副主席、广东省传记文学学会副会长。出版和发表的作品共300余万字。曾获首届全国优秀传记文学作品奖、全国气象系统文艺萌芽奖、全国文学院作家作品奖、广东省新人新作奖等多个奖项。

总把金针度与人

杨锡铭

按语：陈伟南，香港爱国实业家，1919 年出生于广东省潮州市潮安县沙溪镇。1937 年赴港谋生，香港沦陷后回乡务农；1946 年再度赴港，艰苦创业，先后创办香港星洲胶业有限公司、香港星洲贸易有限公司、香港屏山企业有限公司，成为港澳工商界的佼佼者。改革开放后，陈伟南在经济建设与文化建设两个方面反哺家乡，不惜财力物力。2011 年 2 月 18 日，香港潮州商会大厦举行仪式庆祝陈伟南九三华诞。潮、港两地政商精英云集会场，一代宗师饶宗颐手书斗方、条幅为寿宴增色。这篇文章即从陈老先生别开生面的寿宴写起，以自问自答、层层推进的形式将其传奇、奉献的一生铺展于读者眼前，可谓别具巧思。

2011 年 2 月 18 日晚，香港潮州商会大厦大礼堂，巨幅背景图是由饶宗颐教授手书"福禄寿"三个大字及"事业成功在于努力，人生价值在于奉献"条幅，配以仙桃、寿翁、不老松。轻松的潮州音乐，欢乐的笑脸，处处洋溢着喜庆的气氛。潮州市委、市政府正假座这里举办祝寿宴会，庆祝香港潮属社团总会创会主席陈伟南先生九三华诞。

我因工作关系在 20 世纪 80 年代末已认识陈伟南先生，一直敬重这位长者。此刻，置身祝寿活动的温馨气氛，敬仰之情倍增。祝寿活动高潮迭起，我脑海中忽闪出一个问题：此前，潮州市、汕头市、揭阳市曾联合于 2008 年 2 月 18 日在潮州市举行过"陈伟南先生人生价值观研讨会"，庆祝他九十华诞。今天地方领导为何专门组团来香港为这位长者祝寿？

是因为他年近期颐？尊老敬贤，历来是中华民族的美德，也是潮州人的光荣传统。清康熙时期的千叟宴，至今仍传为美谈。人生七十古来稀，何况年近期颐。陈伟南先生年近期颐，身体康健，耳聪眼明，是潮州人民引以为荣的长者，为之祝寿，理所当然。但组团专程来港祝寿，似乎不止这一理由。

是因为他成功的人生经历？人们总是仰慕成功者，尤其是经历艰难而获成功者。陈伟南 1919 年 2 月 18 日（农历己未年正月十八日）出生于潮安县沙溪村一个农户家庭。1936 年毕业于韩山师范专科学校（韩山师范学院前身），学成返乡，协助父亲打理农务。1937 年到香港打工，五年时光，勤学苦干，初得为商之道。1942 年，日寇轰炸沙溪村，他的父亲屡受惊吓，精神有些失常。于是，在香港家已成、业之立在望的陈伟南只好以孝为重，于年底赶回沙溪村，重操农务，照顾家庭。

抗战胜利后，陈伟南没有满足于暂时的平静生活，离妻别女于 1946 年再闯香港，从小职员开始，进而与林作辉合作，创办星洲胶业公司，代理销售马来西亚、新加坡橡胶。之后，又创办星洲贸易有限公司，主营粮油食品，总代理荷兰风车牌生粉、粟粉等的销售。

1949 年后，以美国为首的西方国家，对中国大陆实行封锁。陈伟南出于爱国心，利用香港的特殊地位，运用各种关系，向内地输入各种急需的物资，运出内地需出口的货物。为了把生意做大，他在澳门创办星华贸易有限公司，由他的表弟许世元掌管，承销中国大陆的粮油、土产和副食。

60 年代初，香港政府采取措施扶持发展本地禽畜饲养业，他借此东风，于 1964 年创办了屏山企业有限公司，在新界元朗兴建占地 6 万多平方英尺的屏山饲料厂。公司经营有方，又信誉卓著，因而发展迅速，陈伟南的声望也越来越高。1970 年，在他的倡议、发动和组织下，香港粟米饲料进口商会成立了。商会会员五十多家，一致推选他任主席，此后连选连任三十多年。

80 年代初，市场上出现营养价值高的混合饲料，用以饲养禽畜，生长快速，但价格太高，农场主又爱又恨。1983 年，陈伟南以独到的眼光，吸收世界先进的生产技术和设备，果断转产混合饲料，以比美国混合饲料便宜得多的价格供应香港市场，马上赢得好评，被港人誉为"饲料大王"。

中国大陆的改革开放政策，带来了蓬勃发展机遇，陈伟南迅速拓展内地的业务，先是在广州创办穗屏企业有限公司，兴建大型现代化饲料厂，生产宝鼎牌饲料。接着，以穗屏的名义不断扩大投资，在河南、四川、江苏和湖南等地布点生产饲料和建养鸡场等。此外还经营贸易，有选择地代理世界著名供应商的优质产品，如日本曹达公司的蛋氨酸、日本协和公司的赖氨酸、德国大荷兰人的鸡舍设备、瑞士罗氏公司的维生素、美国默沙东药厂的动物保健品、加拿大最大的胆碱生产商庆丰公司的产品等。之后，还与日本三井物产株式会社合资成立了屏山发展（中国）有限公司，提供日本优质的农场设备、饲料生产设备、饲料原料、动物保健品、家禽种苗、食品和农药等。穗屏公司以其良好的信誉和业绩，曾两次获得广州市政府授予"先进合资企业"的称号。并曾获得广东省"三资企业金匙奖""全国三资企业双优奖""全国出口创汇先进单位""广州市文明先进单位""三资企业金羊奖"等。企业的发展，既获得了丰厚的利益，也为国家的饲料和养殖业的发展做出了积极的贡献。陈伟南本人曾出任广州市外商企业商会会长，还曾获泰国国王御赐五级白象勋衔。

作为一位洞悉市场、善于抓住机遇、具远见卓识，又勤谨诚实、经营有方、硕果累累的工商硕彦，且年近期颐，受到人们的敬仰，当是情理之中。然而似乎这还不是故里领导专程来港祝寿的全部理由吧。

是因为他是一位活跃的社会活动家？陈伟南的确是一位德高望重的社会活动家。在香港，他除连续三十多年担任粟米商会会长外，还先后担任中华总商会会董、潮安同乡会会长、潮州商会会长等众多社团的领导职务。2001年，他与其他香港潮籍知名社团领导人一起创立香港潮属社团总会，成为创会主席，有力地推动香港潮籍人士的大团结。1997年香港回归祖国，他作为香港特别行政区第一、二届政府推选委员会成员，不负众望，深入社区，发动群众，以主人翁态度积极参与第一、二届特区政府的组建工作，为香港的平稳回归及随后的繁荣稳定做出了贡献。2001年11月17日至25日，潮州商会在香港中环遮打花园举办"香港潮州节"，庆祝该会成立八十周年，鼓励乡亲参与社会事务，支持政府施政。时任会长的陈伟南事前多次与潮汕三市的领导联络，取得支持，邀请三市的文化艺术团体来港表演，并展示各种传统艺术及高新科技。同时也邀请本港的商号及艺员参加。"潮州节"吸引了众多的香港市民，特别是陈智思等三十位议员前来参观，加深了政府与市民对潮州传统文化的认识，在香港引起轰动。"潮州节"期间还举行"潮州学国际研讨会"，近十个国家和地区的八十多位学者出席。两大盛会互相呼应，相得益彰。此外，他在任期间，潮州商会还总共捐出80万元，在香港八所大学设立潮州商会奖学金。所有这些，有力地促进香港的稳定和繁荣。而活动的成功则有赖于他的卓越有效的社会号召力和组织能力。也正因此，香港回归三周年时，特区政府特授予他铜紫荆星章，以嘉奖他做出的贡献。

一位年近期颐的工商硕彦，又是对香港回归有贡献的社会活动家，为之祝寿也是理所当然吧。不过，笔者觉得应该还有更大的理由，促使其故乡的领导专程来香港为之祝寿。

是因为他对家乡的贡献吧？对于生他养他的桑梓，陈伟南倾注了无限的爱心。据笔者多年来对他的了解所知，陈伟南在香港并不算大富人，但他本着施恩于人不望报的宗旨，对家乡慷慨解囊，几乎是有求必应，或是主动捐助。早年他目睹国家贫穷，民不聊生，文化落后，苦不堪言，从小就立志：将来如有可能，定要帮助家国。在20世纪80年代，他的事业初有成就之时，就开始践行其诺言。在沙溪故乡，陈伟南先后赠建沙二小学、沙二幼儿园、华侨医院、水厂、公共卫生设施、村道、初级中学、宝山中学。在母校韩师，捐建伟南楼两座、校史馆、东西区校门、国际会议中心、陈伟南天文馆、新篮球场等。在潮安县城，襄建妇幼保健院、县人民医院；在潮州市区，襄助广济桥修复工程、饶宗颐学术馆等；捐助潮州日报社、潮州电视台、潮州血站、潮州市妇幼保健院等单位办公设备、医疗器材等；设立韩师陈伟南奖教奖学金、宝山中学高考奖教奖学金，以及资助潮州市集德福利会基金。在北京、上海、广州、汕头、揭阳等地也多次慷慨解囊，赞助社会公益事业，为祖国为家乡办成一桩桩、一件件好事，累计捐资超人民币1.5亿元。他深知国家要富强，必须从文化教育开始。所以他第一笔捐献就是建学校，帮助贫穷有志学子升学，数十年来资助人数不计其数。每当他获悉受助者学业有成，已投入服务社会，他都感到十分开心。

陈伟南对家乡不但贡献钱物，更在于致力促进家乡的进步和人民素质的提高，总把金针度与人。2008年他创办了粤东高级管理人员研讨班，由香港岭南大学等高等学府承办，邀请粤东四市的企事业机构的中高层管理人员赴港，学习香港及国际的先进管理经验。他多次组织香港媒体来潮汕采访报道，提高潮汕的知名度；他倡导潮汕地区的大联合，以形成全力，共同发展；倡导香港各界捐助潮汕地区的教育文化事业；以诲人不倦的精神，用自身的经历为年轻一代讲授奉献社会的做人道理。如果说陈伟南对家乡的捐赠是"授人以鱼"，那么，他为家乡的进步和人民素质的提高所做的一切则是"授人以渔"。这是"仁"的体现，爱的升华，这是无法用金钱的多少来衡量的奉献。今天，在他的家乡沙溪，在潮汕大地，他的座右铭"事业成功在于努力，人生价值在于奉献"家喻户晓；这种感恩重德、诚信乐善、金针度人的精神，被潮州的乡亲赞誉为"伟南精神"。陈伟南也成为人们学习的楷模，成为广州市、潮州市、汕头市和揭阳市的荣誉市民。2007年，获广东省人民政府授予"南粤慈善家"称号，2008年获省"慈善人物奖"。同年，国际小行星命名委员会将8126号小行星命名为"陈伟南星"。恕我寡闻，当今海内外潮籍人士中，获此殊荣者凤毛麟角。

人民心中有杆秤。一位工商硕彦，年近期颐，德高望重，为祖国、为家乡的社会和经济发展做出杰出贡献的长者，总把金针度与人，家乡人民由衷祝愿他健康长寿，潮州的领导专程来港为之庆祝华诞，还需要更多理由吗？

祝寿活动渐近尾声，我思绪回归，深感能躬逢盛会，与大家一起共同祝愿这位长者健康长寿，幸甚！

杨锡铭，广东潮州人，1956年出生。曾任中国驻泰国大使馆二等秘书兼领事、潮州市侨联主席等，现为韩山师范学院华侨华人研究所特聘研究员、中国华侨历史学会常务理事。著有《潮人在泰国》《海外潮人史话》《南洋潮人札记》等。

潮州茶经：工夫茶

翁辉东

按语：翁辉东乃民国以来著名的潮汕方言专家，其博学好古、笃学力行备受学人赞誉。这篇文章，如先生篇前小序中所言，是其作于1957年，向外界介绍潮汕文化重要组成部分——工夫茶——的一篇妙文。工夫茶起源于宋代，因讲究"品饮工夫"，故称工夫茶。工夫茶在福建的漳州、泉州及广东的潮州府一带最为盛行，乃唐、宋以来品茶艺术的承袭和深入发展。苏辙有诗曰："闽中茶品天下高，倾身事茶不知劳。"先生此篇，效仿陆羽《茶经》，从茶叶、水源、烹法、饮法等多个方面细述工夫茶之"工夫"所在，可谓得其三昧。

解放以来，京省人士，莅潮考察者，车无停轨。他们见到郡郊新出土之宋瓷以及唐宋之残碑遗碣、明代之建筑雕刻、民间之泥塑挑绣，称为美丽的潮州。其最叹服者，即为工夫茶之表现。他们说潮人习尚风雅，举措高起，无论嘉会盛宴、闲处寂居、商店工场，下至街边路侧、豆棚瓜下，每于百忙当中，抑或闲情逸致，无不惜此泥炉砂铫，举杯提壶，长饮短酌，以度此快乐人生。他们说，往昔曾过全国产茶之区，如龙井、武夷、祁门、六安，视其风俗，远不及潮人风雅，屡有可爱的潮州之叹。余经此提示，喜动中悰，乃仿唐竟陵陆羽所著，作《潮州茶经》以志其概。俾认识潮州者有同好焉。

——梓园叟识于 1957 年清明

人类喝茶，殆与酒同；以为饮料，几遍世界。原因茶含单宁酸，具刺激性，能令人启迪思虑。更有文人高士，借为风雅逸致，凡在应酬交际，一经见面即行献茶。在商业方面，亦赖茶为重要之输出品，揆之事实，茶于人类生活非但占重要性，以为饮料，已属特别。唯我潮人，独擅烹制，用茶良窳，争奢夺豪，酿成"工夫茶"三字，驰骋于域中，尤为特别中之特别。良辰清夜，危坐湛思，不无念及此杯中物，实有特别之素质与气味在。

工夫茶之特别之处，不在于茶之本质，而在于茶具器皿之配备精良，以及闲情逸致之烹制。

潮地邻热带，气候常温，长年需饮，以备蒸发。往昔民安物泰，土地肥美，世家巨族，野老诗人，好耽安逸，群以饮茶相夸尚，变本加厉。对于"茶质""水""火""用具""烹法"，着着研求，用于陶情悦性，消遣岁月。继则不惜重资，购买杯碟，已含弄古董性质。所以工夫茶之驰誉域中，其原因多也。钱塘陈坤子厚《咏工夫茶》诗云："何人曾识赵州来，品到《茶经》有别裁。不咏卢仝诗七碗，金茎沆露只闻杯。"

爰将工夫茶之构造条件列之如下：

茶之本质：我国产茶名区，有祁门、六安、宁州、双井、弋阳、龙井、太湖、武夷、安溪，以及我潮之凤凰山、待诏山等。而茶之制法，则有红茶、砖茶、绿茶、焙茶、青茶等。茶之品种，则有碧螺春、白毛猴、铁观音、莲子心、老乌嘴、奇种、乌龙、龙井等。潮人所嗜，在产区则为武夷、安溪，在泡制法则为绿茶、焙茶，在品种则为奇种、铁观音。

取水：评泉品水，陆羽早著于先。潮人取水，已有所本，考之《茶经》："山水为上，江水为中，井水其下。"又云："山顶泉轻清，山下泉重浊，石中泉清甘，沙中泉清冽，流动者良，负阴者胜。山削泉寡，山秀泉神，置水无味。"甚且有天泉、天水、秋雨、梅雨、雪水、敲冰之别，潮人嗜饮之家，得品泉之神髓，每有不惮数十里，诣某山坑取水，不避劳云。

活火：煮茶要件，水当先求，火也不后。苏东坡诗云："活水仍须活火烹"，活火者谓炭，炭之有焰也。潮人煮茶多用绞只炭，以坚硬之木，入窑室烧木脂燃尽，烟嗅无存，敲之有声，碎碎莹黑，以之熟茶斯为上乘。更有橄榄核炭者，以乌榄剥肉去仁之核，入窑室烧，逐尽烟气，俨若煤屑，以之烧茶，焰活火匀，更为特别。他若松炭、杂炭、柴、草、煤等，不足以入工夫茶之炉矣。

茶具：《云溪友议》云："陆羽所造茶器，凡二十四事。"茶具讲究，自古已然，然此只系个人行为，高人逸士，每据为诗料，难言其普遍。潮人所用茶具，大体相同，不过以家资有无，精粗有别而已。今将各家饮茶所常备之器皿列下：

茶壶：俗名冲罐，以江苏宜兴朱砂泥制者为佳。其制肇于金砂寺老僧。而潮人最珍贵者，为孟臣、铁画轩、秋圃、小山、袁熙生等。壶之样式甚多新颖。即如壶腹款式，运刀刻字，亦在《乐毅》《黄庭》之间，人多宝贵之。壶之采用，宜小不宜大，宜浅不宜深，其大小之分，更以饮茶人数定着。爱有二人罐、三人罐、四人罐之别。其深浅则关系气味，浅能酿味，能留香，不蓄水，若去盖浮水，不颇不侧，谓之水平。覆壶而口嘴提柄皆平谓之三山齐。壶之色泽有朱砂、古铁、栗色、紫泥、石黄、天青等，间有银珠闪烁者，乃以钢珠和制之，珠粒累累，俗谓之柚皮砂，更为珍贵，价同拱璧，所谓朱土与黄金争价，即指此也。壶之款式，有小如蜜柑者，有瓜形、柿形、菱形、鼓形、梅花形，又有六角形、栗子、圆珠、莲子、冠桥等。式样精美，巧妙玲珑，饶有风趣。

盖瓯：形如仰钟，而有上盖，下置于垫，俗名茶船，本为宦家贾客自斟之器，潮人也采用之。或者客多稍忙，故以之代冲罐，为其出水快也。唯纳茶之法必与纳罐相同，不能颠顶。其逊于冲罐者，因瓯口阔不能留其香，或因冲罐数冲之后，稍嫌味淡，即将余茶掏于瓯中再冲，备饷多客，权宜为之，不视为常规也。

茶杯：茶杯若深制者为佳，白地蓝花，底平口阔，杯背书"若深珍藏"四字。此外仍有精美小杯，径不及寸，建窑白瓷制者，质薄如纸，色洁如玉，盖不薄则不能起香，不洁则不能衬色。此外四季用杯，式样有别，春宜牛目杯，夏宜栗子杯，秋宜荷叶杯，冬宜仰钟杯。杯亦宜小宜浅，小则一啜而尽，浅则水不留底。（近人取景德制之喇叭杯，口阔脚尖，而深斟必仰首，数斟始罄，又有提柄之牛乳杯，均为讲工夫茶者所摒弃。）

茶洗：茶洗形如大碗，深浅式样甚多，贵重窑产，价也昂贵。烹茶之家，必备三个，一正二副。正洗用以浸茶杯，副洗一以浸冲罐，一以储茶渣暨杯盘弃水。

茶盘：茶盘宜宽宜平，宽则足容四杯，有圆如满月者，有方如棋枰者。底欲其平，缘欲其浅，饶州官窑所产素瓷青花者为最佳，龙泉白定次之。

茶垫：如盘而小，径约三寸，用以置冲罐，承沸汤。式样夏日宜浅，冬日宜深，深则可容多汤，俾勿易冷，茶垫之底，托以毡毯，以秋瓜络为之，不生他味，毡毯旧布，剪圆形，稍有不合矣。

水瓶：水瓶贮水以备烹茶，瓶修颈垂肩，平底，有提柄，素瓷青花佳。有一种形似萝卜樽，束颈有嘴饰以螭龙，名螭龙樽（俗称钱龙樽）。

水钵：水钵为瓷制款式。修颈置于茶床之上，用于贮水，掏以椰瓢。有红金彩者，明代制物也，用五彩金釉，描金鱼二尾于钵底，水动时则金鱼游跃，稀世奇珍也。

龙缸：龙缸可容多量坑河水，托以木几，置之斋侧，素烧青花，气色盎然。有宣德年制者，然不可多得。康、乾年间所产，亦足见重。

红泥火炉：红泥小火炉，古用以温酒，潮人则用以煮茶，高六七寸。有一种高脚炉，高二尺余，下半有格，可盛榄核炭，通风束火，作业甚便。

砂铫：砂铫俗名茶锅仔。沙泉清冽，故铫必砂制。枫溪名手所作，轻巧可喜。或用铜铫、锡铫、铝铫者，终不免生金属气味，不可用。

羽扇：羽扇用以扇炉。潮安金砂陈氏有自制羽扇，拣净白鹅翎为之，其大如掌，竹柄丝坠，柄长二尺，形态精雅。炉旁必附铜箸一对，以为钳炭、挑火之用，烹茗家所不可少。

此外茶罐锡盒，个数视所藏茶叶种类而定，有多至数十个者，大小兼备。名贵之茶须罐口紧闭。潮阳颜家所制锡器，有闻于时。又有茶巾，用于净涤器皿。竹箸，用于钳挑茶渣。茶桌，用于摆设茶具。茶担，可以装贮茶器。春秋佳日，登山游水，临流漱石，林壑清幽，呼奚童，肩茶担，席地烹茗，啜饮云腴，有如羲皇仙境。"工夫茶"具，已尽于此，饮茶之家，必须一一毕具，方可称为"工夫"；否则牛饮止渴，工夫茶云乎哉？

烹法：茶质、水、火、茶具，既一一讲求，苟烹制拙劣，亦何能语以工夫之道？是以工夫茶之收功，全在烹法。所以世胄之家、高雅之士，偶一烹茶应客，不论洗涤之微、纳洒之细，全由主人亲自主持，未敢轻易假人；一易生手，动见偾事。

治器：泥炉起火，砂铫掏水，扇炉，洁器，候火，淋杯。

纳茶：静候砂铫中有松涛飕飕声，泥炉初沸突起鱼眼时（以意度之，不可掀盖看也），即把砂铫提起，淋罐淋杯令热，再将砂铫置炉上。俟其火硕（老也，俗谓之硕），一面打开锡罐，倾茶于素纸上，分别粗细，取其最粗者，填于罐底滴口处，次用细末，填塞中层，另以稍粗之叶，撒于上面，谓之纳茶。纳不可太饱满，缘贵重茶叶，嫩芽紧卷，舒展力强，苟纳之过量，难容汤水，且液汁浓厚，味带苦涩，约七八成足矣，神明变化，此为初步。

候汤：《茶谱》云："不借汤熏，何昭茶德。"《茶说》云："汤者茶之司命，见其沸如鱼目，微微有声，是为一沸，铫缘涌如连珠，是为二沸，腾波鼓浪，是为三沸。一沸太稚，谓之婴儿汤；三沸太老，谓之百寿汤（老汤也不可用）。若水面浮珠，声若松涛，是为第二沸，正好之候也。"《大观茶论》云："凡用汤如鱼目、蟹眼连降，迸跃为度。"苏东坡煮茶诗："蟹眼已过鱼眼生。"潮俗深得此法。

冲点：取沸汤，揭罐盖，环壶口，缘壶边冲入，切忌直冲壶心，不可断续又不可迫促。铫宜提高倾注，始无涩滞之病。

刮沫：冲水必使满而忌溢，满时茶沫浮白，溢出壶面，提壶盖从壶口平刮之，沫即散坠，然后盖定。

淋罐：壶盖盖后，复以热汤遍淋壶上，以去其沫。壶外追热，则香味盈溢于壶中。

烫杯：淋罐已毕，仍必淋杯。淋杯之汤宜直注杯心，若误触边缘，恐有破裂，俗谓烧盅热罐，方能起香。

洒茶：茶叶纳后，淋罐淋杯，倾水，几番经过，正洒茶适当时候。缘洒不宜速，亦不宜迟。速则浸浸未透，香色不出，迟则香味迸出，茶色太浓，致味苦涩，全功尽废。洒则各杯轮匀，又必余沥全尽，两三洒后，覆转冲罐，俾滴尽之。洒茶既毕，乘热，各人一杯饮之。杯缘接唇，杯面迎鼻，香味齐到，一啜而尽，三嗅杯底，味云腴，食秀美，芳香溢齿颊，甘泽润喉吻，神明凌霄汉，思想驰古今。境界至此，已得"工夫茶"三昧。

翁辉东（1885—1965），字子光，又字梓关，别号止观居士，潮安金石人。早年毕业于同文师范，1907 年任潮安东凤、育材、龙溪、肇敏等学堂教员。1947 年，任潮州文献馆主任。1949 年后被聘为广东文史馆研究员。1909年就与黄人雄合编潮州乡土历史、地理教科书，经清政府核准发行，为各学堂通用。1945年起，参加《潮州志》的编纂，负责其中"民族""古迹"两大项目的执笔编写工作。还著有《潮州风俗志》《潮汕方言》《潮州茶经》《潮州文物图志》等。

潮汕鱼米乡

萧 乾

按语：1938 年冬，已成为天津、上海、香港等地闻名的编辑和记者的萧乾陪同华北游击区的黄浩同志重访潮汕。一路上，萧乾目睹了抗战大后方随处可见的官方"不作为"现象，也见证了人民如何身陷内外夹击，水深火热。所见种种使得渴望社会进步的萧乾由失望而愤慨，对国家前途和民族命运忧心忡忡。为了抒发愤懑、表达忧思，萧乾以新闻工作者的身份创作了一系列新闻特写，讲述了潮汕人民英勇抗击日寇事件的《潮汕鱼米乡》便是其中的代表作。文章在新闻报道之外，对潮汕的景致进行描写，对潮汕人民的生活进行刻画。其文字间充斥的情感、彰显的艺术表现力几可媲美一篇精致的散文，可谓"用文艺笔法写成的新闻报道"。

我终于搭上了屡传被炸的潮汕火车。那位客属老站长很坚定地告诉我："好多次都几乎炸中了，路轨、车皮损失是有的，但没伤着人，也没毁过机车。不是鬼子太笨，就是老天有眼睛。我们未曾停过一天车。它白天炸，晚上我们还是开。打仗的年头嘛，你们办报的不停笔，前线不停火，我们也不能停车啊！"他的背虽已微偻，穿起那金边制服来，还分外闪出可敬的光彩。听到栅栏外火车拉笛，他关切得如育婴堂的保姆听到了孩子哭声。在长长的一串日子里，他天天接送着这些列车。时间没磨蚀掉他对工作的热情。恍惚间我忆起徐州那位又老又好的站长。

天气热得像盛夏，岭东的大平原，静谧寂寥得像深夜。由车窗探出头去，鼻孔里沁入一股蜜柑的香味，多么使人沉醉啊！隔着一丛蔗林是那片红绿相间有如圣诞树的柑田。我直感到每个朱红果实周身都闪着光，向我笑望着哪。又肥又大的小家伙们，累累如贯珠，快把枝杈压折了。所有你向一个"和平的农村"要的东西，这里都具备了：溪水细长，桥是小的，滑行在桥洞下的雪白鸭子更小了。单单在水枯涸了的拐角，一条舢板泊在那里晒着太阳。村庄小而挤凑在一起，屋舍却古老而有派头。汕揭分界的桑浦山如一只仗义的胳膊，屏围、保护着这片无恙的土地。

黄昏时分，伫立在"天下第一山"的斜坡上眺望这历史的名城，真是一派动人的景色。韩山有如一条金蛇，在夕阳下闪亮着它的腰身，蜿蜒，曲折，直通闽、赣的腹心。这时，古城夕照为一抹横空如虹的白雾分成两段：下幅是栉比鳞次的房屋（浮着一片呼唤鸡、猪、小孩回家的声音），上幅正是为夕阳染成绛紫色的韩山。天水交界处，挺然矗立着一座古塔。

山麓下的韩祠使我兴起怀古情绪。一千多年前，传说那个书呆子为潮人赶走了鳄鱼。如今，更大更凶的鳄鱼逼上门了，谁将配接受万代子孙的感戴呢？但这一回，却不是写写画画就能驱走的了。

金中陈校长兴致真高。看到我在纸片上划算着如何支配紧迫的时间，便提议与其明晨气喘喘地赶程，何如趁今宵月色，夜登韩山，一赏湘子桥的晚景呢？于是，一面听着陈校长谈着对抗战教育的意见，便踱下山来。在文化机关逃亡声中，金中有如它所在的那个名胜，仍巍然屹立着，一面努力进行着救亡工作，一面对教育也毫未荒废。

当汕头为黑暗吞噬了时，潮安这小城却为水月灯照得明晃晃的。

自行车的铃铛响成一片，杂货铺门前拥满了听无线电的人。虽然这时候不应演《地藏皇出世》那样的"武侠机关巨片"，但所有这些都说明着繁荣隆盛。封建的节孝牌坊上，糊满了抗战的标语。

出了东门，上下几回石磴，我们来到湘子桥畔。这一幅朦胧银亮的江上月景，只有用梦的色彩方涂得出来。对岸韩山黑洞洞如一匹蹲伏着的巨兽，突露着贪婪的牙齿。深蓝色的天空虽只悬了那么一块黄玩意儿，江面上竟洒满了水银般的碎块。风用无形的手指在电杆上低低弹出神秘的复音，江水似在嬉戏般，一吞一吐地舐着河岸，桅杆上的灯笼随之摇摆起来。镇守这大好江山的铁牛，默默踞卧在桥埻上，守着这布满炸弹伤痕的古桥。谁家伤心人拉起悲凉的二胡，且还呜呜咽咽地唱了起来。我用电筒四下晃照，桥边吊脚楼的支柱上，正伏着一只风雅的狸猫。为这古怪光亮一晃，噌噌噌便滑向桥底去了。

我无言地踱过这叹息的桥。感慨太多了，喉咙竟为之哽噎。一路上我自念着：湘子桥——受轰炸，这两个观念隔得多远，多么不伦不类！会不会有一天富士山将为"死光"照平了呢？这么遐想着，身边走过一个担竹篓的老渔翁，腰间烟袋上的玉佩铿锵响着。他身旁还跟了个梳辫的小孙女，那清脆的木屐声同在银灰色的空气中震荡着，各自响出了他们的年龄。

小火轮驶离汕头，我又漂在鮀江上了。江上这时正为朝阳镀了层金，晨风里充满了腥而且咸的气味。两只英国炮舰泊在海中心，宽慰着岸上他们的侨民。深红的浮筒一缩一冒地在水上泅泳着，把天空的海鸥也逗得斜飞下来。这时，渔船趁早潮陆续张帆了，但屿外便是鳄鱼的领域。清晨的海景最是沁人肺腑。斜斜的帆衬了晴朗天空，透明如螟蛾的翅膀，有些带了残洞，直像刚由树丛飞出时，为桠杈划破。

潮州，音乐的故乡啊，甲板上出现了一对小歌手。拉二胡的似大些，那个弟弟用尖尖嗓子唱起《女子打前锋》，唱到每句末尾，还用上下两排小牙齿磨出咦咦的尾音。一个寡妇模样的妇人在人丛中敛起钱来。船尾，一簇新入伍的自卫团员也豪迈地唱起《游击队歌》。

过关埠，船航进了内河。两岸地平线上画出远山丛林，低矮的是渔人的村舍，高耸的烟囱处是被炸毁的糖厂。这一切都唤起伤痛的回忆。船过镇江，出吴淞口时，那情景又有什么不同呢？伤感无用，剩留在我们手里的，应当好好治理啊！

三面环水，城内走船的揭阳，是潮汕的鱼米之乡。米谷除自给外，还运到邻县。和蔗糖同是潮汕二大经济来源的抽纱，在手艺纤巧的揭阳，产量也最多。这深入家庭、普及每个角落的手工业，去年度大为兴旺。英美南洋是它的主要销场。

在一家糖店里，我品着小杯苦茶，同那位在商会颇有地位的老板谈起去年的收成。"好年成！百年不遇的好年成！"他噗噗吹着水烟袋，脸上泛起喜悦和感激。虽然丰收，谷并不贱。

"这物件的价钱可也涨了。"他指着屋角一堆豆饼，那是由牛庄、营口运来的。我跑上前去抚摸着它，这笨重的肥料饼是我东北同胞血汗的凝合体啊！我的手指直像触着了在敌人铁蹄下的东北大平原土壤。

摸不清是为宽慰还是惊吓人心，揭普公路已破坏成赛马场上"障碍竞走"般的沟渠。其实，说"破坏"并不准确，因为拆路的民夫一边扬锄一边嘟囔。为怕忽然上峰又来一通"等因奉此"，命将某路填好，他们工作时手下尽量留情。特别遇到桥梁，他们仅仅把桥心建筑挖去，搁在一旁，梁柱依然安在。据说有认真拆毁的，结果又重新费回手。所以这种拆法挡不住日兵，轻兵器甚而坦克车也挡不住。唯一挡住的是自己后方的交通。

渡过揭阳江，我们还是上"车"了。可不是公共汽车，是自行车。起先看到车站的棚下停了十多辆，以为可以租来骑呢；原来不是，是由一个壮汉骑，客人坐在车座后面一块木板上。那真是可笑的姿势，把一个大人缩成幼童，我宛如又睡了摇篮。听到我笑，"载"我的那庄稼汉忙掉过头来宽慰说："放心，没有危险！"

车轮在我腿下旋转起来了。我这位骑士真有力气，公路来往不断地跑着他的同业，他谁都要赛过去。但在拐弯处，我多次差点儿给摔下车去。我问他："你学多久了？""刚一个多月！"（听了，我的腿软了半截。）"为什么不去种田呢？""这个——"他还没说完，一窝沙子把车轮咬住，我这个客人早摔在地下了。他抹着汗，咧嘴向我傻笑着。我们又走了，我重问他那个问题。"先生，这个赚钱呀！一个半钟头可以跑出一块钱，有时候一天可以赚三四块。遇到去海丰的生意，可以赚五六块呢！"他沉默了一刻，又问我："你先生是哪里人呀！"我存心要考考这个庄稼汉的地理。因为十年前，像这样一个乡巴佬，他最多知道汕头、暹罗。但他竟猜我是从上海来的。也许这新地名使他得意，车身又摇摆了一下，我趁势摇出了个"不——不是"。他调整完方向，又猜是从天津来的吧。

这样谈着，我们已进了普宁县界，公路旁的甘蔗为风吹动，不停地向我鞠起躬来。（我想到了故乡的高粱。）苍灰色的硕大木棉上，筑着臃肿古老的鸟巢。啄木鸟躲在荔枝树桠下，用长喙代替樵夫的斧头。沿着公路是一片深褐色的山，坡脚稀疏砌着茔墓。一道如带的小河灌溉着田里的荞麦、烟叶和万顷金灿灿的菜花，一只瘦削孤零的小船上，俯卧着几个采慈姑的农夫。田埂上，一个顽皮牧童表演似的踩在水牛的脊背上，双臂伸向温煦晴朗的天空，快乐得似在嚷：看哪，这是自由的中国！我正对着四下景物出神呢，突然，一个坎坷，一声哎哟，又被摔在地上了。可怕的摇篮啊，我用手绢包起殷红的伤口。

下午，我又向一个比这城镇更小的荒村进发。几日来连跑带摔，我需要喘一口气，同时，我要体验一番战时岭东的乡村生活。

二十里的徒步，远远便望到一座白楼了。藏在密密竹丛里，这实在是很小很小的一个村落。然而正如每只钟表大小都有它的心脏，每个细胞也各有其组织。

我卸下肩头的蓝包袱，刚想洗脸，房门口便挤满了人。一个外乡佬突然来了，这事自然老少都禁不住一股好奇。我索性把自己

"游街示众"一下，推开篱笆门扉，我嗅到一鼻"乡村味"。那是什么呢？是牛粪，是炊烟，是干草，是拂过荞麦穗的清风，是这些卑微亲切气味的混合。穿过一家场院，走过米店，在一家兼"邮政代办所"的杂货店发了信，我又走进了一家药材店。矮矮的屋顶挂满了蛇皮和种种古怪草药。店主是一位七十开外的白须翁，是这一带的儿科圣手。他亲自燃上油灯，为我们煮起"大红袍"，然后，叼了玉嘴烟袋，问我："这两天海南岛又紧张了，究竟日本还剩多大力量？"这时，房里又密匝匝挤了许多外乡佬的看客。这下我也有机会看他们了。一个个，晾着紫铜色的胳膊，赤裸的鸵鸟般的大脚板，一脸山民特有的淳朴憨直。

然后，我访问了一个贩鱼种获利的土财主。他门前便是池塘，一进门都是喂鱼捉鱼的工具，房里挂满了如贵妇人面罩般的网罟。这个家好像完全是筑在鱼的脊背上，谈起今年的生意来，自然他脸上浮起得意的微笑。

这以后，我又跟他们走到村南一座糖寮。棚外广坪上，山样堆着成捆的甘蔗。男男女女的短工，各挥着镰刀在削砍甘蔗的外皮。那窸窣响声，紧张氛围，令我想起河北省收棉花的季节。看到一个陌生人走近，他们争相让我："吃蔗呀，先生，吃蔗呀！"一张张红涨的脸蛋上焕放着快乐的光彩。糖寮里，两只笨重大水牯正拖了那磨石旋转。甘蔗由磨石小孔塞进，那边便如注地淌出了糖汁。使用的虽是古旧办法，一桶桶的蔗糖也向外抬着了。

晚饭时，灯下出现了一位青年猎手。表现他武艺的是桌上一盘煎山雀。一位朋友酒过数巡，指了他说："别看他，当年国共分家时，还干过红军的先锋队呢！一个15岁的孩子，带一帮子弟攻普宁城。你说，我这话假吗？"那猎手说："这回我们就等着打日本鬼子哩。"

由陀头镇雇民船，原算计下午一点可以赶到水流埔。不料船大水浅，人未乘船，船反乘了人。我们是年轻的一群，买了米和菜，满想在船头享半天清福，没想到挨了吉辰开船，船却死也不动弹。

起初，还任船家自推，终于，我们发现更大的快乐在于自己动手。于是，一群顽童争先脱下外衣，鸭群般跳下水去。船没了担负，倒生了几只脚，也乐得趁势前进了。我们一面推，一面唱着"生活像泥河一样流"。烫人的太阳，清澈见底的水，脚下是温柔松软如大地肚皮的沙滩。海盗般浪漫畅快的行旅啊！

玩够了水，一攀舵板，人又跃上了船面，且爬到船篷上日光浴去了。篷下刷刷炒着菜，自己俨如躺在煎锅上受烹饪。河堤上时有下垂的竹枝轻轻由脸上拂过。逼近到眼睑的蔚蓝天空浮着一缕白云。是谁折了一枝竹叶，随之河堤那边吹起竹笛来了。清幽细锐的声音在水上飘来，温馨而又辛酸。芭蕉的红花虽谢，却还托了那空叶掌向天空摇摆。水深处，正有三五斜戴笠帽的牧童为水牯洗澡，一只初生的幼牯歪了头在旁守望。见到我们这只载满了欢笑的船航近，它惊怯地向岸上逃跑。登时，水面上涨起一片有趣的波浪。

　　萧乾（1910—1999），原名萧秉乾、萧炳乾，北京八旗蒙古人。中国现代记者、文学家、翻译家。先后就读于北京辅仁大学、燕京大学，英国剑桥大学。历任中国作家协会理事、顾问，全国政协委员，中央文史馆馆长等。1935年进入《大公报》当记者。1939年任伦敦大学东方学院讲师，兼任《大公报》驻英记者，是"二战"时期欧洲战场中国战地记者之一。还曾采访报道第一届联合国大会、审判纳粹战犯事件。1949年后，主要从事文学翻译工作。

潮州小食

林　墉

按语： 潮州小食来自民间，是潮州人民在长期的历史发展过程中，将日常食用之五谷杂粮，根据个人口味制成的各式小食品。大致在唐代，潮州小食便已产生。《唐六典》中记载有一种名为"槐叶冷淘"的小食，唐刘恂所著《岭表录异》中也曾详细记述了岭南一带舂稻米为粉制作点心的场景。潮州小食与潮州人民生活的关系极其密切。其造价低廉，以最为普通的五谷杂粮为主料，所用的工具也都十分简单；然而制作工艺讲究，粗料精制，价廉物美。千百年来，潮州小食既是潮州人民充饥的餐点、解馋的零食，也时常充当着时年八节的祭品、民俗仪式中的彩头。潮州小食不仅在口味上，更在文化意义上充满着浓郁的地方色彩，无怪乎潮州乡亲喜之爱之，魂梦系之。在本文中，著名潮籍画家林墉从自己的童年回忆出发，深情地回忆了家乡的各种小食，文字优美灵动，对潮州小食的介绍也极详备，读来令人"齿颊留香"。

如果是在雨天，最好是雨不要太大，下午四时前后，雨丝如帘，阴阴地微冷，恰好在巷里祠堂门槛下站着避雨，旁边卖炒糕粿的平底铁锅上，油煎的糕粿酥黄赤焦，油突突起泡，吱吱哑哑地响，爆出一股香焦的诱惑。葱花由绿变金黄，糕粿也由白润变焦赤，这种时刻，大致会忍不住叫上一碟，而卖糕粿的会即刻抽旺火，把糕粿拨入平锅中间，洒上一拨油，喳的一声，把韭菜、绿豆芽撒上一把，频频用锅铲翻搅，直搅出香喷喷的一碟。端上之前，会问你要不要芫荽？要的话，即刻会有一撮生芫荽撒在上面。正在当你忘记雨下得如何时，卖炒糕粿的会噫噫地望着你笑，希望你记下他的音容，以求日后再来帮衬！自然你也该记住，这炒糕粿还有甜吃法，这须在点食之前说明，卖糕粿的会即刻改洒红豉油，即甜酱油，炒完撒一把炒花生碎，香甜脆齐全，小孩最喜欢吃。这种情境，在古城潮州，是平凡到再无法平凡，说给谁都不会细听的，谁没这种经历！

又如果是下午，放学回家，冬天，日头疲疲，袋子里尚有一角几分，就可以在小摊买一两片炸番葛或炸芋头。番葛即地瓜，生切成片蘸调水面粉，少许糖，下锅炸，现炸现卖现食，这番葛一下锅，见油就起泡，胀得如肥猪，圆溜溜地黄脆，吃时，要防烫，里面的地瓜，全靠一炸而熟，其温度可想而知！也可到咸水粿担前，吃二至三个咸水粿，这是米粉调水注入小瓦钵蒸成。钵比小碟小，一口一个，恰好，米粉白白的，中间凹下一个注，吃时拨一小匙油炸蒜茸咸萝卜丁，放入注位，咸香咸香，两指一夹，两三下吞去，美味得朴素稚拙，学生仔最爱吃，当然也有大人吃，但那大抵是用碟子买了拿回家去吃的，不在担前蹲站而食。

最常见要算卖饺担，不论春夏秋冬，不论男女老幼，不论闹市小巷，都有其踪迹。这饺担，前担是一个圆案板，上面放碗筷砧板，肉馅一大盘，饺皮面条粿条放在净布下，胡椒麻油、葱花、芹粒，必不可少，能撒些翅脯碎者更香，能下点"东洋味の素"的味精者更鲜，但，此味精必是用耳挖子那样的小竹片，挑出一点儿而已，风太大要防吹走！后担是一桶清水，一个红炭炉，上置一锅汤。担歇处，即用两片竹片敲出梆梆声，以招食客。这种担子，可点粿条汤、面汤、汤饺，即点即做。粿条是米粉蒸成，白色，古城人最喜此物,半晌客到,未到吃饭时间,多以此物饷客,犹如当今速食面似的。吃粿条、面条、饺,多取其汤热味和,接近三餐正味,人人适合。这卖饺担有的还能做灌汤面,先用芝麻酱调水打匀,加味,再把面条下锅捞起,乘热倾入芝麻酱,即加油炸蒜茸、浙醋,调拌后加葱花而成,酸香滑软,另一番风味。个别饺担还备有一盘煮熟的鱼皮虾馅饺,鱼皮之谓,是劏取大头鱼身上两边肉,以皮铺砧,用刀刮肉,剁碎成泥调粉,细擀细碾,一下汤,即透明无色,照见其中红虾肉。此饺只在每碗饺面粿条汤中,下一至二只,调调口味,算是档次之别。这饺担,各有路段歇点,各有钟点食客,风雨无阻,晨昏不改,卖饺担息声的时刻,就该是春节期间,卖饺者们去与家人团聚了。

古城人早晨起来,简便的在家食碗白粥,配几味杂菜,杂菜者有家制有市买,家制的是以橄榄咸菜菜脯为主的制品,长年贮存,随食随取。市买的可到杂菜铺酱园买,可点的品种不下三四十种,手头指处,口中报名,师傅即会随叫随抓,而后一盘算,花不了什么大钱。但倘嫌家里食得单调,则可上街。街中有豆浆担,这豆浆,旁边必置一堆鲜鸡蛋,把鲜鸡蛋置碗中,用勺子拨匀加白糖,即盛入滚烫豆腐,蛋花漂在浆面时,已捧在食客手中。还有真珠菜汤,大锅水滚,把鲜瘦肉、猪肝、腰子、猪心切片,与洗净的真珠菜入水烫熟,即盛碗中,加麻油、胡椒,蘸鱼露吃,味鲜美清凉,翠绿的真珠菜与嫩红的肉片,雅致到极点。豆浆与真珠菜汤都偏凉,熬夜虚火盛者,食之可清火。

上午十时后,就总有用篮子提着热腾腾小食串巷的姿娘来。这种竹篮,潮州所造,竹篾片编得整整齐齐密密实实,连热气都兜得住,一手一篮,到街巷门洞停歇,姿娘小孩一围,揭开篮盖,香味散开。这篮中真是八宝箱,总有笋粿、韭菜粿、萝卜糕、芋头糕、糯米饭桃、豆沙红桃等,用油煎得脆香。还有油炸的虾饼、猪脚圈、虱篦等。这笋粿,必加虾米,鲜笋切成粒,嫩滑清香,笋味可人,是篮中大节目,细心的小贩还会备上浙醋给蘸着吃,毕竟女人家爱吃酸的多。这猪脚圈者，实则是小河虾调面粉加味加水，用小铁圆斗盛起入油锅炸，焦黄为止，虾香面香，之所以叫猪脚圈，只在这圆，也为小孩听名趣怪而喜食。虱篦则是把面粉擀成小条条，扭穿成一梳梳的花样，仿如梳子似的，就有了虱篦的怪名，其实仍是面粉炸品。男人们则会对密豆煮猪肺、猪肠、猪肚的摊档感兴趣，晒干密豆先泡软，再与猪什煮，大锅水煮，三四小时再加盐调味，热热一碗，加撮芫荽，蘸鱼露吃，极其浓香。要不也可吃碗牛肉丸、猪肉丸、墨鱼丸、鳗鱼丸。最为突出要算牛肉丸，本自客家来，要选新鲜牛肉，里脊肉最佳，用两把似刀的铁棍左右手轮番捶打，直至把肉捶烂成泥，再调粉加味，用手挤出一丸丸，入滚水煮熟即捞起，而后再煮一锅鲜汤，逐次加入肉丸，即买即盛，肉丸在滚水中愈煮愈胀，十分肥大，入口爽脆软滑，每碗不超过十粒，洒点麻油，加撮芫荽，一抖胡椒，入口之前最好蘸蒜茸辣椒酱，红红的，很诱人。这牛肉丸，既可小吃，也可上宴，家居也可入席，备受欢迎。倘若喜油炸的，也可到炸春饼摊吃春饼，春饼者即是春卷，潮州春卷最具特色的是，里面包的是去壳绿豆瓣，佐以虾米、瘦肉、韭黄、香菇。这春饼是潮州人走亲戚最喜带的手信，一入门，就会捧上一包热辣辣的春饼，犹如藏民献哈达，礼重得很。另外还有一种叫薄饼，先用细面粉煎成极薄的圆形薄饼，再包上韭黄、肉丝、冬菇、虾米，蘸甜酱吃，偶一见之，不是普遍的小食。要吃蒸的，可吃大包、宵米，大包即是包子，包的是生瘦肉，加韭黄菇丝，也有甜的，是绿豆沙、芋头泥、红豆沙等馅。宵米即是北方之烧卖，以面皮包肉馅蒸之，小而精。

　　一年四季，街头自有蒸地瓜芋头的摊档，大锅地蒸，切开来买，烟气腾腾，十分诱人，人手一块，边吃边吸气，烫得快意。这种摊档每逢朴枳树嫩叶抽出的春夏之交，会采朴枳叶与浸软粳米一起舂成粉，再注入一个个陶模来蒸，蒸出一个个桃心模样，面上裂开口，冒热气，潮州人谓之笑笑，真是有模有样。这朴枳粿浅绿色，味道中一股树叶的清香味，很开胃。还有桑叶粿，也相近，只是用的是桑嫩叶。之所以在这时节吃这小食，其实是春夏之交，容易胃积滞，吃这朴枳、桑叶，可以助消化，去胃积，是时令小食。

夜来，夜色朦胧中，也有东西吃，除了上面说的日间种种仍有得卖外，晚风中，不如在炸豆干的摊子前蹲下来，吃五块十块油炸豆腐，蘸着白醋蒜茸辣椒吃。这豆腐干，外面黄脆，里面嫩白，香与滑并有，再加之白醋辣椒，红红黄黄白白，油锅唑唑，晚风习习，很有意境似的。无米粿则是地瓜粉做成的，皮包虾米、瘦肉、香菇或豆沙，有咸有甜，地瓜粉皮一蒸熟，即成透明状，恍如水晶，再用猪朥（猪油）来煎，软滑焦香。尚有粽球也值得吃，与外地粽球比，这粽子中包的有用肠朥衣包着的两团豆沙，一绿豆沙，一红豆沙，馅中有去皮绿豆粒与糯米及五香肉。至于对上季节的蚝烙，更十分有特色，是以新鲜蚝粒洗净调地瓜粉水加葱花，用猪朥来煎，煎成前可加鸡鸭蛋，煎成饼状，蘸鱼露吃，上撒芫荽。蚝烙一定要趁热吃，一冷即逊色。喜吃海螺、海蚶的，则有小摊备小炭炉、小砂锅，煮滚清水，烫熟蚶螺等海味，再蘸诸种酱料吃，其中最神妙的一种酱，是用黄姜末调甜梅酱加白醋，在酸甜辣之间的味道极合螺肉味。

吃完这夜间种种小食后，千万别错过吃几块、几片消食的甘草制品，而甘草担就会随街等待。这甘草担多是祖传家传担子，制法各臻其妙。凡甘草担，也是圆案盘，搁一眼煤油灯，上面放着十几个品种，任君选择，有甘草橄榄、刨皮橄榄、油麻橄榄、糖橄榄，统统用竹篾子穿好，易于持拿。用羊朵（羊桃）制的有甘草羊朵、鲜羊朵、羊朵脯；用鸟梨制的有甘草梨、熟梨、青梨、鲜梨。此外尚有甘草惜金子、甘草杞果、甘草桃子、甘草李子、甘草柰子，林林总总，令人口涎。而余兴未尽，还可在背个箱子，手持剪刀，凌空铰剪声声的那里买几串牛肉脯，这箱子中还有牛内脏的各种五香制品，分别用剪刀剪卖，不买不剪。更还有吹唢呐卖宋橄榄的走街人，也可试试口味。说了这么多，尽是咸品多，其实喜欢甜的，则可进甜品铺，这甜品，大致有鸭母捻、芋汤、绿豆汤、红豆汤、绿豆爽、清心丸、鸡蛋莲子羹、芋泥、勝煎白果等，最动人的是勝煎白果，用白果去壳浸水挑心，风干后用油糖勝文火煎，煎煎停停，停停煎煎，直煎得白果成金黄半透明状，油糖完全浸透果身，古城人谓之哎哎，方是最佳状态。芋泥则是以好芋头蒸熟剥皮掐成块，以炊布包起，用手压揉，使之成泥，趁热将芋泥倾入热锅中，热锅中已先用猪勝与白砂糖熬成糖油并下葱花，芋泥入锅前，可酌量入少许水，使之易化成泥为止，芋泥一入锅，一定要不停运锅铲搅锅底，务求勿黏底，火要文火，最后上少许粉水，使之黏和润匀，分入小碗，再入蒸笼蒸一蒸，收收油气，降降热火。清心丸者，是木薯粉做成的小丸，煮成透明，入口滑化。街上还有卖杏仁茶的小摊子，大多干净斯文，小炉小锅小碗小声小量，杏仁香溢，格外清新。对甜食饶有余兴者，可食食豆棒、豆枋、厚力糖、勝饼、素饼等。豆棒是用麦芽糖与炒熟花生仁压碎成泥，再层层合压，成酥脆松合状，即卷成卷状，用刀斜切，吃起来，特别松软。厚力糖则是花生炒熟压泥与糖水合煎加糕粉而再压成块状，甜得浓烈。勝饼，是潮州月饼，全用猪勝做成，皮薄馅浓。素饼是用清油炸成的酥皮饼，先前应是回民点心。

天冷时节，有炒糖栗卖，用糖较多，有别他乡。天热时节，可吃草粿，这是用草粿草晒干熬水入大缸冷却，即成冻膏状，食时用碗盛起，以铜片轻切，撒砂糖在其中，不必筷子，用口猛吸，凉滑得很。先前还可吃到刨冰，这是用结成硬块的冰，在一个小铲床上刨，把冰刨成碎块，用杯盛着，即调入香糖水，凉得牙根痛，是解暑好饮料。夏天还有一好饮料，是老药橘水，简单得很，用泡制过的药橘，和水煎成，小小一杯，甘甜奇妙，解渴解暑。也可饮沙参玉竹水，味也甘和。

在街上，还常常可以看见卖糖番薯的，以红心、白种、黄肉诸种好番薯，削皮下锅加红糖煮，一煮熟，番薯即吸入糖味，甜浓到稠，无以复加。还有薄荷糖、大冰糖丸，皆是煮成糖胶之后的制品，为小孩所喜爱。而最使小孩流连的是用糖胶加色以剪刀与手工捏塑而成各种公仔、动物、花果的摊子，小小木架子，上面插满各种色彩鲜艳、造型简朴生动的可食可看的玩意儿。我小时，喜欢看这东西，却不敢吃这东西，毕竟是由两只黑黑的手捏出来的！

极有意思的还有一种叫糖符的玩意儿，是用片片红纸，上面用热软的糖胶，乘其注下成条状时，在倏忽间扭摆成一个桃状，有桃有枝有叶，谓之桃符，买回拜祭用的，拜完可掐断一段段吃。

当然也不要忘了在潮州的年年节节，应节食用的各种粿，这也是极有风味的小食，最常见的有甜粿，即是糯米粉年糕。酵粿，是粳米粉年糕。还有叫乒乓粿的，用腐皮包花生芝麻糖馅蒸熟，上面抹麻油。尚有叫糯米糍的，是用糯米粉擂成糍粑状，包豆沙，衬蕉叶，白绿分明，煞是入目。至于红粿桃，有包糯米饭的、有包豆沙的，各臻其妙。说到鼠曲粿，是一大特色，用鼠曲草煮水，加油揉和糯米粉，内包绿豆沙或芋泥，皮极薄，用木模子印成圆或桃心形，蒸熟而成，最好味道是在蒸熟之后，再用油慢火煎香，极其浓稠甜醇。

这小食，指的是小小地吃，不要大吃特吃，大吃另有弊病，小吃则大有味道。潮州小食极讲究蘸什么料，宜多看多问。这小食，又讲究季节，要适时选食。还要看自己体质，偏寒偏冷各有所忌。但，倘量不过分，一二试之，则绝无弊端。

再者，极有意境情境的小食，其实不易，毕竟要看当时的天时地形人质。比如雨丝丝，食笋粿，倘在郊外雨亭，亭柱最好有几副好对联，吟咏再三，怀古伤今，心有二分酸味，此时斋斋笋粿略蘸酸醋，即刻就有共鸣感，意境情境即刻就来。但倘吃了一半，摩登少男女到，摩托车一靠，搂抱入亭，呢喃不休，互喂粿食，爱语娇娇，勾颈亲嘴，旁若无人，你道这二分酸酸的情境即刻甜腻得油稠，还有什么文章可作！又比如，一边炒粿，一边大放粗口，口水四处飞溅，你道怎能有意境？但，也有铭心刻骨的情境在，少时冬日，到韩江边画水彩，钉在画板上，提着入城门回家，石板路旁一个杏仁茶担，要了一碗热热肠肚，喝着杏仁茶，哈着热气，卖杏仁茶的老翁随手拿起我傍在担旁的水彩画端详了一番，望望我说，这么冷，还画！我笑笑谦虚，放下五分钱想走，老翁不忙收钱，却又盛上一小碗杏仁茶，望着我说，天冷，再吃下去！我犹豫着，毕竟我袋中没钱了，老翁笑着伸手把钱收起说，钱已收了，食吧！……我不敢说这多有意境，但却自以为极有情境在，说不出什么味道，应是一股杏仁味！

　　林墉，1942年生，广东潮州人，1966年毕业于广州美术学院中国画系。历任中国美术家协会副主席、广东省文联副主席、广东省美术家协会主席、广东画院副院长、中国国家画院院务委员、广州美术学院院外教授等。多次在国内举办个展，出版有《林墉作品选》《林墉访问巴基斯坦选集》《人体速写》《林墉肖像画》《林墉中国人物写生精选》等。

传统潮菜与现代潮菜

张新民

按语：潮菜，即潮州菜、潮汕菜，源于潮州府，已有上千年历史。唐代韩愈临潮时即对潮菜美味赞不绝口："章举马甲柱，斗以怪自呈。其余数十种，莫不可叹惊。"当今之世，潮州菜虽已有世界名菜、贵菜之地位，但实质上仍是老百姓粗菜精作的家常菜系。潮菜肥而不腻、淡而有味、食而不胖，本就注重清淡养生，注重原汁原味。近百年来，潮州菜更是进一步迎合现代人口味与健康饮食要求，将传统潮菜中部分重油重口、过分烹饪的菜色与烹调技法加以改良，以使其作为健康美食、环保美食，焕发生机与活力。本文由潮汕美食家张新民先生参加"潮州沙龙"名家讲座第四讲之同题讲稿整理而成。文章提纲挈领地对潮菜的特色、历史做了梳理，并对潮菜的发展前景发表了个人见解。

1940 年，文学大家郁达夫先生在新加坡主掌《星洲日报》副刊期间，曾应邀赴"醉花林"参加盛宴。"醉花林"历史悠久，创立于 1845 年，是潮州富商的私人俱乐部，当年便以厨师一流、潮州菜式正宗驰名，但需熟人引见才能进入品尝。当天陪伴郁达夫的有李伟南、陈振贤、杨缵文等潮商领袖，在座的数后来成为大银行家的连瀛洲最年轻，他向郁达夫敬酒时说："郁先生好酒量，我的'华兴'就在《星洲日报》毗邻，往后先生要酒，可随时嘱建奕兄来拿，不必客气。"蔡建奕先生后来在回忆文章中说，郁达夫还真让他去拿过两三回酒，每次都是拿两瓶轩尼诗万兰池（白兰地）酒，拿到后即开瓶与报社同事痛饮。

2011年5月，我在新加坡受到被誉为"潮州菜南洋流派"代表人物的李长豪先生在他经营的发记潮州酒楼的盛情款待。席间他特地开了一瓶存放几十年的轩尼诗万兰池陈酒，想来应该类似郁达夫先生当年喝过的那种了。他还亲自动手烤了一只潮式乳猪来下酒，这种烧乳猪虽然在朱彪初的《潮州菜谱》中也有记录，但潮汕本地的酒楼已无人经营这一菜式了！发记潮州酒楼还有不少古早味的潮菜，比如"潮式古法炊鲳鱼"和"龙穿虎肚"，都在香港翡翠台蔡澜先生的美食节目中播出过。

南洋流派潮菜存在于新加坡、马来西亚、泰国等海外潮汕人较集中的地方。这个流派的潮菜很奇特，常能将很传统的潮汕口味和南洋的异国风味糅合在一起。蔡澜先生曾经著文说："根据张新民这本书（指《潮菜天下》），再到潮汕去发掘，怀旧的潮菜可能会一样样出现。怀旧菜，是一个巨大的宝藏，我们不必创新，只要保存，已是取之不尽的。再下来，可以到南洋去找回原味，华侨们死脑筋，一成不变，传统潮菜，却让他们留了下来。"

另一个潮菜流派通常称为"香港潮菜"或"港式潮菜"，比如九龙城的汕头澄海老四酒家和湾仔的汕头荣兴潮州菜馆。有一次，蔡澜先生带我去吃九龙城的创发酒家，还没进门就吓了一跳，只见门口的海鲜池里倒插着二三十个大响螺，面街的玻璃橱窗里也吊着二三十只煮熟了的大红蟹和龙虾仔。进到店里，看见明档里潮菜熟食应有尽有，光鱼饭就有四五种，红焖乌耳鳗、猪尾煲豆仁、猪肠煮咸菜、红炖翅、卤猪脚、炣春菜、煎咸鱼、菜头汤，都用大锅煮熟冒着诱人的香气。明档的好处是，客人不用知道菜名叫什么，看见好吃想吃的，只需用手一指就能够点菜。而且明档带有快餐的特点，往往点完菜刚坐下，那些事先已经煮熟了的食物很快就会送到面前——这类食物有一个很好听的名字：潮州打冷！在今天，随着港式潮菜风靡内地将近三十年，"潮州打冷"已经称得上是一种通用语了，"冷盘""现成"的意思早已为食家们所熟知。

从菜肴风格来看，香港潮菜的最大特点是专走高档路线，在用料上常能采购到世界各地最高档的物产，如产于珊瑚礁的生猛老鼠斑、日本的网鲍和吉品鲍、澳大利亚的象鼻蚌和大龙虾；在烹调技术上融合了中西各种技法，注重形状、色彩和营养；在经营上则采用品牌连锁经营方式，比如由马介璋先生创立的佳宁娜潮州菜酒楼，在香港和内地很多个城市都设有连锁分店。可以说，二十多年来，中国内地劲吹的高档潮菜风，其策源地就是香港，其开山鼻祖正是香港潮菜。

第三个流派是潮汕本土传统潮菜，特点可用"传承久远，根深叶茂，堪称正宗"来概括。最著名的例子是819年韩愈遭贬莅潮时写过一首名叫《初南食贻元十八协律》的诗歌，里面记录了鲨、蚝、蒲鱼、蛤、章鱼、江瑶柱等数十种潮菜原料和盐、醋、花椒、酸橙等调味料。与韩愈同为唐朝人的段公路和刘恂也分别在《北户录》和《岭表录异》中记载了红虾、象鼻蚌等潮地奇异的物产和食俗。但严格意义上的潮州菜，应该产生于20世纪初。据1934年《汕头指南》记载："本市酒楼、茶店、饭馆共三十余家……故酒楼营业蒸蒸日上。"由于有了稳定的餐饮经营场所，许香童等很多潮汕乡间的"做桌"厨师聚集到汕头这个新兴中心城市，他们互相切磋厨艺，推动潮菜走向成熟。但在1949年前后，很多潮菜厨师随着潮汕商人远走海外，之后由于意识形态的原因互相隔绝，为了生存各自独立发展，最终形成了潮汕本土、香港和南洋三种不同风格的潮州菜流派。

在食物最缺乏的那些年代，比较高档的食材近乎绝迹，城市的饮食摊档被当成"资本主义尾巴"关闭。但即便如此，本土的潮菜仍然得到了保留和发展。原因是当初产生潮菜的环境和土壤并未消失，渔民依然在海边捕捞和生产各种鱼饭，乡间市集的小贩仍在售卖粿品和小吃，各种与祭祀有关的菜肴和甜品也从来没有中断和废止过，更重要的是家中的阿妈仍然健在，每逢时年八节仍然亲手舂糯做粿，刣鸡炊鱼。

在20世纪80年代末，潮菜大师朱彪初编辑出版了堪称潮菜经典之作的《潮州菜谱》，对传播潮菜文化起到了极大的推动作用。《潮州菜谱》的意义，一是荟萃了潮菜的传统名肴，从燕翅鲍参肚各种高档食材到较普通的鱼虾蟹螺，包括做法独特、功夫独到的潮式汤菜和素菜，书中都有详细的介绍。二是汇集了正宗传统潮菜的烹饪技艺和诀窍，包括对原材料的处理如鱼翅、海参的发制，烹制过程的操作步骤，火候的控制，酱料的搭配和制作，注意事项的提示等。可以这样说："朱彪初的《潮州菜谱》，对本土传统潮菜做出了划时代的概括，从内容到形式都对传统潮菜进行了规定。"

潮菜在本土之外出现的多流派现象，在其他菜系中是极其罕见的，用流行的菜系理论也是难以解释的，因为菜系的最大特征就是具有明显的区域性。但如果采用历史更久远的"帮口"即"商帮口味"的视角，则一切问题都会迎刃而解。海外潮州菜，本质上只是潮汕传统饮食文化与所在国饮食文化融合的产物，是历史上潮州帮口的一种社会变迁。

菜系或帮口，说到底只是一种饮食文化。正是源远流长的潮州饮食文化，才使潮州菜或潮州帮口显示出强烈的超区域性和顽强的生命力。

现代潮菜是相对于传统潮菜而言的。如果我们稍加留意，就会发现今天在酒楼食肆吃到的潮州菜跟过去相比已经有了很大的不同。我们先不说"文革"期间在当时潮汕最高档的食府汕头大厦吃到的潮州菜，在那个物资极其匮乏的年代，饮食业多数实行"瓜菜代"，就连"干炸果肉"都是用八成薯泥和两成猪肉做成的，"虾米笋粿"几乎不加虾米和香菇，"炒糕粿"也不加蚝和虾等配料。我们就以 1988 年 11 月初版的《潮州菜谱》来说,潮菜大师朱彪初在这本潮菜经典读本中所列举的那些潮菜传统名肴,又有多少仍然被潮菜厨师们记着呢?比如著名的潮州红炖鱼翅,还有仙子百花鸡、芋茸香酥鸭、荷包白鳝汤等传统的潮州手工菜,已经从潮州菜馆中消失了。

但如果换一个角度来看,美食应当跟随时代而发展,潮菜的这些变化似应属于一种自然规律。实际上,无论是严格意义的潮州菜品还是各种点心小吃,无论是在潮汕本土还是外地的那些潮菜餐馆,整个社会都在对潮菜进行着不同程度的改良。这种改良有的是因为有了新的食材,有的却是因为原材料供应短缺,有的是为了美味或健康而进行的创新,有的却是因为学艺未精而胡乱涂鸦。从结果来看,有的取得了极大的成功,有的却完全失败了,有的越改越好获得同行的交口称赞,有的却越改越差最终惹来骂声一片。

我们将改良成功获得社会认同的潮州菜,用“现代潮菜”这样的新名词来称呼。现代潮菜,可以看作对传统潮菜的复兴运动,其产生依赖于两个条件:第一是对传统潮菜有很充分的认识,第二是广泛接受了外来的饮食思想和烹饪技法。近些年来,随着汕头市美食学会和其他一些机构的设立,美食家和潮菜厨师纷纷投身到潮菜研究中来。他们对潮菜的历史、文化和习俗进行了系统而深入的考察,又用现代的烹饪方法不断地对潮菜进行改良,所取得的成果可以说是多方面的。其中影响较大的饮食文化专著包括:张新民著的《潮菜天下》、许永强著的《潮州菜大全》和《潮州小食》、余文华著的《潮州菜与潮州筵席》、陈汉初主编的《食在潮汕——潮汕老字号美食》、吴奎信等著的《潮汕食俗》等;菜谱方面的著作则有林自然著的《林自然精细潮州菜谱》、萧文清主编的《中国正宗潮菜》、黄楚华著的《潮州家常菜》等。

这个时期潮菜领域出现的划时代人物是被誉为“现代潮菜之父”的美食大师林自然。林自然先生堪称一位江湖奇人,一生飘零但嗜食,50 岁时终于领悟美食真谛,融各派所长而自创“大林精细潮州菜"，成为一代潮菜大师。他创制的豆酱焗蟹、花雕乳鸽、腌大闸蟹、脆皮婆参、苦瓜猪肉煲、金瓜煲、肉丸苦刺心等名肴，被公认为现代潮菜的经典之作，在潮菜酒楼和潮汕人家中广被学习模仿。

与传统潮菜相比，我认为现代潮菜有如下特点：

受众更广，评判标准由"正宗"变成"美味"。现代潮菜如要走向世界，就必须确立服务对象应面向不同国家、不同种族、不同地区人群，而不仅仅是潮州人族群这样一种指导思想。相应地，对潮菜的评判标准就不应该再是"正宗"而应该是"美味"。在此基础上对潮菜进行必要的改良，包括采用"中菜西食"的分餐形式，采办更多来自世界各地的健康食材和作料，吸收其他菜系的烹饪手段，研究潮州菜与葡萄酒、威士忌酒和白兰地酒的搭配，等等。

更加迎合现代国际健康养生的饮食潮流。众所周知，潮菜具有注重食材、崇尚本味、讲究养生的鲜明特点。这种以味为核心，以养为目的的饮食理念正好是现代饮食界所追求的目标，也是当今国际饮食潮流发展的趋势。现代潮菜更加有意识地迎合这种饮食潮流，一方面是对重糖多油和不符合绿色饮食的那部分菜肴进行批判性改良，另一方面又将潮菜的优良特点发扬光大，使其在整体上更加符合现代人对健康饮食的追求。以鱼翅菜来说，传统的潮州红炖鱼翅要将鱼翅与猪皮、猪脚、五花肉、老鸡、排骨、瘦肉、火腿、干贝等辅料一起长时间熬制，使鱼翅胶质析出，与汤汁融为一体。其口感虽然特别，但耗时费料，且长时间熬制的过程中营养成分也容易转变为有害物质，因而以林自然为代表的现代厨师大都主张用新鲜的上汤鱼翅代替红炖鱼翅。又如对于既甜又肥的芋泥，同样主张用不饱和油脂甚至橄榄油来代替传统的猪油。

创新烹饪技艺，使之更加精细化和科学化。现代科学日新月异，要善于利用各种现代炊具和烹饪技艺使现代潮菜更加精细化和科学化。比如改革老火熬汤的方法，用高压锅短时间内将精华物质萃取出来，用冷冻技术保鲜和改善腌制类海产品的风味，用不粘锅煎鱼和蚝烙等。甚至可以借用创新前卫的分子料理对潮菜进行改良，让潮式卤鹅肝和腌咸膏蟹以一种让人意想不到的形式上桌。

　　张新民，广东省饶平县人，著名美食家，汕头市美食学会主席，著作有《潮菜天下》《潮州帮口》《潮汕味道》等。

故乡亲人今何在?

碧 野

按语: 本文是现代作家碧野回忆童年、怀念亲人的一篇散文作品。碧野幼时生活贫苦,由老师资助上到高中,因领导闹学潮被开除。1933年,因在潮州参加进步学生运动而受到迫害,碧野被迫离开家乡。直到1997年,已经八十高龄的老人才终得返乡一探。虽然一生辗转漂泊,然而碧野心中的乡愁却从未断绝。如《金山之忆》《故乡情难忘》《故乡亲人今何在?》等,碧野的创作生涯中时时涌现着怀念家乡的优秀篇章,而本文便是其中尤为隽永的一篇。文章以怀人入手,从亲人而至乡亲,从个体的聚合分离带出时代的翻覆变迁。作者行文克制隐忍,读者却自能从行间字里感受到游子的哀愁无奈。

久离故乡,记忆所及,我的亲人散布韩江流域的山区和平原,或死或生,无从问讯。

记得4岁时,我随父母离开山城饶平,流浪于原籍大埔道上。因为走不动,母亲用路旁的金不换叶子给我擦腿消肿,父亲把我放进箩筐挑着走。日暮,我们到了山溪独木桥边的一家农舍求宿。主人叫乙姐,是嫁给远在海外的华侨的一个年轻守活寡的女人。当年，广东有多少姑娘嫁给华侨，只新婚几天，丈夫就离去，再难团圆，青春就在孤寂中凄凉地度过。

回想起来，乙姐温柔而有点憔悴，心地非常善良。我父母曾在她家当过农忙时的短工，得到亲人似的接待。至今我清清楚楚地记得，见面时她就给我两块芝麻饼。除了父母之外，她就是我平生记忆中的第一个亲人。

山溪、独木桥、竹林、木屋，乙姐可能在寂寞中度过了她的一生。

记得我随父母回到了原籍大埔，借住在女裁缝秀嫂的小店里。父亲外出打零工，母亲给一家小饭馆洗碗。秀嫂挽个发髻，精明而美丽。她同情我家流浪的艰辛，尤其喜欢我小小年纪如此勤劳，经常把她撒给鸡吃剩下的米一粒一粒地从地上捡起来。夜里，她剪裁缝纫完毕，就煮一小锅薄粥或绿豆汤消夜，总要盛一小碗给我吃。回想起来，秀嫂泼辣能干，体贴热情，是我十分难忘的一个亲人。

现在，秀嫂的剪刀竹尺为谁在量衣剪裁？

我9岁那一年，父母结束了流浪生涯，落户潮州城隍庙和监狱之间的贫民区。剃头师傅应祥伯就住在隔壁，给算命先生"金目神相"看摊。算命先生有家小，日里前来为人问流年、卜吉凶，夜里则由应祥伯守屋。

应祥伯为人忠厚老实，年纪大了，身子佝偻，老眼昏花，拿剃刀的手发颤，生意少，只能勉强糊口。每天晚上，应祥伯让左邻右舍的穷朋友聚集在他过夜的小屋，小屋成了"闲馆"。他满足地吸着短烟袋，眯着眼睛在小煤油灯下影影绰绰地看着我们一群孩子玩耍。

贫民区的人们叫他应祥伯，但他却是我们心目中的爷爷。

卦摊早年已经不见了，但应祥爷爷后来流落到哪里去了呢？

我的母亲有个结义弟弟，我叫他"小舅"。小舅好像没有家，一年只见几次面。他四处打工，有时在山区，有时在平原。他聪明能干，一身好手艺，造屋、种田、上山打猎、下海捕鱼，样样会。他只是命穷，做在手上，吃在肚里，没存一个钱，连个老婆也娶不起。

小舅每次到我家，叫我母亲一声"姐"，就把背来的咸鱼和腌野猪肉掼满一地。然后在我家吃两餐，睡一夜，第二天蒙蒙亮就起身赶路。他有时给我一个银角子，有时只给我留下两块彩色的鹅卵石。

小舅走的天涯路，天涯路断，他在哪里存身？

我父亲有个结拜兄弟，我叫他"叔叔"。他偷运枪支，被捕，坐了牢。因为家贫，每天，父亲叫我提着破篮探监，只能给他送去几个蒸红薯或一碗碎米菜粥。每天同一个时刻，只见叔叔乱发像鸡窝，络腮胡子像刺猬，饥饿得眼勾勾地望着我送食到来。

一个狂风暴雨之夜，在雷声隆隆中，监狱上空传来了凄厉的枪声。突然一阵擂门，父亲好像心有预感，跳上去拔开门闩，在雷电的闪光中，一个人影水淋淋地扑进门来。叔叔越狱潜逃到我家。借着隆隆的雷声，父亲用斧头砍断了叔叔的脚镣。

叔叔在我家屋顶的瓦槽里将养了几天，然后悄悄地离开了潮州城。后来，听说他上了海陆丰南山革命根据地。如今，叔叔是活着还是牺牲了？

我还有一个老爹，家住潮汕平原。有一年春节，我去他家，一片冬天仍青翠的田园，一栋破烂的茅屋。

他平日里进城，总要到我父亲的染摊上歇歇脚，抽上两袋旱烟，说说天时，谈谈世态。他是个勤劳吃苦的老农。每有时鲜蔬菜，他总要带一点给我父母尝新。他重情义，你给他菜钱，他就要黑着脸骂人。

有一次老爹进城，手里拿着一张大票子，坐在我父亲的染摊一角发呆。我父亲仔细一看，这票子是假的。老爹把一园子菜卖给了远商，受骗了。

老爹吐了血，终于卧床不起。

我的骨肉至亲，在我因参加学运被开除通缉逃离故乡的前后，已经长眠在潮州城北的竹竿山麓了。

我的哥哥阿划，9 岁离家当了小勤务兵，20 岁寻找双亲归来，已成了一个残废军人。他天年不永，29 岁就早逝。而我的父亲，劳碌终生，用他的瘸腿走完了最后贫穷的人生道路。留下我的母亲，她重新走上流浪的途程，在山区海边打零工度日。

我离开故乡长期漂泊在外，竹竿山麓那芊芊的墓草，年复一年，冬天枯萎，春天返青，已历几十个春秋。

我什么时候回乡为亲人扫墓？也许年年飘落的竹叶已经把坟墓掩盖了，也许坟头已经被夷为平地种瓜种菜了，也许坟土已经被牛羊踏平了，父兄的坟墓已无从辨认。

母亲死在旧时的流浪途中，她孤身无援，凄凉度日。但愿她魂兮归故乡。

我的父母没有留给我什么财产，但却留给我一副强壮的体魄。我的故乡亲人给我的恩惠，是教我入世为人的品德。

碧野（1916—2008），原名黄潮洋，广东梅州市大埔县人。现代作家，散文家。自 1935 年发表处女作《窑工》以来，在六十多年的创作生涯中著有长篇小说《我们的力量是无敌的》《阳光灿烂照天山》《丹凤朝阳》，散文集《月亮湖》《情满青山》《天山景物记》等。1986 年，湖北省召开姚雪垠、徐迟和碧野三人的创作讨论会，曾轰动文坛，从此这三人被推为湖北文坛"三老"。

怀念我的母亲

林　若

　　按语：林若1924年出生于广东潮安。中学期间，他便参与到中共地下组织领导的抗日救亡运动之中。抗日战争胜利后，林若仍继续积极参加爱国学生运动，并于1947年前往粤赣湘游击区工作，支持党的解放事业。1949年后，林若曾任中共广东省委书记。林若的一生，是投身国家建设事业而鞠躬尽瘁的一生，却也因此在家庭生活中难免心存愧疚。本文是林若晚年怀念母亲所作。文章追忆了母亲生前对于儿子的深情，也倾诉了作者因工作缠身，无暇侍奉母亲，甚至连老母去世也未能相送最后一程的遗憾。文字朴实无华，却从中还原了一段中国变革时期中最为典型的母子关系。书中另收录了林若之子林岗追忆父亲的文章《父亲的奥德赛》，读者可做对照阅读。

　　母亲暮年的时候，我未能尽到儿子的本分赡养她，当她去世的时候，我又未能看到她的遗容，这使我永久不能忘怀。人总是有感情的，父母养育之恩，如同祖国养育之恩一样是永志不忘的。每当想起这件事时，我心中总是十分遗憾。但是已经无补于事了，这是我的一个过失，一个过于谨小慎微的过失。

慈母是养育孩子、培养孩子长大成人的第一位老师，母亲对孩子潜移默化，影响深远，一个人的性格、思想作风、身体素质就是在儿童期间培养形成的。我母亲虽然是一个家庭妇女，但她识字，有文化，深明大义，心地慈祥，有一定的思想道德修养，小时候我就在她的教育下，知道对长辈要尊重，要有礼貌，要认真读书，奋发向上，将来长大了要光宗耀祖。有学识，有修养，就可以在社会上立足，做事。现在看来"光宗耀祖"的思想是一种落后的封建意识，但在当时也不失为一种激励青少年积极向上的思想。有这种思想，才能认真读书，艰苦奋斗，奋勇向前。抗日战争时期，我接受党的教育，不畏艰难险阻，毅然走上革命斗争的道路，与那种要做大事的思想是联系在一起的，与热爱祖国、报效祖国养育之恩是密切联系在一起的，至于为人民服务的思想则是在加入中国共产党，学习了毛泽东著作后才树立起来的。

解放后，我长时间在基层县、区工作，任务十分繁重，无暇顾及老家。母亲又生活在农村，远离我工作的地方，只能由姐姐和弟弟照顾，我则全身心投入党的工作。那时，城乡展开土地改革运动和工商业的社会主义改造，阶级斗争的气氛很浓，更无暇顾及老家了。工商业的社会主义改造完成之后，接着有合作化运动，有整风反右，那时工作夜以继日，一天工作十几个小时，没有假日，不管白天黑夜，全心投入工作，与家乡不通消息。

1958年"大跃进"、大炼钢铁及公社化运动，搞得城乡十分紧张。1959年又遭遇百年未遇的大水灾，耕地淹掉十几万亩，房屋倒塌几万间，灾情十分严重。全县又投入复堤堵口、重建家园的工作。及至1960年后才有所好转。

1961年，政治环境宽松一些，工作也没有那么紧张了。这时我抽空请假回故乡看看，在城里我姐姐家与老母亲见面。见面时她喜极而泣，老泪纵横，不免使我难过起来。在城里我们到一家普通饭店吃饭，母亲经历了几十年的艰辛岁月，身体比较瘦弱，想请她多吃一点也吃不了什么。这一顿饭就算儿子回报母亲几十年的养育之恩。母亲多年来对儿子的思念，就那么短短几个小时结束了。临别时母亲细声地说："你们以后多点回来。"母亲的千言万语都咽到肚子里去了。我也没有想到，这次离别竟是我和母亲的永别。听说母亲临终时还不停地呼唤着我的名字。

1962年，母亲去世，我因公务缠身未能前往参加葬礼。就这样，我与多年想念的慈母永别了。几十年没有见面，刚刚见面后不久她就与世长辞，也许是年老体衰已过八旬高龄，也许是已经见到近二十年没有见面的儿子了，心愿已偿，死也无悔，欣然离去。

现在怀念起母亲，百感交集。母亲因年老得子，对我呵护有加。我在襁褓中时二姐又因病去世，这样一来母亲对我特别注意，每日都身不离影，而我年少时也养成离不开母亲的习惯，一看不见就会哭起来。有一次母亲因事去了邻居家，我找不着她急得团团转，好歹等到母亲回来了，才放下一条心。我年幼的时候多病，经常伤风感冒，母亲常常伴着我到深夜。

因为家族纠纷，在我六七岁那年夏天傍晚，突然有一伙强盗前来绑票，把我当作人质劫走了，幸亏我父亲不在家，没有什么更大的损失。就这样我在贼窝里熬过了两个多月的时间，后来多亏我父亲经过多方努力，疏通关系，花了钱财，才把我赎了回来。这段时间，不知母亲过了多少个不眠之夜。绑票案发生过后，父亲不敢在乡间居住，举家迁往县城。我赎回来时是在城里回到家的，见面时我和母亲久久地拥抱在一起，眼泪也湿透了衣裳。纠纷解决后，母亲又回到农村，我就留在城里读书。

后来，抗日战争爆发，潮汕沦陷，我们全家迁到兴宁居住。我离家到学校读书，并在学校参加了地下党的组织，从此走上另一条人生道路。

光阴似箭，日月如梭。不知不觉一代人过去了，自己现在也过了古稀之年。回忆起来，浮想联翩。一个人的一生在历史上也只是短暂的一瞬间，能够为人民、为祖国做一点贡献，也就于心无愧了。少年时期，曾抱着光宗耀祖的思想，要为父母争点气，做一个有出息的人；双亲则要我继承家业，养儿育女，而我却走上另一条道路。否则，就只能厮守在家，到头来无所作为，你要为人民、为祖国服务也很难了，更不要说什么贡献。为此只能选择一头，放弃另一头。能不能在可能的条件下适当予以照顾，这就要看当时当地的条件了。我设想，如果党能够在全国解放后，继续实行新民主主义的政策，不犯"左"倾错误，那么，我国的面貌将大不一样。而我也许能够在为人民为祖国的服务中，兼顾一下母亲的生活，做到既为人民鞠躬尽瘁，也为双亲尽孝，做一个继承中华民族传统美德的人，那有多好啊！毕竟历史已经过去，前事不忘，后事之师，更希望后来者不要忘记我们国家的这段历史！

林若（1924—2012），广东潮安县人，原名林辉钊。1945年参加革命工作，同年5月加入中国共产党，同年7月考入中山大学文学院。曾任东江第二支队教导员、中山县土改工作队队长、东莞县委书记、湛江地委第一副书记、广州市委书记、广东省委书记等职务。1997年退休后，仍然发挥余热，担任广东省关心下一代工作委员会主任、广东省老区促进会理事长等职务。

父亲的奥德赛

林 岗

按语：这是身份特殊的一对父子：父亲林若曾是广东省委书记，儿子林岗是中山大学教授。外国多有政治家传记，但中国并不多见，《父亲的奥德赛》是林岗第一次追溯作为政要的父亲的足迹、讲述家族鲜为人知的故事。林岗记述了父亲的婚姻和家庭，以及从东莞县委书记到湛江地委书记再到广东省委书记的经历。林岗把林若还原成一个真正父亲，用生活上的细节还原官场以外的父亲。他眼中的父亲是一个对土地、农业、农村有着异乎寻常热情的人，也许这和他来自山区长期跑基层有关，就算他做了书记，也不忘对土地的深情，所以才会有"五年消灭荒山，十年绿化广东大地"这个日后最为人称道的决策。本文原刊《花城》2013 年第 4 期。

一

我自从略识人间事，记忆里就是一个缺乏独自身份标识的人。出现在社交场合，换了他人可能有种种头衔，如经理、董事长、博士、教授、处长之类，但我不可能。从小到大，叔叔、阿姨或朋友、熟人把我介绍给新认识朋友的时候，一张嘴都是说："这是林若的儿子。"我则含笑点头，表示默认。初出茅庐，年轻的时候还不打紧，怎料到直到工作、娶妻、生子，头发斑白成二毛，别人都不依不饶称我是某某的儿子。嘴上不说，心头多少有点不是滋味。可是一念想来，别人也没有错，我确实是某某的儿子。事实俱在，不容抵赖。

这经历对我而言多少有点于心戚戚焉，它使我想起了卡夫卡，与他同病相怜。在他心目中，他的父亲又高又大，衬得他卑微、渺小，必须仰视。尽管他已经非常努力摆脱父亲"成功人士"的遮蔽，卖力证明自己，洗刷人生失败的耻辱，但无论他有多努力，都无法为世俗所接受。我从卡夫卡的命运中得到了安慰，父亲的光芒笼罩了我，尽管这不是他的本意，无论我的心里怎样"抵赖"，都不可能改变世人对于我的外部标识的认知。就拿约稿来说，《花城》看中的并不是我，而是他以及他身边的一切，我的作用在于，我知道他身边的一些事儿，说出来也许有益，如此而已。我早早就认命了。我还不会走路的时候，父亲已经是东莞县委书记；我念大学的时候，父亲就是湛江地委书记；我还在为自己晋升为助理研究员而得意的时候，父亲已是广东省委书记了。在重视事功和人情人脉的中国社会，难怪别人用父亲的所有格来介绍我。

不过我又为我有这样一位受世人敬重的父亲而自豪。在我的记忆中，各种场合，数不清的次数，刚相识的前辈和同辈，他们知道我是他儿子的时候，就当面称赞起先父，称赞他的品行、作风，称赞他为广东这片土地做过的事情。我相信这是真诚的赞美，它不是一个人、几个人孤立的举动，几乎是只能用有口皆碑来形容。最感动我的一幕出现在父亲刚离世的哀悼期间，海康县北和镇潭葛村的村支书带了七八位乡亲赶到远在广州的母亲家，吊唁父亲。一众乡亲蹲在院子里，那位我素未谋面的村支书紧紧握着我的手，连说了好几遍："我们有今天的生活，全靠林书记。"其实，他已经是先父70年代中期和当时海康县县长陈光保在潭葛村试点"包产到户"的第三代村支书了。我心里清楚，这完全不是先父的英明，如果没有清除"四人帮"、"文革"结束、思想逐渐解放的大背景，父亲就是吃了豹子胆，也不敢做这样的事情。一段几近四十年前的往事，依然令相隔一代的乡亲如此动情，他们的淳朴也令我为之动容，我的心里不禁浮现像谜一样的疑问：父亲究竟是怎样的一个人？过去我从未想过类似的问题，随着先父的远去，我自己想弄明白与他相连在一起的往事的念头，不时浮现出来。我过去忙于自己的专业，从来没有动过念头要了解父亲走过的足迹。即使在他耋耄之年，随时都能见到他，但他对于我而言，只是一位慈父。我对他依然所知甚少。

古人说，知子莫若父，却从来没有听说过知父莫若子的说法。可见古人对由于世代区隔而造成的代沟是有感知的。对于我的个人经验而言，特别是如此。不仅是因为子代来到这个世界本来就晚了，心智成熟需要时间，年轻的时候理解不了亲代许多耳闻目睹的事情，更重要的是因为在我的成长期，找不出一段哪怕连续三个月和父亲生活在一起的记录。整个童年期我甚至建立不起对他形象的清晰记忆。我在东莞生活九年，印象中很少见到父亲。我外公守寡的妹妹，也就是姑婆，带着我们三兄弟住在县委大院的一座平房，父母不和我们同住，他们住在附近一座叫"书记楼"大楼的二楼或三楼。吃饭也基本不在一起，可能是因为下乡多吧，总也见不着。就算不下乡，那时到一定级别的干部可以吃"中灶"，也就不必回来对着我们这群捣蛋的"小猴子"了。父亲1966年6月调湛江地委任第一副书记，我们于盛夏的8月随迁至湛江，有短暂的时间生活在一起。可好事不久，"文革"浪起，次年1月父母先后被揪回原工作地批斗改造。"文革"末期，父亲调到广州，一起生活了两年，我就高中毕业上山下乡当知青了。知青结束，我到广州念大学，父亲又奉调湛江。等他从湛江回到广州，我大学毕业去了北京。一去十年，然后是深圳九年。自我有生以来到父亲还有公职在身的四十余年，我和父亲同在屋檐下的生活时间，合起来满打满算也就是三年左右。

三年对了解一个人足够了，可偏偏公职与伦常亲情的清晰界线在父母家的屋檐下同样明显存在，并没有八小时之内和八小时之外的分别。父亲回到家里也是一头扎进他的书房，那里总有批不完的文件，看不完的报告和稿子。连罕有的一起吃饭的时间，他也是缄默的，从不当我们的面议论公事和他人。他在家里一贯来去匆匆。要是出差下乡，那就几天乃至一周或更长的时间不见面。要是机关上班，到点即走。作为孩子，我们和他仿佛身处并非同一个世界，只是有时偶然相遇而已。我印象中从未收到过来自他的玩具、糖果、礼物之类的东西。因为没有这种儿时快乐的体会，所以自小也就没有这种奢望。他也没有看过我任何一篇作业，或在学业上对我有任何建议、规劝和批评。父亲实在没有时间。事后想来，我降生在父母的家庭，在学校时期得到最大的好处是许多人梦寐以求的自由。虽然我不可能有成熟的心智自由地追求美好生活，但却没有来自长辈的束缚，可以自由自在地做想做的一切。小孩子想做的无非就是玩耍、恶作剧甚至打架斗殴。那时我们三五成群，类似团伙，在县委大院里闲逛，偷甘蔗，挖番薯，打架。只有这一切实在做得太出格的时候，父亲的呵斥声才会在耳边爆响。

大约是1963年，刚开始有电视播放，整个县委大院只有一台14英寸的黑白电视机，所有的人都趋之若鹜。我们一群不懂事的孩子，晚饭之前就早早搬好椅子，放上石头，以为记号，抢先占了最好的位置。这大大影响了叔叔、阿姨们对国家大事的了解，霸王行为也引起了众怒。事情传到父亲那里，他怒不可遏，不但训斥，还威胁要"请家法"，用鸡毛掸子来教训我们。这种时候我们当然畏之如鼠，幸好事不常有。漫长的童年也就仅此一二例而已。

在我的感觉里，父亲和我实际上是分属不同世界的。在那个由伦常亲情筑成的世界里，他通常是缺席的；而由公职构成的世界，则是我不能进入的，难以理解的。所以当他在公职世界里的阶梯越升越高的时候，我仍然对他所属的那个世界，既缺乏了解也没有产生要了解它的冲动。只是在平时耳闻对先父的赞誉累积到一定程度，在治丧期间经历感人至深的一幕时，才萌生起要追根溯源父亲生活足迹的冲动，而这个时候父亲已经走进了"历史"。

对我而言要解开由父亲一生所构成的疑问，其实也有不少挑战。首先是资料不容易获得。父亲不是一个能说会道的人，他把自己定义为实干家。按照传统的说法，你所做过的一切事实俱在，说也在，不说也在，故不用多说；而到了年事已高，退出社会舞台的时候，再由自己说那些"事实俱在"的东西，那不是多余无趣吗？这可能是父亲对自己一生所经历的一切于晚年时候所抱有的真实态度。他不愿意说自己。有一回，别人采访他，这是他好不容易答应下来的，刚好我在场。采访刚拉开架势，便由于技术的原因需要改期。父亲顺势就取消了采访。他跟我说："过去的事情很简单，我其实就是焦裕禄那样的干部，上面叫干什么就干什么。"这也许是他要简化事实真相的自谦，可把地方决策看作是中央精神的顺延，个人的作用自然就不值得强调了。尽管别人觉得他的一生有"立传"的必要，而他自己对这种必要性却抱有怀疑。

父亲对语言是有高度警觉的。他的生活经验告诉他，声音和文字所夹带的那些信息在传播过程中完全有可能产生料想不到的结果。我个人觉得，他的缄默一半是性格的，另一半却是出于审慎。我不只一次看到过他把一段时间积攒下来的信函、草稿、油印件之类的东西集中烧掉，直到灰烬完全熄灭他才离开。他没有保存旧物的习惯，灰烬伴随着遗忘，许多俱在的事实，已经永远沉入不可知的世界。父亲不大愿意向我们提起过去的事情，也许他的缄默挫伤了晚辈的好奇，而晚辈的淡漠又加强了他的缄默，让讲述变得不可能。"文革"时期有首歌唱道："我们坐在高高的谷堆旁边，听妈妈讲那过去的事情。"可这从来没有出现在我的经验里。连爷爷、奶奶的名字，我也是在父亲离世之后才知晓的。

据此断定父亲对过去没有惦念、怀想，也不符合实情。在他的晚年，我们有比较多的时间在一起。我观察到，他喜欢吃儿时的食物，如潮州咸菜、鱼饭、鱼皮饺之类。尽管这些都是再简单不过的食物，多食于健康不见得有益，但他也轮番起箸，毫不介意。他喜欢听潮剧，闭目静听，能听很久；喜欢见潮州来的故人，听听乡音。我觉得，这不完全是返老还童的现象。而是童年和青年时期的情景，包括味觉、听觉、想象和回忆所构成的世界，常常出现在他的脑海里，出现在记忆中，只是他觉得那个世界和目前身边的世界距离遥远，没有必要与我分享罢了。

追寻先父的踪迹对我来说还有一个挑战，就是我不想用"大历史"的笔法去讲述。父亲多年出任地方公职，他做过的很多事情，地方档案当有存案。他作过的报告、讲话、总结之类，主要的也已编辑出版。若以公事编年连成一气，亦无多大困难。但这并不是我要关注的地方。我关注的是"小历史"，比如父亲家世、童年，又比如他以何种契机投入当年的地下党的活动，献身革命与亲情世界又构成怎样的关系？这些才是我需要关注的。我认为，"小历史"要比"大历史"更亲切可信。"小历史"隐藏在"大历史"的后面。如果表演"大历史"的是演员，那表演"小历史"的则是本色个人。个人比演员更加真实。然而，构成"小历史"的种种细节，需要我去寻找、复原，在断裂的地方要能小心翼翼地根据逻辑、推断和思想将它们粘连起来。这对于我来说是要冒风险的，可是重建先父的"小历史"借以透视他一生的决断、犹豫、冲突和纠结并呈现可能有的历史含义，是值得的。

为此，我走访故乡，访问故人。这个春节，我第三度走访父亲出生地潮州浮洋镇高义村。村子随处可见衰败的迹象，房子年久失修，墙皮剥落，缺砖失瓦；青年人不多，零零落落几个老人坐在各家门槛的外面，吸烟或不吸烟，都了无生气，温煦的春日阳光晒照在他们懒洋洋的身上。村支书领着我头一回走进从前的家族祠堂，我头一回看见曾祖父的文字，是一篇铭记，说明祠堂建筑已落成多年而尚未能修建大门的原因，石刻于正门楣上内侧。文字的前段充满对祖灵的愧疚之感，临末又深觉安慰和幸运。祠堂从前是村子里最显赫的建筑，解放后一直被征用为村子的办公用地，改革开放后转用为缝纫厂的车间，正堂的墙面是一幅已经斑驳陆离的《毛主席去安源》的彩绘。彩绘意图传达意气风发的信息一目了然，可是车间早已停工废弃，尚且剩下未曾清拆完毕的生锈机器和横七竖八的电线，恍若废墟。

祖父生活的房子就在家族祠堂的旁边，是一个一进的院落。跨过门槛就是个天井，正堂悬着一块鎏金匾，上书"瑞德堂"三个大字。正堂的梁栋上有潮州木雕，木雕组件中左右两边分别有一公一母的镂通木雕螃蟹，如书册般大小。其中一只蟹的蟹螯夹着一支大笔，另一只夹着元宝，两边的蟹腿各夹满了小蟹。大概是官运财运亨通、子孙满堂的寓意吧。木雕上色，精美生动。正堂左边的厢房，据闻就是祖父母的居处。厢房通一侧门，侧门外是过道，过道的对面是一排低矮的小平房，其中一间据说就是父亲出生和童年居住的地方，那个房子也就6平方米左右。

我在一个叫我"叔公"的人引领下，对着祖宗牌位，上香跪拜如仪，再与乡亲寒暄几句，交足了功课就离开了。对我了解祖父、祖母、父亲这段"小历史"最有帮助的人，是我的叔叔和叔婆，还有就是父亲初婚妻子洪茵烈士的弟弟洪钢舅，他60年代曾任东莞县委副书记，与家父兼有同事之谊。我记得小时候，大人曾让我叫他舅舅，可是我那时完全不知道舅舅一词的含义，它背后的故事也就无从知晓。对我了解过去大有帮助的还有我姑姑的养女陈茵，我叫她三姐。借助他们的回忆和走访故地，我一点一点地接近历史，仿佛看见了尘封的往事。

二

我从未见过我的爷爷、奶奶。叔叔告诉我，爷爷叫林勋平，奶奶叫陈舜英。解放那年，爷爷80岁，奶奶多少岁，叔叔记不清了，应该是比爷爷小很多。因为奶奶是他讨的第三个老婆，至少小二十余岁。这么说来爷爷出生于 1870 年，也就是同治九年左右。父亲生于 1924 年，他是爷爷第一个亲生儿子，父子相差五十四年，爷爷是老来得子。

爷爷是个有自己商号的小生意人。商号继承自曾祖，叫"晋山林老玩记"，简称"晋山林"或"老玩记"。"老玩记"这名字如今还写在高义村的林家门牌上。商号到底有什么含义，已经不可知晓了。叔叔说，他的爷爷有三个儿子，家产一分为四，大儿子得双份，剩下两个儿子对半分。仲子不幸早亡，他的家产被长子侵吞。得了四分之三家产的长子另起炉灶，取名"晋山林新玩记"营生。爷爷行三，守着不多的老家当，辛苦经营。

爷爷经商的地方在兴宁，潮州到兴宁陆路 150 公里，但当时都是走水路的，水路要远很多，因为梅江拐了一个骆驼背形的弯，流到潮州改称韩江。当年爷爷从汕头进货，溯江而上，到水口镇换成更小的船，再溯宁江而上，直到兴宁县城。他的铺子就开在西河桥桥东不到 50 米的万盛街上。如今已经没有万盛街了，附近的居民告诉我，十年前已经拆掉了，改建成居民小区花园了。可是在紧邻的朱子街和大新街上，我还是看到毗连成片的民国年代老建筑。一栋建筑门前繁体字"书局"的字样依稀可辨，它对面另一栋建筑二楼的墙上，写着繁体的"中西文具、新书杂志、体育用品"字样。父亲在兴宁中学念书时，想必来过这几个书铺，说不定这也是他接触进步书籍的一条途径。

兴宁现今是个不起眼的小县城，可至少在清中期以后，就是商贾云集之地，时称"小南京"。《梅江报》的刘奕宏兄告诉我，可能是清朝康熙年间的海禁令，导致大批潮人迁到客家地区居住和营商。这样兴宁就恰当通往广州、赣南和闽北的交通要道上，催生了潮人前来贩卖转运货物。一个证据就是兴宁的"两海会馆"（潮安古称海阳，加上澄海，故曰两海），兴宁人则称之为"潮州会馆"。它是兴宁最为显赫的古建筑，坐落在穿过县城的西河桥西岸，与当时繁华的商贸集散区隔河相望。1920 年罗翔云撰《重修两海会馆记》，石刻于会馆内侧门楣的上方，它说出了兴宁商贸繁荣的来龙去脉："兴宁于岭东为邑，蕞然僻且小，无长江大河为之交通也。然西北行百余里，达于江右，东南流二百余里注于韩江，西北陆产委输东南，东南水产转运西北，而皆以兴宁为中权。当海未南通，潮人之之广州者，其道当出此。故商务倍形发达。兴宁之有潮商也，盖权兴于清乾嘉间也，其来久矣。"

会馆说不上堂皇，但绝对精美考究。在县城建有客地的会馆，全国不多见。会馆两进两横，正梁刻有"嘉庆十一年丙寅始建民国九年庚中潮安澄海信众重修"的字样。爷爷是这次会馆重修的主要出资人之一。母亲告诉我，父亲还曾接到过纪念"两海会馆"活动的邀请，父亲是作为当年潮商的后人而被邀请的，但由于健康的原因，父亲并未前往。嘉庆十一年就是1806年。这说明至少嘉庆初潮人就云集兴宁经商，经商的热潮至民国年间而不止。由兴宁往北至平远，再由平远入赣南和闽北均可。爷爷和他的前辈赶上偏安一隅的承平岁月，离乡北上谋生，求个出身，亦恰在情理之中。

爷爷生意比较大宗的是经营缝纫刺绣用的针，他自己有加工的作坊。那时做针还没有实现全机械化，打孔用机器，但钢线磨尖却要用人手。村子里各家各户都做起这种手工活，爷爷向各户收购磨好的针，然后自己用机器打孔。村子离韩江约莫三里路，做好的针就挑担上船，到了兴宁再行包装出售。叔叔说，他小时候还做过包装活，六跟针一束，用蜡纸包起来。中国乡村机织布还不流行，各家织造土布，小针因此也有相当的市场需求。他还有一种生意就是贩卖染料、颜料。因为汕头是直通海外的商埠，爷爷从那里进货，然后运到兴宁出售。他的这两种生意都是和乡村的手工业相关的。

爷爷的生意到1939年日军占领潮汕就彻底衰落了。商业活动由于军事占领陷于停顿，韩江、梅江已不通航。要到兴宁，叔叔说，要先走路到揭阳，从揭阳走到丰顺汤坑，再从汤坑走到水口，然后才能坐小船溯宁江到兴宁。爷爷年事已高，坐着类似滑竿的东西叫人抬着，叔叔步行，另雇人挑些货物。这时候的生意已经是勉强撑持了。

爷爷特别喜欢儿子，祖宗血脉，莫此为大。我想这也是他全部人生的乐趣和生活的终极目的。可是天意偏偏在这点上为难他。他的发妻没有生养就过身，第二个老婆给他生了个女儿也走了。爷爷抵抗命运的办法就是用挣来的钱买干儿子。叔婆跟我说，直到第三个老婆生下父亲前，爷爷买了三个干儿子，一个干侄子，四个干孙子，一共八个。我大惑不解，为什么还要买孙子。叔婆的解释是儿子也生不出下一代，爷爷干脆一步到位，连孙子都给买下来。买下八个"干货"花了多少钱，已经无人知晓，但仅从这锲而不舍的行动就可看出爷爷对祖宗血脉的焦虑和虔诚。

如果世道一直承平，爷爷对后代倾注的心血是会得到好报的，至少不会给他带来那么大的灾难。然而他对他生活的大时代几乎毫无感知，依旧做着财运亨通、儿孙满堂的旧梦。这是他的致命伤，潮汕平原在天崩地裂的晚清和民初尚且可以偏安，供他苟延旧梦，故他对世运的变化懵然无知，而当鬼子的枪炮声传来的时候，他用自己辛劳和心血养育的下一代已经与他决裂，要埋葬他的旧梦和审判他们上一代，而他对命运依旧浑然不觉。

父亲的出生给已经步入衰年的爷爷带来多少安慰已经无从查考了，但从他从此不再买干儿子这点看来，起码可以告慰祖灵了。加上叔叔六年后出生，爷爷名下一共有五个儿子。古人以五男二女为传宗接代的理想极致，爷爷离这极致只有一步之遥。父亲出生之前，奶奶还生了一个比父亲年长五六岁的女儿，可惜未能活到成年。不过，他已经无所谓了。鬼子投降后的几年，爷爷将生平经商所得几乎全部换成田产，分在五个儿子名下，每人有十几至二十亩。在耕田如绣花的潮汕平原，一户人家有近百亩之数是很吓人的数目。走在进入村口的路上，村支书对我说："从这往前两公里，都有你爷爷的田。"

这是一个出生在同治年间的人想得出来的对子孙全部的爱，也是他想象中辛劳一生的圆满结局。就在爷爷准备过儿孙绕膝的晚年生活之际，迎来了解放和土改。他的五个干的和亲的儿子，和他想的都不一样。他们各有苦衷，各怀心计。在解放和土改的气氛下，谁想要、谁敢要他记在他们名下的田产呢？他的亲生长子早已远走高飞，参加了埋葬旧时代，也就是埋葬他们父辈的事业——革命事业。次子在兴宁守着仅存的一点铺子，做着小职员。土改的风声甫传来，三个原本在身边的干儿子跑得连影子都没了。他们是被名下的那些田产吓跑的，他们不想要地主或富农的恶名。爷爷好心好意要分给众儿子的田产，竟成了儿子们烫手的山芋，回流到自己的手里。这样，根据当时的政策——解放前三年的生活来源——他实至名归地被划定成分为工商业兼地主。

地主就是瘟疫，谁也不愿意接近。他和奶奶从"瑞德堂"被扫地出门，老两口相依为命，叔婆在村子里，但也不敢和他们同住。二老到底住在村子的什么地方？村支书支支吾吾地说："事情都过去了。"叔婆说："也记不清了，大概是猪栏或牛栏一类地方。"好在爷爷往日积德行善，与人方便，但凡村子有兴办学塾、修葺祠堂、道路一类公益之事，村民分摊之后的不足部分，一向都是他包办的。村民对他印象甚好，土改中和日后几年，并不怎么与他为难，他似未曾受过皮肉之苦。叔婆也说，他没怎么挨过批斗，尽管属于新政权要铲除的对象。

与他的姻亲洪家比起来，爷爷、奶奶还算幸运的。他们两家同属浮洋镇，相距三四里路。洪家在梅县做小生意，因得以攀亲，但日本投降前后洪家就破落了。洪钢舅说，他父亲解放前三年就只是雇员，并无家产。但因爷爷的显赫，土改中被牵连划成分为地主。既是地主，就该有大把浮财，洪巷乡的农民天天到家里要浮财，屋前屋后掘地三尺，连浮财的影子也没有。浮财既是不见，一定就是隐瞒、匿藏。隐瞒浮财，罪加一等，轮番的相逼、批斗，两老受不了这苦。父亲带着小儿子上吊，母亲带着小女儿投井，一家四命。其时洪钢舅正在顺德土改，父母弟妹殒命的消息传来，噤不敢声。虽然次年他父亲的成分旋即改正，但人已不可复生。自己还背了个

"杀属"的黑锅，相随十余年，难受信任。

然而，爷爷、奶奶土改后的日子总归是黯淡的。干儿子跑了，亲生儿子也不来，叔婆虽在身边尽孝，但也是分爨的。老两口形影相吊，好在奶奶是信佛的，该是能随遇而安吧。我问叔婆，他们晚年吃什么？"白粥啰，有时加点番薯。"叔婆说。"没有菜吗？"我问。"有点咸菜、盐巴。"

父亲见爷爷最后一面的时间应该是 1948 年，洪钢舅告诉我。那一年，父亲带着粤赣湘边纵的参谋长严尚民，两人化装成生意人，从香港取道潮州进入粤赣边地。他们不住城里，因为那时的政府已经风声鹤唳，搜捕司空见惯。父亲和严尚民在高义村住了两天。爷爷久经商场，当然能看出他们经商云云的破绽。可是他已经 78 岁了，有道是儿大不由爹，恐怕劝阻也无效。父亲打那以后，再也没有见过爷爷了。黯淡的垂暮之年，干儿子可以不想，亲生儿子总是思念的吧。他的长子在外面做了"县太爷"一类的官，此类风传，应该是会刮到耳边的吧。我无法猜测爷爷晚年的心境，但是我知道，他对这个时代是陌生的。他的脑子里，大概只有慎终追远、父慈子孝、丁财两旺、富贵满堂一类观念。他怎么能够理解亲离亲叛、做了官还不敢"衣锦还乡"的事情呢？

爷爷或许是带着这不解的遗憾离开人世的。时间是 1958 年，人民公社热火朝天之际。叔婆说："我记得很清楚，那天是高义村吃第一顿大锅饭的日子，你爷爷走了。"潮州的习俗，人死之后要全村一起吃饭，以示白喜的隆重。地主死了，是不可能让全村人一起吃饭的，新时代的贱民，不足以有这个传统的"福德"。死丧本应孤寂的爷爷，碰巧与全村"大锅饭"的隆重重叠在一起。叔婆不忘添上一句："你爷爷有福气，他修得好。"说完发出爽朗的大笑。

写到这里，我似乎能理解父亲对于往事的缄默。这是一个两代人之间的结。中国社会的现代演变走到晚生一代埋葬早生一代的节点，而他们两代人之间的血缘亲情纠结一体，无从割裂。"五四"先驱所呼唤的"少年中国""青春中国"终于以新阶级取代旧阶级的方式降临子代与亲代的更替中，演变成为两代人之间的反噬故事；而郭沫若以凤凰涅槃所象征的死亡与新生从充满诗意的虚拟剧本逐渐落实、展开为悲壮而残酷的社会现实。父亲是这一社会变迁的参与者和见证者，他比爷爷晚生五十四年，从血气方刚时起就投身他认同的改造中国社会的事业，也许这项事业会以这种方式交织在他的血亲圈子里，是早早就料到的。但是地主从文宣册子的抽象概念落实为有血有肉的父亲，毕竟是不同的。他不能预卜细节，当爷爷孤寂、凄凉的晚景传递到父亲那里，他心里也不能没有一丝一毫的震撼吧！心非木石，岂能无情？然而，他什么也不能做，可他又能说什么呢？内心的天人交战，纠结无解，不足以与外人道。此情此景，语言是多余的。

有一件事说明父亲是耿耿于怀的。爷爷过世后三年，也就是1961年。父亲坐着县委仅有的吉普车回潮州看他的母亲。那个年代中国正蒙受"大跃进"的恶果，但政治气氛没有前几年那么紧张。父亲先让叔叔从兴宁回来，用单车驮着奶奶从村子骑到城里的姑姑家。父亲不敢驱车直入高义村接奶奶出来，他母亲的身份怎么说都还是地主婆，惹人注目，一旦声张出去，不知会有什么结果。为此，长期在村里受人欺凌的叔婆很生气，至今念念不忘地说："都做了官，还这么偷偷摸摸的。"在姑姑家里，父亲见到离别十三年的母亲，我的母亲也陪着父亲同行。这样，奶奶也见到了她的儿媳妇，是第一次，也是最后一次。母子相见，也算悲欢离合一场。据说，奶奶看着自己的儿子，一直流泪，没有什么话说出来。那时的奶奶，已是年近七十，人间的惨痛都经历过了，她尽管理解不了这个世界，但相见就是离别，至少是知道的。她的儿子连村子都走不进去，又怎么能带她离开伤心之地安养晚年？见过面，父亲带着奶奶在离湘子桥不远的馆子吃了顿饭，奶奶的泪水还是止不住。这是奶奶解放后吃得最好的一顿饭，但也是百感交集的一顿饭。饭后，叔叔还是用自行车把奶奶驮回高义村。母子一别，从此天涯。父亲在潮安县委招待所过了一夜，就回东莞了。

奶奶的泪水还是在父亲的心里引起了回响。从那以后，父亲每个月都寄十元回来给她，直到她过世。不过，钱不是直接寄到村里。叔叔说，也不是寄到他那里的。估计是寄到潮州城里的姑姑家，然后再找人转交给奶奶。叔婆说，听说有寄钱这回事儿，但不是经她手，她从来没有见过那钱。

父亲始料不及的是这次母子相会对年迈的奶奶打击是致命的。奶奶与自己的儿子见过面后心里清楚，人世已经没有什么可留恋的了。连自己尚有小小权势的儿子都不能令自己老有所养，她一个孤苦伶仃的老太太，顶着地主婆的帽子，还能指望什么？尽管她收到过儿子寄来的钱，可这钱却解不开她的心结：她的儿子不像是一个绝情绝义的不孝子，她和爷爷辛劳一辈子，把他养大，挣钱供他上学，一直供到读大学，而儿子也有出息了，怎么说都算"官至七品"吧，可怎么就不能带她离开让她受尽欺凌和孤苦的高义村呢？奶奶内心的纠结和绝望要了她的命。母子见过面后的次年，她就死了。

生固不能尽孝，连死后亦无以安葬。父亲90年代退下来之后，一直放不下的心头结亦想将它了断。他曾经和母亲一道回到高义村，让人带着寻找爷爷、奶奶的坟。爷爷、奶奶的丧葬虽然有叔婆参与，但她势孤力单，死人又顶着地主、地主婆的恶名，当时都是草草下葬了事，连碑都没有立。之后又是连年兴修水利，开山造田学大寨，当年埋葬之处早已面目全非，无可辨认，连骨殖何方也无从查究了。

父亲这番回乡之旅有多扫兴，可想而知。

三

父亲的运气特别好，他是个幸存者。就其幸运这点而言，他躲过社会动荡的劫难，枪林弹雨中又逢凶化吉。解放后诡异多变的政治风浪多次擦身而过，终于伤不致命，起死回生。况且在有惊无险中一路升迁，官至"抚台"。更令我惊奇的是，他正是从对不可解释的幸运的感悟中建立起个人的德性修养，从中学会感恩、勤奋、淡泊和自我克制。父亲生活在中国现代史中最为动荡的岁月，旧的腐朽、崩溃，新的建立，旋即又腐朽、崩溃，更新的又来。个人在这变幻无常的时代，无论甘心传统生活方式，无论投身何种政治潮流，都有极大的可能性命不保。我相信不只父亲一个人，而是那一代人，正是与死神屡屡擦肩而过的人生体验，启示了他们的无私、献身与自律。在这里我们走到了理解历史与人性的边缘：为什么承平的年代人生那么糜烂、人心那么苟且？那是因为太平岁月死神都躲起来了，人们不会把世俗的成功归咎于幸运而归因于个人的聪明与能力。"成功"这个词今天如此重要，如此冠冕，正是这个缘故。个人于是膨胀，德行于是瓦解。而乱世则是死神横行的世界，它教会一息尚存活着的人珍惜，它对个人的贪婪与欲望提出无声的警告。

父亲还未成年就遇到命中的劫难。他9岁那年，被一伙澄海的海盗绑架了。绑匪的目标人物本来不是父亲，而是长房的长孙。那天正是父亲的爷爷庆生，房子张灯结彩，又吹吹打打，绑匪混了进来，父亲正好进厅堂跪拜。绑匪一看是小孩子，二话不说就掳走了。过了好几天绑匪才传话过来。爷爷这一惊不小，老来得子，又是长子，如今绑走了，如何是好。幸得他那时生意还是兴隆，手头不拮据。据说花了一百多两银子，才将人赎了回来。这是父亲大难不死的头一回。

在爷爷的人生规划下，父亲要走革命的路，似乎颇有难度。爷爷在父亲17岁那年，也就是1941年，就帮他娶了媳妇。那时父亲在兴宁中学读初中。爷爷的用意不言而喻，要父亲继承家业，他则早早抱孙子。洪钢舅告诉我，父亲与洪茵的结合不是新式婚姻，而是旧式婚姻。两家是同乡，又都在兴宁谋生，媒人居中说合，门户相当，自然成功。结婚之前，两人并无正式见面。父亲是看过洪茵的小照片的，洪茵有没有看过父亲的照片，则不能断定。结婚前，父亲在他人陪同下，有意路过洪家门口，见到正在洗涮的未来妻子，但洪茵并不知晓此时的路人就是未来夫婿。那时的父亲是否加入了地下党，尚不能肯定，但他肯定是接触到进步思潮。那时兴宁中学的地下党活动非常活跃。父亲有一个读书时期的同学叫何锡全，解放后在中联部任司长。何锡全就是 1939 年在兴宁中学经他的老师介绍入党的。父亲与何锡全友好，父亲兴宁时期还有一位同学罗彦群，亦是地下党的活跃人物。父亲当是通过他们接触到关于革命和进步的思潮，最终亦由他们介绍秘密入党。

父亲既然受新思潮影响，自己又年纪轻，居然能够接受旧式婚姻，我猜测是受到来自他父亲的压力。有意思的是父亲居然将压力变成了动力。他不是通过这段婚姻满足他父亲继承家业、早抱孙子的期待，而是通过这段婚姻将洪家的诸姐弟带上与自己一同致力的革命之路。洪钢舅在一篇回忆自己学生时期参加地下活动的文章中说："林若同志（我的姐夫）经常对我们进行革命思想教育，并介绍我们参加党的外围组织'地下读书会''地下学联'，进行革命活动。"姻亲这种自然纽带在革命风起云涌的时代，也居然能为革命所利用，这是我过去所不知道的。

时代的潮流也要机缘巧合与个人的际遇汇通，才能引领和影响个人的选择。父亲因何对当时潜流的进步思潮产生好感，进而心向往之，如今只能依据一些蛛丝马迹猜测了。个人经历在这里起了决定性的作用。例如，父亲对爷爷包办早婚很可能心怀不满。洪钢舅回忆说，在梅县东山中学读高中时，父亲就比他们更少回兴宁的家里。那时学校伙食不好，至少回家能吃几块肉，吃顿饱饭，留在学校则只有粗茶淡饭。那时他和他的弟弟还有父亲的弟弟三人，几乎每周都走路回兴宁，而父亲则要隔两三周才回去一次。或许也有不好意思在内，但至少是不愿意面对在他心目中陈腐的父亲吧。还有就是家族的压力。爷爷行三，曾祖留下的家当，过半都给长房长孙捞过去了。在家族内的地位，自然无法与长房相比，这种压力自然增加父亲对家族制度的负面印象。爷爷又是那样喜欢儿孙满堂，大买儿孙，在父亲的眼里很难逃脱无聊陈腐的讥评。父亲有一个堂侄子，是长房那边的，他的选择与父亲就截然有别。他先是投考黄埔军校，后来是国民党的军人，1949年退居台湾，官至团长。族内两人不同的个人选择，不能说与家族制度内的尊卑排序压力完全无关。父亲所遭逢的个人际遇，最终汇集在一个时代的洪流里，这就是"五四"以来的新思潮与共产主义运动。

梅县抗战时期有两所有名的中学。国民政府系的梅县中学和进步思潮和地下党活跃的梅县东山中学。梅县中学的前身是黄遵宪清末创办的师范学堂，是当时的公立中学。而东山中学是1913年梅县中学学潮事件以后进步师生脱离母校自行创办的民办中学。以教育水准论，当是梅县中学略强。父亲读书一向成绩不错，兴宁初中毕业后，他舍梅县中学而取东山中学，说明他心志已定，并且是负有地下党使命的。他到东山中学后，很快就把他的妻子、他的弟弟，以及妻子的三个弟妹都动员到东山中学念书，并向他们传播进步思潮。

我对新思潮是如何在学生中传播这一点相当好奇，洪钢舅解答了我的疑问。他说，当时有好几个途径可以得到进步书籍。例如生活书店出版的《生活》《新生》杂志，"青年自学丛书"，《大众哲学》《共产党宣言》《西行漫记》等图书。还有一条途径是新四军和华东局印行的宣传抗日、揭露政府的小册子。这些图书通过地下交通站传播到党员身份隐蔽的老师和学生那里，然后通过外围组织传到追求进步的学生手里。当时最活跃的地下党的外围组织有"读书会"和"地下学联"。

"读书会"和"学联"的活动一般分几个步骤，循序渐进。首先是进步书籍的传阅。传阅以骨干学生为中心，也不说明书籍、杂志的来历，秘密进行，应该颇像我们这一代人在"文革"中传阅苏联"解冻文学"一样。所不同的是我们读过之后还给上家就算了。而那时进步书籍几经传阅，"学联"的中坚就会组织同学畅谈，这就是"读书会"。这是一个重要的步骤。初次畅谈所选取的题目不会很明显与政治相关，而是年轻人即将步入社会关注的诸如"人生有什么意义？""活着为了什么？"等。围绕进步书籍的座谈解决的是人生观、世界观问题。从过去耀祖光宗、夫荣妻贵、发财买地转变到立志为国家、为民族做大事上来。青年人血气方刚，心志高远，老的一套关于人生的说辞扎根家族伦理，而新的说辞放眼国家与世界，吸引力自然不可同日而语。更何况在国家沦亡、家族制度破产的大气候下，老的说辞在语言和逻辑上根本没有办法与新世界观相颉颃。进步书籍能够征服相当一部分有理想、有志气的青年人，这是显而易见的。当关于世界观的问题取得相对一致的看法后，"读书会"的讨论就转向深入，更深层次的同学座谈就会围绕怎样为国家为民族做大事的问题。前者解决"为什么"，后者解决"怎么办"，一环扣一环，连环深入。这些讨论不可避免地涉及迫在眉睫的民族危机、日益深重的国难，以及百姓生活的困苦和政府的腐败无能。个人的苦闷和时代社会的苦闷就这样聚焦、激荡在青年人的心中。年轻学生的激情也会在你一言我一语的激昂发言中被鼓动起来。同学们的认识也会在有意的引导下逐渐趋向一致，这当然就是地下党在那个时代的目标：抵抗外敌和反抗国民党。如果有人在"读书会"表现消极或个人顾虑较多，下次就会被排除在外。

"地下学联"为了考验追求进步的外围学生，多次"读书""座谈"之后，就会布置任务：半夜张贴抗日传单或集市人多时散发传单。洪钢舅说，父亲就问过他敢不敢做这种事情，得到肯定答复后，任务就在时机合适的时候布置下来。三人一组，一人在前探风，一人张贴，另一人殿后。次日早晨还派人装着若无其事到沿街店铺看看效果如何。

父亲在东山中学时期就是组织"读书会"的活跃分子。洪钢舅说，当时他们心里就认为父亲是"地下学联"的人。如果还没有入党，那一定也是接受组织考验的骨干分子。父亲读书的成绩不错，分数都列在前茅，正因为如此才能掩盖他的活动。当时的地下党亦并非一味提倡学生抗日和反政府活动，相反是要求学生读好书，成绩争第一。因为这样才会有说服力，在同学中有威信，地下活动更能掩护进行。

地下斗争的风险和革命的残酷很快就在我父亲的个人生活中表现出来。是他一手将自己的妻子从一个家庭妇女教育转变成无畏的地下党员。洪茵入学前粗识文字，但没有受过完整的小学教育，结婚之后，侍奉公婆。父亲不欲她过这种生活，便动员她到东山中学念书，聪明的她居然能赶上程度，转变思想。国共内战初起，她离开公婆，加入粤闽湘边纵。由于她的语言能力好，是潮州人而长期生活在客家地区，讲起潮、客两种方言都极其流畅，分不清是哪里人，于是被组织安排到潮、客混居的丰顺凤凰山区主持地下交通站，扮演类似"阿庆嫂"的角色。1949年末，华南即将解放的前夕，国民党溃退的胡琏兵团士兵沿线搜捕至凤凰山一带，当地保长告密，洪茵为掩护藏匿交通站的同志突围而被捕，旋即遭杀害，年仅25岁。在梅州东山书院里陈列的东山中学校史展览的烈士栏目，我看见了她的小像，由于年代久远，已经斑驳模糊，但仍可想见她风华正茂的英姿。

鬼子投降的同一年，父亲考入广州中山大学外语系。同年考入中大的，还有他东山中学的同学何锡全。可以想见，他们也会将在东山中学练就的地下活动经验，搬演到大学学堂，那时叫作"反饥饿、反内战和反迫害"斗争。到了1947年，由地下党领导的斗争发展到组织学生上街游行示威，于是引起当局的明察暗访。这时父亲的地下党员身份暴露，名字上了通缉名单。这回又是他的运气好，逃过了一劫。父亲得到当时广州地下党负责人钟明提供的准确情报和交通站的安排。赶在抓捕之前，远遁香港达德学院。达德学院是华南党组织创办的大学，用于聚集、提升和重新遣派四面八方流散而来的热血青年。不少进步文化人都曾在达德学院兼职客座，如郭沫若、茅盾、曹禺等。父亲从广州逃到香港，在达德大约盘桓了半年，然后从达德取道故乡前往粤赣湘边纵的所在地九连山区，参加武装斗争。上了山，父亲完成了从校园热血青年到拿枪的丛林战士的角色转变。他的名字也从林辉钊改为林若。辉钊是爷爷给他取的名字，而林若是他自己取的名字。名字的改变固然有不连累家人的含义，但它也是一个象征，旧我从此埋葬。粤赣湘三省交界，群山绵延。部队里的人除了贫苦出身的，其余有文化的大都来自各校园的热血青年。部队未经训练，又缺乏装备补给，生存在地广人稀的广阔地带，战斗力并不强，很多时候都是打伏击战和游击战。

父亲90年代中期退了下来，但仍然退而不休，在"老促会""关工委"这类外围机构风尘仆仆，不愿意停下来。有一次我好奇地问他，为什么不愿消停消停，还要四处奔忙？因为在我看来，很多人为的努力都是过眼云烟，此一时又彼一时。孰料这勾起了他对亡友的忆念。他先指责我无知，然后解释说，不是他不想闲下来，而是他一想到不克尽己力，就觉得对不起死去的战友。他说，有一次夜间撤退，连队单列穿行在山谷，遭遇敌人冷枪伏击，走在他前边的和走在他后边的战友都中枪倒下，只有他安然无恙，而他和牺牲战友之间的距离，不过一步之遥。那时那刻，如果他快一步或慢一步，送命的就可能不是战友而是他。他用极简洁的语言跟我讲述这段往事的时候，它已经过去半个多世纪了，而父亲依然格外清晰，可见震撼之深。为了国家前景的那种奋斗，不是我这种人能够体会的。志同道合一起奋斗的同志、同袍，半路途中谁不支倒地，谁半途中枪，只有那些活下来的幸存者知道，父亲就是这少量的幸存者之一，我怎么能想象他的早期经历在他心中的分量？

我的表哥小钢给我讲过一件关于我父亲的事。东莞城南新基村，有一个我们叫她"新基姑婆"的老太太。她是我母亲的堂姑，管父亲叫"林同志"。她20多岁便守寡，含辛茹苦将独生子带大。她的儿子抗日时期是东江纵队东莞大队的大队长，1946年北撤山东，解放后在北京外交部任职司长。因为儿子做京官，本人又做过党的地下交通工作，做事精警异于常人，当地远近老少，凡知道者无不尊敬有加，不敢为难她。"文革"时期，时间约为1969年，父亲被关押在东莞黄旗山的废弃小庙，一边接受各公社批斗，一边体力劳动。父亲劳动之时不慎扭伤了腰，辗转被老太太闻知。她将表哥叫来，问他敢不敢驮她去见姑丈。表哥天生好胆，不畏人世艰险，自然说敢。从新基到黄旗，路途约有五公里。到得黄旗庙前小树林，即叫表哥停下。她一人步行前往，她要见她的"林同志"，看管父亲的造反派自然不好阻拦。一个七八十岁的老太太，也弄不出什么花样。在看管人员的监视下，她将父亲拉到附近树林，从口袋里掏出两颗东莞知名的"陈培跌打药丸"，塞到父亲的手里。两人四目交视，表哥说，他看到我父亲眼睛里的泪花，父亲工作的动力，我相信是来自于诸如此类的好运气。好运气是神秘的，更是人生中的正能量。懂得的人，能领会此中神秘的人，自然更加热爱生活，并愿意为之无私地付出。

四

父亲与母亲相识于 1949 年 12 月，地点是中山石岐的珠江地委，他们是同事。母亲之参加革命，完全重复了小姑娘追红军的浪漫故事，甚至比革命小说还要更浪漫。1949 年 10 月 16 日，大军进城，东莞解放。政权易主，可拿枪的老粗居多。南下的北方人，粤人称之为"捞松"，他们不懂粤地方言，难以展开恢复的工作。因此新政权需要大量识文断字的本地青年加入做文书、宣传、掌印一类的外围工作。所以大军所到之处，皆张贴招读告示。以"东江公学""南方大学""江南青年公学"之类的名义，招读有志青年赴校。虽然免费食宿，但其实并不是正规的学校。只是一些短期训练班，教导员一边讲解政策，组织一边政审学员。两三月之后，如果政审考察可靠，随即分派工作。我母亲解放前夕在东莞中学读初三。大军入城前夕，学校涣散，已经无人上课。她的一位同学家里的正堂为入城部队征用，母亲去看望她的同学，因与部队干事攀谈，知道此类消息。一面向往热火朝天的解放，一面想着个人的出路，于是母亲闹着要离家去"读书"。母亲当时只是十六七岁，与她的外婆住在莞城东门，并不与她的父母同住。母亲拿了部队的介绍信，自己收拾了简单的包袱，前往北门外的车站坐车去虎门太平，取道那里再坐船到"东江公学"所在的中山石岐。消息走漏，家里又寻不见人，她的外婆赶忙去报知家人。母亲的一个叔叔追赶到车站，劝说母亲下车，警告她不要受共产党宣传的"蛊惑"，小心做共产党的"炮灰"。两人一度拉扯，她的叔叔夺下她的包袱。但母亲心志已定，万无回头的道理。即使孤身一无所有，也要离家"读书"。母亲的态度感染了同行的"同志"，他们喝止叔公过火的行为，他只得作罢。这个故事的部分情节是我小的时候外婆讲给我听的，她是作为"反面教材"教育我，让我要听大人的话，做事不能自作主张。但是我后来才知道，母亲的故事是"冲破家庭藩篱寻找新世界"的中国现代无数同类故事的翻版，典型的"五四"流风余韵。

随后的故事便是我们三兄弟的出生。我生在最后，本是不该"到此一游"的。我小时候，姑婆生气时就会指着我说，"你，你是从垃圾箱里捡回来的。早知如此，就叫你爸别捡你。"事情已经无从考证了。据说，我妈生我下来，一看又是一男的，就想不要了。说抱出去让别人捡算了，但父亲心疼，将已经抱了出去的我又抱了回来，因此就有我从垃圾箱捡回来的说法。真伪和细节已经不重要了，无论如何我对父亲心存感激。古人所谓不忍，正是这个意思。

我记忆中父亲对我们唯一的教诲发生在"文革"初期，他的命运断然转折的前夕。1966年的下半年，我们刚到湛江安顿下来。上学路上的墙，标语渐渐多起来了，都是以"打倒某某"或"揪出某某"为标语的开头。开初并没有看到父亲的名字，直到有一天，"打倒走资本主义道路当权派林若！""揪出东莞黑手林若！"赫然出现在眼前，我才觉得不妙。我并不知道发生什么事情，只是惴惴不安地等待未来，预感命运即将发生改变。终于，有一天父亲把我们三人叫到跟前。他说："我和你们的母亲都要回东莞接受革命群众的批评教育，不知多久才能回来。这期间，你们每个月，要背诵十条语录，默写下来邮寄给我，不得有误。"那时社会渐有武斗的气氛，学校正常教学也开始受影响了。父亲交代的"功课"，恐怕就是他心里对孩子学习的弥补吧。

那时我们的记忆力好，区区十条语录，又有何难！毛的语录，编选于1964年。到了"文革"，识字不识字，无分老少，一人一本，天天都要读。父亲被揪回原工作地后，我们兄弟三人遵照父亲的"临行训示"，每天翻读"红宝书"，先挑软柿子捏，背那一句两句的，然后再背多个句子的。有把握一字不误之后请哥哥来监督见证，然后誊抄在纸上，每月按时寄出内有十条语录的信。但是时间一长，心里也觉得老有个事儿。一个月才背诵十条，不够过瘾。于是自己给自己加码，心里想的不是领会每一条语录的"精神实质"，而是只想尽快完成父亲布置的差事。于是每月二十条、三十条地加码。由四百二十七条语录组成的薄薄的"红宝书"，经不起我们这样捣鼓，不到一年，这个任务就像"小康社会"一样，提前实现了。我们三人的语录信是寄出了，可从来就没有收到过回信，寄出之后石沉大海，我们也不知道父母收到过没有。事后想来，如果父亲有先见之明，不是要我们背诵这些"革命八股"，而是要我们背诵"唐诗三百首""唐宋八大家古文"一类的传世经典，又或者"庭训"我们学英文，继承他当年在中大未竟的学业，那熬到70年代末"四人帮"倒台，熬到"科学的春天"，练出来的武艺，将派多大的用场！何至于做这些劳而无功的事。当然，以父亲的知识、经历和他对投身的事业的认识，他不可能在"文革"爆发初期，就预知后事。他当时所想到的，恐怕只是他自己能够活下来，儿子不变成小流氓。

表哥小钢给我描述父亲被揪回莞城那天盛大的场面，让我联想起古代罗马人的献俘仪式，当然这是有"中国特色"的献俘仪式。他说："林若被揪回东莞的消息传来，全城都动起来了，上街看热闹。那天，你爸爸是从万江码头步行入城的。身上穿着旧的中山装、解放鞋，手里拿着'红宝书'。没有五花大绑，也没有戴高帽和挂牌。只是身边围了几个陪同押送的造反派，一路看管，一边叫'打倒林若''揪出黑手''文革万岁'之类的口号。你爸爸神情镇静，面无表情。一路行，一路眼望前方，目不侧视。街道两边站满了夹道围观的群众，人数之多，前所未有。"

父亲入城所走的路，刚好就是县城最繁华的路。那时从省城广州进入东莞，要过三个渡口，最后一个渡口恰好就是万江码头，又称"省渡头"。今莞城东江大道与光明路交会处就是当初的码头，父亲沿光明路经过城外最热闹的商业街区，一路向东，跨过运河大桥，穿过仅存的西门城楼，折向偏南的北正路，再东向进入市桥路，由市桥路继续向东转入万寿路，经过我当年读的镇中心小学，走到万寿路与县正路的丁字路口，就是县政府的大门了。小钢说："入了县府，造反派将他带到县委会议室，给张凳子坐下。我一路跟着，你爸爸坐下之后，一言不发。我看了一眼，就离开了。"整个路程，约莫两公里。一路夹道"欢呼"，看热闹，口号此起彼伏，怎么都得一小时才能到达终点。造反派之所以舍车运而取步行，显然是游街示众的意思，出出父亲的丑。看你曾经贵为"七品芝麻官"，而也有今时今日的霉运。

其实，父亲如果负隅顽抗，或者也能避过揪回原工作地批斗的命运。因为他刚刚调到湛江，而湛江的行政，与东莞并无关系。"文革"初起之时，东莞的造反派写信到湛江，提出揪他回去。父亲事后忆述："我那时思想太单纯了。毛主席号召领导干部要接受群众的教育。我写了封信说：我工作有缺点有问题的，需要我回来做检讨，也可以啊。哈，这不就是'自投罗网'吗？接到我的信后，东莞方面马上来抓我。"事后才清楚，揪父母回东莞批斗的幕后策划人叫罗金胜，土改时期与父母同在东莞五区工作队。土改结束整队，有人批评他工作期间语言粗鲁，思想落后，他受不了，即负气私自离队返乡。父亲是五区工作队的队长，见他如此目无组织，为人粗暴，遂不加挽留，将他开除出队。他从此与父母结怨，怀恨在心。罗金胜落户在附城公社的火炼树村，"文革"期间乘风而起，当上贫协副主席，于是趁着政治运动提供的便利，"报仇雪恨"。解放后历次政治运动之荒唐可笑，往往在于冠冕堂皇的文宣言辞背后的此类私人恩怨。罗金胜年轻时加入桂系军旅，当底层的马弁，后流落东莞。"文革"后期，他的这段旧事被人揭发出来，历史的光环褪尽，他自觉无颜面见人，遂投河自尽，亦是一出悲剧。

父亲被揪回东莞，随即"接受群众的再教育"，也就是批斗。那时东莞有 32 个公社，每个公社批斗至少一次，多的数次，加上县机关，算来接受了近百场批斗。得罪人少的地方，批斗走过场；得罪人多的地方，少不了有皮肉之苦。最为隆重的一次"教育"仪式是父亲和洪钢舅两人，双手被墨汁涂成黑色，戴上高帽，脖子挂上"走资派某某""三反分子某某"的招牌，左手拿锣，右手执锤，从县府出发，三五步即命敲锣一次，还要大声照念招牌文字。东莞城内绕城一周示众，围观的群众甚多。批斗过后随即进入漫长的"靠边站"劳动反省时期，而他一生最接近死神的体验又一次出现。

起因是在黄旗山干校干活削竹子的时候，不慎刀伤左手拇指，当时他并没有在意。症状的出现是在三天之后，最初是牙臼发紧，吃不下饭。同在干校劳动的"难友"陶恭见状，劝他看医生。父亲骑自行车到干校的医务室求助，卫生员怀疑破伤风，无法处理。陶恭懂得红骨蓖麻煮水喝有助缓解病情，于是跋山涉水到十里外的同沙水库的山头上寻采草药，延缓父亲的病情。由于没有根本治疗，症状还是日益恶化。直到水米不进，干校才同意送去县人民医院。医院打了一轮针，也不能根治，病情维持原状。医院表示无能为力，父亲身边又无亲属做主，干校无人同意也无人反对送广州医院。父亲躺在病床，无人照料，又无治疗，等于听天由命。那时父亲已经全身僵硬，不能言语了，并不时抽搐。父亲的命危在旦夕。这时，不知是谁，打了个电报给母亲。事后母亲告诉我，电报只有六个字："林若病危速来。"电报无落款。我还记得那一天母亲接到消息的情形。她获得"解放"不久，从东莞回到湛江家里。那是我们被扫地出门之后住的地方——湛江赤坎海平村 12 号一间约 12 平方米的平房。她才与我们久别重逢，就接到报危的电报。母亲神色慌张，手足无措。我自然不知道发生什么事。母亲千难万苦，辗转托人弄到一个次日货机的位置，那年代的货机也装人，是一架安-12小型军用机，是那种飞上了天，风吹过来像纸鹞一样飘的飞机。母亲顾不得那么多，赶紧由湛江飞往广州。到广州天色已黑，她在火车站过了难熬的一夜。次日乘第一班火车到石龙，再由石龙乘车到莞城。看到病榻上不能言语四肢僵硬的丈夫，她做主即刻送父亲到广州的医院。母亲回忆说，救护车一路颠簸，父亲一路抽搐，十分可怜，医生用绳子将父亲手脚捆在担架上。父亲最先被送到中山医学院附属第一医院，但院方表示没有病床，于是联系到省中医院。在省中医院医生的努力下，用中西医结合治疗，居然将父亲从死神身边抢了回来。那时，东莞属于边防区，进入东莞要有关部门开具的边防证才能买到车票。就在母亲出去打电话要干校寄边防证来的当口，父亲不听吩咐，自己下病床。由于多日未走路，又大病初愈，怎料双腿不听使唤，摔倒在地，磕落两颗门牙。是好是歹，父亲总算又一次死里逃生，躲过一劫。但终于留下后遗症，父亲由此交叉感染乙型肝炎，此是后话。

父亲的好运气离不开他身边的人和环境。"大气候"可以是险峻的，但"小气候"依然有可能温馨。"文革"初期批斗高潮的时候，父亲关押在县委会议室旁边的小房间，母亲则关押在东江上的一个沙洲，叫大王洲。两地相距四五里路，不是很远，但大王洲四面是水，插翅难飞。碰巧的是具体看管母亲的是当地樟村大队的妇女会主任。我三十年之后见到她，管她叫"樟村阿婆"。那时她已经老了，她个子矮小，稀疏的头发拢在脑后扎了个髻，一脸慈祥。她认识父亲，与母亲更熟。因母亲"文革"前就是附城公社的书记。她觉得父母都是好人，是"同志"，这种源于私人的观察和感情，让她突破大框框对父母的定格。她并没有把父母看成"走资派"或"三反分子"，而是以中国农民淳朴的眼光断定父母是好人。于是，"樟村阿婆"用她的方式帮助母亲。晚上，趁着夜色，她悄悄地划着小船，将母亲渡过东江，母亲摸到父亲的关押处，两人有机会"幽会"——说上几句话。又或者白天批斗父亲的时候，她用自家的小船载着母亲，渡过对岸。母亲则混进人群，坐在批斗会的外围"观战"。也只有这不多的机会，她能看见丈夫，哪怕远远望上一眼。杜甫诗云"烽火连三月，家书抵万金"。这不是家书，而是落难相逢，在性命难保的日子又值多少，难以估量。我们三兄弟幸而没有成为孤儿，说不定都是拜"樟村阿婆"所赐。我母亲记住了她当年如山的恩情，包括亲戚在内，唯一能留宿在母亲家的，我见过的只有"樟村阿婆"一人。

1971年下半年林彪事件前夕，父亲从牛棚"解放"出来，"文革"期间父亲有将近五年时间在批斗、检讨和劳动中度过。

按照过去的说法，父亲这一生叫作走仕途，仕途最重要的是升迁。中国社会，升迁分两种，一种是循序渐进的，另一种是突破常规的。一辈子仕途，如果遇不着这后一种升迁，出类拔萃也就无望了。在我看来，父亲解放后一路升迁，大部分属于循序渐进的，而最关键的一次升迁，是他还在湛江地委书记的任上，1982年9月参加"十二大"获选为中央委员。进入"中委"，虽然类同无实职的荣誉，但并非其他闲职可比，它是进入更高决策层的"准入证"。对任何官员而言，这相当于仕途升迁中的"突飞猛进"。果然"十二大"结束之后仅三个月，父亲奉调回广州，担任省委书记一职。在省委领导中排名第二而在省长之前，摆明是"接班人"。以世俗的眼光看，父亲所以能"跑出"，有很多有利的因素。例如，"文革"前长期担任广东三大产粮大县之一的东莞县县委书记。因为粮食在那个时代的重要性，东莞是当时省委主要领导人调研、蹲点的首选地，父亲因此缘由而与他的上司有密切的工作关系，相互熟悉。我小的时候唱过一首歌《茶山公社好榜样》，那就是1964年省长陈郁陪同朱德元帅到茶山公社视察之后唱响的。又如，父亲在东莞工作的政绩也获得他的上级和当地老百姓的肯定。1957年县委决策开掘东莞运河、修治东江大堤等大型水利工程，次年陆续建成，使原来

170 平方公里的内涝区变成 14.5 万亩旱涝保收的良田，东莞农业生产的水旱两灾从此免除，粮食生产连年增产增收。由于"大跃进"的鲁莽、浮夸，随后 60 年代初出现全国性的饥荒，东莞当然不能幸免，但却没有饿死人，不幸中的万幸。又如，十一届三中全会以来，父亲深深认同改革开放的路线，在湛江地委书记的任内大力推行"包产到户"，解放思想，探索农村建设的道路，获得省委的肯定。这些因素当然是重要的，但却不是关键的。因为我相信，有他那样政绩的县、地级官员肯定不止他一个，当时省委的主要领导也肯定不止熟悉他这样一个下级。权力架构内官员的升迁，从来都是竞争的。父亲曾经告诉过我，他获选的关键因素是年龄优势。当时定有"七下八上"的严格规定，以该年的七八月之间划线。有几个出生于同一年的候选对象刚刚过了年龄线，属于"七下"的，而父亲则出生在 10 月。若是早出生三个月，他也一样没戏。升迁的最关键因素居然是出生的月份，这说起来有点儿不可思议。但事实就是这样。在我的圈子，做教授取决于论文的数量而不是质量，也与此性质相同。因为众多竞争者的存在引起了识别的困难，从中择优只是愿望，为了避免争而不决的无序状态，只好快刀斩乱麻，用简单划一的标准决定。偶然的运气再次成为关键要素，而理性在如何择优的问题上再次显得无能为力。社会就是这样看起来"荒唐"。但是，无论怎样，好运气再一次站在父亲这一边。好运气在人生中的作用是让得到它的人可以跟从内心的选择而做事，从而变得更加强势，更加有能力，将自己的智慧和潜能贡献于社会。

父亲没有白费他遇到的好运气。担任三年副职之后，1985 年正式接替任仲夷，担任广东省的第一把手。在此期间他的工作分成两个部分：继续推进改革开放，建设市场经济；消灭荒山，绿化广东大地。前者侧重城市，后者侧重乡村。前者少说多做，或只做不说；后者既说又做，故口碑流传至今。

市场机制的探索和推动在那个时代是不能多说的，党内也定下不争论的方针。在火柴每盒由二分涨价至三分都要开省委常委会讨论的时代，的确很难想象凡事皆问姓资还是姓社产生什么后果。尽管如此还是要推动各级官员思想的解放，父亲采取自己不说，让别人说的办法。在省委委员会议上，他请来主张商品经济、反对计划经济的广东经济学家卓炯作报告，普及现代经济学知识。在此期间，广东在全国率先废除农产品的价格管制，增加工业品市场定价的分量，顺利度过价格闯关。同时，逐渐撤销行署建制，改成拥有财政自主权的地级市建制。这项改革为地方管治松绑，调动了它们招商引资进行产业改造的积极性，推动了地方的工业化、市场化。广东毗邻港澳，国门洞开，西方思潮、观念与生活方式如潮水般涌入，当时北京也明令地方，必须禁止一些事情。例如，鱼骨天线的存废，当时就议论纷纷。在中央有明令的事情上，父亲坚决执行。为取缔鱼骨天线，父亲也备受海外与民间的指责。这件事犯众怒，他是知道的，但这正好说明父亲是有原则的人。正所谓食人之禄，忠人之事。他做事敢于担当，不两边下注博取清名。在城市改革问题上，他谨守两条。凡中央有红头文件的坚决执行；凡没有文件的，则依据地方民情、民意大胆探索。有明白的人评价他说，社会"左"的时候林若就"右"，而社会"右"的时候林若就"左"。这话颇说出他当时的工作风格。

父亲日后最为人称道的决策是"五年消灭荒山，十年绿化广东大地"。这事二十年过去了，依然活在人的心里。实际上，父亲1991年就离任省委书记一职，他在这个官位上做了六年。1991年3月，国务院授予广东省"全国荒山造林绿化第一省"的荣誉称号。原来预备十年完成的绿化工程，实际上提前完成了。他也被人戏称"造林书记"。一方"诸侯"，给人的印象总是抓大事的，而父亲将"诸侯"的重责压在绿化造林的天平上，可见他有自己的考虑。

父亲是一个对土地、农业、农村有着异乎寻常热情的人。也许这和他来自山区长期跑基层有关，与农民打交道多，培养了他对土地的深情。就算他做了"一哥"，他还是改不了把他的生命和热情倾注在大地上的习惯。那段时间，苏泽群跟着他担任秘书。苏泽群的感受是："他下乡专用的那辆 11 座面包车换了多少个轮胎，我都记不清了，广东的山山水水几乎都留下他的足迹。"广东地处岭南，"七山一水两分田"，良田集中在珠三角和韩江小平原。改革开放，珠三角邻近港澳，迅速转变为工业地带，与粤东、粤北、粤西的发展程度差距越拉越大。而该时期珠三角的工业化、市场化也走上了轨道，借助市场取向的引导，不必用行政手段指挥，亦可平稳上轨道。多行政指挥，领导指手画脚，未见得是好事。而乡村由于劳动力的转移，本身资源的不足，日益破落，问题比改革开放之前更为凸显。父亲主张造林绿化，其实是包含了借造林来带动山区和乡村的经济和社会发展的用心，通过增加山区和乡村的行政资源和财政资源的投放，弥补城乡发展的不平衡。父亲当年在九连山区游击，目睹老区人民为新政权的牺牲与贡献，解放后亦目睹老区日益落后，面貌未改。这两者的反差，也成为他绿化决策的心理因素。

父亲做事，一向是多干少说。这既是个人做事的风格，又无意中暗合了当时的政治生态。做事做错了，改正就行；但说话说错了，白纸黑字，一辈子记在账上。1971 年，父亲由"牛棚"解放出来，调回广州后不久，就担任《南方日报》副总编辑。这份工作他自己是很不情愿的。父亲事后回忆说："我不懂办报，也不适合文字工作。"他自己形容上级组织是"没有马就找头牛来"。他描述他当时的状态，"我只能是如履薄冰，小心翼翼"。

解放之后，政治运动从无停顿，人人都成了"运动员"。看着身边的人中箭落马，不明原因地消失，不由得侥幸者不心存疑惧。父亲从干校出来，算是活下来了。他也不可能不带有那个年代的人所患的政治运动后遗症。不愿接触文字，不愿辩论是非，甚至不愿多说话，其实便是与此有关。父亲回忆他在《南方日报》工作的情形："观察形势也非常重要，要和中央对口径，不能超越，更不能违反。要是出现另一个口径，那就要犯政治错误了。"于是，"我和报社几个领导经常轮流上夜班。头版怎么排版，大标题、小标题怎么定，语言表达有没有符合当时的趋势，这个很重要。自己拿不准，就打电话问在北京的《人民日报》，快呢，晚上十一二点就定版了；慢呢，要等到凌晨两三点，甚至四五点才定版"。政治运动的教训和这段时期工作的压力，不可能不沉淀在父亲内心深处。

由此，我推测父亲选择绿化广东作为推动地方建设的突破口，可能也和回避意识形态的"雷区"有关。这项工作可以大张旗鼓进行，不怕任何争议，经得起任何检查。父亲也不遗余力地推动这件事，那些更基层的干部，如果胆敢"抗命"或者不听"号令"，就会遭到批评、警告乃至撤职。去年，我为寻访古道到了阳山县，就幸会过一位父亲当年要撤职的干部。当他知道我是林若的儿子后就哈哈大笑对我说："你父亲来阳山检查造林绿化，来到我负责的山头，一看苗木的成活率不达标，就对县委书记发火，说要撤我的职。你父亲不知道，我们这里都是石头山，种树容易活树难。为了完成任务，我们都是在石头上挖个坑，填上土才栽树。那个难，你想象不到。"当年不愉快的事情，他也一笑了之。看着满目青山，他还赞扬父亲当年的举措。如果换了其他与意识形态沾边的政务，父亲也许会有所顾虑，不能倾力推动。父亲对解放思想、简政放权、市场经济向来是认同的，但是在全国一盘棋的大局下，不得不审时度势，谨守有所为、有所慎为、有所不为的边界。而造林绿化，远离姓资姓社，可以充分利用他掌握的权力，为乡梓百姓做实实在在的事。

在父亲下属的眼里，绿化荒山也许只是上级布置众多事务中的一件。但它却是父亲为官生涯中，对"为官之道"长久思考的结果，具有不同凡响的自由生命的意义。尽管父亲将自己定义为实干型的官员，就像焦裕禄那样，但经历了"大跃进"的荒唐，又经历了"文革"的大起大落，他对自己所做过的事情，也是有反思、有疑问的。十年绿化广东就是他连串思考之后义无反顾的选择，它既是地方建设的政务，同时在父亲的眼里，也是对养育自己的母亲大地的回馈。父亲曾经跟我讲过他对绿化荒山的心情。他说："官做大了，有机会出国，看到人家的国家，到处都是青山绿水，如同花园一般，相比之下，心里难受。如果再不思改进，对不起父老乡亲。"

为官，是向上看还是向下看，往往两者矛盾而难以取舍。1958年"大跃进"，全民大炼钢铁，毁林砍树，山头光秃，不计其数；"文革"之中，学大寨，开荒造梯田，林木再次遭到人为的大破坏。"文革"之后的广东，宜林山岭百分之七十是光秃秃的，植被破坏，水土流失，民间有形容称"晴天张牙舞爪，落雨头破血流"。这些孟子说的"苛政"，父亲是亲历的，尽管不是他的决策，但他亦在其中，分有其责。当他掌握了相当的权力，可以"号令一方"的时候，应该如何选择，问题再一次摆在父亲的面前。这一次，他选择了"为官之道"最朴实的面目：为大地、为子孙后代、为百姓做事情。这一次，他的上级没有布置他，甚至也没有提示他，是他提示自己，是他布置自己。他要出自内心的召唤堂堂正正地做一件地方建设的好事。

1991年3月的某一天，他当时的秘书苏泽群回忆道：

> 那天阳光灿烂，早上起来后，林若同志便领着彭大姐（林若同志夫人）和我，去从化太平镇水南村的造林点种树。车还是那辆11座面包车，但不同的是，车里既没有省委办公厅主任和记者，也没有警卫员。林若同志和彭大姐一下车就会同已在现场的省委副秘书长陈开枝、从化县委书记王守初，拿起工具种树。他默默地种着树苗，一言不发，大家也不讲话。给树苗浇完水后，他才深情地说："今天是我做省委书记的最后一天，我想以种树来纪念，同时表达对十年绿化广东的决心和愿望。"我们都感动了，与林若同志在新种的树苗前合影留念。

五

"文革"落幕后三十年，也就是2006年，父亲曾经接受采访谈起他的工作经历和"文革"感受。他用"我常常感觉身不由己"来概括他艰难度过的这段日子。父亲把"身不由己"看成是特定社会时期不正常的现象，其实在我看来，宦海生涯哪有随心所欲的？翻看唐诗宋词，宦海沉浮，无可奈何，比比皆是。韩愈《左迁至蓝关示侄孙湘》："一封朝奏九重天，夕贬潮阳路八千。"苏轼《和子由渑池怀古》："往日崎岖还记否？路长人困蹇驴嘶。"辛弃疾《鹧鸪天》："却将万字平戎策，换得东家种树书。"可以说，为官就不是驰骋由己的事，政治就是无时无刻不面对环境压力与个人良知之间的考验。大部分为官作宦的人，或者一个官员生涯的大部分时段，可能对这种实际存在的考验懵然无知，然而神秘的是它依然会浮上心头，成为人生的觉悟。于是，对此有感悟的人就来到了十字路口，在环境压力与良知之间做自己的选择。我不知道父亲对从政的这种感知是从什么时刻开始的，我猜想大概是从"文革"之中吧，从他感觉"身不由己"的那一刻吧。大起大落，瞬间荣辱，是会激发人的感悟的。一旦有了这种对从政本性的感悟，它就无可避免地扬起了回归的风帆，而这就是他生命历程的奥德赛。

三姐告诉我一件事。父亲从公职完全隐退的那一年，打电话给她。问她保存的旧照片里有没有奶奶的照片，他想看一看他母亲的容貌。三姐回去翻箱倒柜，找出仅存的一张，可是相纸年久霉变，腐蚀的地方正好是奶奶的头像，看得清楚的只剩身子。父亲的愿望无法实现，注定要遗憾的了。稍微可以弥补的是她意外找到了姑姑的照片。她问父亲要不要，父亲说要。小的时候，他说，他姐姐经常把他背在身上。于是三姐翻拍了一张给父亲。那个他早年淡忘，早已模糊不清的他母亲的形象，若隐若现，萦绕晚年父亲的脑际，父亲想重组它，恢复它与自己当前生活的联系。

父亲当年忙碌官场的年月，我几乎就没有和他同桌吃饭的记忆。他从繁忙公务逐渐脱身之后，特别是我又回到广州工作之后，同桌吃饭逐渐多起来。他走到哪里，我们一家大小也时常跟到哪里。除了疗养，他只要身体允许，非常喜欢在广东各地走一走，回到他当年曾经读书、战斗、工作过的地方看一看，就算山高路险不能停下来，但只要坐在车里，沿公路一瞥而过，他也十分高兴。我的怀旧是睹物思人，他却以他的方式怀旧：一路风尘，周而复始。这样，我们就有更多机会与父亲同桌吃饭。父亲吃饭快是一向的习惯，可能是早年东奔西忙养成的。我观察到，父亲尽管吃完了饭，他还是坐在位置上不动。时间长了，旁边陪同者以为他好了，就提醒他可以撤了。可是他还是不作声，坐在那里，别人也不好咋样，只得陪他枯坐。我开始不知道是什么原因，时间长了才明白，是因为在座的还有我们随行的大人小孩没有吃完。父亲一准是担心他离席后会给我们造成不便。我不知道他的担心是不是多余的，可能是多余的吧，然而父亲就是这样，他用他的方式表达慈爱。我有时候坐在餐桌前，望着停箸的父亲，猜想这也许是父亲弥补早年亲子疏离的遗憾吧，毕竟坐在一起更像是一家人。父亲在这方面尤其不善言辞，但他有行动，这就是他的行动。而且令我动容的是直到他的健康很差，身体很弱了，但凡能去餐厅吃饭，他都是这样。有时候，母亲为他健康着想，让他早回房间休息。他会阻断，示意母亲不用多管，直到就餐的最后一个人放下了筷子，他才会起来离席。这跟我成长时期形成的父亲印象相比，完全是另一个人。我没有想到他的内心竟然如此细腻、温润。

我拂去覆盖着的历史尘埃，看见父亲一生的点点滴滴，突然觉得父亲确实是一个比我高大的人。他的高大，不在于他的政绩。他的所有政绩，包括绿化广东，如同历史上无数政绩的命运一样——"风流总被雨打风吹去"。他的高大，在于他青年的时候，能够出发，追求理想；而在壮年磨砺之后有所感悟，能够返璞归真。

鸣谢：这篇文字得以写成，我要感谢很多人。我的叔叔林辉林和叔婆、洪钢舅和舅母陈宝珠以及表哥洪小钢、三姐陈茵等。他们给我提供了难得的细节，使爷爷和父亲的点点滴滴得以还原。还要感谢高义村的现任支书林育，乡亲的热情始终是鼓舞我的力量。我特别要感谢曾任父亲秘书的苏泽群，他认真看过初稿，更正文中的不妥或不清的细节，耐心给我讲解父亲做过的工作。我还要感谢曾任父亲秘书的刘洪和邹淑铭，他们提供的细节和批评使文章更加圆满。还有《梅江报》的刘奕宏，他把他校点好的《重修两海会馆记》传给我，使我了解兴宁的掌故旧闻。还有江佳体和吴明波两位年轻朋友，他们使我的寻访之旅获益匪浅。最后我要感谢《花城》编辑申霞艳，没有她的建议和督促，也许我不会动笔。

林岗，1957年生，广东潮安人，1980年毕业于中山大学，现为中山大学中文系教授、博士生导师、现当代文学教研室主任，广东省文艺批评家协会主席。出版著作有《符号、心理、文学》《边缘解读》《明清之际小说评点学之研究》《口述与案头》，与刘再复合著有《罪与文学》《传统与中国人》等。

永远在路上

张培忠

按语：这是一篇感人至深的回忆父亲的文字，与《父亲的奥德赛》里父亲是省委书记不同，这里的父亲是一个贫苦的普通农民。他只上到小学四年级便辍学务农帮衬家用，但他是村子里的种田好手，是富于技巧的伐木工，是翻山越岭的挑夫，父亲靠自己的勤劳善良，赢得了母亲的青睐，并靠自己的一双肩膀养活着一家五个孩子，直到年近五十他仍然为儿子能够有钱买书而披星戴月奔走在崎岖的山路上。父亲重视知识，敢于闯荡，不甘平庸，充满着奋斗不屈的精神。父亲的形象是中国底层劳动者的真实写照，而本文也是上一代潮汕人民的生活缩影。父亲只留下两张照片，但在作者心中，父亲永远走在路上，也激励其前行。本文原刊《中国作家》2012 年第 7 期，是作者对父亲三十年追念、感恩和探寻的见证。

一

屈指算来，父亲离开我们已整整三十年了。

三十年，少年变为白发，小镇崛起新城，村庄芳草萋萋。三十年，物是人非，沧桑巨变。然而，尽管时光流逝，却有一事深埋心底，恒久不变，那就是对父亲的感情。随着时间的累积，那过往的点点滴滴，细枝末节，愈发清晰，像刀刻斧凿一般镶嵌在记忆的年轮里，流淌在岁月的血脉中。

父亲去世的那年暑假，正是多事之秋。先是外婆摔倒不省人事，一个月后去世；然后，缠绵病榻两年多、一直不明病因的父亲病情突然急转直下。那时，我正在家乡县城读师范，暑假刚过，我返回学校，父亲就到县人民医院来诊病了。父亲由哥哥带着，看完病后在饶平汽车站候车室等候乘坐长途汽车回家疗养，我上完课，顾不上吃午饭，就心急火燎地从学校步行赶到车站为病中的父亲送行。我平生写的第一篇日记就记述了当时的情形。

在候车室里

1982 年 9 月 1 日

隆隆的机动车频频地在沥青路上飞快地驶去，真是使人心烦，又是一辆呼啸着擦身而过，这一惊吓可不小，我本能地躲到了路边。

本来就焦虑不安的情绪，行走在这乌烟瘴气弥漫的公路，加上那嘈杂不休的机车声，我被熏得真有点头晕目眩了。我昏昏然来到了车站，一看到这场面，我的心情又沉重了一层，像一块块的铅直往下坠：父亲在严重地发喘，肚皮一起一伏，有时幅度很大，有时气喘虽不那么大，频率却是大得很，那痛苦的神情一定是难挨到了极点！我的心里又是一酸，泪水差点要跌下来，他那蜡黄的面孔、少血的双颊、老长的头发，使我简直不敢认那是我生身的父亲，抚育我长大成人的父亲！我的心难过极了，来校的几天前，他的病情已有了好转，吃较平时也多了，精神也较充沛，我有点高兴了，临走时，我还欣慰地笑了。谁能料到，几天后，病情突然加重了，鼻子还出血，脸色苍白，不能行走，要输血，一次就得输 300 cc，医生说最好到县人民医院来检查一次。检查告知是由食物引起酸中毒，因蛔虫引起严重贫血，化验完毕了，要回家了，躺在候车椅上，那凄苦的神情，怎不使人难过，使人痛哭流涕呢？他就要回去了，看着他那佝偻的身影，我不禁又流出了眼泪，但心里却暗暗祈祷，愿您早日恢复健康，我亲爱的慈父！

殊不知，此时的父亲，已被检查出白血病晚期，宣告药石无效，哥哥被医嘱回家准备后事。只是因为怕影响我的学业，父亲和哥哥才向我隐瞒了病情，悲怆地踏上返乡的归途。而我还蒙在鼓里，虽然心里隐隐有不祥的预感，但绝没想到，命运之舟已不可逆转地驶向了充满险风恶浪的海域。

车站送别的第三天，父亲病危，我被急召回家。那时，学生宿舍没有电话，不知如何通知我回家，情急之下，哥哥通过在县法院工作的一位熟人，请她步行到学校通知我，并为我买好了回家的车票，看那阵势，我已意识到事态的严重。忧心如焚地回到家里，看到母亲正坐在楼梯口默默垂泪，我直奔里屋，却见里屋已空空如也。一股巨大的恐惧把我攫住了，我带着哭腔急问母亲："父亲在哪？"母亲有气无力地说在老屋。我跑到老屋，只见父亲躺在老屋的客厅里那张用梨木做的眠床，这是临时撑起来的父亲的病床，姐姐、哥哥、伯伯和明叔等正围着父亲，我拨开众人挤到父亲的床头，捧起父亲骨瘦如柴的双手，早已泪流满面。我哭着对父亲说："丈，我回来了！"沉疴在身的父亲嘴角掠过一丝艰难的微笑，然后喘着气说："回来干什么，别耽误了学习。"说完，他就昏睡过去。

命运的巨掌把我们击得晕头转向，家里笼罩着一片愁云惨雾。凶险的疾病把父亲折磨得形销骨立，我们却一筹莫展。父亲知道大限已到，却心有不甘。他辛苦一辈子，把孩子拉扯大了，把两个儿子培养出息了，吃国家饭，做公家人，能够近人前，他也可以歇一口气，享享清福了，别人都说道他有福气，他也感觉这是祖上积德，苦尽甘来；他孩子多，女的还没说下婆家，男的正长身体，特别是小女儿才九岁，如果就这样走了，叫他如何放心得下？因此，在疼痛之后，或者喘息的间隙，父亲虽然虚弱，却总是坚定地问询道："还有什么办法吗？"我们的心在滴血，但总是安慰他，告诉他正在想办法。有时，他意识到没有什么动静，就喃喃自语道："要不叫阿耀来看看。"阿耀是村里的赤脚医生，也是村里的全能医生，他大致只能为村民治治感冒发烧之类的常见病，却是全村的希望和灯塔。他有求必应，每天来为父亲打一次针，不管效果如何，起码对父亲是一种心灵的慰藉。

求生的光芒照耀着、支撑着父亲，但那毕竟只是生命的一种回光返照。终于，油尽了，灯枯了，父亲生命的火焰熄灭了。从确诊到去世，只有短短的十天，1982年农历七月二十三日，这个黑色的日子，父亲带着万般不舍，从温暖的大地飞升到高渺的天国。

父亲去世了，十七岁的少年忽然长大了。生命如此绚烂，又如此脆弱；如此切近，又如此遥远；如此朴实，又如此丰赡；如此仁慈，又如此令人心悸……在父亲短暂而又艰辛的一生中，我读懂了生命的尊严，更读懂了生命的奥秘。

二

1932年农历十一月十五日，父亲出生于饶平县西厢乡（原属三饶镇，现属新塘镇）下坝村泰阳楼，一个被称为"省尾国角"的地方。此前一年，发生了震惊国人的日本侵华的"九一八"事变，饶平地处沿海，又是昔日倭寇经常出没和侵扰的地方，自然更容易把草芥一样的人们卷进那风雨飘摇的时代漩涡里。

父亲就这样降生在一个贫穷的家庭，成长于一片苦难的土地。当农民的爷爷为父亲起的不是阿猫阿狗之类沾染乡土味的名字，而是一个听起来颇有书卷气的名字：张德健。少时，我对父亲这个名字也感到习以为常，丝毫没有新奇之感，无非是一个人的符号而已；及长，特别是随着年龄的增加、阅历的增长、读书的增多，我才明白，父亲的名字典出群经之首《易经》的两句话："天行健，君子以自强不息"，"地势坤，君子以厚德载物"，从中各取一个字组合成为"德健"，而且这两句话各代表一个卦名，就是周文王在困厄中演周易、画六十四卦，当中最重要的两个卦，前者为乾卦，后者为坤卦。一个农民，取这样的名字，我感到惊讶，更感到困惑。是附庸风雅，还是别有怀抱？我不得而知，但不管何种情形，我都对爷爷的传统文化功底肃然起敬，也为爷爷对父亲的期许由衷敬佩。

父亲两兄弟，他还有一个哥哥，即我的伯父，爷爷也给他起了一个好名字：张春光。可惜的是名字虽然明媚，但在父亲和伯父的童年、少年时代，由于家庭的变故，日常生活变得暗淡无光。

父亲的曾祖父广业公，名张庸，也就是我的老太公，在家乡一带曾经显赫一时。据史载，当年大清皇帝康熙因征讨准噶尔经费不敷支出，遂下诏向全国的富户捐纳，开启了清王朝的捐官制度。得益于这个制度，老太公以"捐前程"的方式，由官府给他颁了一个"税进士"的称号。他志不在当官，却以布衣的身份取得了与其财富相称的社会地位。而且不仅他自己的事业经营得好，更重要的是他的五个儿子都各有出息，都与当地的名门望族结了亲。这五个儿子，老大张州，老二张府，老三张文焕，老四张武烈，老五张文卷。其中老三就是我的曾祖父，据说他跟我的曾祖母结婚时，极尽奢华，因为我的曾祖母的外家是整个饶平县城御史岭门内第一富，外家为了显示实力、讲究排场，更为了脸上有光，特别在嫁妆上大做文章，除了例行嫁女的行头应有尽有之外，还额外增加了三箱四囊，簇新的绸缎布匹装得箱盖盖不上，重得抬不动。尤为让乡里乡亲瞠目结舌的是，出嫁那天，曾祖母坐八抬大轿一路吹吹打打从县城来到下坝村头。这时从村头到新娘房，早已用新绸布铺出一条新路，曾祖母在伴娘的陪伴下轻移莲步，每走一步伴娘就放一个龙银，叫作"铺地踏白"，既是祈福，也是显摆，村里的大姑娘、小媳妇、老人小孩都早早起来看热闹，可谓观者如堵，而这个新奇之举随即在四乡六里传为美谈。

乡里人更争相先睹为快的是另一道风景。每逢农闲时节，村里祖厝常有潮剧戏班来做戏。戏班做戏，是村里的嘉年华，男女老少必盛装出席，咸与狂欢。当此之时，老太公必会到各房门口去交代：大家早点吃，梳洗好，穿戴好，晚上带你们去看戏。老太公一声令下，大家忙得不亦乐乎。

薄暮时分，精神抖擞的老太公带着衣饰一新的五房儿媳妇从我家老屋的深巷走出，穿过庄严肃穆的二房祖祠，穿越起伏不平的一片菜地，款款来到鼓钹齐鸣、人声鼎沸的戏台下。老太公这五房儿媳妇，个个生得俊美，人人头戴番笠，身系披肩，像一族五彩祥云在戏台下飘过。霎时间，嘈杂的场面静下来，看戏的眼光转过来，"五彩祥云"成了主角，成了夜色中戏台下众人意外的惊艳。

然而，"君子之泽，五世而斩"。老太公太能干，创下一份家业，大家跟着享福，可谓大树底下好乘凉，但同时大树底下也不长草，长期养尊处优，培养的多是纨绔子弟。等到老太公一人登仙，五房头各自分家另过，昔日的繁盛遂不复存在。我的曾祖父是典型的"天塌舍"（意为甩手掌柜），每天睡到日上三竿才起床吃饭，然后晒着太阳发呆，或者村前屋后闲逛。他不事经营，也不事种作，守着老太公的祖产，也盯着曾祖母的嫁妆，坐吃山空。等到屋里没有什么东西可以变卖时，他就开始一小块一小块地靠卖田过日子了。

家庭败落到这步田地，曾祖父的大儿子，也就是我的祖父张应章，再也无法忍受了，冒着忤逆的名声，阻止曾祖父继续卖田。祖父有三兄弟，除了他之外，还有两个弟弟，大的叫张应瑞，小的叫张应通。兄弟三人，只有祖父精通文墨，深谋远虑，其他两位兄弟均是浑浑噩噩，无所用心，碌碌无为。惟其如此，家族的重担一下子就压在祖父一个人身上。曾祖父不听祖父的苦劝，继续我行我素，祖父忧患成疾，一病不起，撒手西归。

祖父去世时，父亲才 6 岁。

6 岁的父亲家徒四壁，与祖母、伯伯相依为命，艰难地过着凄风苦雨的日子。

三

父亲长到9岁，到了读书的年龄。村里有句俗话，叫"九岁狗啃书"，意思是9岁的孩子读书就像狗啃东西一样干脆利落，腹笥丰赡。因此，男孩长到9岁，是读书的最佳年龄，也是最后的年龄。如果这时还不读书，就要下地干活了。

读，还是不读？对于一般的穷家庭来说，已然是一个问题。在我父亲孤儿寡母的家庭里，三餐尚且难度，遑论读书？但祖母硬是咬咬牙，靠"勒八索"（以肩挑重担出卖劳力谋生）也要让小儿子读上几年书。

祖母黄雪，西厢乡南淳村人氏。她天生劳碌命，在外家，她是长姐，洗衣做饭喂猪，样样要做，还要照顾一大群弟妹；嫁到下坝，她是长媳，在"未嫁从父、既嫁从夫、夫死从子"的传统宗法社会，她被压在最底层，也最辛劳。

祖母初嫁下坝时，曾祖父这一支已经败落得差不多了。那时老太公早已去世，每年的祭日，老太公派下的五个房头都要以一房为主轮流准备祭祀的供品，五房同时祭拜，规定祭祀的供品至少要杀鸡做粿，愈滂湃愈好。《春秋》有云："名位不同，礼亦异数。"老太公是官府的"税进士"，又是家族的高祖，自然要把祭祀办得像模像样，一如他老人家在世时那么体面风光。但是轮到我家，只有做粿，没有杀鸡，因为没钱置办。等到祭祀时辰已到，供品摆上祭桌，大家一看，老三家坏了规矩，破了底线，大家义愤填膺，大声斥责老三家不孝，主事的老四武烈公怒不可遏，对老三无可奈何，只好把气撒到两个侄子——我的祖父和二叔公身上，把他兄弟俩从上厅追到下厅，又从下厅追到上厅，像老鹰捉小鸡一样地拎着打。祖父在世时家庭经济尚且如此寒碜，到他去世时，就更加一贫如洗了。

没有积蓄，没有田产，祖母只有去"挑溪头"。溪头是距离饶平县城三饶镇十多里远的一个内河港口，那时还没开公路，运输全靠水路，黄冈河溯流而上，船只通航仅能到达溪头，因此进出古城三饶的货物，从海边进来的盐巴、海鲜，从山里运往外面的山货、茶叶等，全在溪头转运。而从溪头到三饶这一段山路，就靠挑夫用肩膀一担一担地挑进挑出，赚取一点可怜的工钱。失地的农民和赤贫人家无以谋生，只好加入这个卖苦力的行列，遂在当地催生了"挑溪头"的新行当。

"挑溪头"者绝大多数为男了，祖母便是那少数的妇女之一。祖母每次都与男人挑一样多的货物，她不像那些"愣头青"，一开始就铆足劲，恨不得三步并作两步地急走，而倒像"慢郎中"一般，一步一步地匀速挪动，看似速度慢，但往往担到路尾，那些"愣头青"都走不动了，祖母却仍然不紧不慢地迈动着步伐，成了最先到达、最准时交货、最受东家信赖的挑夫。祖母就这么长年累月、风雨无阻地挑着、挑着，挑出了全家的饭碗，也挑出了父亲的学费。

父亲终于能够上学了。学校就设在村里的二房祖祠，这是一间潮汕常见的"四点金"式祠堂，有前厅、下厅，中间还有一个天井，可容纳三至四个年级同时上课。父亲知道，他的学费是祖母一滴汗摔八瓣攒下来的，因此格外珍惜这来之不易的学习机会，读书格外用功。他常常是学校里来得最早的学生，坐在教室的角落里，分秒必争地诵读课文。晚上从不荒废，用来温习功课，或者预习新课。可家里已经穷得连一盏油灯都买不起，只好点一支祖母从山里取回来的"薪"，插在墙缝里聊以照明。但往往正当父亲读得入神时，忽然"噗"地一声，燃烧过的"薪"的灰烬掉到桌子上，把父亲的课本烧坏了，不到一个月，课本已是千疮百孔，父亲心痛不已。看到邻居兼同学张步高怡然自得地坐在油灯下读书，他既羡慕又无奈，只好去约张志勇等同学到村头的操场玩一种叫作"走旗"或"捉迷藏"的游戏，借以缓解要读书而不得的痛苦，消磨精力过剩的漫漫长夜。多年之后，当父亲能够承担起家庭的责任时，他不止一次地说过，如果孩子读书，就是再穷，苦力再做，大赤岭再陡，也要买一盏大油灯供孩子学习，否则，不但会耽误孩子学习，也会损坏眼睛。因此，在哥哥和我开始读书时，父亲特地从外地买了一盏美孚煤油灯，每当夜幕降临，那盏美孚煤油灯就摆在饭桌中间，我和哥哥各据一端，看书做作业，不管油多贵，不管读多晚，父亲始终保障供应，美孚灯始终大放光明。

然而，制约父亲读书的最大障碍，不是照明问题，而是肚子问题。每年的四五月、八九月，旧粮吃完，新稻未熟，米缸告罄，青黄不接，祖母的扁担也解决不了全家的吃饭问题，无奈之下，父亲只好辍学到祖母的外家南淳村，替父亲的舅舅们放牛，既是帮工，也是寄食。

父亲是爱书之人，时常辍学，使他深受折磨，他既离不开心爱的书本，也离不开可爱的同窗。但为了生存，他只好孤单地独自面对陌生的环境，在陌生的山水放牧着陌生的牛群。牛是有灵性的大牲畜，看似憨相，实则慧猾，它的嘴巴兢兢业业地在堤坝上吃着枯黄的草，硕大的眼睛却警觉地眼观六路，只要小主人稍不留意，它就会像闪电一般迅疾地越过田埂，直扑向那绿油油的庄稼。这样的放牧实际上是比读书更累的一件差事，有时牛偷嘴得逞，更会招来田东的一顿责骂。这时，父亲就格外想念在家里读书的美好时光。

每逢期末考试，父亲总要克服重重困难，包括缠着他的舅舅们做说服工作，直到放行为止。尽管旷课几个月，但每次赶回学校参加期末考试，父亲的成绩总能考第一。有几次的确因为舅舅家的农事忙走不开，父亲未能如愿参加期末考试，在评定成绩时，老师也要给父亲班里第二或者第三名的位置，大家对此也毫无异议。这是令父亲最感欣慰的地方。

在南淳放牛，最令父亲雀跃的，除了回乡考试，就是回家给祖母送吃的。祖母的南淳外家是一个大家族，财雄气盛，人丁兴旺，大种大作，丰衣足食。相比之下，祖母在下坝，孤儿寡母，日子过得凄惶。女儿是母亲的心头肉，十指连心，能不牵挂？祖母的母亲，也就是父亲的外祖母便时时念叨着女儿的苦处，每逢三冬六月，或者敬神祭祖，总会有一些好吃的，父亲的外祖母便想着如何给女儿留点送点，但因人多嘴杂，老人家畏首畏尾，自然是想得多、做得少，不免感到很内疚。

有一次，父亲的舅舅们家里请帮工，中午时吃剩了许多东西，有半桶咸面条，半桶甜面条，要倒掉委实可惜。父亲的外祖母瞧准了这个机会，理直气壮地把父亲叫来，问他愿不愿意提些面条回下坝给祖母吃？父亲当然是求之不得，他恨不得多提一些，马上就走。恰巧此时，天空忽然变了脸，乌云遄飞，眼看就要下雨的样子。父亲的外祖母一时犹豫起来，不送怕女儿饿着，送又怕外孙在路上被雨淋着，正在进退失据之际，父亲的一位舅舅看不过去了，不耐烦地说道："前怕狼，后怕虎，能办成什么事？真疼女儿就叫阿德健送去！"

父亲的外祖母这才给父亲绑了一件棕蓑仔，急匆匆地让父亲上路。

半个时辰后，风夹着雨瓢泼而下。南淳到下坝，都是弯弯曲曲的山路，父亲在泥泞里、风雨中深一脚浅一脚地一路小跑，回到家里，父亲成了泥人，那两小锅的面条成了面汤。

祖母把父亲紧紧地搂在怀里。父亲浑身湿透，风尘弥漫的脸上，分不清哪是雨水，哪是泪水。

风雨过后，能在祖母的怀中，再苦再累，父亲仍感到满心的幸福。

四

即便是"半工半读"的日子，在父亲仍是难得的"好时光"。小学四年级刚读完，13 岁的父亲就因生活所迫，无法继续上学，永远地离开了学校。

没地可耕，无工可做，何以为生？父亲只好接过祖母的"八索",开始他上山下岭终生奔波的跋涉生涯。

父亲第一次出远门,就跟着伯伯去"走山内"。祖母"担溪头"是出卖苦力,父亲哥俩"走山内"是做小买卖。在中国传统"士农工商"四大行业中,父亲可谓别无选择,通过读书走仕途已此路不通,拥有土地自食其力绝无可能,父亲只有向深山觅食——肩挑杂货到邻县大埔的桃源镇或高陂镇走村串户零售,赚取微薄的差价以维持生计。

桃源是深藏于崇山峻岭之中的边远小镇,以盛产陶瓷而远近闻名。桃源人不事稼穑,专营陶瓷,日常吃喝用度,全靠邻近的三饶镇及周围村庄的农人以远距离零星贸易的方式提供,从而在三饶地区形成了一个"走山内"的行业。比桃源镇更远的高陂镇靠近韩江边,是连接大埔与三饶的一个中心镇和转运站,货物上落与人员往来更加频繁,熙来攘往,鱼龙混杂,真假莫辨,因此,就会有一些专门为新手或迷路的人带路的,而一些带路的人往往对目的地也似是而非,于是常有带路的人与被带的人都陷入困境,久而久之,当地遂流传着"假识高陂路"的谚语,调侃那些不懂装懂的人或事。

父亲就这样迈进了"走山内"的行列。临出门那天,祖母凌晨两三点就起床为兄弟俩做饭。饭也不是什么好饭,不过多下了几把米,让粥稠一些,耐饿,毕竟要挑重担,走远路。看着儿子们吃过早饭,整理好担子,祖母把一双新编的草鞋放到父亲手里,嘱咐伯父要多照顾初次出远门的父亲。

在祖母复杂的眼神中,在闪烁的寒星下,在浓重的晨露里,父亲跟着伯父走上了高陂之路,他少年的汗水和泪水从此便洒落在这条崎岖的艰辛之路、人生之路。以此为起点,父亲从少年走到了青年,又从青年走到了中年,他被生活的重担压迫着,又为生活的鞭子驱赶着,如牛负重,步步血印。

终生研究农民、体恤农民的社会学家费孝通先生在统战部门为他庆贺八十大寿的宴席上,回答别人问他一生研究学问的动力何在时,满怀深情地说:"志在富民。"费老目光如炬,他一生研究中国,深知中国问题的要害，一个"富"字，道尽了天下苍生的夙愿。父亲是一个老实巴交的农民，他的人生理想十分简单，就是"志在吃饱"，因为父亲终其一生，包括祖母一代、我们的少年时代，最大的问题，也是最迫切、最艰难的问题，就是吃不饱。

民以食为天，但谋生要走正路。对于初涉社会的父亲来说，那个正路就是经书上说的"唯读唯耕"。"读"虽此路不通，却也曾是个中翘楚；而"耕"才刚刚开始，因为"走山内"有季节性，农村的三冬六月，还是以干农活为主，因此，对于全套农活：犁、耙、布、踏、跳、屛，父亲都汗水摔八瓣，狠下苦功样样精通。

十八九岁的父亲，最拿手的是布田（即插秧）。那时刚刚解放，新农村的天是明朗的天。每年农历的三月和七月，都是插秧的大忙季节，也是他展露身手的大好时机。村里从泰阳楼到祖厝的一片田洋，通称大路脚，是村里的景观田和门面田，特别是水面最宽的那丘田，要求新插下去的秧"贪贪直"（即全部笔直）。因此，挑选布田的劳力特别严格。到了正式布田那天，村里的好手均集中于此，秧苗、秧船、粪料一应俱全，众好汉在大丘田头一字排开，大家摩拳擦掌，跃跃欲试，彼此都有一股不服输的劲头。只见村老大一声令下，大家就手脚并用头也不抬地在各自的"领地"忙活着，暗暗地竞赛着。

田里的新绿在扩展，紧张的气氛在积聚。因为求快过甚，因为求胜心切，一些插下去的秧苗遂飘浮起来，一些前面尚算笔直越到后面就越是弯曲。落在后面的，插得变形的，左顾右盼之下，原来饱满的情绪变得有些焦躁，场面也渐渐有些混乱，然而，正是在这种七零八落的较量中，父亲却一马当先，脱颖而出。他左手把秧，右手捏粪；秧苗在左手时，预先分好，右手析出后，迅速到秧船点粪，然后从左到右插到田里，就像鸡啄米一样手起秧落，又快又好；后退时（其实是前进）则用右脚轻推着秧船同步滑行，减少了程序；加快了进度。这样，他插的秧既笔直，又稳当，又快速，看上去是那样的赏心悦目，富于韵律。更为重要的，是喜欢读书的父亲在这种枯燥而紧张的劳作中，常能悟出生活的哲理，体味劳动的乐趣，就像唐朝布袋和尚《插秧诗》所描述的境界："手把青秧插满田，低头便见水中天。六根清净方为道，退步原来是向前。"

年过弱冠，正是谈婚论嫁的时候。父亲家贫，虽说一表人才，却门可罗雀，从未见多事的媒人来提亲。父亲不以为意，他一门心思放在做工上，温饱才是他要迫切解决的主要矛盾。然而，他自己没有惦记，却有人为他惦记。少年伙伴张愈成与父亲一同到山角大尖山开松罗板，所谓松罗板，就是整颗松树伐下来后，锯成一整片一整片，然后运出山来搬到溪头装船外销。张愈成比父亲小四岁，却显得少年老成，颇有主意。一次，他与父亲一人一头抬松罗板下山，中间歇息的时候，他悄悄地跟父亲商量说，俺叔孙仔也老大不小了（在村里，愈成的辈分比父亲小一辈），什么时候请村里的赛巧姑帮我们介绍介绍。赛巧是村里的老媒婆兼接生婆，身材健硕，心地善良，热忱为人，有求必应，在村里村外口碑载道。

父亲苦笑着说：俺厝底穷啊六索，哪有钱娶老婆？

张愈成胸有成竹地说：这个你不用操心，你跟着我就行了。

不久就是春节，外出的公家人，或者做工者，倦鸟思归，纷纷回家过年。借着拜年，张愈成拉上父亲到赛巧家里，兜着圈子，吭哧半天，说明来意。后生仔刚进门，赛巧已心知肚明，当下满口答应。

开春后，地刚解冻，草才发绿，赛巧就传来好消息。她为村里这两个后生介绍了唐紫峰的两个姑娘。那唐紫峰在山角大尖山的旁边，父亲与张愈成一同开松罗板不远的地方，环境算熟悉，遂各自相看，彼此中意，便都下了聘礼。

但世事难料，正当两个穷后生庆幸婚事有着时，下聘的第二天，张愈成的那个女家就来退聘。原来张愈成在学校读书时，哥哥响应国家的号召去抗美援朝当志愿兵，家里分的几亩田没人打理，他只好一边读书一边种地，影响学业，经常受到老师的批评，有一次听得烦了，竟与老师扭打起来，被学校记过处分。此事已过去多年，没想到不是冤家不聚头，赛巧给张愈成介绍的对象，竟然是那个相打老师的孙女。那老师得知孙女说下的对象就是当年在学校跟他相打的小子，二话没说立马就退。

这家一退，那家也不明不白地跟着退，父亲的婚事还没开始就结束了。

儿女之情总是有人欢喜有人愁。父亲的婚事被耽搁下来，没想到塞翁失马，焉知非福？为日后成就美满的姻缘埋下了伏笔。真正目光如炬的是母亲的姨妈——我们尊为下坝嬷的。她与父亲在村里分属不同的房头，却住在同一条楼围，只不过她家在西头，父亲家在东头，彼此不算生分，但平时的确交往无多，况且父亲从小到大，为了生计，外出多在家少，估计不会给村里这些婆婆妈妈们留下什么印象。

然而，同样不识字的下坝嬷却独具只眼。在村里，她虽属女流之辈，却极有主见，颇具决断力，这与其说是其经历的磨砺，不如说是其悟性的果实。她不到20岁从邻村西石村嫁到下坝，几年后丈夫就到泰国做生意，家里几十亩田地就由她一手操持，秋收冬种，放租收租，一应俱全，滴水不漏；她本人没有生养，但全家近十口人，吃喝拉撒，上墟落市，全都安排得井然有序。她个性刚强，却又极富爱心。她只有一个妹妹，也就是我的外祖母，嫁在邻村乌洋村，与下坝只有一路之隔，外祖母生三女一男，体谅下坝嬷膝下没有亲生儿女，就把二女儿送给下坝嬷当女儿，下坝嬷视同己出。但外祖母毕竟家里穷，拖累多，母亲刚生下来不久，就准备送给山里人家做女儿，那家人贪得无厌，不但白得女儿，还要外祖母倒贴十块大洋和一粒纺纱，声称大洋买奶粉，纺纱织尿布，外祖父气不过，就把母亲留下来自己喂养。

母亲两周岁多一点时，母亲的弟弟出生了，生性软弱的外祖母更加不堪重负。下坝嬷不忍心妹妹受累，遂把母亲带到下坝抚养。母亲于是得以与二姨妈一样在下坝嬷的眷顾下长大。当然，待遇有所不同，二姨妈是真正的女儿，下坝嬷让她从小读书，一直读到高中毕业，这在村里是绝无仅有的；母亲则从小放牛、拾猪粪，与下坝嬷的养子养媳一同舂米、干农活。母亲在下坝长到13岁时，舅舅要到三饶读书，其时外祖父已去世多年，家里只剩下外祖母一个人，下坝嬷怕外祖母孤单，就又把母亲送回乌洋，与外祖母相依为命。

岁月不居，母亲在乌洋已长成大姑娘。不是母亲、胜似母亲的下坝嬷，此时已相中一个后生，要为母亲撮合婚事了。那时，二姨妈已出嫁，富于远见卓识的下坝嬷深恐日后孤寂，打定主意要把在下坝长大的母亲留在身边。在村里众多的后生中，下坝嬷已暗中属意勤劳朴实的父亲。

经过精心的谋划和繁复的铺垫，一天中午，祖母借家里来客人之便，请下坝嬷和母亲一起到家里吃芋头饭。饭后，父亲与母亲的亲事就正式地定下来。

五

1955年12月，父亲与母亲在简陋的家里结婚。婚后，小两口与祖母、伯父、伯母合住在一个老房子里，老房子是那种不规则的二层小楼，是家族鼎盛时期，老太公置下的产业。上厢房是祖母的卧室，隔一堵墙连着家里的灶台和饭厅，再过去就是一个小天井，天井边是一个小客厅和下厢房。楼上住着伯父一家，父母亲的新房就安在天井边的下厢房。

父亲与伯父从小一同受苦，一同"走山内"；虽说后来伯父到潮州城内给曾祖母的三妹家开的息灯园饮食店先做跑堂、后帮理数，一起劳作、相处的机会渐少，但仍然兄弟情深。如今兄弟各自成家，共居一室，一起奉养老母，同享天伦之乐，祖父如地下有知，也当感到欣慰。

然而，美好的总是短暂的。人是群居的动物，又是迥异的个体。因为出身、性格、修养、地位、观念的不同，导致家庭不睦、妯娌失和的悲惨图景，比比皆是。可痛惜的是，母亲一进婆家门，就陷于剪不断、理还乱的家事漩涡。在母亲眼里，伯母高大、强悍，有很强的权力欲，大事小事都要管着母亲。偏偏母亲身材娇小，但爱憎分明，服理不服权，吃软不吃硬。这样，两妯娌遂针尖对麦芒，经常起争端。有一次，母亲在大门外的井边洗衣服，伯母串完门从巷子里进来，大约因为前一天两人已生龃龉，见到母亲，不由怒从胆边生，遂破口大骂起来，母亲不甘示弱，跟伯母对骂，伯母更加火冒三丈，气汹汹地冲过来，拎着母亲的头发使劲地扯，母亲猝不及防，一个趔趄，差点摔到井里。虽然力有不逮，但母亲毫不畏惧，奋力反击，两人扭打成一团，等到邻居来劝架时，彼此都打得鼻青脸肿，母亲更被扯下一大绺头发。

母亲与伯母已是势如水火，日子无法再继续过下去了。父亲夹在中间，不好说什么，伯父提出分家。兄弟两个小家庭一起吃饭还不到一年，就要分家，父亲感到悲伤，但更多的是无奈。10月秋收时，父亲被大队派到竹排楼去称谷，村里分泰阳楼和竹排楼两个自然村，泰阳楼是大村，有五六个生产队，竹排楼是小村，有两三个生产队，为了反瞒产，到了稻谷成熟收成时，两个自然村就互派称谷员。整整一个月，父亲都在竹排楼称谷、晒谷，等到谷装好，仓清好，将一间间饱满干鲜的稻谷移交给竹排楼，满心轻松地回到家里时，伯父却说他无法维持这个家了，干脆分了家后大家可以各自去奋斗过年，也可以省却很多操心事、烦心事。

说是分家，其实能有什么家当可分呢？不过是重新界定一下眠床位，祖母睡觉的上厢房分给父母亲，外加一个小木头箱，这就是全部的财产；而分到的稻谷无法吃到春节，米缸空空如也。

生活是一种态度，也是一种信念。穷则思变，即便在十分困难的时代，仍有人的活路。父亲跟母亲商量，第一个自己过的年，不能饿着肚子，不能短了志气。商量的结果，是向父亲的肩膀要生产力，这是唯一可以挖掘的资源。

离春节还有不到一个月，父亲决定到离凤凰镇不远的坪坑仔担叶到浮山圩卖，以赚取几块钱的差价过年。这些所谓的叶是叶片稍阔的甜竹叶，出产在山里，卖到圩镇做竹笠或雨篷之用。坪坑仔处在离村里20多公里山路的西北方向的深山里，而浮山圩则在村里的东南方向，相距也是20多公里，三天一个圩日。平常时间，一个圩日能在出产地挑一担叶到浮山圩售卖就算不错，因为年关在即，父亲仗着年轻体健，漏夜到坪坑仔多出一次货，以便在圩日时让我母亲一起前往浮山圩，这样就相当于一个圩日出了两次货。

但欲速则不达，人的体力毕竟有限，过度的消耗将难以为继。从坪坑仔挑第二担叶时，父亲恰巧与同村的族兄张腊理同路。他们一人一担叶，从坪坑仔一起出发，冬日的山风虽然十分凛冽，但重担在肩，上岭要吃力，下坡要留神，特别是绵延近十里路的七曲岭，一圈又一圈地从高处往下走，来到径脚铺，已是大汗淋漓，腰酸腿软了。他们照例在径下的风雨亭上歇脚喝水，休憩片刻。

稍事歇息后，父亲与张腊理继续赶路。这段路到村里是好走的平路，本可一鼓作气直到家门，但父亲因前一天劳累过度，此时已精疲力竭，双腿像灌了铅一样再也迈不动了，好不容易挨到了离新塘圩不远的榕树下，父亲对张腊理说，你先走一步，我在榕树旁小便一下。

父亲刚把担子放下，就再也支持不住，双腿一软，瘫坐在地下。他本想歇息一下再把担子挑回家，但试了几下都未能把担子挑起来。起早摸黑几十里路挑过来，难道就这么半途而废？他确实心有不甘，站在担子旁斗争了好久、懊恼了好久。就在父亲戴上斗笠，拿起浴布，无可奈何地准备离开时，父亲忽然心生一计，干脆把整担叶放在榕树下，把斗笠和浴布搭在扁担上，伪装成主人没有走远，只是到旁边上厕所的样子，然后就不管不顾地快步去追赶张腊理。

张腊理来到新塘圩，还见不到父亲的影子，正在纳闷时，看到父亲空着手走来，就问父亲那担叶呢，父亲说，丢了。

张腊理感到不可理喻，就数落父亲道：你这死猴，哪怕多行几步，担下来搭在新塘圩的香姑家也好。香姑是村里嫁在新塘圩的。

父亲摆摆手，示意他不要声张。

两人一路无话，回到村里。

母亲已经在黑夜里等了好久，见到父亲平安归来，一颗悬着的心落了下来，没有多问，更没有多想，安排父亲吃饭、洗澡、睡觉。

父亲因为累了几天，睡得比较迟才起床。母亲一早起来，先吃完饭，然后到溪边洗衣服，洗完回到家里，已是八九点钟。这时，父亲刚好起床，见到母亲，就让母亲到新塘榕树下挑一担叶回来。

母亲以为听错，充满疑惑地问了一句：你说什么？

父亲又重复一遍。母亲这才说：榕树下那块地怕没给人抬走？

父亲说：你去看看，有就挑回来，没有就算。

母亲于是急急往新塘圩的方向赶去。在薄雾中，在冬阳下，母亲远远地看到榕树下那一担显得有些孤单的叶，以及扁担上的竹笠和寒风里微微飘动的浴布。

当日后说起这一幕时，母亲常常慨叹当年世风的平靖与人心的淳朴。所谓路不拾遗，夜不闭户，说的就是这样一种太平景象。

因为这两担叶，父亲和母亲那第一个属于他们自己的年夜饭吃得格外踏实，也格外舒心。

第二年秋收后，又是春节前的一段农闲时间，父亲在家里闲不住，就到福建去给人家抬木料。木料多是沉实粗壮的家伙，山路既难走又容易打滑，一个冬天干下来，父亲又黑又瘦，但有十几二十元揣在兜里，回家过年，他心里仍是喜滋滋的。

在回家的路上，父亲看到同村去的张成锋、张永平、张愈成等都穿得比他光鲜、像样得多。走在这一群老乡中间，向来不讲究吃穿的父亲忽然有了一种自惭形秽的感觉。一路上，这种若隐若现的感觉越来越强烈地啃噬着父亲的自尊心。

回到家里，父亲欲言又止地与母亲商量，这出苦力挣回来的一点钱，是用来买猪肉过年呢，还是给他做一件大衣？如拿来过年，这个年就会过得滂湃一些；如拿来做大衣，就冬天能御寒，出门也能跟得上别人。

父亲正在犹豫不决，母亲却斩钉截铁地说：有人嫌墙路，没人嫌墙底，过年少吃点猪肉有什么？当即请了镇里最好的裁缝为父亲做了一件新大衣，从此，这件大衣成了父亲一生最好的衣服，逢年过节才会拿出来穿几天，而且从未下过水，始终保养如新。后来有一次借给伯父到新丰镇葵坑村张姓同宗做亲人，吃饭时不小心在前襟上滴了两三点油，无法擦干净，遂留下了一小片渍痕，作为岁月的见证。

父亲去世后，这件大衣由母亲作为大姐的嫁妆送给了姐夫，现在这件大衣就在姐夫家里，成为父亲留在这个世界上唯一的遗物。

六

1958 年下半年，村里实行公社化，即农村人民公社。

这年 8 月，毛泽东主席视察河南七里营人民公社，肯定"人民公社好"。全国迅速开展了轰轰烈烈的公社化运动，人民公社成为全国农村政社合一的管理体制，其特点是一大、二公。这个创举随即在号称"省尾国角"的下坝村得到了不折不扣的贯彻。村里实行人畜分居，集中居住，集中吃饭，集中劳动。父母亲原先居住的房间被腾出来作为村里的食堂仓库，整个房间放满了新腌制的供全村人吃的酸菜，而父母亲和我刚出生不久的姐姐就借住在下坝嬷家里。

公社化是新生的中国在农村的全新试验。其口号是："组织军事化，行动战斗化，生活集体化"。凡是劳力都要参与全天候的劳动：上午在田地里干农活，下午在晒谷场里干农活，晚上在大食堂里干杂活，而且统一出工、收工，听喇叭定行止，喇叭一响，就是在厕所也得立即提起裤子往外跑，否则就得挨大队干部的骂。至于吃饭，则统一敲锣，"咣咣咣"锣声一响，在四田洋干活的人们即刻丢掉手里的活计、工具，争先恐后地奔跑着赶回大食堂吃饭，因为一迟到就吃不到什么东西。有时锣声敲响，正在耙田的师傅也顾不得很多。连耙带牛就停在水田中间，牛绳一放，撒腿就跑，等吃完饭回来，牛还在水田里站着。那大牲畜一定奇怪贵为万物之灵的人类何以如此下作，如此着急，如此不通"牛性"？

父亲总是被派去干最重最累的活，原因是他年轻力壮，态度温和，听从吩咐，从不讨价还价。这些重活都是农村骨干劳力的当家活，主要是犁地耙地，开荒造田，或者踏水车，戽田水，有些要出暗力，有些要讲技巧，有些要善协调，父亲样样都拿得起放得下，因此很受生产队甚至大队干部的器重，有时一些比较体面或讨巧的活也会派父亲去。有一次，生产队食堂安排父亲与张永平、张愈成、张学镇、张学养五人到乌洋大队出谷，乌洋是与下坝相邻的一个大村，那时刚实行公社化，下坝与乌洋同一个大队，大队部设在乌洋，生产队干部安排父亲等五人到乌洋大队部挑稻谷到三饶粮所，换成大米再挑回村里供大食堂食用，大食堂给每位派工的劳力补助一斤米饭，实际上是一顿饭的指标。父亲他们很少机会相约到镇上出工，于是商量着补助的那顿饭不吃干饭，改喝稀饭，剩下的那些米凑在一起拿到镇上去卖，然后用这点钱到照相馆照了一张集体照，这张集体照是父亲他们风华正茂的见证，也是年轻农友淳朴友谊的见证，前面是愈成、学镇、学养三人坐着，后面是父亲和永平两人站着，其他人都略显严肃，只有父亲面带微笑，宁静地望着远方，仿佛对未来的生活有无限的期望。除了集体照，父亲还留下了一张个人照，仍是那么宁静地望着前方。这一次的照相成为父亲一生中唯一留下来的影像，成为我们永远弥足珍贵的记忆。

父亲生性内向，不善交际，却在共同的境遇与艰辛的劳作中处下不少终生患难与共的农友。除了照片中的几位，还有两位更是不能不提的，一位是张成锋，一位是张两愿。张成锋是父亲那一拨奔波在外的伐木者的领头羊，他辈分最高，年岁最大，经历也最坎坷。他原来在大队当干部，后来因为得罪人、做错事，被撤职、拘禁、开除出队。无奈之下，他只好自谋生路，偷做火纸，让小伙计

父亲（后排右一）与他的农友张永平（后排左一）、张学养（前排左一）、张学镇（前排中）、张愈成（前排右一）合影

张愈成赶夜路送到深山里的山角、后头湖等小村，放在张成锋的亲戚家里代销。销得差不多的时候，张成锋再进山去把工钱收回来。在多次往返与对外接触中，张成锋了解到本县及大埔、丰顺、福建平和等周围数县有不少木材需要定期砍伐，于是他从本村平时比较有交往的人中挑选了几位木匠功夫过硬的伙计，神不知鬼不觉地拉起了一个木工队，由张成锋到各处揽活回来给大伙做。

在人民公社体制下，农民外出需有大队的证明，私自成立所谓木工队是非法的，瞒天过海外出揽活更是非法的。所以，父亲他们这支地下木工队要外出干活并非易事，只有在每年农历三月或八月，田布好，肥施好，处于农闲的时候，木工队的成员才敢化整为零地到大队长张娘镇那里请假外出，张娘镇也心知肚明，心情好时就批准他们出去，心情不好时就卡住不放。父亲他们就赌咒发誓按时回来，并且主动向生产队买工，一个工买一元钱，年底从生产队分回来时一个工只有五毛钱，以此来增加生产队的收入，张娘镇这才睁只眼闭只眼地放行。

这边张娘镇的放行条刚开，那边张成锋的木工活已派好。这一次，他们是到三饶公社溪西大队南坡祖厝去砍伐山梨和枫树。山梨木质密实，枫树枝节横生，都不是好对付的树种，好在砍伐这些杂树只是用作柴火烧，不必细究锯路的长短，无需考虑下斧的方位，可以说干这样的粗活是没有多少技术含量的，但是，父亲他们仍然干得细致，认真，扎实，因此，渐渐地就有了一些口碑。

真正让父亲他们名声大振的是在韩江林场上游一个叫上伦墩的小村子锯木。韩江，是广东省境内仅次于珠江的第二大河，昼夜不息的滔滔江水发源于广东紫金县的琴江和福建长汀县的汀江，蜿蜒数千里，洒落下无数的支流，其中有一条重要的支流从大埔县的高陂镇逸出，经由桃源镇，流向饶平的韩江林场、食饭溪、到达三饶，流过黄冈河，最后融入浩瀚的太平洋。韩江林场一带山高林密，道路崎岖，不易进出，倒保留了一片高耸云天的原始森林。而上伦墩就是从饶平的韩江林场进入大埔桃源镇的第一站。这个两县交界的无名小村，于是上演了当地伐木史上的精彩一幕，也成就了父亲与张愈成能工巧匠的名声。

大约那时饶平县需要一批木材，成片地锯成木板，通过三饶镇供销社来组织实施。因为供货急，时间紧，供销社方面同时找了西石村、下寨村、下坝村三个木工队一起开工。在一小片山坡的开阔地，三个锯棚一字排开。每个锯棚两人，分上下两层，一人在上，一人在下，推动大锯，一迎一送，登时锯声大作，锯末横飞。每天从早干到晚，中间只歇了一会吃午饭，饭后又继续干到日落西山才收工。收工时，由三饶供销社的管理人员来查货验收，连续三天，父亲与愈成代表的下坝队都要比其他两队多三尺板。西石村和下寨村的木工队先是不相信，认为下坝队虚报数字，每次都要求管理人员复查，复查的结果当然是维持原判；继而又不服气，说是下坝队的工具好，要互换工具试试。然而，真金不怕火炼，换过工具之后，第四天、第五天，仍是下坝队比其他队多出三尺，这下子他们就疑惑起来，干脆放下自己手头的工作，专门跑到下坝队的锯棚下来看个究竟。不看不知道，一看吓一跳，原来下坝队采用垂直锯面，锯一次就能吃进半尺深，当然这需要耗更大的力气，有更好的技术，而其他两队一直采用倾斜锯面，这样锯路长，又吃力，而且效率低。重新回到各自的锯棚，两个队的人都想学垂直锯，由于没有专门训练和长期坚持，根本锯不动，两个队这才对下坝队每次都遥遥领先表示口服心服。父亲和愈成虽然功夫好、体力好，但毕竟是锯锯到木，要使暗力，因此，每人每天都要喝掉两小桶水。父亲身材高大，腿壮臂长，常站上码；愈成个子敦实，反应灵敏，处在下码。两人干活时动作协调，配合默契，全神贯注，挥汗如雨，收工下来都累得筋疲力尽，却也身心愉悦。大家在黄昏的树影底下，围坐在一起，一边吃着简单的饭菜，有说有笑，一边任凭山风吹拂，享受劳动后休息的快乐与充实。

寒来暑往，木工队几经变动，但父亲始终是不变的一员。同时，在三级所有、队为基础的铁板一块的体制下，张成锋和他的木工队能纵横两省（广东、福建）六县（饶平、大埔、潮安、诏安、平和、南靖）十多年，在当地可谓绝无仅有。不过，核心区域主要还是集中在饶平与大埔一带，他们像候鸟一样迁徙着，一会在彭坑，一会在青山，一会在斋公峯，一会在白目峯，高强度的劳动，超负荷的运转，颇使他们有疲于奔命的感觉，有时到深山里砍柴，走了三四里路天才放亮。而临时居住的地方，往往骤冷骤热，气候恶劣。在一个叫十脚亭的地方，因为山高，终日不见太阳，虽还不到冬天，但父亲每天晚上睡觉之前，一定要在做饭的锅里放一锅水，第二天起来后，整条山坑的水都结了冰，把那锅水烧开，就可以洗脸、做饭，一天的劳作才能由此而展开。

虽然劳累，虽然奔波，但父亲还是乐意追随由张成锋带领的居无定所的木工队。因为劳有所获，父亲每天除了能吃饱饭，还能拿到整整3元的工钱，这几元钱是在村里劳动工值的好几倍，将它们集中起来就可拿回家里以敷日用和改善生活，这是在村里单纯劳动所无法做到的。

然而，卑微的收入有时却要付出生命的代价，这是父亲和他的农友们做梦也没想到的残酷现实。父亲清楚地记得，那个秋冬之际，他们木工队从大埔的一处地方转到离韩江林场食饭溪不远的一个叫作白水缭的地方继续伐木。在崎岖的山路上，大家肩挑重重的行李，汗流浃背地赶路。这时，在木工队长张成锋布袋中的收音机里，突然传出来一阵阵的欢呼声，在时断时续的沙沙声中，大家终于听到我国第一颗原子弹爆炸成功的消息。在木工队里，只有张成锋有收音机，一个是他喜欢听潮剧，另一个他是这班人的头，要及时掌握天气动态，以便在转移时可以根据天气情况确定行止，以策安全。于是，在平时，无论是在山上，还是在路上，听收音机成为木工队的公共娱乐。此刻，这些行走在深山小道上的农民，对原子弹爆炸尚懵懵懂懂，他们不知道，很快他们自己就将经历一场精神上的原子弹爆炸。

来到白水缭，日已正午。张成锋把大家分成数组：一组去磨斧头，维护工具；一组去砍大树，抓紧备料；一组去搭篷寮，用以居住；还有一些人捡拾柴草，生火做饭。大家分头行动，寂静的群山一下子似乎热闹了起来。

父亲和张两愿被分去搭篷寮，张海水和张永平等几个则被派到对面山去砍树。日已偏西时，篷寮已搭得差不多要完成了，张两愿直起身子，看到山对面张海水在砍一棵树，"梆梆梆"地传来一声声钝响，却砍了很久也没砍下来。张两愿听得不耐烦，一反平时温和的神态，斥责张海水"不顶用"，一颗烂树都对付不了，一边骂骂咧咧，一边提起斧头就要过去。父亲连忙拦住他，说他这几天身体有病。不宜出大力，那树砍多砍少又有什么关系，就让海水多砍几下就好了，有什么相干呢？没想到张两愿用力拨开父亲，提着斧头径直走到对面山，没好气地叫海水躲开，让他来收拾这棵树，他不相信这棵树是神仙，他能对付不了它？

众人纷纷退下，张两愿又趋前两步，挥动斧头，一五一十地狠砍，不一会，树干便发出哔哔剥剥的声响，眼看树身向一侧倾斜，张两愿又猛砍了几斧头，说时迟，那时快，向旁边倾斜的树身仿佛被什么东西撞到一样，又弹回来，向张两愿这边猛砸过来，众人发出一声惊叫，高喊张两愿快走，张两愿因身体虚弱，躲避不及，被沉重的树身狠狠地劈下，当场就被砸昏过去。

众人七手八脚把张两愿抬回刚刚搭好的篷寮，父亲连忙舀一碗水喂他，喂到一半，水就直往外流，喂不进去了。父亲和大家带着哭腔急喊："两愿！两愿！"

张两愿却永远地闭上眼睛，听不到他的乡亲、他的兄弟一声声悲戚的呼喊！

这一天是冬至。他的小儿子才两岁，他的走避潮州失陷落户到下坝村里后来嫁给他的妻子，正做好冬至的汤丸等待他回去团聚。

七

穷惯了，饿怕了，父亲总有一种出外觅食的冲动。家虽温暖，却是他不愿意久留之地，这是一种吊诡、一种无奈、一种现实生活的反讽。只有一种情况是例外，那就是我们兄弟姐妹出生的时候，他愿意忍耐着留在母亲的身边照顾她。

姐姐出生时，正值公社化，又遇上大旱，为了确保大灾之年夺丰收，全村男女老少齐上阵，挑水、戽水、车水，十八般武艺都派上了用场，一时间沟壑纵横，绿波荡漾。父亲是队里的壮劳力，白天要参加抗旱，晚上要统计数字，包括出工多少，车水多少，灌溉多少，都要当晚形成数字报到大队部。因此，照顾母亲的事情就只有在出工前的早晨时分。那时伯父一家已经搬出老屋，住到另一间房子，母亲和刚出生的姐姐住在老屋的二楼，父亲很早起来，把母亲一天要吃的米、肉、蛋，油、盐、水，以及用的桶、碗、炉、锅等，全部搬到二楼，把锅埋上，把炉子的火点上，要吃干的稀的荤的素的，全由母亲自己做主，母亲整个月子，父亲就这样两头顾着，却始终未曾给母亲做过一顿饭。

到哥哥出生时，恰逢三年困难时期，一切就变得捉襟见肘了。

按照潮汕习俗，哥哥是家里的第一个男孩，刚出生落地时，家里就要焖甜糯米饭，分送外家和本家，既是通告，也是报喜。但因遭遇经济困难，正常的生活秩序打乱了，基本的生活保障崩溃了，很多地方没有粮食吃，只好挖树根、草根、香蕉头充饥，甚至吃观音土，情形最好的也就是"瓜菜代"。所谓"瓜菜代"，就是以瓜类和菜类代替粮食果腹。因为营养不够，很多人手脚浮肿，浑身乏力，生命悬于一线。哥哥在此时降临人世间，可谓生不逢时，让母亲吃饱以保证充足的奶水已属不易，焖"分饭"这种在平常日子的喜庆仪式，此时则变得遥不可及及无从兑现。

直到我出生，父母亲这个卑微而庄重的心愿才得以偿还。

1965年秋季，经过农业学大寨和生产自救以后，农村已走出三年困难时期的阴影，村里的经济开始走向复苏。又到了夏种以后秋收之前的农闲季节，憋屈蛰伏了几年的父亲再也坐不住了，又硬着头皮到大队长家里请求放他到山里锯木。大队长告诫父亲要注意影响，不要老往山里跑。父亲受到大队长的一顿训斥，耷拉着脑袋，无精打采地往家里走。

母亲宽慰父亲说：不去就不去，何必招人骂。

父亲说：骂就被人骂，我头低低给人骂就是了。如果口袋里半分钱都没有，你说怎么办呢？被人骂也要去，只要不打我就可以了。

母亲怕父亲受委屈，表示苦日子别人能过，我们也能过，没必要总是低三下四地上人家的门槛去赔笑脸、说好话！

那是一个票证时代，凡生活用品和紧俏商品都是凭票购买，定量供应。生产大队每人每年发放布票一丈二尺，糖证每人一两半。很多家庭都没钱购买，只好拿去出售。父亲说：连一两糖都买不起，他可受不了！只要有钱赚，有饭吃，再苦再累的活，他都能干；再难听的话，他都能听！

农历八月，正好是割草的季节。家里一年要烧很多柴草，全靠这个季节到山里砍割、晒干，然后捆绑成担挑回家里，在村前屋后扎个草垛，以供全年之用。由于山高路远草担重，每年的草季，对妇女来说是个考验，也是难关，一般家庭都是夫妇俩一起上山割草，共同承担。我家的草山分在离家十多里山路的一个叫牛路涵的地方，那里地处僻远，无鸟声无人影。母亲以不敢单独去割草为由，试图阻止父亲出门去锯木。

父亲对母亲说：你不用怕，我跟你一起去把柴和草全部割下，在山上晒干后，你再慢慢地把草挑回家。街市上没人说有米而没有柴火烧在饿肚子，街市上都是有柴草而没有米才会挨饿。没柴草没关系，没有米才麻烦。

母亲见说不动父亲，只好使出最后的杀手锏，说生我的预产期已差不多，不要出门去锯木了，留在家里照顾她坐月子。父亲说他只是去离家不远的南坡祖厝那里锯木，等到临产时随时请村里的后生张坤如去叫，他当晚就能回来。

母亲见拦也拦不住，只好让父亲出门去。

母亲极勤劳，有主见，又敢担当。父亲出门去锯木，只会比在家里更累，他也是爱这个家，既然他不怕苦累，把这个家交给她，她就要把这个家打理好，把一年的柴草收回来。输人不输阵，因为男人没在家，就使家不像家，让别人看笑话，那不是母亲的性格。

虽然身怀六甲，母亲仍然每天到牛路涵挑柴草。我出生那天，母亲记得特别清楚，她从早到晚忙个不停，不知做了多少事情！当天她起大早，煮完早餐，喝了几碗粥，擎起尖担（挑柴草的粗大木工具，因两头尖，故称之为尖担）就独自到牛路涵，满满地绑了一担柴挑回来，到家时日头还没过午。

母亲把柴担停放在内门楼的山墙侧畔，累得腰酸腿软，就势坐在门槛上歇息。姐姐已长到 7 岁，她刚好把中午全家人要喝的粥煮好了，见母亲回来后疲倦得不行，就懂事地问母亲：姨（我们按农村习俗管母亲叫姨，管父亲叫丈），我把粥擎过来给你吃好不好？

母亲说：好，你去拿，拿来这里给我吃。

姐姐就一碗一碗地端过来。母亲肚子又饿，口又渴，就着酸咸菜，一碗两扒三扒没几口就吃完了，姐姐就像一个小运输工，进进出出地来回跑了好多趟。那个中午，母亲足足吃了一钵粥！

吃过午饭，母亲劳作的劲头又恢复了。她叫姐姐把猴刀、柴墩搬来，坐在门槛上手起刀落地开始劈柴。还没完全劈好，尚差一小捆的时候，生产队的阿义在楼围吆喝大家到后操场收粪，吆喝声越来越近，阿义进到巷子里专门请母亲一起去参加生产队的劳动。

母亲说：我不去，我在劈柴。

阿义是生产队的副队长。他性格和蔼，墨水较深，比较好说话，人缘也好，大家有什么话、什么问题都愿意向他反映。听到母亲直截了当的回答，他心平气和地说：那好，去也行，不去也行，现在的工作不忙；多个人可以，少个人也没关系，要来就来，不来就不来。阿义就这么一边喃喃自语，一边向巷外走去。

母亲继续劈柴。全部劈完后，又绑成一小捆一小捆，提到二楼棚顶的角落里码好。看看时间尚早，就出巷口，走到楼围，看到同生产队的乌记、清桂她们还在门外坐着闲聊，就凑过去聊了几句，然后各自回家收拾农具准备出工，母亲也从门角落里提了一把锄头，跟着生产队的人三三两两地到生产队的后操场一起收粪。那些粪实际上是浇了土杂肥，经过太阳多次晒过的泥土，已经晒好或遇到下雨时就要出动队员把粪收起来，放在生产队的杂物间，作为田间肥料随时备用。那时化肥是稀缺资源，水稻、番薯的生长多数依靠土杂肥的恩典。

出工一两个小时，就能记上五分工，年终就能多分五毛钱，何乐而不为？收粪回来，太阳还没下山。母亲隐隐约约感到肚子有些微痛，十月怀胎，屈指算来，时辰差不多了，应该就在这几天了，该做些准备了。

主意已定，母亲打算去烧水洗头。

正在此时，下坝嬷在巷门口给母亲喊话：东云，东云，去光埔挖芋头，光埔很多人在挖芋头，我今天早上帮你牵了一段番薯藤，你快去挖。

母亲说：我不去挖。

下坝嬷说：怎么可以不去挖，我都帮你把番薯藤牵好了。

芋与番薯在一起是一种间种方式。先种下芋头，过段时间再种番薯，这样两种植物在生长时不会互相抢肥，而是形成一种共生关系。到芋头可以收成时，番薯还要继续生长，因此要把番薯藤牵好，以免在挖芋头时伤害到番薯。实际上这是种植的一种差异化。

下坝嬷问得紧，母亲只好以实相告：我不去挖芋，我要来烧水洗头。

下坝嬷听到母亲这么说。心里已明白几分，遂进到屋里来，关切地问母亲：是不是肚子不舒服？

母亲说，肚子无大碍，就是感到人有点不对劲儿。

下坝嬷就叮嘱母亲仔细一点，她晚一点再下来。

母亲就把水舀到大鼎里，还没生火，忽然想起要吃甜芋头。遂取出半年攒下来的糖证，到村里的小杂货铺买一包红糖。回到半路遇见聚婆，聚婆见母亲手里拿着的红糖，随意问道：买红糖做什么？

母亲说：买红糖煮甜芋吃。

聚婆心领神会地说：看来煮甜芋吃完后就要掂眠床了。

聚婆是生产队副队长阿义的母亲，她与母亲一样不识字，却有极好的悟性。"掂眠床"在村里就是生孩子的意思；吃甜芋可以使人生孩子时有力气，有热量。

母亲回到家里，手脚麻利地一边煮甜芋头，一边烧水洗头。吃完甜芋头后，又赶紧洗澡。一切准备工作就绪后，母亲又趁着夜色未浓到泰阳楼里，按照父亲事前的吩咐，请张坤如到三饶镇的南陂祖厝通知父亲回来。

暮色苍茫时，母亲已躺到眠床上待产。这时，下坝嬷又赶过来，母亲告诉她这里没什么事了，请她把 7 岁的姐姐和 3 岁的哥哥带到她那边睡觉，等一会父亲就会回来。

下坝嬷带着两个孩子走后，整个老房子忽然变得空荡荡的，只剩下母亲一个人。这个夜晚，显得有些漫长。母亲左等右等，总不见父亲回来，母亲有些怨恨父亲太狠心。到晚上9点多时，母亲的肚痛逐渐明显，她更加渴望父亲能够及时赶到。正在母亲辗转难安之时，大门"咝"地响了一声，母亲警觉地问：谁？

黑暗中一声音响起：我。

是张坤如。母亲虽在难受中，仍很清醒，遂追问一句：那他呢？

张坤如：他去彭坑了。

原来，张坤如受母亲之托，到南陂祖厝时，已是人去场空，只留下一片刚砍过的树林，问当地人，说昨天已离开，到四站下了；张坤如赶到四站下，又被告知下午去彭坑了。彭坑是在食饭溪进去更远的地方，已是大埔的地方了。因为路途太远，张坤如只好返回村里。在村的杂货铺里，张坤如因为叫不到父亲，正在犹豫是否应该告诉母亲，店铺里的人说，叫不到就更应该告诉，否则有事情不是给耽误了？张坤如这才来向母亲回复。

这时，母亲的阵痛已是一阵紧似一阵，已经无法指望父亲回来照顾了。她当机立断，让坤如马上帮助去请接生婆赛巧婆和下坝嬷来。

坤如前脚刚走，母亲的肚子就开始大痛，她没力气点火，也没办法喝水，就在黑暗中咬紧牙关，忍着焦渴，等待接生婆的到来。

晚上10点多，接生婆还没赶到，我已经伴随一声响亮的哭声，呱呱坠地了。

第二天，伯父才赶到彭坑把父亲叫回来。

父亲回到家里，喜忧参半。喜的是家里又添儿子，忧的是误了时间母亲不理他。毕竟喜气盈门，母亲很快气就消了，父亲母亲便商量着如何抓紧焖"分饭"，生老大时没有条件焖，现在生老二就要滂滂湃湃地焖一回"分饭"。

按照村里的习俗，生男丁焖"分饭"，一般在孩子出生的第三天、第六天或第十二天，因为一切准备工作都还没做，父亲便与母亲商量，决定在我出生的第十二天焖"分饭"，这样既时间比较从容，又显得比较庄重。

接着，父亲便紧锣密鼓地开展系列工作。焖"分饭"所需的基本材料包括糯米、白糖、瓜丁和花生油等。在当时，糯米是稀缺品，白糖、瓜丁是紧俏货，只有花生油偶尔能见到。因此，在备料时，父亲便煞费苦心。他听说竹排楼生产队有糯米，就以一对一、外加二成的代价从竹排楼换回一百五十斤糯米，又从长期合作的伙伴三饶镇供销社那里通过渠道购买了足够的白糖、瓜丁、花生油。

饭料备齐了，时辰到来了，父亲特意起了个大早，自己掌勺，连焖三大鼎，每鼎都是四五十斤米的大鼎饭，火候掌握恰到好处，油、糖、瓜丁等佐料配得又均匀又美观，该致送的每户一大海碗，先外家，后本家，再全村，大家品尝这难得的美味，入口即化，香甜扑鼻，村里村外无不交口称赞，没想到父亲常年外出，还是居家烹饪的好手。

这一年刚好是生产队的丰收年。多生一个孩子，家里能多分几百斤粮食，还有番薯和其他杂粮，可谓添丁又添财，因此，全家上下喜气洋洋。按照村里的传统，生男孩的，正月十一还要上灯，宰鸡杀鹅，舂圆做粿，答谢神明；正月十六，要主持或参与"营阿娘"，如果是头丁，就要牵头筹备有关事务，不是头丁，就协助头丁做好相关工作，让"阿娘"在全村的疆界巡游一番，以示香火有继，福泽绵长。

在这种乡村盛典中，父亲做得十分投入，也非常虔诚。

八

在我长到两岁的时候，父母亲开始商量着要自己建房子。

建房子是一个农民一生中最高的理想，也是最大的事功。父亲长年劳碌奔波在外，没有时间、更没有条件在这个轻易触碰不得的问题上多费思量。但母亲却有紧迫感，因为她有切肤之痛。首先是我们兄弟姐妹越来越多,原来的一个小房间已经显得拥挤不堪;其次是与我们一同居住在下厢房的细叔公张应通,好吃懒做,经常吃了上顿没下顿,当他没米下锅时,他只会向母亲要。母亲一个妇道人家,要张罗一家四五口人的生活,父亲外出接济不上时,也会寅吃卯粮,但母亲心地好,只要细叔公开口,她多少都会给一点,有时的确米缸空空,她也就无能为力。当细叔公要不到的时候,他就会嘟嘟囔囔,说一些难听的话,年深日久,使母亲不堪其扰。更为糟糕的,是细叔公在下厅墙壁旁垒了一个灶,一日三餐都在那里做饭,烧的是稻草或湿柴,却没有烟囱通到户外,每次做饭,屋里屋外都会浓烟滚滚,全家人被熏得睁不开眼睛。母亲恨不得早一天搬离这个令她食不甘味、睡不安寝的地方。

1967年10月,"文革"狂潮席卷全国,氢弹爆炸震动全球,世界正热得发昏,世事已不可理喻,而在南天一隅的一个小村庄,世俗的生活仍在继续。下坝大队应社员的要求,计划安排一处地方给社员建房子,这是新中国成立后生产大队第一次给社员规划宅基地,虽然口号里嚷嚷着要"斗私批修",但毕竟涉及社员的切身利益,因此很受全村社员的关注。

下坝自明代初年创村,至今已近七百年,村址择定在凤凰山至望海岭中间的一条狭长平原之上,几经播迁,先在祖厝繁衍,后在下坝溪前后呈太极形两端各筑泰阳楼、居隆楼、竹排楼,累代不变。新中国成立后,居隆楼因土改时把整楼拆除,墙土当肥料下田,竹排楼也呈残破不堪之势,惟泰阳楼保存完好,傲然挺立。清康熙年间饶平县令郭于藩在《凤凰地论》中写道:"尝观凤凰一山,吾饶之名胜也。层峦耸翠,巍然上出重霄;两峰叠嶂,岩岫常带烟霞。都分七社,地接海阳。待诏佳气东来,突起巽峰;泰凤瑞星拱把,双夹坤峦。"由远处观楼,泰阳楼正门恰好对应着待诏山主脉,而泰阳楼之名其来有自。考诸历史,西厢乡除下寨村的张大纲于乾隆年间、西石村的林峥嵘于嘉庆年间考中进士外,就只有下坝村的张鹏翼和张奕封分别于乾隆年间和嘉庆年间考中举人。因此,下坝虽为小村，在当地却颇有"山川毓秀，人杰地灵"之美誉。

祖上村居格局既如此上乘，后人也就萧规曹随，不越雷池了。新建的房子遂围绕泰阳楼的北侧向外拓展，新中国成立前已经建了一圈房子叫楼围，新中国成立后计划要建的这一圈房子就叫新楼围。新楼围的建房计划由大队长张娘镇亲自组织实施，他向泰阳楼八个生产队的社员做了宣传发动，大家自愿报名，机会均等，明确要起房子的先报名，暂不起房子的则抓阄，抓到号码的可以自由支配，或改变主意自建，或转让别人，这个号码也就成为虚拟的个人财产，绝无仅有地体现了淳朴的农民兄弟一点可怜的自由意志。

我家所在的生产队是第六生产队，这时已有多户报了名，并已在第一轮抽签看好了厝地。母亲铁了心要赶在这一轮起屋，但父亲冬前就去大埔的上伦墩做柴，三番两次托口信让他回来，都不见他的影子，母亲等得无名火起、怨气冲天：起屋的事，过了这个村就没了那个店，为何连这个道理都不懂？直到队里稻谷割完了，厝地插得差不多了，父亲才匆匆赶回来。一进家门，母亲自然没有好脸色，嗔怒道：

你去了一年都不回来！你去厝后看看，从顶到下，二三十间厝，厝地插好，有标有未标，说今年能起就给起，不能起的就不给起。你看要怎么办？

父亲疑惑地说：你想建房子？

母亲反问道：那你不想吗？

父亲说：我现在还没本事建房子，我是不想建。

母亲心想，我天天在这个老屋里被烟熏得喘不过气来，那个难受劲，我可受够了！听到父亲一番泄气的话，母亲不满地说：你不建我自己建！借钱也要建这个房子，我和奴仔（孩子）不想在那个老屋里活受罪！

见母亲态度那么坚决，父亲颇有点逼上梁山的味道：要建就来建吧。

父亲当晚就去找大队长张娘镇。那时第一批已经抽签并确定了八间，在北侧的西头，8月就开始动工了。父亲找到张娘镇陈述要求，大队长拿腔捏调地说，上次报名抽签的时候，怎么不建，为什么等到现在？意思是说我家在打小算盘，挑挑拣拣，选好的位置才说要建房。父亲因为出门刚回来，对前面的情形不是特别清楚，费了好大的劲才听出了大队长的弦外之音，忙不迭地解释说，我家没有挑，主要是家里劳力软，第一批时还拿不定主意，其实在哪里建都一样，只要有得建就好。正说着，同个生产队的张介如也来向大队长要求建房。两个人就轮流着或者合力说好话、软话，请大队长无论如何要格外开恩。毕竟分两批，再说也没有拒绝的理由，大队长张娘镇遂允诺第二天晚上进行第二批抽签。

第二批抽签会上，想建房的和看热闹的坐了满满一屋子。大队长张娘镇宣布了新规则，要建房子的都可以抽签，抽到的就建，抽不到的就不建，抽到而不建的也不能转让，抽到要建的必须在当年12月30日前建好房子，没建好的一律充公。所以，大家能否建房，自己要想好，抽到要建就要按规定进行，不能反悔。

新规则一出来，屋子里一阵骚动，接着是混杂的交头接耳声，然后就归于沉寂。静默了好一会儿，人群中站出了父亲和张介如，他们手气不错，都抽中了。大队长问还有谁要抽的，连问了三遍，再没第三个人走出来，大队长遂宣布抽签结束，第二批就只有两间房，排在前面八间房子之后，接着张介如家一间和我家一间，必须在今年底完工。

这时已是农历十月，距离年底，满打满算只有两个月。六十天的时间，要从无到有平地建一间房子出来，其难度可想而知。但开弓没有回头箭，父亲和母亲只有豁出去了。

盖房子，厝地确定后，接下来最重要的就是备料和开工。所谓备料，当然不会有现在的钢筋、水泥之类，而是在休耕的田里做泥砖，到溪边捡石头，然后往深山里取木料。对于后者，在父亲来说，可谓是近水楼台先得月，因为在一年中他就有近三分之一的时间与木头打交道。

分定厝地的第二天，父亲就重返上伦墩，与当地的老乡兼朋友陈国周说要取一间厝料，包括椽角、檩条、栋梁等，请他帮忙购买。陈国周说，你早不说，等到现在才来说，像样的都给别人取走了。你如的确需要，就到山里现挑，把湿材取了赶紧扛回去，再过两天木材站就要检查，不让放行了。

父亲当即向在上伦墩做柴的村木工队求援，并连夜回家请村里的本家及熟人赶来帮忙，两支队伍，昼夜奋战，终于赶在木材站设卡前取足屋料，安全撤出。后来在新起的这一围新房中，要算我家的梁柱和椽角最好，木料最充足。

父亲备木料，母亲挑石料。那时母亲正怀着大妹，生产队出工时，母亲挺着大肚子，挑着畚箕，在歇息时，收工后，或晚饭前，母亲总是见缝插针地到田埂边、小溪涧、山坡上，去拣拾石头，像蚂蚁搬家一点一点地挑回家里，一些堆在屋角，一些码在后院的杜果树下。

除了木料、石料等主材，造房子最大宗的材料则是泥砖。父亲选定了村东头鹅鞍头的一角田地，扒掉并留存种植层，挖开下面的红色黏土，打制并砌成一排排的泥砖，这些泥砖在冬阳的照耀下，闪烁着赭红色的光泽，像等待出列的士兵，随时准备着奔赴新的位置。

万事俱备，只待开工。父亲选定了黄道吉日，请来了张成锋、张永平等木工队成员和一批泥水匠，在简短而庄严的动土平基仪式之后，新屋正式破土动工了。

大队要求年底前必须完工，工期只有一个多月。来帮工的大都是亲朋好友，没有工钱，更没有工分，父亲和母亲所能做的就是将伙食搞得好一点，态度更殷勤一些。随着屋墙的不断升高，终于到了上梁的最重要时刻。正梁是从上伦墩取来的上等好材，上梁师傅是知根知底的老搭档张永平，随着张成锋将象征大吉大利的红花秫草水洒向正梁后，父亲高喊一声："吉辰到！"负责做泥水的父亲的族弟张继添随即点燃了一串鞭炮，张永平紧跟着喊道："上梁！"在一片热闹的鞭炮声中，大家用绳子将正梁慢慢地抬高、抬高，然后稳固地安放在整个屋子的最高点。正梁安放妥当后，张永平遂将一张写有"姜太公在此"的红纸贴在正梁中间，这道庄严的仪式方才完美落幕。

安妥正梁后，各位师傅回到平地落座稍作歇息，父亲忙着递茶敬烟，伸手一摸，烟卷已告缺，正在无计可施时，却发现刚满两岁的我捧着一个大烟罐蹒跚而来。

首席师傅张永平决定逗一逗这个乳臭未干的小男孩。他一脸严肃地问道："阿弟，你这罐烟要拿去哪里啊？"

我说："要拿去给伯伯叔叔哥哥抽的。"

张永平指着刚刚架到屋脊上的正梁说："这间新房建起来后，是要给你哥哥的，没有你的份！"

我原来正准备把烟罐捧到张永平跟前送给他们抽，听到他这样说话，我捧着烟罐，掉头就往家里走，谁也不让抽。

在此后母亲无数次的转述中，我气咻咻地掉头就走的样子，让歇息的伯伯叔叔哥哥们笑成一团，更让张永平惊讶不已，他压根没想到，一个小小的玩笑，竟然让一个小孩子产生那么强烈而快速的反应。

父亲看到这个有点滑稽的一幕，只是无可奈何地摇摇头苦笑着，既没阻拦我，更没打骂我。

紧赶慢赶，新房子终于在春节前几天建完。从此，我家才有了真正意义上属于自己的房子。

九

在母亲眼里，我是个调皮的孩子，虽不出大格，却让人不省心。以母亲对孩子的教育观念而言，她比较认同棍棒教育，她的口头禅是："细不榴，大上树。"因此，她常常怂恿父亲要抓紧管教，否则就来不及了，管不住了。与母亲疾恶如仇、凌厉峻急的性格不同，父亲生性温和，与人为善，对孩子的教育则崇尚无为而治。趋利避害是人的天性，更是小孩子的特性，现在回想起来，我小时候在情感上的确更亲近父亲。

父亲也喜欢带我出门。我还没到读书年龄，在家无所事事。每次外出劳作，在带齐劳动工具后，临出门时，父亲总会轻轻地喊一声："忠，一起去。"我就会一溜烟地越过天井，尾随而去。犁田耙田，我跟着牵牛；种菜浇菜，我帮忙打下手；巡田放水，我跑前跑后。跟在父亲身旁，走路或者劳动，父亲总爱讲一些故事来教育我、引导我。这些故事都有鲜明的主题，要么是勤劳，要么是孝道，我印象最深的是父亲讲述的发生在离家十多里远的凤凰山石鼓坪一个畲族不孝子的故事。

《潮州府志》载："潮州有山畲，其姓有三：曰盘曰篮曰雷，皆瑶种。"《海阳县志》载："潮州有山畲，其种有二：曰平鬃曰崎鬃，其姓有三：曰盘曰篮曰雷，号白衣山子，依山而居，采猎而食，不冠不履，三姓自为婚姻，病殁则焚其室庐而徙居焉。"据专家研究，畲族在我国分布于浙江、福建、江西、安徽和广东五省的部分山区。广东的畲胞大部分住在凤凰山区，其聚居地石鼓坪便是畲族祖先的发源地。这些畲乡都保存有畲族祖图，其祖为"龙犬"或"龙狗"，因平番有功被招为驸马，后称"狗王"。

父亲语重心长地讲述的故事是这样的：古时候石鼓坪村有一个读书人，从小家贫，父亲早逝，是母亲含辛茹苦把他拉扯大，并考上科举，到外地做官。可就是这个山里人，好了伤疤忘了痛，一当上官，就把老母亲忘了，从不奉养母亲，成为村里不孝的典型。不孝子一次回村省亲，被老母亲责骂，骂他忘恩负义，骂他辱没门风，不孝子恼羞成怒，说他出生在穷家庭，是"龙身寄狗腹"。此话不但辱没母亲，更辱没祖宗，老母亲听到这里，气愤难当，泪如雨下，罢罢罢，母子缘分已尽，劝也无益，就骂他是"半路债仔"（夭折之意），母亲毒嘴一出，不孝子回程路上就暴病而亡。

这场人伦惨剧，父亲曾多次讲述，每次都听得我胆战心惊：这就是不孝的下场。

但真正让我胆战心惊的，却是晚上的睡觉。我与父亲同睡在老屋二楼一张阔大的眠床上，与眠床隔一道屏风是家里的神龛，长年累月供着一支昏黄的油灯。每到晚上，父亲不是去生产队的队间理数，就是到别人家闲谈，都要到很晚才回来。我等不到父亲那么晚，每天晚上都要独自提前到二楼去睡觉。每当我形单影只地踏上黑黢黢的楼梯，穿越漫长而阴森的长廊，特别是经过若明若暗明明灭灭的神龛前，对我来说，每次都是一次精神的受刑。而睡在黑暗里，我都要辗转反侧很久，直到父亲回来了，我才放心地踏实睡去。因此，每个晚上，我最盼望的就是听到父亲踏上楼梯、穿过走廊的声音，对我来说，那是人世间最美妙的音乐。

很小的时候，我就体验到，没有恐惧，内心安宁，就是人间的幸福。

下雨天，生产队没有派工，很多人在家里闲着。父亲就趁机将晾在屋檐下、墙壁上的烟叶一串串地摘下来，把灰尘拍打干净，一瓣瓣地展开，我则蹲在簸箕旁，将烟叶的茎一根根地抽去，把纯粹的烟叶一叠一叠地送给父亲，由父亲压在烟规上刨成丝，然后用一个大油纸袋装着，以便平时享用。这些自产自销的土烟丝，父亲随身携带一小油纸袋，放在裤袋里，犁好一片田，赶过一段路，中间歇息时，卷一支喇叭筒，猛吸几口，既解乏又过瘾，那大约是父亲人生中的赏心乐事和莫大享受。

9岁那年，父亲让我进村里的小学读书。那时正是"复课闹革命"时期，我似懂非懂地跟着老师唱"大海航行靠舵手，干革命靠的是毛泽东思想"之类的歌曲，学生随便在教室里撒尿，高年级的学生跑到教室里对老师横加指责，课堂是一片乱哄哄的景象，父亲却叮嘱我要好好读书，不可荒废学业。

村里穷，教育更得不到应有的重视，因此，我们没有固定的教室，只好实行游击战，打一枪换一个地方。记得我读一年级时教室在新楼围的水沟间（屋子下面有一条水沟横穿而过），二年级教室在鹅鞍头的牛栏间（旁边是拴牛的地方），是泥砖砌成的平房，遇到刮风下雨，就得放假，怕房子承受不了会倒塌，危及学生安全。但那时我最苦恼的不是隔三岔五的放假，而是学期过半，两元钱的学费仍没着落，因此，下课时我很怕单独遇见老师，担心老师又来向我要学费，我又拿不出来，那种尴尬的场面，让你要多难受有多难受。我曾经当面催过父亲，但父亲为难地说，让我告诉老师，学期末一定交上来。父亲的确没有食言，临近学期结束时，父亲从大埔的上伦墩做柴回来，两元钱的学费才如数上交，当然，这也是全班交得最迟的学费。

我从小调皮，经常违反父母亲的禁令行事。那时看电影是稀罕事，两三个月邻近的村子才会放上一场电影，于是村里老老小小呼朋引类相率而去，但母亲对我和哥哥要求严格，除非本村放电影，外村的电影一律不准去，要在家里读书，但有时哥俩禁不住诱惑，就会以到别的同学家里读书为名，暗度陈仓，偷溜到外村看电影。母亲是何等英明，她明察秋毫，又不动声色，等到我们看完电影，蹑手蹑脚想回家时，却发现大门早已被母亲闩住，我们只好在大门外等到半夜，母亲才让我们进去睡觉，只此一次，我们就再也不敢擅自行动了。

夏天到了，日落时分，村里许多男孩子都到小溪里游泳，我又不顾母亲反对，跟在其他伙伴后边一起到小溪里畅游。兴尽回到家里，发现楼梯旁放着一把打人的竹子，父亲正坐在饭桌旁神情严肃地抽烟，我知道闯祸了，但作业多，我不甘心因受惩罚而误了作业，遂给父亲写了一张纸条，大意是我要先做作业，等作业做完后，要打要绑，任由父亲处罚。等我作业做完了，父亲的气也消了，一张小纸条消弭了一次危机，我第一次感到了文字的威力。

但我终于因为自己的顽劣而吃尽了皮肉之苦。一次是中午到小溪游泳，因冒充勇猛，从高高的河岸边往河中央跳下去，用力踩到河底一块玻璃，脚底被划开一个大大的口子，顿时血如泉涌，是邻居张伟群将我背回家里及时包扎伤口。一次是晚上捉迷藏，因为邻居的两兄弟闹矛盾,在我们刚刚藏好,我探身起来宣布可以来捉时,做弟弟的忽然甩了一块石头过来,恰好砸在我的头上,瞬间血流如注,以致在脑袋中间至今还留下一条长长的疤痕。最为严重的一次,当数小学五年级放寒假时,那天正好是腊月二十四,农村里所谓神上天的日子,我牵着牛到村里的下溪路放牧,在经过鹅鞍头时,我又顽心大动,想跃上牛背坐"牛马"过溪,由于用力过猛,跃上牛背后,没骑稳,摔到牛背的另一边,造成右臂脱臼,当天就由父亲找单车载到三饶卫生院请杨千轮医师诊治和矫正。此后两三个月,我每周都由父亲带着,到三饶医院找杨千轮医师,换药、矫正、敷药,直到右手基本恢复功能为止。

一时间,我对医院的来苏水味竟有某种奇怪的亲切感,并且由杨千轮医师迁移到新塘圩的林名典医师那里。我到新塘中学读初一时,有一段时间忽然手脚经常出汗,父亲不知是何缘故,但也不敢掉以轻心,遂多次带我去看典医师。与杨千轮医师身材瘦削、性格严厉不同,典医师身材高大,总是笑眯眯的一副弥勒佛的样子,因此不仅给人以亲和力,更给人以安全感。他把温暖的大手搭在我的脉搏上,眯着眼睛谛听着,然后恍然大悟道,你这是植物神经功能紊乱,没有特效药,只能慢慢调,因此,典医师家里那座靠山的房子便常常映入我的眼帘,流连在我的梦里。

1980年1月,刚过完春节,我由新塘中学转学到饶平一中读初二下学期。新塘中学是初级中学,师资力量比较薄弱,教学设施也相对简陋,而饶平一中则是远近闻名的完全中学,为了中考取得好成绩,父亲与舅父商量后,决定让我转学到饶平一中读书。读新中时,我是走读生,早出晚归;现在到了一中,我是住校生,周末才回家,必须缴纳内宿费和杂费,才得以住宿。由于家里穷,没有现金可缴纳,只能用柴草之类代替。那天报到时,我和父亲每人挑一担粗糠(即谷糠)到学校,上午等不到人,进不了门,我们父子俩就一直在学校大门口等着。中午就近在小食摊上吃一碗三饶饺,一毛钱十三颗,我记得清清楚楚,父亲见我不够吃,又舍不得多花钱，就把他那一份多拨拉几颗给我，我不肯要，他就把那半碗连汤带饺子都倒进我碗里，我是和着泪水把那半碗饺子吃完的。

午后刚过，突然下雨，我和父亲连忙挑起粗糠躲到学校大门对面的骑楼下，直等到下午两时多，学校的广播忽然一起响起来，随着响起了眼保健操的旋律。这是我第一次听到这支音乐，感到特别新奇，也特别亲切。广播里的眼保健操旋律放完后，我和父亲才急匆匆地把两担粗糠挑到膳食科缴交，然后再到总务处办理入住内宿手续。

办好了手续，我被安排住在学校大礼堂——建于明朝末年的孔子庙——划出的一个角落隔成的学生宿舍。雨过天晴，夕阳西下，我送父亲走出校门，返回乡下。看着父亲渐行渐远渐单薄的身影，第一次离开家门的我忽然有一点孤独，有一丝伤感。

十

小时候，我的印象是常没钱，哥哥的体验是吃不饱。

哥哥的体验是全家人生活情状的缩影。为了使全家人能吃得饱，父亲总是长年累月奔波在外。除了伐木做柴，父亲外出赚钱的途径，一是"走山内"，一是"走凤凰"，前者是长线，后者是短线。政策宽松时走长线，形势吃紧时走短线，父亲小心翼翼地在严峻的现实中走钢丝，在生活的夹缝里求生存。

家里盖了房子后，因为寅吃卯粮，米缸告急，常常有上顿没下顿，父亲开始"走凤凰"。

凤凰镇是著名的乌龙茶之乡，海拔在 350 米至 1498 米之间，粤东最高峰凤凰山的主峰凤鸟髻山就矗立在境内。这块土地海拔较高，气温偏低，长年烟雾弥漫，水汽蒸腾，最适宜种茶，已有近千年的茶叶栽制历史，其中的凤凰单枞为朝廷贡品，亦为海外侨胞所青睐，晚近更为东南亚各国所喜爱。前几年，我因公务接待日本的 NHK 电视台编导到中山市小榄镇拍摄电视专题片，该台日本编导就很喜欢喝凤凰茶，他还告诉我，NHK 高层来北京出差，也常向他讨要凤凰单枞。由于名声在外，凤凰镇的农民只种茶叶，不种水稻，大米的供应就靠邻近的新塘镇和三饶镇。

一方水土养一方人。凤凰需要米，有需求就会有市场，即使在割资本主义尾巴的年代，仍有人为了生存去突破政治的藩篱。跟我家同时盖房子的张介如已先行一步，偷偷地从三饶买米到凤凰卖，赚得差价度过粮荒。

父亲也开始行动。他前一天凌晨起大早步行到三饶镇买米，一番讨价还价后，购买了一担近百斤的米，悄悄挑回家里，然后神不知鬼不觉地又随着生产队的人出工；第二天半夜出发来回赶30多公里的山路，将米挑到比较靠近凤凰圩的一个名叫林厝楼的村子，搭放在一个叫阿木伯的老乡家里，然后再赶回村里准时参加生产队的劳动。等到凤凰圩日时，父亲再赶早挑担到凤凰圩卖米。

父亲劳动的方式比不上介如先进。父亲是步行，介如是车载——用自行车运输，量多速度快，挑担赶路则要艰难得多。父亲常常沿平路挑到径脚亭，稍微歇息一下后，就沿着坝陵径岭的崎岖石路一步一步往上攀，经大尖山，过凤凰界的桃仔峯，一步一个台阶的石板路绵延七八公里，那是挑米赶圩、步步着力的路段，然后出林厝楼，从林厝楼到凤凰圩还有五六公里。父亲常说："别人骑自行车要到达，我走路也要到达！"没有什么障碍能阻止他艰难前进的脚步，这成了他坚定的人生信念。

行情好，一斤米能赚三四分钱；行情差，一斤就赚一两分钱。几天折腾，担惊受怕，一圩下来就赚三几块钱，这就是父亲的命运，也是他那一代农民的命运。他认命，也足够勤劳，可是命运却对他特别不公。大约在1974年的冬季，有一次，父亲在凤凰圩卖完米后，正准备步行回家，遇到同村同宗的族弟张步俊，他恰好也交割完生意，就顺路搭乘步俊的单车，一路顺风顺水地回到村里，父亲正感念这一程好遇，可刚跨进家门，伸手往裤袋一摸，立时手僵住了，卖米所得的九十多元不见了！收市时，他明明把钱放进裤袋的，回想起来，就在当时急于搭顺风车，钱藏放得不深，又坐在单车上，一路颠簸，就把钱震丢了。他后悔莫及，欲哭无泪，这钱是从河口村姨表弟林水鹏借的，当时借的时候就说好过完春节后还给他，这是他的谷种钱，耽误不得。现在钱弄丢，去哪找钱还他？但没钱也得想办法还钱，此事对父亲打击很大，他一夜间苍老了许多。

在村里，能外出赚钱的人，毕竟是少数，虽然赚的是苦力钱，终究需要一种勤劳的品性和一份吃苦的精神。村里懒人多，"堵一堵，食政府"是他们的口头禅；"不患寡而患不均"，是他们千年不易的天性。父亲拼死拼活，比他们多了一点额外的收入，就显得特别惹人眼目；有时旷工跑去"走凤凰"，就更加大逆不道。大队领导早就想着法子要收拾收拾一下父亲。

大队领导当然是技高一筹，他们来个先礼后兵，目的也是为了笼住父亲。他们安排父亲担任生产队的队长，父亲固然看穿了领导的意图，但更重要的是他不愿意因此受到拘束，绑在土地里动弹不得。他以能力不够为由婉拒了大队的任命。大队领导这下老实不客气地给父亲以严厉的惩罚。当时新塘区一位年轻的王副书记正奉派到下坝驻点主抓"反击右倾翻案风"工作，为了配合上面的形势，打出一点声威，王副书记抓住父亲这个割资本主义尾巴的反面典型大做文章，他亲自部署，把父亲拘禁在后头田一处工地，让他蹲田头寮，白天监督劳动，晚上展开批判，严厉斥责父亲是右倾翻案风的应声虫，是资本主义的活典型，是社会主义的绊脚石，一时大帽压顶，乌云滚滚，父亲备受折磨，痛苦不堪。

父亲在田头寮一蹲就是大半年。"走凤凰"之事遂告中止。

1976年春夏之交，开国元勋周恩来、朱德相继去世，唐山大地震突然爆发，国家处于最困难的时期。吃不饱的难题再次折磨正在新塘中学就读初中二年级的哥哥张培林，因为每天早上只喝稀饭，上午的课上到第三节，他就顶不住，肚子里"咕嘟咕嘟"地直叫唤。

张培林个子小，但正在长身体，因此对起码的营养有着特别的渴望。一个雾蒙蒙的早晨，在去新中上学的路上，张培林发现张介如载着一担黄瓜去"走凤凰",张培林紧跑几步上前问了个大概。原来同个生产队的张介如又走在前面出发了,这对张培林是极大的鼓舞,也是莫大的启发。

放学回到家里,张培林充满渴望地对父亲说:介如哥到三饶挑吊瓜(即黄瓜)到凤凰换树薯(即木薯),我也能挑三十斤的吊瓜到凤凰换树薯。

父亲并没有正面回答张培林的问题,只是催他快点去读书。

晚上睡觉前,父亲伤感地对母亲说:刚才阿林说要挑吊瓜去凤凰换树薯,阿林才多少斤,哪能挑三十斤?我听了心里很不好受!身体确实不松快,挑担行路去凤凰实在很疲累。但孩子吃不饱,我这个做父亲的就是再累也应该去啊!

第二天,父亲动员姐姐张佩真跟他一起到三饶挑吊瓜往凤凰换树薯,依然攀坝陵径岭,依然走羊肠小道,但路更难走,因为挑的内容不一样,不比挑米,只要不洒落就好,吊瓜怕摔断、怕磕碰,难伺候。但父亲和姐姐还是挺过来了。

那天晚上换回树薯后,第二天早上,母亲就煮了半鼎,没有油,没有肉,只下些自家腌制的咸菜,煮得热气腾腾,围着大半鼎的树薯,全家人吃得满脸冒汗,肚皮溜圆,特别是张培林更是馋得比别人多吃了小半碗。

当天中午回家吃午饭,张培林对母亲说:今日定定。

母亲不明所以地反问道:什么定定?

张培林说:今日吃树薯,上到第四节课,肚子还很踏实,有树薯吃实在好!

母亲心领神会,又赶紧把早上吃剩的一碗树薯热了端给张培林吃。

父亲并未多言,他忍着身体的极度疲惫,带着姐姐,勉为其难地继续"走凤凰",换下了一大筐的树薯。家里有粮,心里不慌,张培林在学校里读书,再也不用担忧肚子饿了。

十一

1979年夏天，张培林高中毕业，参加高考。这是邓小平亲自主持恢复高考的第三年，十年的人才蓄洪在数年间释放，千军万马走钢丝绳，连大学、中专在内，录取率只有百分之几，那场面固然十分壮观，其竞争的激烈程度是今天的高考所不可同日而语的，称得上有几分残酷的味道。因此，胜利显得格外宝贵，失败也在意料之中。

张培林也属于时代的幸运儿，他考上了饶平师范学校。他从此改变了人生的命运，不必像父亲一样执"锄头柄"、走"高陂路"。拿到录取通知书，是张培林挺直腰杆的日子，也是父亲一生中最扬眉吐气的时光。张培林出门赴校的前一天，父亲专门办了两桌酒席，请大队领导和村里五服内的宗亲吃饭喝酒。父亲虽然给大队领导批斗过，但他并不记仇，而是以德报怨，一位大队领导在村外龙沟的田里干活迟来，父亲按住没开席，命我小跑着到龙沟催请，直到人全齐了才上了米酒，动了碗筷，真挚诚恳地向众位领导和宗亲致谢。

张培林告别了青涩的少年，似乎也告别了饥饿的时代。事实上，一个全新的时代已经拉开了帷幕，农村的改革正在萌动着某种新的生机，公社体制已开始瓦解，生产队已包产到组，这是包产到户的前奏。

入学不久，张培林就给父亲寄来一封信，嗫嚅着向父亲讨要五元四毛钱，这是一本新出版的《现代汉语词典》的价钱，因为学习需要，他很想自己拥有一本，可是兜里没钱，只好硬着头皮向父亲开口。

生活已经有了一点改善的端倪，生产组的劳动需要父亲倾注更多的热情，前些年"走山内"的情景似乎有些遥远和淡漠了。但是，张培林的来信，又确乎在提醒他，即使在已经解冻的岁月，日常的家用和孩子读书的那一点零花钱都只有在坎坎坷坷、曲曲折折的"走山内"的长旅中去索取。唯一的区别，也是最大的好处，就是此时"走山内"不再躲躲闪闪，也不需要谁批准，只要愿意，随时都可以出发。

秋风起时，农活少了。父亲跟母亲商量，虽然年纪越来越大，但孩子读书需要钱，"山内"的路还要继续走，别无他途，母亲只好同意。

父亲一生有三个时期"走山内"：新中国成立前，跟伯父兄弟俩，为个人生计；上世纪60年代末到70年代初，为家庭温饱；70年代末，为孩子读书。特别是70年代初，父亲正处在壮年，身体好，干劲足，前一天到浮山办货，购买鱼干、鸡蛋、红糖、活狗、活鸡等，有时侧重这几样，有时侧重那几样，每次都满满当当地办了一大担。第二天就挑货到桃源，当天凌晨2时，母亲起来做番薯丝饭给父亲吃，父亲饭量大，米不够，番薯凑，母亲用大鼎来煮这点东西，下猛火，控火候，每次总是煮得软糯糯、香喷喷，恰到好处，十分可口。但父亲每次总是连焦黄的饭焦在内吃剩一小碗留给母亲吃。

父亲挑着一担货，凌晨4时从家里出发，经村里的竹排楼，过下寨的居隆楼，一路盘山过岭，来到赫赫有名的上坡下坡有近十里山路的大赤岭，翻越这座长岭，才能看到前路的曙光，顺利的话，中午就能到达大埔最靠近饶平的一个小村——坪石村，在有兄弟般情谊的陈国材或陈俭国家里歇脚，吃过午饭后就沿着小溪两边的人家一路卖过去，晚上住在桃源镇陈厝楼的陈华昆家，直到货物卖完为止。

这是父亲几十年"走山内"的路线图，也是一代农民艰难求生的辛酸史。

重操旧业，父亲的手脚已不如从前利索。连续几圩下来，父亲已是劳累过度，有一次，从大赤岭下来，经过枫树脚岭，在岭上路窄坡陡，货担沉重，无法走快，刚刚下到食饭溪水库主坝时，父亲急着赶路，想走快一些，没想到一个趔趄摔倒在地，壳篓侧翻，幸好是在平地，损失不大，只磕坏了几个鸡蛋。父亲就势坐在地上，捧着几颗磕坏了的鸡蛋，左瞧右瞧，舍不得丢掉，遂把那几颗生鸡蛋吃了再赶路。

回到家里，母亲听到父亲摔倒的事后，很不放心，硬要跟父亲一起去办货和卖货。父亲不让，相持不下，折中的办法是母亲迎一程，送一程，为父亲减轻负担。

早上父亲到浮山圩办货，下午母亲就走几个小时的路到一个叫倒头桩的山顶上等候。有时等到太阳要落山父亲还没来，母亲就隐隐有些担心。多数时候是太阳要落山时，母亲才在山顶上眺望到父亲从远处的山路上挑着沉重的货担一步一步缓缓地挪动过来，这时母亲心里的一块石头才落地。然后等父亲来到山顶稍事休息后，母亲就把父亲的担子一分为二，一人一担，继续赶路时天色已暗下来。

到去桃源时，母亲就为父亲分担一部分，一起挑到坪石的陈国材家，吃过午饭后，母亲再回来。

这一年的冬天，放寒假的时候，张培林回到家里的第一件事，就是要接替母亲，帮父亲挑东西一起到桃源。

第一次挑重担攀大赤岭，虽然跟在父亲后面，但放眼满目莽莽苍苍的大山，张培林还是感到内心极大的震撼，那陡峭的黄土岭、沉重的脚下路、孤独的夜行人，只有亲历亲见，才会有刻骨铭心的灸痛和体认。

上到大赤岭顶，放下担子，挨着父亲坐在小松树下，迎着习习凉风，看着父亲缓缓地卷着、吸着喇叭筒，张培林一下子明白了许多生活的道理。一路山行，来到一个依着山塆的小山村，父亲说，这就是坪石。父子俩挑着担，径往经常搭食的陈国材家。陈国材身板结实，热情忠厚，脸庞晒得黑黝黝的，他把父子俩让到堂屋的上厅坐定后，又将父亲递给他的半斤多米麻利地分成两大碗，跟他家的一起放到炊具里炊，饭熟时，父亲拿出一小盘鱼干，就着现成的咸菜，宾主无间地草草用了午餐。

饭后，张培林随着父亲从坪石到桃源沿途两侧的瓷厂一路卖下来，晚上就住在镇北陈厝楼的陈华昆家。陈华昆也是父亲的老东家，常常在他家吃住。这天，收拾完后，张培林在陈华昆家的里屋先睡下，父亲和陈华昆则在外间边喝茶边闲聊。

陈华昆：你儿子长这么大了，在干什么？

父亲：在读师范。

陈华昆：读师范是铁饭碗，那你儿子今后就不用来走这条路了。

张培林还没睡着，听了陈华昆与父亲的对话，他心里想：那当然了，如果儿子总走不出老子的视野，那社会就没有进步了。

但是，在此时此际，为了能为父亲分劳分忧，张培林宁愿更多几趟跟随父亲"走山内"。赶在这一年的春节前，张培林终于又一次帮父亲挑货到山内。

这一次挑的全是鸡蛋。头回生，二回熟，张培林熟门熟路地跟父亲一路来到江西田这个小山村时，天刚蒙蒙亮。不巧的是，近山多雨，父子俩刚踏上江西田村后头的晒谷场，天就阴阴地下起了雨，晒谷场从上场到下场有一截很窄很陡的坡，每次经过时都要挑直肩才能顺利通过，雨过路滑，担子又重，张培林屏气凝神小心翼翼地移动着脚步，到路尾时终于刹不住脚，连人带担子滑倒在地，40多斤的一担鸡蛋坏了一大半。父亲没有责怪张培林，而是好言安慰他，然后把好的拣起来放在他的担子里，由父亲独自挑去桃源，把碰坏的鸡蛋用油纸包裹着放在原来的篮子里，让张培林原路折返挑回家里。

这一次的无功而返，使张培林深受打击，也十分内疚。春节后返回学校不久，张培林就给父亲寄来了一封道歉的信。信中写道：

> 父亲，我回校后家里有些事情经常在我的头脑里出现。特别是父亲您到浮山，然后挑东西到桃源的那种艰苦的情景，使我经常为您的身体担心。父亲现在您的年纪已经大了，身体也不比过去那么好了，请您多休息，注意身体的健康。现在我们生产组粮食比较高，生活基本上可以解决，如果家内经济困难，

就把家内那只大的猪卖出去，用来解决一段时间，然后那小的猪也大了。

　　父亲，我上次替您挑些鸡蛋到桃源，由于天气不好(下雨)，路非常滑。我把蛋打坏，然后同您把蛋收拾好之后，您就继续前进，而我就要回家，但我在回家的路上回头看着您，当时我想起那些路程以及天下雨，造成的困难，又想起您的年纪和身体，在回家的路上，一边走一边放声大哭，因为父亲您有困难，我没法帮助父亲解决困难。而现在我给您写信，想起那种艰苦的情景，也眼含泪水。

　　父亲，请您多注意身体的健康，以后再也不要干走桃源那些艰苦的工作……

　　父亲收到这封信时，是一个星期日的早上，那天是我转学到饶平一中读书后第一次回家过周末。全家人正在吃早餐，父亲突然泪如雨下，母亲大惊失色，问有什么事情，父亲说刚刚收到阿林的来信……我急忙掏出信时，发现泪水早已重重地打湿那两张薄薄的信纸。

　　这是我第一次看到父亲的泪水，和他那悲伤的面孔。

十二

　　然而，令人伤心的是，我竟然从未与父亲合照过一张相片；而家里最大的遗憾，则是没能留下一张全家福。

　　我念完初一的那一年暑假，新厝围的住户中出现了一件轰动当地的大新闻。跟我家只隔着三间房子的张玉鱼的老婆，竟然是日本人，而且曾经是日本间谍！

　　我依稀记得，这个女人是十年前从大埔县嫁给村里的老木匠张玉鱼的。大家都不知道她的名字，因为是从客家地区嫁过来，村里人就管这个女人叫"客鸟"，随"客鸟"嫁过来的还有她的三个儿女：

儿子雪峰、大女儿和小女儿，大约是跟她大埔的丈夫生的。

拖着这么长的油瓶，村里人都为老木匠张玉鱼叫屈。张玉鱼手艺虽好，但性格孤僻，年近四十，仍然无某无狗，这下子"糙米合着空春臼"，可谓各取所需，各得其所。

玉鱼与"客鸟"结婚后似乎并不和谐，数年后就分居，"客鸟"母子住正房，玉鱼则住木工房。村里人茶余饭后议论一阵子也就过去了，倒是"客鸟"的儿子雪峰神勇无比，每年的元宵晚上，下坝村的小孩子与隔村乌洋村的小孩子总要互相扔石子，以前总是互有进退，自从雪峰参加进来以后，每次他总是打头阵，将乌洋村的小孩子追击得大败而归，被村里人称为"刺头"；"客鸟"的小女儿则是个哑巴，大家都称她"哑仔"。

一个"刺头"、一个"哑仔"，使"客鸟"一家人在村里成为一道独特的风景。中日邦交正常化后，"客鸟"通过村里的治保委员、邻居张景记与日本联系，核实情况后，终于获准，"客鸟"母子四人举家迁回日本。

"客鸟"的真实身份披露后，村里人惊奇不已。毕竟毗邻而居多年，临别时，张景记请来从县城下放到本村的摄影师汪阿尧为他们两家合影留念。那时照相还是稀罕物，平时照相都要专门到照相馆去照，这下子服务到家门，左邻右舍遂借机请汪阿尧为邻近的各家照全家福。

那天午饭后，我们全家穿戴整齐，与其他各户聚集在水井旁等候。半个小时过去了，一个小时过去了，汪阿尧还没来，父亲等不及了，他惦记着要到后头田生产组的责任田里犁田，再不去，下午就犁不完那片田了。

父亲挑起靠在墙边的犁铧。母亲见状，着急地说道：好不容易照一次相，大家都在等，你就等等吧！

父亲说：不知等到什么时候，你们照吧。

父亲挑起犁铧沿着新楼围往西走，我看着他那件洗得发白的蓝士林短衣后背一直消失在村街尽头。

照相的时候，因为父亲不在，母亲也不能下去照，全家福照不成，只能照我们兄弟姐妹五人的合影。父亲没有留下全家福，只留下挑着犁铧的背影，不时地闪现在我记忆的屏幕上。

父亲的另一个背影——救人的背影，则是邻居乌记永生难忘的。

乌记和她的丈夫俊校是我家新屋右侧的邻居，是我家房子建好数年后才接着建的，却比我家早搬进去住。她家儿子少强特别调皮，谁都怕他，不敢惹他，却特别听父亲的话，这也是爷孙俩（少强辈分小，要管父亲叫叔公）的缘分。

我家刚搬到新房住的那个夏天，一天午后，大家都在睡午觉，父亲在屋外晒东西，少强闲不住，在他家的猪圈不知鼓捣什么，突然一声惊叫，少强一脚踩空，掉到沼气厕所里。父亲见状，飞跑过去，费了好大的劲，才把少强从沼气厕所里抢救出来。

农村这种沼气厕所，池深口窄，便于聚气，而一旦发生孩子掉进厕所的意外，则很难有效施救，那天如果不是父亲恰巧在场，少强恐怕凶多吉少了。

父亲救起少强后，见他脸色发紫，遂倒拎起他的双脚，让他"哇哇"地往外吐水，一时间，左邻右舍都被惊动了，乌记和俊校更是吓得脸色发青，牵着父亲的手千恩万谢。

1981年1月1日，中共中央新时期关于农村工作的第一个一号文件出台，明确要求在全国农村实行包产到户，即实行家庭联产承包责任制，这是安徽凤阳小岗村18个农民按下手印，率先分田到户的壮举在全国发酵和推广的结果。

这次农村改革，被称为是农民的第二次解放。拥有了土地和放松了束缚，使农民焕发出空前活力，燃烧着对未来生活的热望。

按人口数量，我家分到了五亩多的田地，这是水田，还有一些旱地不算在内。第一次分到这么多的土地，父亲一则以喜，一则以忧。喜的是从今往后，土里刨食，有多少汗水，就有多少收成，有多少投入，就有多少回报；而且主要不靠"走山内""走凤凰""走浮山"来换得温饱，来获取生存；更重要的，是在自己的田地里安安心心、实实在在地做一回真正的农民。忧的是孩子外出读书，劳力不足，特别是近年来身体容易疲劳，如果真的病倒了，这一大摊子农活谁能干得了？

生活似乎总是充满悖论，作为农民，当父亲可以大展身手的时候，自身却成了最大的制约因素。以前，父亲总有使不完的劲，现在，他常常感到力不从心，双脚像灌了铅一样抬不动，胃口不开，情绪不振。

但父亲仍是家里唯一的壮劳力，6月的太阳下，父亲扶着犁、赶着牛吃力地犁着番薯田，这是农活中最苦最累的活。几圈下来，牛喘着粗气，父亲也喘着粗气，在毒辣的骄阳炙烤下，父亲惨白疲惫的瘦脸慢慢地变成铁青色，他终于忍不住昏倒在田里。

人生遇合似有前定。因为邻居，因为救子，俊校对父亲格外尊敬，在父亲身体一日不似一日时，由于我和哥哥在外读书，未能及时送父亲到医院，是俊校用单车送父亲到三饶官田的一位老医师那里诊病，每次配好药后，又用单车把父亲送回家里，有时也由堂哥双定兄送医。这样的状况持续约有一年的时间，中药一捆一捆不停地吃，身体却没有任何起色，父亲有一种不祥的预感。

十三

1981年中考前夕，在我究竟是报考高中还是报考中师的问题上，父亲与舅父有过明显的分歧。舅父认为我的成绩好，应该去读高中，将来考大学，只有读大学，才是海阔天空，前程远大。父亲则坚决要我去考师范，他说能读师范有份工作已是万幸，他没有能力供我读高中。

虽然我很想读高中，将来去考大学，但我还是听从父亲的劝告，二话没说就去读师范。实际上，其时的父亲已经沉疴在身，为了应对命运的不测，他做了最坏的打算，也是最保险的规划。

第二年，父亲就一病不起，如果我冒失地去读高中，无疑就将因父亲的去世而失学，并从此坠入不可知的困境。正是父亲的坚持，为我指出了一条穷人的道路，更是一条光明的坦途。

三十年的光阴，如白驹过隙；父亲的音容笑貌，无时不在心头。在被告知父亲病危的前一天，我还步行到邮局给父亲寄去一封信，几十年来，我始终不能确认父亲是否读到我这封给他的人生的最后一封信，在我后来翻检到的这封特殊的信时，我看到信的封口像锯齿一般颤抖着撕开，信纸有几处被泪水打湿的痕迹，于是我确信父亲是读过这封信的；但从这封信寄到的时间来看，那几天正是父亲生命中最后的时光，他能否确切地读过，我又有过动摇。不管何种情形，这封信，对父亲，对我，都是弥足珍贵的。

亲爱的父亲：

您好！近几天来病体稍为好转吗？对您的身体我真感到担心和不安！

　　昨天到校后，宿舍以及其他的环境卫生都搞得很整洁，境况是比家里好得多的，但我的心情却很不愉快，很难过，每当我想起您的病以及家庭的情况的时候。但是，我终于逐渐克制了自己，因为我想到即使是终天忧愁家里的事，也丝毫改变不了家里的境况，简单地说，是无济于事的，然而，要完全抑制这种感情是不可能的，一股无形的力量还时隐时现地萦绕在我的心头。几十天的暑假生活很快地过去了，在家里确实是干了些活，但有时也给您、母亲带来了烦恼，惹您生气，现在想起来觉得很惭愧。在家的日子多了，意见有时未免有些出入，同时，我的性格您是了解的。因此，对于这些，请您、母亲及姐妹们不要怪罪，特向您和母亲道歉。

　　父亲！在这里，我要向您建议：您的病据检查是属于贫血和肾病，并不怎么严重，因此请您不要顾虑。但对于食物就要多注意，不能吃的东西就不要吃，可以吃的东西，就要吃多一些，即便不想吃，也应当勉强吃一点，这样才有精神。比如装成袋的，以前我煮给您吃的豆粉，什么时候想吃就叫母亲，或姐妹煮给您吃。葡萄糖、冰糖、麦乳精，吃完了就叫哥哥给您买，不要总抱着没有钱、勉强得过就算了的态度，这对您的身体是很不利的。古人说："留得青山在，不愁无柴烧。"只要您身体健康，什么都可以抛弃的。"财乃身外之物"，何况是这少少的一点钱，有什么值得惋惜的。您的很不好的地方就是气量小、心胸窄，面对这样的情况，就应该看开去，不要总看到眼前的几个钱。"花无百日红，人无千日好"，您这么大的年纪一点小病是避免不了的，您为什么不能像乌建叔（木工队长张成锋的大儿子）那样呢？年轻时就要尽量使病快些好，可以来抚养子弟成人；年老了也同样要使病痊愈得快，来过好较为舒适的晚年，您的不肖之子将来也能挣几个钱供您及母亲来度好晚年的。因此，请您意志不要太消沉了。同时，农事的问题，您也不必担忧，禾苗长得算不错，番薯也还好。田园又有姐姐负担，家务也有母亲料理，哥哥在您膝下工作，星期日也还能帮一些农活，如除虫等他是能做的。至于姐姐的亲事，您也不必过于忧心，相信在阿伯、阿叔们的帮助下，是能够妥善解决的。要看到，姐姐被此人辜负了感情，固然是一件不幸的事，但及早认识到此人的真面目，和这种负心的人及早分手，又何尝不是一件幸事呢！同时，姐姐也还能择得佳婿的。另外，请您也劝母亲要注意身体，并代向姐、哥、妹及伯父和几个堂叔叔等一一问好！

　　此致

　　祝您早日恢复健康、心情愉快！

愚男：培忠

1982.8.31 晚于饶师

此封诚恳稚气，却又难以释怀的信，连同这一篇文字，是我对父亲三十年追念、感恩和探寻的见证。

今年清明节,我专程从广州回到父亲的墓前祭拜,像生时的长路孤旅,父亲在山坡上的坟茔也显得有些孤寂。拔去无字墓碑旁的一株宿草,我忽然热泪盈眶,深切地感到远行的父亲其实从未走出我们的心中……

2011 年 8 月至 2012 年 5 月

写于羊城梅花村

附记: 为写好这篇文章,我在 2009 年起即请母亲做口述历史。由我提问,母亲口述,女儿张闻昕全程拍摄视频,前后达十多个小时,然后由外甥张莘塽协助整理成文字素材,本文的基本内容即取自母亲的口述和我对时代的研究。

张培忠,广东省饶平县人,1965 年 10 月出生。文学学士,高级管理人员工商管理硕士。中国作家协会会员,广东省作家协会兼职副主席,省作协报告文学创作委员会主任。曾任教师、编辑,长期在广东省直机关工作,现供职于中共广东省委某机关。先后发表文学作品 150 多万字,出版有长篇传记文学《文妖与先知——张竞生传》、长篇纪实文学《海权战略——郑芝龙、郑成功海商集团纪事》等,曾获第八届广东省鲁迅文学艺术奖、第九届广东省精神文明建设"五个一工程"优秀作品奖。

我的高考

刘 昆

按语：本文原载于 2007 年 12 月 10 日的《福建日报》，是作者为恢复高考三十年所作的纪念性文章。文章回忆了作者个人的高考经历，讲述了他如何因国家全面恢复高考的决定，从一个两次失学、学历仅为小学肄业的底层杂工，一跃考入大学学府，接受高等教育，从而改变人生，成为国家栋梁。作者行文流畅活泼，以小见大。文章虽题名"我的高考"，但读者亦可从中管窥风云巨变的时代。

参加高考，是国家给我的意外礼物。

我是 1962 年入读小学的。四年后，全国迎来了"文化大革命"，我刚读完小学版的《毛主席语录》，就和全国所有的学生一样，停课了。

这次停课，几乎让我永远失去了再进入校园的机会。

第一次失学不痛苦。全中国的学生都没书读了，而在小孩子的眼里，外面的世界很精彩：游行，武斗，满街的大字报，于是我满街跑着看热闹。但自由自在的日子只过了两年。家里人口多，收入少，穷。见我家三餐难以为继，居民小组的阿婆介绍我到县里一个水利工程的工地上当小工。干啥呢？下到河床里，用筛子把混在沙子里的鹅卵石筛出来，供浇水泥用。就这样，我走上了谋生的第一步。那工地离县城尚远，每天早上五六点钟起床，晚上七八点钟回家，泡河水，吃冷饭，披星戴月。

第二次失学，则成为我一生中最痛苦的记忆。大约在1970年或1971年，中小学复课，我被云霄县实验小学附设初中班录取，学费两块八。我没去报名，因为家里没钱。两块八在当时可以买二十斤公价米，而我家当时过的是有上顿没下顿的日子。这一次辍学，终审定案了，我的学历只能是小学肄业。从此，我见到学校就绕道走，琅琅书声，就像一把刀往我的心里戳。

我参加高考，纯属偶然。当时，几个朋友，虽下乡的下乡，当工人的当工人，却跃跃欲试去高招办，听到不用学历证明，谁都可以报名，就帮我报了。名是别人报的，有两件事却要我自己定：第一件，报大学还是报中专？我琢磨了半天，中专我考不上，只能报大学，因为中专要考数理化，大学文科却只考数学，不考理化。第二件，报什么专业？文科考生可选的专业很少，我就随大流，第一志愿是厦门大学中文系，第二志愿是厦门大学历史系，第三志愿就不容易找了，最后挑了河北地质学院的会计专业。帮我填表的老师是我的邻居，提醒了一句：河北那么远，路费够呛。于是，为了节约路费，我把第三志愿改为厦门大学财政金融专业。一言定终身，现在，这个专业跟了我三十年了。

考上大学一直到现在，总有人问我：你没读中学怎么能考上大学呢？当然，要考出好成绩还是需要知识积累的。当年，在尝试了干杂工、卖纸烟等多种行业之后，我进了刻印店当学徒。店前有个收买废品的小摊档，"收买佬"收购旧书，我主动帮他承担了分拣的任务：没用的卖出当包装纸，有用的看完再提价出售。就这样，几年时间，我看完了1949年后的中学语文、文学课本，读完了乡下所能找到的文学作品，如《镜花缘》《封神榜》之类，不花一分钱，不知不觉中接受了中学的基础教育！

高考对我来说，难点在数学。既然参加考试，只能"下定决心，不怕牺牲，去争取胜利"了。我收集了从高小到高中的数学课本，把所有的习题做了一遍。1977年考生只有一个多月温习的时间，没有老师，自学数学比语文、历史难多了，白天干活晚上做习题，稿纸摞了两尺多厚。蚊子多，身上裸露的地方全部布满红点。

1977，神圣的一年！没有录取的希望，没有明确的目标，为读书而读书，为高考而高考，想不到的做到了，梦想实现了。

三十年前的校园是值得回味的。进校园的，是自觉学习的一代，虽然老的老小的小。教育人的，是无私无怨的老师，虽然有的已经年迈。记得教英语的一名副教授，每天清晨5点半左右，都会出现在我们宿舍楼下，辅导早起的学生。学生们学习认真，教室霸位比较简单，早点去放下书包就是了。而霸图书馆的位置就难了，图书馆开门的时候，门口早就挤满乌压压的学生，进图书馆的难度，绝不亚于现在到银行开股票账户！生活上同学们也很满足，带薪读书的是富翁，其他的同学一样穷。国家根据不同情况提供了数额不等的助学金，中午可用肉票买来十数片拇指大的肥猪肉，早晚饭油星全无，但大家无忧无虑，其乐陶陶。当时不愁买书没钱，因为有钱也没书买。写这篇文章的时候，我数了大学时代的书，16开油印的课本、练习题本共约50本。就这么几本书，造就了77、78、79级这主要由非应届生组成的一代大学生，这批人，无可否认地成为目前社会的中坚之一。

随着恢复高考三十年的到来，对高考成败讨论颇多。我认为，高考的恢复，起码向国人讲清了三个道理：读书是有用的，知识是有用的，治国要重用知识分子。1977年恢复高考是一个强烈的信号：国家的治理将正常化，国家的发展开始了。

恢复高考三十年，得益者众，我是其中之一。是以此文向决定恢复高考和在此过程做出贡献的所有同志致敬。

刘昆，1956 年出生，广东饶平人，1984 年 7 月加入中国共产党，1973 年 6 月参加工作，厦门大学经济系财政金融专业本科毕业，经济学学士，广东省委党校经济学专业研究生。曾任广东省财政厅厅长、广东省副省长、国家财政部副部长，现任国家财政部部长、党组书记。

忆故园

张竞生

按语：张竞生，20世纪二三十年代我国思想文化界的风云人物，著名的哲学家、美学家、性学家、文学家和教育家，以及乡村建设运动的先驱。《忆故园》是张竞生回忆家乡的故园"绿窝"的一篇美文。文章最初刊载于香港《文汇报》副刊《新晚报》的连载专栏，1956年收入其自传体散文集《浮生漫谈》。

忆故园，又忆及环绕它的四周山峰。那是高接云霄的凤凰山脉，产名茶的处所；那是坪溪山脉，与潮安市相交壤；那是待诏山脉，传说宋帝昺奔走南方，抗拒元兵，曾经此地而由他钦赐这个名字。

峰峦处处有，山峰格外好观赏。朝雾晚霞山色朦胧，若隐若现，或如彩带绕山身，或如宝冠罩其头，晴明时如矗天芙蓉，风雨来时似海涛怒号奔流。

我夜间爱月，日间爱山。月只为鉴赏，清澈我的心灵。山不但可以鉴赏，更兼有实利可以资生活。

山利是无穷的。到现在尚有许多人以为只有造林就是振兴山利了。实则，山中可以种植许多种稻作物、油作物，尤其是水果类、竹类等等的最易收成与最切实于民生日用的植物。至于造林，除好木材之外，又可种食料或用料的树种，如栗、榛、椰、油棕、漆树、桐、龙眼、荔枝、橄榄之类。

例如竹属，满山是可以生长的。我在园中只辟出长不过二丈，宽度不过数尺的地方，种大竹于其中，十余年久，每年数月食竹笋食到饱，那大竹笋娇嫩爽口，切成细丝，比面条更有滋味，更富滋养。

说及水果种在山间比田园中更有出息。我县著名的柑橘，就种植在山谷。橄榄、香蕉、龙眼、荔枝，更适宜于山区的生长。我常想及现在的城市街旁的树木只在遮日与鉴赏，若能改种为水果树，同样取荫，而每年不知有若干的出息。

山间也可以种稻作物，如山禾、畲谷、番薯、树薯等等。我曾在山头种山禾，它的米粒粉红色，如糯米一样的黏柔，比普通的大米好食得多。

我曾开了三大苗圃与七个山农场。那时极自信、极自豪地走到山头，遥目遍望诸山峰，口中常指它们叫出欢悦的声音："山呵！我们征服你们了！"

究竟，这不过是个人的骄夸与梦想，一个人是不能征服许多山谷的。我也曾发动本乡的群众，向十里内的山谷间去进攻。可惜那时的群众尚无组织，缺乏觉悟性，终被一二土劣所阻挠，而我个人的生产计划终于失败了。

故园是一片约六七亩的平地，是我先父租下预为我归家时之用。可是我虽满意我的"绿窝"，但每当独行山头，常想跳出到极远的山区，以扩大生存鉴赏的限界。现在我便到社会，到人间来扩展我的眼界，延伸我的生命！

我一生最爱月，我爱月比爱夜更热情。在乡间日落后，灯火全无，满天昏黄，只有月光是天上的蜡烛，也是人间光明的信号。

在"绿窝"故园时，最使人留恋的是，每当晚鸦一群一阵地向高山归巢，那蛾眉月或团圆月在峰峦间浮现，我们一家人就到左近的清溪游泳。这条溪流乃由极近的大山谷所泻出的流水，便是清白无瑕的泉水，只要入其中浸淫一些时光，便觉凉入心脾，沁入肺腑。

　　细沙如毯，白沫似练，四围的山色由于山谷的构造不同，而有显明的和暗影的差别。我最乐是缓缓仰泳，那时面对月光，与波影一同摇摆，互相徘徊。宛转的岸边，青绿的微波，月色与山光和这条溪流相合成为一幅静穆的图画，稚子娇娃，游泳呵，喧哗欢乐于其中，点缀成为图中的人物。故园中的玉兰与溪岸上我所种的千余株柑橘的花香，弥漫于溪流，于山间，于月光之下。

　　游罢归途，踯躅田畦，同唱山歌，入园时但见丛竹弄影，蕉叶舞姿，周围乡间静无声，但闻万籁齐鸣，蛮音唧唧，此中有虫名"地虎"，在叫号，水蛙嘈杂中，具有一种和谐的音调，又有那些蛇，也叫出嘶嘶的微音。说到蛇，园内是极多种的，一种叫乌蚊子的蛇，夜间就到树上去偷蛋与食鸟；黄头娘，那样美丽，无害于人而有益于稼穑，便听任它们在园中自由行动。

　　明月射入小楼内，床榻都现出光辉，纵然困惰也睡不得了，只好睁开眼睛与月影共徘徊，有时又闻到那鸡寮中百余只鸡，雄的喔喔啼，不知不觉地进入睡乡。醒来，又是日光在山头、田间、园里，我们一日的动态又在开始了。

　　我爱月，爱山间的明月。我在巴黎常常避开街中的电光四射，独自个人静静地走到塞纳河边玩赏月华。

　　日光固然可爱，这只是在朝曦，在夕照，在冬寒的天气。至于月光，无论在何时何地何种气候都是可爱的；初三四的蛾眉月，以至于十五六的团圆月都是可爱的，以至于廿余的下弦月，也具有一种吸引人、迷醉人的魔力。我永久永久地保存我儿童在读私塾时跟了母亲在日尚未出，月尚在山头依稀与多少晨星半明半灭时，起来背念"人之初""天地玄黄"那些情景。

　　"待月西厢下"的情趣已一去不复返了，唯有"云破，月来，花弄影"一些情趣尚永久永久地萦绕我心头。

当多样的水果上市时，小孩子们见了香蕉就说不如我们园所出的好；因为我们的又肥又软又香又甜，乃是在蕉株上让它充分成熟，成熟到蕉皮要自己离开蕉柄时才摘下，有时，蕉身已被禽鸟吃去了蕉弓大半，然后才知觉呢。当小孩吃到荔枝时，今年的"糯米糍"都丰收，真便宜，实在是一种好货，可是他们说这些"妃子笑"怎样能比我们园的"状元红"，"尚书怀"怎能比我们的"宰相黑"，我们园的荔枝一粒大如鹅蛋，肉又酥，酥到在嘴内跳舞！此地现在又大叫石峡龙眼顶呱呱了，但怎样能比我们园的槟榔种龙眼，一粒比鹅蛋还要大，甜到比蜜一样，又够香味爽口呢！虽然番石榴一个也有五六两大，但我们园里的番石榴，一个大到一斤多，一到口内就自己粉化。总之，一切好水果，总是我们园里的好，因为我们的果株，都是挑选最出名的种植起来呢。

这些回忆，使我不免引起许多对于故园的留恋。那些果株大概尚保存。我所最留恋的是那株玉兰，当花开时，香满数里内的乡里，人人都欢喜；那小池的莲荷，亭亭如盖。

我们的故园是名为"绿窝"，这个名是友人代起的。"绿窝"到今日已荒废了。我这个主人，一别已经五六年，它的模糊图形，常常在我心目中存留；它的生产精神，永久存在我心头不灭。

回想我那十余年在故园的生活，又是快乐，又是懊悔。快乐是每日手执锄头把园地掘，手执剪子把果枝剪。每当柑花开、荔子结时，常到深夜尚徘徊于果丛中搜虫寻蝶。爱人伴随，稚子游玩；在小楼上，凉风明月，俨然自视为羲皇上人。可是我十余年的有用光阴也就这样被消磨了；只有看些书报，并未有系统地向学术进攻，连执笔也懒懒的，大半的时间为花木与家人所搅杂到不能开交！

绿窝！绿窝啊！你的倩影，你的美貌，一日一日地在我眼中模糊起来了！我想要回到你的怀抱，可是不必了。让我把你放在心中怀念，我只能和你在梦里相逢！

忆故园，又忆及我可爱的狗！它极壮健，极美丽，极柔顺。每当我外出归来，远远地就看到嗅到赶到欢迎我。当我来广州时，它似乎感觉到了，送到极远极远的山间，我屡次使它回园，而终于用威吓的手段，始使它垂头丧气归去。

忆故园，又忆及我的一大群的和平鸽！它们在檐前，在屋顶，在园的周遭，成群阵地在翱翔飞扬，但闻"区区、区区"和好的声音。我对它们向来是不甘杀食的，只是不时取食它们美丽可口的蛋粒。我们以为这样可以长久生存下去了，谁知我们那只恶猫——不咬鼠，只会偷食的，于夜间初则偷食其蛋，随后又趁它们在睡时袭击其身体，到我们已觉察时未免太迟了，鸽群已残害不堪，存的也已星散了。

我在初来园时，以为可以做到纯粹的隐居生活，自以为是"超阶级、超政治"的人物。究竟人不能全离开社会的。不久，孤园一变成为热闹的场所了。邻近甚且到辽远的群众，有许多纠葛的事务都赶来园求救。首先是寡妇孀雌，为她们的翁姑叔伯所限制不能自由改嫁时，我都出力为她们解脱了。一些因赌钱将家破时，一些被强房强人欺负时，一些被恶劣官吏蚕食时，一些房份、乡里的械斗，我可能为力时，都为他们出力排解。到此，尚说是隐居，真是名不符其实了。

在那时的国民党官僚都是贪婪的，他们对于我有些忌惮，每当县长或专员到任时，通常来我园"拜访"，那班被欺凌的人们，就视我有一种"势力"，可以为他们做靠背。我也不能推却他们可怜的受欺压的惨状，每每为他们写些信件或直接向官府去求情。

又我在此时，开公路，办苗圃，行垦荒，为农校的校长。在抗日时，我又为全县的抗战委员主任。在这时候，土匪们又常来光顾，他们的三个首领都对我表示"好感"，所以尚不至于被绑票。又那些匪徒式的军队，对我尚有点忌惮，也尚使我能继续安居。好了，解放时期将快到了！那些英勇爱民的游击队，常时在夜间来我园访问，我对这些人万分同情，常嘱乡里人好好保护，接济他们的粮食，我乡里与左近的子弟也有许多人"上山"了。

总而言之，这个孤寂的故园，到后来变成一个奋斗的战场了。

我想组织一个"农民党"，因为僻乡，少人帮助，而终于无成就。但由这些的事情看起来，我先前的孤高自赏，以为是"超阶级、超政治"的人物，都是自欺欺人了！

　　张竞生（1888—1970），原名张江流、张公室，广东饶平人，民国第一批留洋（法国）博士。昔年加入同盟会，被孙中山委任为南方议和团首席秘书，参与南北议和谈判，促成清王朝的终结。其后放弃政治追求留学法国，归国后于北京大学任教。在中国，他第一个把卢梭的《忏悔录》译成中文，第一个提出逻辑学的概念，第一个提出计划生育，第一个发起爱情大讨论。同时却也因其惊世骇俗的《性史》而毁誉参半，一生坎坷。

故乡的红头船

秦 牧

按语：樟林古港位于广东省汕头市澄海区东里樟林，有"红头船故乡"之称。据《樟林天后宫碑记》《樟林扩埠碑记》《风伯庙碑记》等记载：樟林古港于明天启三年（1523）创建商埠，清雍正七年（1729）设立巡检司，乾隆、嘉庆年间达到全盛期，其时港口规模已建成"八街六社"，停泊大商船上百艘，乃粤东第一大港，有"粤东通洋总汇"之誉。1986年，当地政府在古港遗址内新建一座古港亭，由原广东省政协主席吴南生为碑题字，并邀请著名作家秦牧撰写碑记。这篇文章是秦牧对于碑记创作的进一步说明。作家由少年时在新加坡见到的"红头船"写起，用这象征着潮汕先辈生存与梦想的航船，引申出古港辉煌而沧桑的历史，表达了对潮汕人民面对现实、开拓未来的寄望。

一个人，有时认识一桩事情，需要十分悠长的时间。

半个世纪以前，当我还是一个少年的时候，随父母侨居新加坡。那时，每隔若干年，我们就要搬家一次。有一次搬家，新居恰好面对新加坡河。

新加坡河，那时密密麻麻靠满了驳船。轮船到达海面，驳船就把货物转载到新加坡河，由苦力把大米、咸菜、瓷器、土产之类的东西搁在肩膀上，搬运上岸，放进岸畔星罗棋布的货栈之中。

我常常坐在骑楼，观赏新加坡的一幅幅生动图景。中国苦力（那时新加坡还未独立，仍是英国殖民地，没有所谓新加坡籍华人）的劳动本领是非常惊人的。他们大抵裸露着上体，在肩上披一块搭布，手里持着一把短柄铁钩，用这来钩取货物，搁到肩上。一百公斤一包的暹罗大米，用竹篾笼罩着的中国咸菜瓮、冬菜瓮、盐水荔枝之类，他们都能够把它搁在肩上，在一条狭窄的跳板上疾走，上岸的时候，还能够腾出一只手来，接过工头发给他们的竹签（这是在搬运完毕的时候，赖以计算工资的筹码）。他们一列列走在摇晃的跳板上的时候，构成了一幅异常生动的中国劳动者海外谋生的勤奋辛劳的图景。

熙熙攘攘的新加坡河上，除了这些热闹的劳动场面以外，还有一个奇特的景观，吸引了我这个异邦少年的注意。那就是有一种船，船头漆成红色，并且画上两颗圆圆的大眼睛，木船本来就有点像浮出水面的鱼，画上这么一对眼睛，鱼的形象，就更为突出了。听长辈们说，这叫作"红头船"。当昔年海上没有轮船或者轮船还很少的时候，粤东的居民，就是乘坐这种红头船出洋，来到东南亚各国的。30 年代的红头船，倒不一定仍然经常来往于祖国和新加坡之间，那大抵是当地居民"仿古法制"，借以纪念先人，也用来驳运东西的一种产物。

"九一八"事变之后不久，父亲破产了，我们一群兄弟姐妹随他回国。澄海的樟林镇，就是我们的故乡。初抵国门，觉得什么事都新鲜，都想接触，不久，我就把"红头船"的事情置之脑后了。故乡有许多特别的事物，吸引了我。首先，是当时已经显得有点破败的一个内地小镇，为什么竟有那么多夸耀门第家声的人家呢？这些宅第，各个在大门上挂着"大夫第""陇西世家""种玉世家""颍川世家"之类的牌匾。河边有一座"天后宫"，香火鼎盛。照一般状况，凡是船民、渔民众多的地方，才有许多人到天后宫去卜问旅程吉凶，祷求风调雨顺；为什么这儿也有一座天后宫呢？故乡并没有多少船民和渔民呀！还有，这个小镇里，市街上竟有不少可口的食品在出售，什么肉粽、饼食之类，其制作精美的程度，并不逊于后来我在国内好些大城市里所见到的。小贩多极了，各种小食竟奇斗巧的程度，也是我们在许多内陆小镇里很少见到的。当时我只以为大概是由于这里华侨众多的缘故，并没有想到，它是蕴藏着更加深远的根源的。

我们家附近有一条小河，河面并不很宽。我们常在河中游泳和捕鱼。小河里面，不但可以捕到鳗鲡、甲鱼、鲫鱼、泥虾，有时还可以捕到一种扁蟹，它的甲壳里蟹黄极多，腌制起来，风味极美。这种小蟹，各地都很少见到。据渔民们说：它只出产在咸水淡水交界的区域，我们有时喝到的河水也有咸味，这就可见，我们家乡离海很近，有时海水涨潮，是会倒灌进来的。

我们有时会见到一些老头子，站在河岸上慨叹道："这条河比以前窄多了。你们年轻人不知道，从前，听老辈人说，这河是可以停靠很大很大的船舶的，从这里直达'外洋州府'呢！"

少年时期，对这样的言语，听过也就算了，并没有怎样引起注意，更谈不上寻根究底了！我从青年时代起，就离开家乡，高飞远走。此后数十年间，再也没有在家乡长住过，阔别之后，偶尔回去，也是行色匆匆，从没久留，对于家乡的印象，终于像久历沧桑的照片一样，斑驳迷离了。

解放后，不断听到一些消息，说在潮汕一带，不断发掘出一些古代航海的遗物，有一次还发掘出一条大体完整的几百年前的红头船的遗骸，不禁为之神往。想起几百年前，人们带着一点寒碜的行李，乘着简陋的红头船，以咸鱼、虾酱、酸菜、腌萝卜送饭，在风浪中漂泊，分别到达当时的安南、暹罗、东印度群岛、新加坡、马来亚的情景，是需要多么大的勇气和毅力啊！这些人，也就是东南亚各国土生华人的祖先了。马六甲那儿的古老的华人坟墓，石碑上的纪年，不但有清初的，也还有明代的呢！

年前，读了一些史料，又有了新的收获，知道我的家乡樟林，原来在汕头未开埠以前，已经是一个著名的港口了。清初，由于海外贸易的需要，它渐渐崛起，那时它河道宽阔，离海又近，在康熙、雍正、乾隆、嘉庆之世，变成了一个热闹的城镇，粤东以及福建许多地方，人们都到这儿集中乘红头船出洋。以后，汕头开埠了，它才逐渐没落。这些史料使我们豁然开朗。那儿为什么有香火鼎盛的天后宫呢，为什么集中了那么多的大户人家呢？这正是历史的流风余韵啊！我们少年时代为什么能够在河里捉到咸水、淡水交界处才有的小蟹？老年人为什么在河滨伫立时发出那样的感慨？这一来，各种零碎的事象都可以贯穿起来了。

　　1985年我访问新加坡的时候，看到了童年时代熟悉的新加坡河，河面上已经连一条木船的影子也没有了！海上因为轮船直接卸货，已经无须经过驳船，这种景象，也使我想起了故乡的沧桑，世间的事物是多么变动不居啊！

　　澄海，我们那个县准备在樟林建设一座碑亭，树立一块碑记，让人们知道这个小镇在华侨史上、航运史上的地位，也让远方的游子回来时凭吊先人的足印。他们约我给写了。碑记是这样的：

　　　　这里矗立着一座古色古香的碑亭，记录着人间的风云和历史的沧桑。

　　　　樟林现在是一个内陆乡镇，然而在历史上，它曾经是粤东第一大港。早在汕头开埠之前，清代康熙年间，由于对外贸易的发展和群众海外移民的需要，澄海的这一滨海村寨，渐渐发展为一个海运港口。那时它帆樯云集，货栈成行。红头船，即一种船头漆成朱红色，单桅或双桅，木材结构的大型帆船，从这里装载旅客和货物，乘风破浪，扬帆远征，北上直达上海、天津、青岛等地，南下出航暹罗、交趾、新加坡诸邦。樟林作为一个繁盛的港口，历时长达一个世纪以上，那时，它曾被喻为"海洋总汇之地""河海交汇之墟"。水手和旅人，本着他们的宗教观念，向之祈福禳祸的风伯庙、天后宫等庙宇，就是那个时期在这里陆续建成的。红头船的古老遗骸和沉重铁链，解放后曾经被陆续发现，也是这段历史的一个佐证。

岁月递嬗，时移势易，直到19世纪60年代，汕头开埠，蒸汽轮船来往频繁之后，樟林古港才结束了它作为海运枢纽的地位。潮汕地区最早出现的华侨之乡，就在这片土地之上！

建立这座碑亭，可以让人们重温自己的乡史；让南洋各国的华裔旅客，凭吊遗迹，缅念自己当年漂洋过海、艰苦奋斗的先人。

世事尽管沧桑多变，但是因果关系，历历可辨。建立这座碑亭，也让人们有所领会，进而虚心尊重客观法则，勇于面对现实，开拓未来。

秦牧（1919—1992），广东澄海人，生于香港。中国作家、中华书局广州编辑主任、《羊城晚报》副总编辑、《作品》杂志主编、广东省文联副主席、中国作协广东分会副主席、中国作协理事、全国文联委员、暨南大学中文系主任、中国当代文学研究会副会长、中国当代文学学会顾问。其文学活动涉及很多领域，主要有散文、小说、诗歌、儿童文学和文学理论等。

广济桥记

黄国钦

按语：广济桥，古称康济桥、丁侯桥、济川桥，俗称湘子桥，位于广东省潮州市古城东门外，横跨韩江，为古代广东通向闽浙的交通要津，也是潮州八景之一。广济桥集梁桥、浮桥、拱桥于一体，是我国古桥的孤例，以其"十八梭船廿四洲"的独特风格与赵州桥、洛阳桥、卢沟桥并称中国四大古桥，并被著名桥梁专家茅以升誉为"世界上最早的启闭式桥梁"。本文作者黄国钦出生于广东潮州，潮州于他既是故乡，也是其创作的灵感与热情来源。他的作品每每以当地人的独特视角描绘着潮州的生活和人情，细数着潮州的历史与掌故，挖掘着故乡独特的文化与气质。《广济桥记》从一桥一地的历史写到作者个人的童年回忆，最后打破时空界限，在想象中聚潮州高士贤达于一堂，可谓飞扬恣肆，意切情真。

潮州的广济桥，俗称湘子桥。与别处的桥不一样，这座桥，是韩江上一座海市蜃楼一样的画桥。

从韩江的滨江长廊望出去，西边的十一座桥墩，屹立着十一座翘檐高脊的亭台，东边的十三座桥墩，矗立着十三座斗拱嵯峨的楼阁，中间呢，是用十八艘梭船拼串起来的浮桥。民谣这样唱："潮州湘桥好风流，十八梭船廿四洲，廿四楼台廿四样，两只鉎牛一只溜。"

韩江是南中国一条独标一格的河流，她从闽西北赣东南的崇山峻岭流下来，流经了汀州、赣州、梅州和潮州，这里是客家人与潮州人，是中国南方两个重要民系的聚居地，是中原文化在南方的迁播区和繁衍区。

汀江水和梅江水，浩浩汤汤地流下来，流到了大埔的三河坝，汇入到滚滚向南的韩江来。在经济技术落后的古时候，韩江上的广济桥，是闽西、赣南、粤东三省边二十二县生民的向往和传说。

最早想到在江上建桥周济民生的是潮州太守曾汪。宋乾道七年（1171），曾汪在浩瀚的韩江中游、州城东门，造巨船为浮桥，自此拉开了广济桥建造的序幕。八百多年前，在水深流急、六百米江面的韩江造桥，这是一个多么豪迈的壮举。从曾汪始，潮州的先民，在一任任潮州太守的率领下，孜孜矻矻，造桥不止。至宋绍定元年（1228），凡五十七年，广济桥东西桥二十三座桥墩，始告完成。而中流警湍尤深，没办法造墩，只好仍以梭船连结。于是，一座旷世未有、举世无双的集梁桥、拱桥、浮桥于一体的桥梁，龙卧虹跨，出现在八百里烟波浩渺的韩江上。

又一百二十九年后，明宣德十年（1435），潮州知府王源，再一次主持了规模空前的叠石重修，并在梁桥之上，建亭屋一百二十六间。因为有了交通、贸易的便利，从此，广济桥便成了一处热闹非凡的桥市。

遥想当年，天刚破晓，江雾尚未散尽，桥上已是人声鼎沸；待到晨曦初露，店铺竞相开启，茶亭酒肆，各式旗幡迎风招展，更有登桥者抱布贸丝，问卦占卜，摩肩接踵，车水马龙……

到我懂事的时候，广济桥已经衰败了。但是，油画家黄孝仁的布面油画《湘子桥》，却让我刻骨铭心地感到震撼。90cm×70cm的画面上，两座高高矗立的桥墩，几根岁月沧桑的石梁，凌空横架在桥墩的半腰。浑黄灰蓝的色调,高古寂寥的空间。一株倔强的乌榕,在左边桥墩的半壁上顽强地长出来,翠绿着枝叶,虬屈着根系。那一刻,我想哭。一种生命的力量浇灌了我!

孝仁老师在世的时候,给我们讲了许多广济桥的逸事和故事。可敬的有吴祥记的老板,每天晚上,都派人到广济桥上挂风雨灯,给东来西往的行人送光明;有大祥的老板,每天都派人,到广济桥上扫梁桥,到十八梭船擦浮桥。可恨的是,潮州沦陷,日本人用钢索,偷换了几百年来,串连梭船的藤索!潮州人都讲,这藤索,是广济桥的宝贝和文物喔!

孝仁老师讲的,是广济桥的故事和逸事。我想到的,是广济桥上,一茬茬的故人和文人……

哦,那是多么舒心的回望……

童年的碧野,每天清晨,跟随着父亲和母亲,走过江风吹拂的广济桥,到桥东去贩些时蔬和木炭,然后挑回到城内串街卖。碧野的祖籍是大埔,但是,4岁起,碧野就跟随着父母到潮州。从此,碧野就在潮州读书和长大。碧野的父亲和长兄,就长眠在广济桥对望的竹竿山。十八年前,80多岁的碧野回潮州,第一站,就是到广济桥上摸鉎牛……

青年的饶宗颐,人生第一次上讲台,就是夹着书本走过广济桥,到桥东的韩山师范讲国文。那时候,词学大家詹安泰,因病因事走不开,詹老一封荐书给学校,推荐18岁的青年才俊代课来。现在,文物重修的广济桥,乌漆沐金、勒石填绿的桥名,就是请饶宗颐题的匾、书的碑。我读到,半篆半隶的饶体,一笔一画蕴满情。

少年的林墉拿画笔,一起始亦是到广济桥上来写生。你看,他写道:"少时冬日,到韩江边广济桥画水彩,钉在画板上,提着入城门回家,石板路旁一个杏仁茶担,要了一碗热热肠肚,喝着杏仁茶,哈着热气,卖杏仁茶的老翁随手拿起我傍在担旁的水彩画端详了一番,望望我说,这么冷,还画!我笑笑谦虚,放下五分钱想走,老翁不忙收钱,却又盛上一小碗杏仁茶,望着我说,天冷,再吃下去！我犹豫着，毕竟我袋中没钱了，老翁笑着伸手把钱收起说，钱已收了，食吧！……"

你看，当年那番冬日的情景，被林塘写得多有意境！

还有从官塘墟到潮州城读书的陈复礼，15岁到19岁，就是在广济桥头的省立第二师范度过的。这位第一个把张家界、第一个把九寨沟绮丽风光介绍给世人的摄影家，足迹遍及祖国的名山和大川。徽州民居、黄山迎客松、新疆喀纳斯、川北四姑娘山……无数的风景，经由他点石成金。可是，当年他无数次走过的广济桥，修复竣工的时候，年已逾九秩的陈复礼，却再也扛不动他那一辈子心爱的照相机，为家乡的广济桥，留一张最值得他传世的作品……

我从纪念韩愈的韩文公祠，走回到广济桥上。看着水中亭台楼阁的倒影和十八梭船上的旗幡，品咂着饶宗颐、陈复礼们暮年思乡恋家的心情。那一刻，我的心里充满了淡淡的伤感和欢欣。伤感的是家乡走出去的文化人，垂垂老矣，他们的衣钵，我们接得起吗？欢欣的，是一座桥梁，成了一座城市的灵魂、一座城市的记忆、一座城市的象征，那么，这座城市，应该拿什么来供奉，这座举世无双的圣桥？

　　黄国钦，1954年出生，广东潮州人。中国作家协会会员、广东省作家协会主席团成员、著名散文家。曾任潮州市文联主席、潮州市作协主席、《韩江》杂志主编。

《凤凰地论》与郭于藩

余构养

按语：凤凰山有"潮汕屋脊"之称，这里群峰竞秀，山色雄伟，还有绚烂多彩的畲寨风情、奇香卓绝的凤凰单枞茶。因凤凰单枞名扬天下，外人更是熟知此山。对于凤凰山的记述，首推郭于藩历受传颂的名文《凤凰地论》，本文由黄柏梓先生校订、余构养先生解读。余先生雅好诗文，文章平易可读，并带出了清廉知县和茶叶育种的佳话。

凤凰，原为饶平县的一个区，今属潮安县大山、凤凰两镇。

《凤凰地论》为清代郭于藩所作的一篇骈体文赋，作者试图运用易学的观点，分析凤凰山川地理之灵秀；以其有较高的文学造诣，运用诗艺的对偶，对凤凰所属村社名称做了巧妙的排比。文赋既赞美了凤凰的自然景观；亦赞颂了其人文景观。既惊叹着凤凰地灵人杰；亦赞美着她物产丰富。这是一篇十分难得的，有着深刻的文化内涵，又雅俗共赏，可读性强的绝妙乡土教材，难怪流传了数百年而不泯。它激励了凤凰人对自己乡土的热爱，也为旅外的凤凰人留下了对乡土的眷恋。在海外，老一辈凤凰籍人熟知它，而且还不断地传给了下一代。

现将黄柏梓先生校订的《凤凰地论》录之如下，以飨读者：

尝观凤凰一山，吾饶之名胜也。

层峦耸翠，巍然上出重霄；两峰叠峙，岩岫常带烟霞。都分七社，地接海阳。待诏佳气东来，突起巽峰；泰凤瑞星拱把，双夹坤峦。鸣凤在西，飞龙居东。狮头岭把守水口；虎头山负镇山隅。左，凤尾岭势似映带；右，龙须坑协为辅弼。南尖大旗之势，武曲超群；北岭鼓墩之形，文星出众。乡居其中，故有凤凰之名；人居斯土，尚赖诸峰挺秀。四山环围，如城垣之嵯峨；五路通衢，似城门之严密。北，飞龙之径；南，飞凤之岭；东，水入石；西，盐坪径，其余小路不可得而入也。笔架三山甲乙峰，拱文笔；猴子一崇庚辛峦，双夹贵。狗番寨丙丁之火；龙湖寨壬癸之水，天马镇中，五星得位。双髻梁、满山红坤巽朝会，文武之贵可得；丝云崇、下尖山乙亥对照，千钟之富可期。水从东来，如结带之潆回；流出松坑，似金瓯之漏碧。劈险石，石上镌佛语；筑凤冠，冠上踏仙迹，天池在乌崇之上；仙井在凤髻之中。万峰保障，流出精英；山川毓秀，人杰地灵。产物非一，就地所生。金吼、银山在于龙径之内；锡坑、铜山出自分疆之外。乌崇山、黄泥坑俱出上等佳茗；凤鸟髻、金山湖皆有苎葛齐生。溪黄内碗窑出宝；炉内坑铸炉得金。

民居稠密，都分七社，一曰下埔社，北山与东坑，阪头并坑尾，大山与小村。埔上、埔尾均一派；坎下、坎头为两宗。坑尾、坑内分左右；后河、后坑向西东。田中、田尤虽隔别；山前、山后路相通。溪黄、墩水合汇；上角、上郭隔山峰。大寨、大埔洋隔界；上较、上柯井共同。崎峯、崎坎五七里；下田、下园咫尺间。高斗、高岗龙一脉；下角、下埔水流通。庵边、庵下古寺迹；宫前、宫后神庙踪。

佳木苍松山中有，奇花怪石水边生。地灵有此多胜景，定知英雄出百家!

一篇不足八百字的文赋,为什么会有如此大的魅力。除凤凰人读起来有一种亲切感之外,它还联系着一位历代以来受人尊敬缅怀的清廉县令。他就是饶平县令郭于藩。

郭于藩,字伟仲,笔名思唐,四川省富顺县人。清康熙三十六年(1697)进士,被选入翰林院为庶吉士,四十三年(1704)出任饶平知县,至五十年(1711)末,因道台诬陷而被革职返乡。

据《饶平县志·名宦》载:

> 郭于藩,四川人,由翰林出身,为治识大体,凡可利赖饶民无不尽心措置。初履任,增建城内奎星图以振文风,移建河门文明塔,以昌文运,饶属科甲联登,咸沐其泽……

这说明他除了重视教育,甚至以自己的俸钱,捐廉立租以奖励学业优良的生员外,还经常下乡劝农,鼓励发展农业生产。凤凰一地,尽管高山峻岭,曲径逶迤,却是他所喜爱的地方。他在游记中曾这样写道:

> 予自西至凤凰,见其山多植茶,干老枝繁而叶稀,询及土人,何以品种不一,山民答曰:世代相传,数百年矣!进而出待诏之茶,予饮之,顿觉香气扑鼻,韵味特佳。予疾呼,宜种,宜种,广为种植。

今日凤凰茶,誉扬四海,不能不说与郭于藩在三百多年前,就提倡推广优良品种是分不开的,故也有他的一份功劳。

正是由于郭于藩深入凤凰山区,熟识当地的山川形势,风土民情,生产种植,产物蕴藏,也才能以最简洁的文字,写出了囊括凤凰所有的一篇文赋来。对于像他这样一个封建时代的官员来说,深入民间，关心百姓衣食，的确是难能可贵的。可惜，历史的悲剧就往往在于"清官难当"，由于他清廉不阿，得罪潮道台（惠、潮分巡道的长官），竟被以"莫须有"的罪名革职返乡。在结束了多年的官场生涯以后，他乡居而潜心著述，有《敦厚堂集》面世，其中二首律诗颇能见到他的宦况和他的为官之道与人格。

其一

三十年间坠世尘，而今剩得野人身。

痴顽到底终成误，泡影参来总未真。

幸有茅庐娱暮景，敢希金橐耀乡邻。

枌榆笑我缥缃外，不带羊城货一缗。

其二

入门便觅旧羊裘，邻叟相存日对酬。

宦况终来疑黑海，世情历尽付虚舟。

桑麻自在堪同较，簪组前兹悔失筹。

客路向多兰蕙侣，争如山友共青畴。

余构养（1935—2014），广东饶平人。曾在饶平县黄冈镇、饶平县文化局工作，曾任岭南诗社和汕头岭海诗社理事、潮州诗社副社长、饶平饶风诗社社长。

汕头埠的开通与商埠的形成

许瑞生

按语：近代以来，汕头逐渐成为潮汕经济的领头羊。汕头既是1860 年的通商口岸之一，也是 1981 年的经济特区之一。本文讲述的便是汕头开埠的由来与发展，条约最初选定了潮州作为通商口岸，但由于民众的抵触，于是选定了港口条件优良的汕头作为外港，甚至连领事馆也设在汕头，汕头从而由小渔村迅速地发展起来。本文作者出身建筑专业，因此对汕头的城市规划、建筑风格尤其关注，并在文中多有反映，读来颇具历史趣味。

汕头，源于《天津条约》1860 年开埠。美国捷足先登。英国坚持要求清廷落实条约开放潮州，但进行交涉未果，潮州民众坚拒英人入城。中美 1858 年 6 月 18 日，在天津签订《天津条约》，原称"和好条约"，此条约友好装饰成分比英、法多些。如第一款写道："若他国有何不公轻藐之事，一经照知，必须相助，从中善为调处，以示友谊关切。"友好的外衣背后是利益索求，但给清廷留下好印象，美国得以抢在英法之前进入汕头。在条约中的第十四款约定"大合众国民人，嗣后均准携眷赴广东之广州、潮州，福建之厦门、福州、台湾，浙江之宁波，江苏之上海，并嗣后与大合众国或他国定立条约准开各港口市镇；在彼居住贸易，任其船只装载货物，于以上所立各港互相往来"，同时也允许在通商口岸贸易，或久居，或暂住，均准其租赁民房，或租地自行建楼，并设立礼拜堂及殡葬之处。美国旋即向清政府提出在潮州和台湾先开市。时钦差大臣何桂清呈清廷奏折写道："臣窃维潮州、台湾二口，本系米酋所请，既经换约，迟早总可仰沐天恩，前往开市。惟该酋因贸易已久，欲掩其私开之迹，函请先开，是尚知尊崇天朝，心存恭顺。若不允请，则该酋早在潮台两处贸易之船，亦必不肯撤回。是该夷转得自行其便，久将漫无限制。"清廷于 1859 年 10 月 21 日同意美国先在潮州、台湾开市。

由于清廷管治松懈，美英等国在妈屿和南澳岛进行鸦片和华工的人口贩卖。1855 年从妈屿岛出发的美国船只五艘，运载三千多名劳工，英国船只三艘，运载近两千名劳工。1860 年 1 月 1 日美国使臣华若翰派驻广州领事馆的裨烈理任汕头署理领事，在妈屿岛设领事馆，其后两江总督和两广总督提请将汕头税务归粤海关统一管理。1860 年在妈屿岛设立潮海关，首位税务司为华为士（W. W. Ward），1860 年 1 月到任，1861 年 4 月离任。潮海关与 1853 年清朝设置的"潮州新关"并存。1860 年 1 月 19 日潮海关收到第一批税收。1860 年美国使臣华若翰来汕视察开市情况。1861 年领事职位由德记洋行的英国商人巴力斯代行。

1860 年英法见美国商人依约开始贸易活动，即向清廷提出在潮州开市，英国领事 1861 年拟入潮州城开办通商之事，受到地方官和乡绅的抗拒。两广总督劳崇光向清廷报告："至十年五月间，英国派领事坚佐治前往，即照会惠潮嘉道，欲进城面商事件。潮州风气强梁，人心浮动，好斗喜事，动辄聚众逞凶。兹忽有素相猜忌之人欲作入城之举，遂阖城惊扰，议论纷纭，遍标揭帖，将与为难。"清廷和英国多次施加压力，但潮州民众坚决抵制不依。

根据粤海关税务司赫德 1865 年 9 月 24 日的日记记载："关于汕头问题，我对董恂和恒祺说，如果加入潮州的正当要求不迅予解决，外国人将提出这个问题自行解决：他们这样做，只有给予外国人再一次诉诸武力的理由。"尽管赫德号称为大清帝国的外籍公务员，面对此涉及大英帝国利用商业利益，这位英国臣民同样也谈及武力威胁。尽管美国、法国已经选择了汕头为领事馆所在地，但在过去五年的时间里英国人对于未能入潮州城还是耿耿于怀。一直坚持到 1866 年，清政府强力协助英领事进驻潮州城。1868 年英国政府决定不必在潮州设领事馆，有汕头的领事馆就足矣。

1862 年以后清廷与意大利、葡萄牙、西班牙、奥地利等国签订的一系列不平等条约，通商港口改为汕头商埠。

汕头具有优良的港口条件，其时实际扮演潮州澄海外港的角色。折中办法是两广总督后派一员同知，在汕头处理通商事宜。汕头逐步成为各国领事馆集中、商业活动聚集的商业中心。多国设领事馆及潮海关于汕，先在沿海外围设置海关、领事馆。

妈屿岛，也称放鸡岛，面积 0.2 平方公里，海岸线 2.3 公里，为潮汕的门户，海防重地。潮海关海域辖区包括了汕尾的遮浪角、福建的诏安湾。建设有相关建筑，包括税务司公馆、副税务司公馆。英国 1860 年 7 月 7 日也在妈屿岛设领事馆。明代南澳副总兵何斌臣在重建妈屿岛的《放鸡山天妃碑记》中写道："春冬例有汛师一哨屯之，盖所以捍全潮门户，据吾澳藩篱者，此其最冲最胜也。"岛上元代创建了妈宫，清朝再建另一座妈宫。福建、潮汕船主，船员和家属，多到此祈福。1851 年开始有外国商船停泊于此。1856 年，美国浸信会传教士耶士摩和约翰逊在岛传教，并在岛上建基督教堂。1878 年美国约翰夫人在妈屿岛上创办正当女学。小小的妈屿岛，在 19 世纪末已经聚集了各类与西方相关的机构，包括不少欧美人。

在汕头妈屿岛设立的潮海关 1865 年迁至汕头城区。根据粤海关税务司赫德 1865 年 5 月 7 日的日记记载："我上了汕头去，和威涵励一起观看江水两岸，选定南岸近领事馆一处作税务司住邸地址，但是因为有些人家坟墓坐落那里。影响到他们的风水，我担心得到这块地会有些麻烦；海关应设在北岸，白潭洲现在看起来相当荒凉，除了引水外，我们的人是岛上仅有的人，所有商人都已转移到汕头，村庄对面南岸有不少外国房子。建筑物非常漂亮。"日记中提到的威涵励（H. D. William）其时任潮海关司，1868 年离任。1865 年潮海关搬到汕头城区铜山路头即后来的居平路。税务司后来也建在岩石。外事及外贸活动是从外围岛屿向旧区聚集的过程。1889 年开始在南面海岸线圈围滩涂造地扩大潮海关的规模。

前期的领事馆的建立形式简单，如法国由英国兼任，日本 1872 年设领事处由日本驻香港领事林道二郎兼管，比利时、意大利也是由香港领事兼任，德国领事馆 1864 年为德国商人迪格士担任领事，同时兼管挪威、丹麦领事处。19 世纪末，有关领事馆向汕头城区东面聚集。德国（1874）、意大利（1899）、法国、日本（1904）等领事馆均建于外马路沿线。领事由商人兼任，自然以生意和利益为要。

美国领事馆是先在妈屿岛后在岩石与英国领事馆为邻，1909 年搬至外马路。1861 年 6 月英国领事馆选择了岩石，并设专门码头及会所。德记、怡和等洋行的高级住宅也集聚于此并设有外国人基地。其领事馆及领事住宅英国建筑特征明显。潮海关和各领事馆、商人逐步由妈屿岛向城区、岩石聚集。尤其外马路和东面崎碌的集聚，强化了城区的功能并对城区向东扩展起到带动作用。

在 1821 年已经有商人在汕开商铺。开埠后，各种类型的商业活动繁荣，航线增多，传统漂洋出海的始发地樟林港被汕头埠代替，汕头的发展有赖于码头的建设和各类航线的开通，20 世纪初已经形成怡和码头、太古码头、达濠码头、潮漳码头、招商码头、揭阳码头等十几座码头。西堤码头近现代又形成"公共码头"来往揭阳、潮阳。

汕头埠的岸线码头主要靠近西南面，与韩江和榕江相接，易于避风，也有利于江河联运。西堤码头附近的岸线近百年历次向外迁移。先是老妈宫及西北夏岭至南部海岸，逐步移至安平路小学和居平路一带，因船舶来往于福建漳州、铜山，故称为铜山路头，并有建于 1854 年的漳潮会馆。名士翁方纲诗道："粤船北去闽船南，船船贩得潮州盐。西来水高风又急，不敢当心挂荡帆。"这也印证了当时此处与福建码头贸易的情景。

1910年左右城市中心城区格局基本稳定，由于新式的市镇有别于中国传统以官府机构为中心、城墙为防卫的传统中国城池布局。清末建于中心附近的镇守使署规模有限而且晚于市集的建设，1868年才建成。

汕头埠从建设开始，没有过多的清规戒律的限制，各类建设以商业效益为主，呈现开放的格局。同时，随着欧美商人的到来，他们的住宅及相关建筑、物品和习俗多少体现西洋风格，所以汕头埠一开始的建设就体现了中西兼容和开放的特点。早期汕头埠开始充分利用岸线开辟码头，充实宗教中心，老妈宫（妈祖庙）周边为原集贸地，即顺昌街和行街，1865年后潮海关搬到居平路，更强化"老市"的中心功能，1867年鉴于中外交涉的事务增多，巡道张铣决定在汕头建行署。1868年建成，在旧公园街，也称为道台街。由此中心地展开道路通达至码头岸线，自然就形成放射性的道路结构。

《最新汕头地图》为1909年绘制，小公园这一地标区域尚未形成，以小公园为中心形成放射道路结构是老市中心功能强化和沿海岸线码头利用最大化的结果。此图的测绘者名康凡（W. H. Camphin）。图中标注了戏园、外国署、教育处（学堂）、电灯公司、自来水公司等公共建筑和设施的位置。据统计较为完善的码头有13座。外国署包括德国领事馆、法国领事馆、日本领事馆，沿着老市区通向崎碌的交通干线布置。太古洋行、怡和洋行占据了大量的土地和码头，潮海关填筑的滩涂地已形成陆地。图中还标明退潮"退水"后线路滩涂界线。招商局也初具规模，有关仓库、栈房、泊船坞、码头也已形成。

许瑞生，1962年4月生，广东汕头人，1986年7月参加工作，华南工学院建筑学系建筑学专业毕业，研究生学历，理学博士，高级工程师，国务院政府特殊津贴专家。现任广东省政府副省长。

区域圈层视域下的潮汕经济嬗变

陈鸿宇

按语：本文所反映的是潮汕经济近几十年来的发展。潮汕经济发展具有独特的优势，即侨乡侨力丰富、民营经济发达、区位条件较好，并积累了一定的发展条件。其中潮汕三市中的汕头先后获得"中国城市综合实力五十强""全国投资硬环境十优城市""全国卫生城市"等称号，其陶瓷、抽纱、超声电子、食品加工、食品机械、感光材料等工业产品也闻名遐迩。本文作者为著名经济学家，文章指出了潮汕经济的三次空间嬗变，重点分析了改革开放以来的第三次嬗变，并指出了应如何处理好四重关系。关心潮汕经济发展的读者，不妨一读。

一

通常认为，纯粹的农耕社会并不具备形成经济区域的充分条件，在潮州府城作为粤东最主要的经济、政治、文化中心的漫长岁月里，由于整体生产力水平的低下，潮州府城与其管辖之下的各县之间的经济联系并不密切，严格意义上的跨越行政边界的粤东经济区尚未形成。

1860 年汕头港作为潮州的"府城口"开埠,揭开了粤东经济第一次重大嬗变的序幕。此后的五六十年间,随着人口和商贸活动向汕头的缓慢集聚,具有空间分工特征的粤东经济区渐显雏形。饶宗颐先生在民国的《潮州志·商业志》中,准确描述了开埠前后粤东区域圈层发生嬗变的动因:"其时欧人航海来华贸易者日众,濒海得风气之先,新商业重心之沙汕头爰告崛起。洋船昔之泊于樟林港者,亦转而泊沙汕头。人烟辐辏,浮积加广,交通既便,遂寝取郡城商业地位而代之。"正是远海贸易的扩大、海外资本的输入、海运工具的完善,使汕头逐渐取代潮州成为韩江流域的新兴商贸中心。

只有工业化和城市化才是区域圈层发生嬗变的直接动因,20 世纪 20 年代汕头城区设立市政厅之后,潮汕地区的工业化和城市化才真正起步,尽管此前潮汕各地已出现零散的抽纱产业。潮汕地区最早工业化,与内外贸易活动的日趋活跃而引致的城镇人口迅速增加密切相关。从 20 世纪 20 年代至 40 年代末,汕头城区面积扩大了一倍,城区人口增加到 25 万人,为满足居民日常生活需要,汕头城区建立起生活消费型的轻工业体系,如毛巾厂、肥皂厂、火柴厂、电池厂、五金厂等。这一时期工业化和城市化的叠加效应,使潮汕地区开始形成以汕头城区为核心,潮州为次核心,以诸县城和较大镇为支撑点的区域圈层结构,从而完成了潮汕经济空间结构的第一次嬗变。但连年的战乱,特别是日本侵华战争,打断了汕头和整个潮汕地区的工业化进程。

1949 年后,被中断的潮汕地区工业化再次启动,工业的主导作用明显增强,潮汕经济的第二次空间嬗变也随之展开。50 年代至 70 年代,汕头城区和各县的机械、电子、化工等新产业快速成长,门类较前齐全的轻工业体系基本成型。至 1978 年,原汕头市的三次产业结构已经调整为 24.1:38.0:37.9。相比之下,这一期间潮汕地区的城市化水平明显落后于工业化,1950—1970 年,汕头城区的建成区面积仅从 3.63 平方公里扩大到 7.25 平方公里,1978 年汕头城区人口仅有 34 万人。加之体制性和政策性因素的影响,重大项目投资不足，部分工业企业内迁，产业结构依然偏轻偏农，既弱化了汕头城区的辐射带动能力，又强化了城乡分离的二元结构。

二

1978 年之后，中国实行改革开放政策，随着汕头经济特区的设立，华侨和海外资本涌入，交通条件改善，民营经济兴起，潮汕地区的工业化和城市化进入了快速提升阶段，促成了潮汕经济的第三次空间嬗变。

从经济总量和经济增速看，二十年汕潮揭三市的 GDP 总量已达 4668.15 亿元，略高于全国百强市第 35 位的水平。1978—2015 年，汕潮揭三市总和 GDP 的年均增速为 12.9%，高于全国（9.7%）和全省（12.8%）的平均增速。潮州、揭阳升格为地级市之后，1993—2015 年，汕潮揭三市的总和 GDP 的年均增速为 12.4%，这一期间汕头市 GDP 年均增速为 11.4%，潮州市为 12.1%，揭阳市为 14.0%。揭阳市的经济增速显著高于汕头、潮州两市，成为推动潮汕经济持续、协调发展的新引擎。

从工业化水平看，2004 年汕潮揭三市的三次产业结构已经调整为 7.14：56.76：36.10，其中汕头市为 5.4：52.6：42.0，潮州市为 7.2：54.8：38.0，揭阳市为 8.8：61.7：29.5，汕头、潮州两市已处于工业化中期阶段，汕头市的商贸服务中心功能更加凸显，揭阳市尚处于工业快速增长阶段。产业集聚度的迅速提升是汕潮揭三市工业化同步推进的另一标志，2014 年潮汕地区已拥有汕头经济特区、汕头华侨经济文化试验区、闽粤经济合作区、中德金属生态城等近 20 家国家级和省级特区、园区、高新区、保税区，形成了纺织服装、机械制造、陶瓷、文教印刷、食品、化工制药、五金加工、玩具等众多产业集群，培育起 66 个专业镇，其中 80% 是制造业专业镇。

从城市化水平看，1981 年汕头经济特区在城区东郊开始建设，汕头城区开始东扩，1991 年城区建成区面积由原来的 7.25 平方公里扩展到 31.12 平方公里，十年间扩大了三倍多，市区人口也由 34 万人增至 87 万人。2001 年底，汕头市中心城区的建成区面积又扩大了一倍，达到 64.55 平方公里。已由改革开放之前一个相对封闭的、传统制造业为主的窄小城区，成长为一个在粤东区域中发挥中心带动作用的、以现代服务业为主导的经济综合体。2000 年汕头市的常住人口城镇化率为 67%，潮州、揭阳两市仅为 43.41% 和 37.91%。2000 年之后，潮汕地区的城市化重心向潮州、揭阳两市和汕头周边广大腹地转移，此后的十五年，汕头市的城镇化率仅提升了 2.85 个百分点，为 69.85%；潮州、揭阳两市的城镇化率则分别提升 20 个和 12.62 个百分点，为 63.41% 和 50.53%。

如上所述，改革开放以来潮汕地区工业化和城市化的多点协调推进，使潮汕经济的空间结构形成了三个圈层：第一圈层是以汕头主城区（龙湖区、金平区、濠江区）为核心，连接潮州主城区（湘桥区）和揭阳主城区（榕城区）两个次核心所形成的"金三角"核心地带，潮汕地区近三分之二的产业集群和专业镇，优质的文化、教育、医疗资源，深水港、高铁中心站和空港等交通设施，都密集配置于这一地带。第二圈层是沿着 324 国道和深汕、汕梅、汕厦高速公路沿线展开的平原地带，这一地带人口稠密，交通方便，形成了以普宁、潮阳、潮南、澄海等工商业城镇为依托的、相当厚实的产业集聚区和专业镇集群。第三圈层是南澳、饶平、揭西、惠来等县的沿海和山区地带，这一地带利用丰富的土地、自然、环境资源，成为粤东的能源生产、农海产品加工和特色旅游基地。

三

将潮汕经济看作一个整体，以区域圈层理论分析潮汕地区工业化、城市化的变化轨迹和内外动因，包括兴办汕头经济特区、汕潮揭三市分设和中央政策调整等制度性因素，可以比较清晰地观察到

潮汕经济第三次空间嬗变的如下特征:

以发展的质量与效率弥补区域发展条件的不足。潮汕地区腹地逼仄,自然资源匮乏,远离广东经济发展的主核心区,发展条件明显不如珠三角地区,更不如同样兴办经济特区的深圳、珠海和厦门。但1978—2014年,汕潮揭三市一直保持两位数以上经济增速,城镇化水平和工业化水也同步提升。2014年,汕潮揭三市的第二、第三产业增加值在三次产业结构中的比重为92.86%,仅比珠三角地区低5.18个百分点,比粤西和粤北地区分别高12.81个和8.87个百分点,粤东的常住人口城镇化率已达59.55%,比粤西和粤北地区分别高18.52个和13.18个百分点。可见,改革开放以来潮汕经济的发展,主要靠比较完善的市场网络和深厚的侨乡人脉,靠民营经济和外向型经济的内生活力,逐步走出一条以发展质量与效率弥补区域发展条件不足的道路。

以多点错位发展构筑稳定的区域圈层结构。由于发展空间和区位条件受限,汕头城区的工业化一直未能完成,区域核心区的带动功能和吸聚区外资源的能力偏弱。改革开放以来,潮汕地区努力探索多点推进、错位发展的区域工业化、城市化方式。在工业化推进方面,潮汕地区工业化的"主角"已不仅仅是汕头主城区,而是根植于澄海、湘桥、潮安、榕城、揭东、潮阳、潮南、普宁的民营经济和草根经济。目前汕头主城区周边40公里左右的半径范围,密集分布着大量的制造业专业镇和产业集群,成为区域空间的第一、第二圈层的坚实产业基础,汕头主城区则主要承担起整个区域的生产性服务和文化教育医疗服务功能。在城市化推进方面,也不是采取常见的围绕核心城市先集聚再扩散的方式,即不单纯依托汕头主城区"墨渍式"的向外扩张,而是与整个区域的工业化进程相适应,依托当地的专业村镇和产业集群多点发力,通过"内生方式"实现就地城镇化和就近城镇化,从而形成了多圈层、多核心的特色城镇布局。

以跨区划合作重组区域的经济网络。1992年潮州、揭阳升格为地级市，三市分设初期，由于当时行政体制和财政体制的影响，一定程度上强化了行政边界，割裂了原来比较密切的市场网络、交通网络和公共服务网络，削弱了核心区的经济实力和集聚效应，这是三市分设的消极方面。另一方面，三市分设客观上加快了潮州和揭阳两个主城区和一批中心城镇的发展，促使一批专业村镇和草根企业根植本地发展，使工业化、城市化的"多点错位发展"成为可能。进入21世纪以来，广东省政府加大了支持粤东西北地区振兴发展的力度，随着揭阳潮汕机场、厦深高速铁路和覆盖潮汕地区的高速公路网的建成，也随着汕潮揭三市政府间协调发展机制的逐步完善，原来被人为碎片化的区域经济网络重新优化整合，潮州、揭阳主城区和汕头主城区一起，开始共同发挥区域交通、市场、公共服务网络的枢纽组织功能，区域单核支撑格局扩展为多核支撑格局，汕潮揭三市的高铁经济区、空港经济区、中外合作的高校和高新园区，也被密集配置于"金三角"地带，从而大大提升了核心圈层对整个区域的集聚和辐射能力。

以全方位开放拓展区域经济的发展空间。背山临海、人多地少的区位条件，使潮汕商业文化具有强烈的风险意识、抱团意识和"商者无域"的开拓意识，改革开放以来，潮汕经济的空间结构并不完全按照"先内敛后外扩"的传统模式演化，还在工业化处于起步和上升阶段时，就以双向开放的策略拓展发展空间。目前，汕潮揭三市之间跨行政边界相互转移产业的现象，已经十分普遍，如潮州的陶瓷产业，汕头的内衣、文具产业，正向揭阳转移；普宁、潮阳、潮南的纺织服装产业链也在相互融合。在对外开放方面，三十多年来本土潮商资本大规模进入北上广深和长三角、珠三角等发达地区，广泛涉足高新技术产业、现代服务业、金融保险业和房地产业，现代潮商在国内具有强大的影响力。近年来汕潮揭的本土工业企业开始在潮汕周边的福建漳州、龙岩和粤北梅州一带办厂扩产。可见，利用好区域内外两种资源、两个市场，既聚内力又借外力，是潮汕经济顺利实现空间嬗变的必然选择。

四

改革开放以来潮汕经济的空间形态发生了质的变化，之所以能够构筑起多圈多核的区域圈层结构，关键在于市场配置资源的决定性作用不断强化，错位越位的行政规制不断弱化，协调地处理好以下四重关系：在速度规模与质量效率的关系上，不过分强调快速增长，坚持以提升区域整体发展质量为重；在核心区与边缘区的关系上，不过分强调主核心区的扩张，坚持以优势分工和多点错位发展为重；在经济区域与行政区划的关系上，不过分强调政府间竞争驱动，坚持以跨区划合作共建区域经济网络为重；在区域圈层的集聚与扩张关系上，不过分强调经济的"本土性""根植性"，坚持以双向开放、拓展内外发展空间为重。

然而，潮汕经济第三次空间嬗变的最终完成，还有待于区域创新体系的建立，潮汕地区的产业竞争力得以全面提升；还有待于基本公共服务实现全区域覆盖，城乡二元结构得以尽快向现代经济结构转换；还有待于政府间的合作发展机制的进一步完善，汕潮揭三市的同城化和一体化得以取得实质性的进展。

陈鸿宇，1951 年出生，广东潮州人。广东行政学院教授，广东省首届优秀社会科学家，曾任广东省委党校副校长、巡视员。长期从事区域经济学理论研究，1993 年起享受国务院政府特殊津贴。

汕大在改革中建立自我

顾佩华

按语：汕头大学成立于 1981 年，是一所由教育部、广东省和李嘉诚基金会三方共建的大学，也是全球唯一一所由私人基金会持续资助的公立大学。汕头大学是目前潮汕地区最具影响力的学府，形成了从本科生到博士生的完整人才培养体系，在校生达上万人。李嘉诚生于 1928 年，广东潮安人，世界著名华商，热心公益事业。他长期担任汕头大学校董会名誉主席，对于汕头大学的发展倾注心力，对于治校才俊求贤若渴。顾佩华教授从加拿大回国治校，带来先进的管理经验，在汕头大学奉献十余年，为汕大的发展做出了重要贡献，本文便是这样一位非潮籍工程师参与治校的心灵独白。

2005 年的一次偶然造访，我与汕头大学有了一段不解之缘。当时我是加拿大卡尔加里大学（University of Calgary）机械与制造工程系主任、加拿大自然科学与工程研究会工程设计讲席教授。也许因为考虑到我既熟悉西方大学运行机制，又在国内接受过高等教育，深谙国家高等教育发展的挑战和机遇，李嘉诚基金会的周凯旋董事在汕大开展"优质管理成就学术自由"和"国际内在化"的教育改革，希望我参与这个有重要意义的探索，为中国的高等教育改革与发展提供经验。李嘉诚基金会给我提供了很好的安排，自2005年10月29日起，我从卡尔加里大学全职借调到汕头大学，开始陆续担任汕大工学院院长、副校长、常务副校长、执行校长。

当时李嘉诚先生问我："If there is one thing you wish to do, what will it be？"（如果你想做一件事，你会做什么？）我回答说希望回国能够参与推动工程教育改革，培养符合国际工程认证标准、具有国际竞争力的工程技术和领导人才，这也是我的一个梦想吧。当时很多人包括专家和领导，甚至汕大的很多教师都认为在汕大推动中国工程教育改革，实属天方夜谭。但李先生鼓励我，全力支持我和同事们在汕大和中国推动CDIO（Conceive-Design-Implement-Operate，构思—设计—实现—运作）工程教育改革。2005年，我来汕大时，根据我参与建立和领导一个加拿大工程教育改革组织的六年经验，将国际上比较先进、系统并通过实践检验的CDIO工程教育理念引入汕大，和同事们一道构建了符合我国发展需要的、特色鲜明的"以设计为导向的EIP-CDIO工程人才培养模式"。实施到2008年，教育部发文件成立CDIO工程教育模式研究与实践的课题组，然后在教育部理工处的指导下成立了试点组，我担任这两个组的组长，开展系统的研究与实践。汕大工程教育改革所取得的经验，对实施于2010年成为教育部"卓越工程师教育计划"起到了很好的作用，成为教育部当前开展提高工程教育质量的三大计划（卓越工程师教育计划、工程专业认证和CDIO工程教育改革）之一。汕大除了领导CDIO工程教育改革外，对卓越工程师教育计划和工程专业认证也做出了贡献。我从2006年参与国家工程认证工作，至今仍然担任中国工程教育认证协会的结论审议委员会主席。因此，汕头大学多次为其他兄弟院校开展CDIO、工程专业认证的培训，将CDIO工程教育推广到全国200多所兄弟院校。2016年1月，全国CDIO工程教育联盟成立大会由汕头大学主办，教育部代表、100多所大学的400多名代表包括30多名校领导参加会议，多所大学的领导和老师都高度赞赏汕头大学对国家工程教育改革的卓越贡献，很多高校自愿参加联盟，由汕大引领的CDIO工程教育模式在中国工程教育领域已成星火燎原之势。

回头想想，我为什么坚持认为推行工程教育改革是在做正确的事情？为什么CDIO工程教育改革能在汕头大学做成了？除了很强的理念和责任意识，我认为是汕大的教育改革迎合了创新中国快速发展的时代要求，应对了全球化时代世界工程教育面临的共同挑战。它一改专注知识传授、解题技巧、考试内容的教育方式，着力提升包括培养结果导向、国际工程认证标准要求、专业特色、终生素质和能力及创新、创业能力在内的工程能力，使工程创造性这属于工程本身的光彩得以完美绽放。

到汕大后，除了推动工程教育改革外，我还主持制定了2006—2010学术规划，对汕头大学进行全方位的系统改革。学术规划得到了李嘉诚基金会领导的支持和指导，校学术委员会、校领导会议和校董会都通过了。改革设计汕大的价值理念、愿景、使命，详细内容包括教学、科研、管理等全方位的改革与发展。汕大近些年不断地挑战自己，不断地超越自己，是有李嘉诚先生的引领、周凯旋董事的领导，长期以来建立的民主、平等、公正、透明的校园文化和价值观，以学生为中心的教育理念，有一个进步的领导团队，一个有共同理想的教师队伍，一套行之有效的方法、系统，长期致力于改变的创新文化。

2011年，我在李嘉诚先生和周凯旋董事的感召之下，放弃加拿大卡尔加里大学终身教职，全职受聘汕头大学执行校长，没有行政级别，没有终身制的位置，只有七年合同员工待遇。在汕大工作期间，多次随李嘉诚先生和周凯旋董事去国外访问，跟李先生和周小姐近距离接触，听李先生讲话，他重点关心的一直是国家的教育和汕头大学的发展。我对李先生为了国家、民族和家乡而办教育，也是为了改变人们的命运而办教育所倾注的那份心血和精力，感受很深刻。大家都知道，虽然学校都知道本科教育重要，很多重点大学的关注点是科研成果、科研经费、各种人才指标和奖项；而对本科教育，特别是人才培养水平和质量，说的多做的少。但是李先生要求汕头大学一定要做最好的本科教育。所以我和同事们下决心必须按照李先生的要求做，不但做到，而且更要做好。

如何在现在的教育系统下做最好的本科教育？汕大这些年探索的经验表明：以学校"国际内在化"体制机制改革为基础，汕头大学博雅教育和专业教育相结合为培养模式，以先进的教学内容和方法为手段，是一条做最好本科教育的可行路径。2015年10月1日，英国"泰晤士高等教育"公布2015 2016年全球最佳大学排行榜，中国内地共计有37所大学入围，汕头大学进入全球601—800名排位，为国内高校并列第22位，是唯一一所1980年后成立的大学。这一值得庆贺的成绩，既体现了汕大三十多年来的办学实践结果，也反映了学校近年来实施国际化发展战略所取得的显著进步，这也应验了那句话，一所大学将本科教育做好了，其他也就容易做好了。汕大以办最好的本科教育为切入点，带动全校各方面的工作，这个路径是可行的。

那么汕头大学的先进本科教育是什么，如何实施先进本科教育，其先进本科教育模式都做了哪些呢？我们考虑包括：（1）大学培养包括每个学生都应该掌握的适于人生的能力，（2）专业知识和能力，（3）每个学生都是不同的个体，适应于每个学生个性化的能力。培养系统应该知道学生毕业时，最低标准是获得了这些能力和知识。因此，汕头大学先进本科教育至少应该包括：培养结果导向的一体化专业培养模式、可适应性专业培养计划、先进的培养内容和方法、教育质量的持续改进。结果导向就是要系统地制定培养目标，将培养目标细化到培养标准，按照布鲁姆知识能力分类系统（1—6级），将需要掌握的能力和知识分类，然后设计培养系统包括培养计划，对每一门课程和教学活动都应该有具体的成果（outcome），培养过程要检查这些成果是否达到了培养要求。全面采用结果导向的教育组织方法把对教育的考核和评估的重点从过程转移到结果上来，一切教育活动、教学过程和课程设计都围绕实现学习者预期学习结果来开展，构建了以学习者为中心的培养体系；可适应培养既要求专业知识和能力要适应专业、行业和社会发展的需求，又要实现个性化的学习，鼓励学生根据自己的兴趣修读双学位、主辅修和选修课程实现个性化的学习和培养；先进的课程内容，比如整合思维则包括：批判性思维、创造性思维和系统性思维，它能给学生的人生打开一扇窗，能让他们体味科学思维的重要性。而好的质量监控体系是教育质量的可靠保证。除了知识和能力外，汕大本科教育高度重视人品、人格、文化、文明、关爱和奉献精神的培养。正是基于以上理念和实践，汕大先进本科教育就是基于全面教育理念，采用一体化方法重新设计课程计划和教学工作，通过全校的通识教育课程和选修课程实施博雅教育，以结果导向的方法和培养计划及过程实施专业培养，通过可适应培养实现双学位、主辅修、跨学科课程等个性化培养，高度协调和计划好的课外活动（第二课堂）和学生自发的各类活动，构建了一套完整的创新人才培养系统。随之而来的是汕大本科生频频在国内外竞赛中获得大奖，毕业生就业竞争力明显增强，本科毕业生初次就业率居广东省一本高校之首，毕业生薪酬竞争力高出全国"211"院校平均水平，教育质量得到社会普遍认可。

然而要让汕大学子如李先生所期望的那样，"能在世界任何角落参与竞争，成为社会的栋梁，而且能够找到回家的路"，既要有国际视野和国际竞争力，又要热爱祖国，有本土运作的适应能力和开拓能力。所以，我们必须继续坚持教育改革的战略，推动国际化、开放性、高水平的教育。目前我们正在借鉴世界高水平大学的宝贵经验，结合国情和校情，制定"十三五"规划，将汕大办成真正意义上的、人们心中的高水平大学。

国家提出"十三五"时期创新、协调、绿色、开放、共享五大发展理念，创新居首。"创新是一个民族的灵魂，大学就是培养创新型人才的地方。"作为一所年轻、勇于改革创新、有活力、开放的高等学府，汕头大学的未来机遇也在于此。李嘉诚先生很早就看到这一点。凭着他在以色列投资了二十多年的经验，李先生十分了解以色列国家是如何从一个资源稀缺、长年战乱的农业国，成为一个以半导体为主导的创新国度，在这个过程中，以色列理工学院的学生和教师所做的科技贡献发挥了关键的作用，没有以色列理工学院，以色列就不是今天的以色列。于是在 2011 年就有了与以色列理工学院合作办学的想法，李嘉诚基金会周凯旋董事带领我们与以色列理工学院进行了两年多的磋商。在李嘉诚先生 1.3 亿美元的支持下，2013 年 9 月 29 日，在李嘉诚先生和朱小丹省长的亲临见证下，我与以色列理工学院校长佩雷茨·拉维（Peretz Lavie）教授在特拉维夫签署合作备忘录，共同创办广东以色列理工学院。2015年 4 月 9 日，教育部正式批准以色列理工学院与汕头大学合作筹设广东以色列理工学院。经过多方努力，2015 年 12 月 16 日由以色列理工学院和汕头大学合作办学的广东以色列理工学院（筹）启动仪式在汕头举行。中共中央政治局委员、广东省委书记胡春华，省长朱小丹，以色列前总统佩雷斯，以色列科技与空间部部长阿库尼斯，汕头大学校董会名誉主席李嘉诚等出席了当天的启动仪式。

有许多人问我，将来在优质生源上，两所学校是否会成为竞争关系。我的回答始终是，两个学校之间不存在竞争的关系，而是合作互补的关系。与高水平大学合作，是一个机遇，通过和以色列理工学院和东西方联盟的其他学校包括斯坦福大学、加州大学伯克利分校、剑桥大学、牛津大学、多伦多大学、香港大学等合作，提高汕大办学水平，这就是汕大的心态。正如李先生在启动仪式后的致辞中所说："汕头大学一直是推动教育改革创新的试验田，今天和以色列理工学院合作，就是共同在中国推动一个能够改变个人和民族未来的改革。"对于以色列理工学院来讲，和高度国际化的汕大合作，进入汕头，就等于进入广东乃至全国，可以把很多国内的挑战转变成机遇。我们引进以色列理工学院办一所新的学校，目的是向这个充满创新的国度学习，从政策到教育再到建立起新的发展的生态系统，加速推动广东和汕头成为创新创业中心。在这个过程中，汕头大学将为国家、广东和粤东发展做出更大的贡献。

"人生到处知何似，恰似飞鸿踏雪泥。"转眼间，我在潮汕这片大地已逾十载，经常在想，到我离开那天汕大是什么样子，能给学校做出什么贡献？给继任者留下什么参考？无论对我，还是汕大，每一个今天，都是新的开始。

顾佩华，1953 年生于天津市，汕头大学执行校长，机械电子工程系教授。加拿大卡尔加里大学机械与制造工程系教授，加拿大工程院院士，国际生产工程科学院设计科学与技术委员会主席，中国机械设计学会副理事长，广东省学位委员会委员，中国教育部长江学者讲座教授。

潮汕的春天还会到来吗？

谢海生

按语：2003 年冬，一篇署名"驿路风尘"的网络文章《潮汕的春天还会到来吗？》引起了人们的瞩目。2004 年 3 月 22 日，《汕头特区晚报》率先全文刊登了这篇洋洋洒洒万余言的网文。从而引发了更大的讨论。作者后来加以扩展，出版了同名图书，里面充满了更多的反思。

我感到这个冬天格外冷。

写下这些文字时，我正旅居湖北武汉。楚地凛冽的冬风叩击着窗户，也叩击着我的心。我想起了记忆中家乡的冬天，太阳欢快而柔和。或许，今冬的家乡会有别样的寒冷吧。而真正的寒冷，不是来自北国的寒流，而来自我们的心中。

我想起了英国诗人雪莱的诗：冬天已经到来，春天还会远吗？

冬天已经到来，可是，潮汕的春天在哪里？

作为一名长年漂泊在外的潮汕人，说起家乡，想起家乡，感慨万千，思绪复杂，特别是在这个寒冷的异乡的冬天。

是的，我以自己为潮汕人而自豪。家乡的一山一水、一草一木，给我回忆太多。在我的记忆深处，始终是天井外那片蓝蓝的天空和天空中飞过的雀鸟，还有热气腾腾的工夫茶壶旁人来人往的融洽和乡谊……

可是，一如楚地这个寒冷的冬天一样，潮汕的冬天在期然和不期然中到来了。

家乡，您可知道，今夜，您的儿子和游子因热爱而忧伤，因忧伤而无眠。

是的，如果有什么可以让我泪流满面，那就是这片土地；如果有什么可以给我力量，那就是在这片土地上生我养我的父老乡亲；如果有什么可以让我夜不能眠，那就是在这片土地上所有我爱和爱我的人的善良和期待。

在夜深人静之际，我总扪心自问：我能够做什么，为这片土地和我的父老乡亲？

光荣与梦想

曾几何时，在中国风云激荡的历史变迁中，潮汕人民以自己的勇气、智慧和血汗，始终把握住了历史的机遇，创造了在中华文明史册中熠熠生辉的文化和成就。先民们在被称作烟瘴之地的粤东南海之滨，披荆斩棘、栉风沐雨开创了一个文化昌盛、人杰地灵之境。作为南国海滨一隅之地，潮汕甚至拥有自己完整、成熟、实用的方言字典，这在全国殊为罕见。潮汕文化现象和成就，催生了一门专门的研究潮汕文化的学问"潮学"，香港的著名潮籍学者饶宗颐先生就是潮学大家。全国首批历史文化名城，潮州赫然在列；开元寺作为开元盛世年间的重要寺庙之一，是潮州文化鼎盛和占有重要地位的佐证；中国四大古桥之一湘子桥是中国古代第一座启闭式桥梁，具有开创性意义；潮汕民居被民俗专家誉为兼具艺术性和实用性的中国民居典范，至今仍有实际意义；潮汕人独创了风靡海内外的潮州菜，俨然领军中国菜大军；潮汕家家都有工夫茶，更蕴含了中国传统文化伦常秩序的精髓；潮汕妇女的贤惠和灵巧创造了潮州抽纱和刺绣，"潮绣"在中国刺绣中占有一席之地；潮州陶瓷在唐宋之际已大行其市，学界称"潮州窑"，目前仍是潮汕的支柱产业之一，潮州国际陶瓷博览会的规模为全国之最；潮州音乐保持并发展了唐朝宫廷音乐的制式，是人们研究古代音乐的不二之选；潮州戏剧称潮剧，为中国重要地方剧种之一，长年作为国家对外开展文化交流的重要内容，每当潮剧团赴国外尤其是东南亚演出时，当地华人尤其是占主流的潮汕华侨必万人空巷，争相观看……

向南，向南，再向南——从中原的渐次南迁到血泪斑斑的南洋之旅，从潮汕地区作为中国古代海上丝绸之路重要门户的樟林古港到潮汕人漂洋过海的红头船，潮汕先民的足迹和传承不辍的精神，无不体现了一个族群的特质。移民精神、濒临海洋、地少人多催发了潮汕人向外拓展的动机和意识，也催发了潮汕的精耕农业和商业意识。潮汕人对环境的适应性强，族群认同感强，坚韧不拔，刻苦耐劳，聪明灵活，在商业和艺术等诸多领域多有建树。他们往往从毫不起眼的行业和艰苦的工作开始，经过艰苦创业，最终克竟其功。目前全国各行业中的领军人物，潮商不计其数，潮商更多次登上中国财富榜首，潮汕人因此甚至被称作中国的"犹太人"。东南亚的富商巨贾多有潮汕人，不少当地华侨领袖都是潮汕人，华人首富李嘉诚先生，就是潮州人。潮汕华侨在中华民族发展史上更做出了彪炳史册的功绩：从辛亥革命到抗日救亡，从民族解放到改革开放……潮汕华侨无不展现了他们作为炎黄子孙对家国和民族的感情和责任。潮汕人长期的移民和拓展使潮汕人遍布世界各地，甚至构成了华侨的主流。人们常说，在"唐山"有一个潮汕，在海外还有一个潮汕，以形容潮汕地区旅居海外的游子之多。

开拓的同时，潮汕人又注重传统。"叶落归根"和乡土情怀对所有旅居海外的潮汕华侨有非同寻常的意义。潮汕华侨早年寄回"唐山"的家信和汇款的"番批"，已经成为潮汕文化中独特风景，也是研究华侨文化的一个重要渠道和视角。潮汕地区在历史上素以重视文化和教化闻名，男女老少从小就对一系列的文化礼教烂熟于胸，并奉为圭臬。女性多温婉坚贞，男性多忠义豪爽。潮汕在漫长的发展历程中，始终保持了自身文化的独立、完整、系统的发展，至今潮汕民俗中，甚至还保留了大量中国古代的风俗习惯。同时又由于大量潮汕人的向外拓展，潮汕文化始终保持了能动革新的创新姿态，并不断创造出辉煌的文化成就。这种文化特性，使潮汕人在任何地方，得以克服艰难迅速适应环境，并始终保持自身的文化习惯。可以说，中国难以找到一个地方可以像潮汕这样，保持了如此色彩斑斓的文化风景，"潮汕人"也因此成为一个非常独特的族群。

在对潮汕的评价中，最令潮汕人引以为荣的莫过于恩格斯的评价。恩格斯在其巨著中指出，远东唯一具有商业气息的城市是汕头。在 19 世纪，汕头成为中国被迫开放的通商港口，聪慧、勤劳的潮汕人民把握住了历史的机遇，潮汕的发展突飞猛进，中国历史上第一条由华侨建设的商业铁路——"潮汕铁路"，就诞生在潮汕。及至当代，潮汕人以自己的历史积累和优势，再次赢得了历史的眷顾和发展的先机。出于对汕头特殊而优越的地理位置和吸引潮汕华侨投资等因素的考虑，汕头被国务院确定为中国的首批经济特区之一，成为中国改革开放的最前沿和实验地。在汕头的带动和辐射下，潮汕迎来了一个新的发展的时期和契机。

兴替盛衰，换了人间。

在进入 21 世纪的前夜，四季如春的潮汕，一夜之间进入寒冷的白垩纪。

曾经创造了辉煌的潮汕，面临着前所未有的考验。

反思与超越

在历史的长河中，潮汕始终领风气之先，始终无愧于时代，无愧于家国，无愧于子孙后代。

可是，这一次——

潮汕，你会失去历史的眷顾和机遇吗？

潮汕，你会重振曾有的辉煌和精神吗？

知耻而后勇——

文化上的保守主义。潮汕文化在其发展过程中，始终对外来文化保持强大的同化力和拒斥力，从而妨碍了增强自身文化的吸纳和兼容能力，妨碍了自身的创新发展。如果说以往潮汕因为文化的保守而导致人才流失的话，那么随着潮汕经济的一落千丈，近年来潮汕对外来人才的吸引力可以说是日益式微。同时，潮汕文化中难得见的创新也大多不是内生的，更不是结构性的，主要停留在技术和器物的层面，如饮食、工艺等。这导致了潮汕文化创新力度和成就的低阶性和浅层性，也导致了潮汕在发展过程中缺乏底蕴深厚、与时俱进的文化力量的支持和推动。

处世上的实用主义。这种实用主义的致命之处在于，处处从实际利益的动机出发考量事物，重视眼前利益，不重视属于"务虚"的理论研究和文化建设。直接导致的一个后果就是，潮汕文化因此缺乏勃勃生机和创新能力，使实用主义得以不断蔓延深化并大行其市。潮汕家长的重男轻女也严重地体现在教育的性别偏见上，许多潮汕女性从小在教育上被忽视和牺牲，以致大量女性无法进入社会精英阶层。女性的素质和地位进一步加深了潮汕的文化惰性，也削弱了潮汕文化的自我创新能力以及对其他文化的交流、吸纳、辐射和影响。改变价值取向和价值追求上的实用主义，是潮汕冲出困境、再造辉煌所不容回避的课题。

视野上的地域主义。潮汕既具有强烈的开拓精神，又极端夜郎自大。不仅父辈们坐井观天、抱残守缺，年轻一代也不甚了了，这从潮汕学子报考大学和选择就业的狭窄视野上就可见一斑。潮汕地区的边缘化趋势，与此有莫大的关联。潮汕在视野上的地域性，还严重地表现在地方保护主义上，这种情形让不少地方的机构和商家视潮汕为畏途，而有此经历的人对此更是深恶痛绝，并因此对潮汕的政府和社会产生了严重的负面评价。

经营上的家族主义。潮商企业的家族化可谓众所周知。在世界范围，虽然企业的家族化不乏成功范例，家族化在市场效率和员工忠诚等方面具有优势，但是，家族化的弊端却往往是非常致命的。在全球化尤其是现代商业竞争分工合作越来越细致的环境中，严重家族化的企业因为缺乏对各种人才的吸引和吸纳能力，往往难以适应市场的发展变化。同时，社会学者认为，血缘（亲缘）关系和人身依附关系对法律和规则形成了天然的对抗和规避，是法治社会的巨大威胁。对潮汕企业和商人来说，打破企业经营上的家族主义，融入现代社会商业分工协作的大环境，对潮汕企业的做大做强将产生重要的影响和实际的意义。

管治上的放任主义。发展到今天，汕头已根本无法与同批的其他经济特区同日而语。其中虽然有客观的原因，但不可否认的是，主观上难辞其咎。可以说，汕头建立经济特区之后的十多年，是潮汕在 1949 年后直接面对的最重要、意义最重大的"战略机遇"时期。站在历史的角度审视潮汕目前的状况，这个"战略机遇"，潮汕就没有真正抓住：产业结构不尽合理，部分产业畸形发展；实业基础薄弱，基础建设投入不够；商业交易规则和信用缺失，市场经济秩序混乱；社会治安逐步恶化，社会风气严重污染；政府形象严重受损，地区经济一蹶不振；等等。这都说明地方政府以及民间社会未能发挥应有的作用，甚至还存在放任和失职的情况。

重建与奋起

天行健，君子当自强不息。

整饬政风：政府，负起你的责任。政府的道德和行为，对社会道德和行为具有巨大的示范和引导作用。政府亟须负起三个方面的责任，起到三个方面的作用。一是负起道德重建责任，发挥道德示范作用。要进一步深入整饬吏治和政风，转变政府观念和职能，建设廉洁型政府、责任型政府和服务型政府。二是负起重振经济的责任，发挥经济导引作用。亟须多管齐下，努力形成"信用与秩序俱佳、实业与贸易齐进、文化与经济相济、继承与创新并重、政府与民间互动"的目标和格局，使潮汕经济全面实现结构性转型与社会风气和秩序的根本好转。三是负起稳定社会的责任，发挥社会调控作用。目前潮汕地区人心浮动，民心思变，如果不能有效实施社会协调，将可能使潮汕的形象雪上加霜，并延缓发展复苏的步伐。

整肃商风：企业，立起你的信用。潮汕商业文化中，诚实守信一向是其中最基本的内容。潮商，曾经以诚信、智慧和实力，在历史上与徽商、晋商相媲美。可是，曾几何时，部分潮汕人践踏并损害了潮汕文化中这些弥足珍贵的传统。这些人获得的是可憎可鄙的一己之私，损害的是整个地方和族群的整体利益，毁掉的是后代子孙的基业。此外，潮汕企业往往比较低调，明哲保身思想浓厚。有责任意识和行动能力的潮汕业界应在危难中挺身而出，继承和发扬潮商固有的优良传统，对损害市场秩序者群起而攻之，以自己的努力和行动为潮汕商业撑起一片蓝天。

整顿民风：人民，奋起你的精神。潮汕人的思想和行为向来具有显著的中国传统文化特征，这一点，是潮汕族群艰苦创业历程和辉煌成就的深厚文化背景。与此同时，随着社会的变迁和发展，部分潮汕人身上的陋习和恶习也逐渐暴露无遗，像假货、骗税、买六合彩等，在不少人看来，就与潮汕紧密联系在一起，正直的潮汕人和各地人们无不对这些深恶痛绝。整个民间社会，尤其是潮汕社会的各界精英阶层，必须自觉担当社会责任并付诸行动，从我做起，启发民智，重铸民魂，重振社会和人民的精神。

整合资源：潮汕，聚起你的力量。一是整合文化资源。不断创新发展的文化资源，始终是一个国家和民族得以生存和发展的根本依托。应通过一系列的努力，进一步保持和增强潮汕地方文化的先进性和创造力，为潮汕的进一步创新发展提供强有力的文化支持。二是整合民心资源。目前潮汕地区政府和民间的关系急需理顺和整合。潮汕人素来尊长敬贤、重土恋乡，这是潮汕民心资源的宝贵财富和良好基础，当珍惜并利用。三是整合区域资源。潮汕各个城市之间互不服气，甚至互相抵制和排挤，这是所有潮汕人都无法否认的尴尬事实。当全国区域协作发展一日千里之际，潮汕还在为一些坛坛罐罐纠缠不休，实在是贻误子孙。潮汕各市必须放下包袱，抛弃成见，敞开胸怀，放开眼量，全面启动并建立大潮汕经济协作区域。从目前的情况看，建立这个机制的基本条件是完全具备的，而形势更是迫在眉睫。

我们期待潮汕觉醒和重新起飞之日。当其时，则潮汕幸甚！人民幸甚！国家幸甚！

当我又一次坐到书桌前把最后的文字写完时，已是凌晨时分。窗外楚地冬天的夜空漆黑如墨，我想黎明快来了吧。就如这黎明前的暗夜仍然给人希冀一样，黑夜并不可怕，可怕的是没有黎明的漫漫长夜和长夜里浑然不觉的噩梦。而漂泊在异乡冬天里的我—— 一位潮汕游子，在这个寒冷的冬天里，仍然满怀着热切的希冀——春天应不遥远了吧。

谢海生，1973 年出生，广东饶平人，毕业于中南政法学院、中南财经政法大学。现居深圳。文章被《法学杂志》《中国刑事法杂志》《检察论丛》《法人》《中国社会科学文摘》等刊物采用和转载。

编后记

    为绵延千余年的潮汕文化编一部老少咸宜的读本，是一件功德无量的事情，也是一件颇有难度的事情。唯其如此，它对选编者的眼界、胸襟、学养有着十分苛刻的要求。按理说，我是不够格来编这样的选本的。

    但阴差阳错，这几年我居然零敲碎打持续不断地在做着这件事，起因是三年前某组织的谋划和推动，个中因缘，不一细表。但这确乎是一项浩繁的工程。潮汕文化博大精深，典籍文献汗牛充栋，从何入手，确实难乎其难。首先，难在材料的收集。必须尽可能多地占有资料，我的办法是三管齐下。一是纵向博览。从历朝《潮州府志》及潮邑各县志到《潮州耆旧集》《井丹诗文集》《潮中杂记》等典籍中探寻潮汕文化的渊源，从丘逢甲、温廷敬、钟敬文到张竞生、秦牧、饶宗颐等近现代学人作家中触摸潮汕文化的脉络，甚至为了一篇文章，专门从上海古籍出版社邮购两巨册的《丁日昌集》。二是横向参阅。搜罗同类选本，如《昭明文选》《群书治要》《古文观止》《文献征存录》《甬上耆旧集》《古文辞类纂》《文章选读》等，以启发思路，作选本参照。三是邀约创作。现成没有的选文，但又是选本所必需，则邀请当代潮籍学人作家撰写，这类文章严格控制数量。如此日夜兼程地忙活了半年时间，搜集和购置了满满当当整整一书架的文献和书籍。其次，难在文章的取舍。选本篇幅有限，哪些宜取，哪些当舍，的确很费思量。鲁迅先生曾经深刻地指出："选本所显示的，往往并非作者的特色，倒是选者的眼光。"面对满柜资料，一时有些踌躇，原来选本的广搜博采与选文的精挑细择，也是颇费心力的。在大量阅读、充分比较和深入思考的基础上，形成了选本的基本框架，共分八辑，即地缘、历史、政经、文化、民俗、人物、风物、情怀等，初选出一百多篇文章，反复斟酌后，确定了七十二篇文章。我以为可以大功告成了，却没想到开始了漫长的等待。障碍在于编选理念的不同，我们各是其是，又沟通不够，遂致有头无尾，不了了之。

　　一堆书稿，积尘数年。孰是孰非，无须评说；劳而无功，却有不甘。于是在电话里多次劝说徐国强先生，不出大本，可出小本，为潮汕文化留一脉贯穿千年的书香是值得的、必要的。韩愈的《祭鳄鱼文》中"潮之州，大海在其南，鲸鹏之大，虾蟹之细，无不容归，以生以食，鳄鱼朝发而夕至也"，多么充满想象力和震慑力的美妙句子。苏轼的《潮州韩文公庙碑》中"匹夫而为百世师，一言而为天下法""文起八代之衰，而道济天下之溺，忠犯人主之怒，而勇夺三军之帅""潮人之事公也，饮食必祭，水旱疾疫，凡有求必祷焉""而潮人独信之深，思之至，焄蒿凄怆，若或见之"等句，这些光芒万丈的道德文章和极其美好的人情物理，是与潮州联系在一起的，并且都选在塑造国人文化性格影响至深且巨的《古文观止》上，出自有"韩潮苏海"之美誉的唐宋八大家之手。某种程度上说，是韩愈和苏轼的文章造就了潮州在文化中国的"江湖"名声。千年以降，这样的文章绝无仅有。此外，乡贤硕彦，也有文章特出者，如林大春的《请严禁贪酷疏》、林大钦的《廷试策》、丁日昌的《上李宫保论潮州洋务情形书》、丘逢甲的《创设岭东同文学堂序》等，都是影响当时朝政或转移一时风气的精彩篇章；特别是现当代，国学大师饶宗颐、著名作家秦牧、历史学者陈春声、文化学者陈平原等，都对潮汕文化有深入的研究和精辟的论述；而原广东省委书记林若先生深情回忆其母亲的文章，及其哲嗣中山大学教授林岗先生追溯父亲足迹的长文，则相映成趣，各擅胜场。将这些文章辑为一册，成为潮汕文化一本钩玄提要的读本，在潮汕历史上，似乎还不多见。

有价值，无先例，还能"变废为宝"，这样的事情确实应该做，徐先生对潮汕文化情有独钟，对于我的提议深表"理解之同情"。于是，我从那堆书稿中精选了三十多篇文章，不再分辑，化繁为简，辅以按语、注释和作者简介，也不妄称读本，只期望借此使读者诸君对潮汕文化有个初步印象，甚或引起对潮汕文化的些许兴趣，如此而已；倘能因此而生发出登堂入室、一探究竟的雅致，则善莫大焉。编定之后，苦于找不到合适的书名，徐先生以"欹枕听潮音"相若，顿感贴切传神，耳目一新。原来，此句语出南宋著名政治家、文学家范成大《宿长芦寺方丈》，全诗如下：

> 塔庙新浮水，汀州旧布金。
> 聊凭一苇力，与障万波侵。
> 帆影窥门近，钟声出院深。
> 夜阑雷破梦，欹枕听潮音。

范成大诗风平易浅显、清新妩媚，与杨万里、陆游、尤袤合称南宋"中兴四大诗人"。这首诗所写的长芦寺，地处南京六合区长芦镇，是南朝梁武帝萧衍因女儿大病初愈，为报答佛祖显灵所建。527年，梁武帝萧衍将远渡重洋到广州传法的禅宗始祖达摩祖师迎到首都建康（今南京），一起切磋佛法，但达摩与萧衍"语多不契"，遂"一苇渡江"，来到江北长芦寺，讲经授法，使该寺盛极一时，成为禅宗的名刹和祖庭。范成大此诗叙述的就是这个著名的历史典故，并寄托了诗人的思索与情怀，其中"欹枕听潮音"一句，"潮音"

原指潮水的声音，诗中兼指长芦寺僧众诵经的声音，应是这首诗所着力表现的所指与能指。

以"欹枕听潮音"作为书名，可谓妙手天成。潮汕民谚云："有潮水的地方就有潮人。"期待这本小书所呈现的声音，既是潮水的声音、众生的声音，也是潮人的声音、时代的声音，在历时与共时所交汇的此时，直诣人心，潮音澎湃，经久不息……

张培忠

2018 年 10 月 24 日午夜

写于广东省之古高凉郡旅次

在本书的编纂过程中，虽经多方查找，但仍有个别篇目未与著作权人取得联系。如您看到本书，请与编者（zzslaz@126.com）或三联书店联系，以便奉寄样书和薄酬。

本书编者
2019 年 2 月